PERRY-RHODAN-JUBILÄUMSBAND

Perry Rhodan Jubiläumsband

zur 5. Auflage der größten Weltraumserie

Verlag Arthur Moewig GmbH
Rastatt

Redaktion und Bearbeitung: G. M. Schelwokat
Titelillustration: J. Bruck
Verkaufspreis inkl. gesetzl. Mehrwertsteuer
Auslieferung in Österreich:
Pressegroßvertrieb Salzburg, Niederalm 300, A-5081 Anif
Druck und Bindung: Salzer-Ueberreuter, Wien
Printed in Austria
ISBN 3-8118-7089-0

Inhalt

Vorbemerkungen

Das für den 5. 10. 1982 angesetzte Erscheinen des ersten Bandes der fünften, neubearbeiteten Auflage von PERRY RHODAN ist der Anlaß des Jubiläumsbandes, den Sie in Händen halten.

Diese bislang dritte Story-Sammlung soll (wie natürlich auch die beiden vorangegangenen Anthologien) als „Dankeschön-Aktion“ von seiten des Verlages und der Autoren an die Adresse der Leserschaft verstanden werden.

Die Grundtendenz des Jubiläumsbandes, an dem sich diesmal zwölf Autoren beteiligten, ist vorwiegend heiter. Einige haben sogar Beiträge mit einer ausgesprochen lustigen Note verfaßt – vielleicht im freudigen Gedanken daran, daß für die ersten Perrys der 5. Auflage bald Honorarschecks fällig werden. Wie auch immer, selbst Autoren, die noch lange Jahre auf Tantiemen aus der 5. Auflage werden warten müssen, lassen in ihren Stories keine Trübsal erkennen.

Die Erzählungen sind diesmal nicht chronologisch nach Perry-Rhodan-Epochen geordnet, sondern ihre Reihenfolge entspricht der alphabetischen Reihenfolge der Autorennamen. Und so eröffnet Altmeister Clark Darlton den bunten Reigen mit einem schlitzohrigen Beitrag zur Ahnenforschung im Jahre 3220. H. G. Francis äußert sich satirisch über die Bürokratie im 5. Jahrhundert NGZ; Peter Griese versetzt unseren Helden Perry Rhodan in die Gesellschaft von Affen; Kurt Mahr bringt eine Lieferung leichter Mädchen für einen planetarischen Herrscher ins Spiel – um nur ein paar der humorvollen Stories zu erwähnen. Das Ganze wird schließlich abgerundet von William Voltz mit einer Erzählung, deren irre anmutender Titel nicht zuviel verspricht. Auf jeden Fall müssen Sie die Geschichte lesen, wenn Sie wissen wollen, was ein „Quadromolekülsupernager“ ist oder wie ein „Oktabimnebenspurhypertriebwerk“ funktioniert oder nicht funktioniert.

Soviel in Sachen Jubiläumsband, zu dessen Lektüre wir Ihnen

natürlich viel Lesevergnügen wünschen. Noch eines können wir Ihnen schon heute sagen: Das nächste PERRY-RHODAN-Jubiläum kommt bestimmt.

G. M. Schelwokat
Straubing, im Mai 1982

Clark Darlton

Beziehungen sind alles

Nach den grotesken und makabren Auswüchsen, die während der Zeit des Dritten Reiches oft genug tragische Folgen zeitigten, spielt die Ahnenforschung gegen Ende des 20. Jahrhunderts keine bedeutsame Rolle mehr. Wenn man sich heutzutage für einen Stammbaum interessiert, so ist es zumeist nicht der eigene, sondern der des vierbeinigen Freundes und Gefährten namens Bello oder Wastl.

Immerhin gab es zu allen Zeiten Menschen, die ihren Stolz darein setzten, sich auf einen besonders berühmten oder auch berüchtigten Stammvater berufen zu können. Auch im Jahre 3220 wird es so sein – und wer bietet sich da als prominentes, 1284 Jahre altes Objekt der Ahnenforschung geradezu an?

Die Antwort liegt auf der Hand . . .

Als Peter Rodensky das Hauptverwaltungsamt der terranischen Region China betrat und dem Informationsrobot seine Frage eintippte, war er noch voller Optimismus. Immerhin deuteten seine intensiven Nachforschungen darauf hin, in diesem Teil der Welt einen noch lebenden Verwandten aufzutreiben.

„Trakt sieben, vierunddreißigste Etage, Zimmer vierunddreißigsiebensechsfünf“, schnarrte der Roboter.

Peter Rodensky notierte sich die Zahlen und machte sich auf die Suche, und bereits eine halbe Stunde später stand er vor der Tür, neben der ein Schild verriet, daß sich dahinter die zentrale Registration für die Region China befand.

Er trat ein und war höchst erfreut, statt der üblichen Roboter einen lebendigen Menschen vorzufinden, auch wenn es sich wahrscheinlich um einen Beamten handelte.

„Sie wünschen?“ wurde er ungewöhnlich freundlich angesprochen.

Rodensky ging direkt auf sein Ziel los.

„Aus meinen Unterlagen geht hervor, daß in Tsun-hua ein gewisser Peng-lo-Dan lebt. Da er entfernt mit mir verwandt ist, möchte ich ihn besuchen. Leider ist mir seine Anschrift unbekannt.“

„Aha!“ sagte der Beamte und drückte einige Knöpfe auf seinem Tisch ein. „Das haben wir gleich.“

Auf einem milchigen Bildschirm erschienen fremdartige Schriftzeichen, huschten vorüber, machten Zahlenkolonnen Platz, wanderten schließlich langsamer – und hielten an.

Der freundliche Beamte nahm ein Formular, füllte es aus und gab es Peter Rodensky.

„Das wäre die Anschrift, aber ich glaube, daß es wenig Sinn hat, wenn Sie Peng-lo-Dan aufsuchen. Soweit ich mit der Umgebung von Tsun-hua vertraut bin, handelt es sich bei der letzten Adresse Ihres Verwandten um den städtischen Friedhof. Peng-lo-Dan, das können Sie dem Formular entnehmen, ist am 25. Februar 3250 gestorben.“

Peter Rodensky schluckte seine Enttäuschung herunter.

„Kinder! Hat er Kinder? Er war doch sicher verheiratet.“

„Steht alles auf dem Formular.“ Der Beamte wurde sichtbar ungeduldig und war schon weniger freundlich. „Ich habe zu tun.“

„Vielen Dank“, knurrte Rodensky trotzdem und ging.

Wenn er noch den Jet nach Warschau kriegen wollte, mußte er sich beeilen.

Peter Rodensky betrieb seit dreißig Jahren Ahnenforschung.

Im Jahr 3220 hatte er damit begonnen, und heute wußte er, daß er viel früher damit hätte anfangen sollen, wenn er sein Ziel noch erreichen wollte, bevor er hundert wurde. Immerhin hatten sich die dreißig Jahre – einunddreißig, um genau zu sein – gelohnt. Seine Vermutungen schienen sich zu bestätigen.

Angefangen hatte eigentlich alles damals mit seinem Unfall. Obwohl die Knochenflicker sich mit ihren supermodernen Instrumenten über ihn hergemacht hatten, bekamen sie ihn nicht wieder hundertprozentig hin. Aus war es mit seiner Arbeit in der Montagehalle, man versetzte ihn einfach ins statistische Zentralbüro der Firma, die sich auf die Produktion und Weiterentwicklung von Teleskopstützen für Kugelraumer spezialisiert hatte.

Das war leider Peter Rodenskys einzige Verbindung zur Solaren Raumflotte, dabei war es von Kind an sein größter Wunsch gewesen, später einmal Kommandant eines Kreuzers zu werden.

Diese Enttäuschung hatte er nie verwinden können, und da er ewiger Junggeselle war und niemals Kinder gehabt hatte, konzentrierte sich seine ganze Aufmerksamkeit und Zuneigung auf seinen Neffen, dessen Eltern frühzeitig gestorben waren.

Der Junge sollte es mal besser haben als er, und vor allen Dingen sollte er jene berufliche Laufbahn einschlagen, die ihm, Rodensky, versagt bleiben mußte.

Aber so einfach war es nun wieder nicht, als Kadett in die Raumakademie aufgenommen zu werden. Im Namen seines geliebten Neffen verschickte er mehrere Gesuche, die jedoch wegen Überfüllung der Ausbildungsanstalten prompt abgelehnt wurden.

„Ohne Beziehungen geht da nichts“, erklärte ihm damals einer seiner Arbeitskollegen, dem er sein Leid klagte. „Einen Verwandten müßtest du da bei den großen Tieren haben, einen Admiral oder so was. Der könnte dann schon etwas für dich oder deinen Neffen tun."

Dieser Tip ging Rodensky nicht mehr aus dem Kopf, und ganz schlimm wurde es erst, als derselbe Kollege ihm eine Woche später zuflüsterte:

„Mensch, ist dir eigentlich noch nie aufgefallen, daß du eine – wenn auch entfernte – Namensähnlichkeit mit Rhodan hast?"

Peter Rodensky – Perry Rhodan . . .?

War das wirklich nur ein Zufall?

Der Gedanke ließ ihm keine Ruhe mehr. Er vernachlässigte seine Pflichten, erhielt einen Rüffel nach dem anderen und wurde schließlich aufgrund einiger psychiatrischer Gutachten in Pension geschickt.

Rodensky erholte sich überraschend schnell wieder von seinen Depressionen, überprüfte sein Gespartes und begann mit seinen Nachforschungen, die ihn im Verlauf der nun folgenden dreißig Jahre nicht nur in alle Teile Terras, sondern auch zu den Planeten des Sonnensystems und ihren Monden führten.

Der Kampf mit und gegen behördliche Stellen war zermürbend, aber er gab nicht auf. Erst recht nicht, als er nach zwei Jahren bereits auf die erste deutliche Spur stieß.

Den Stammbaum seines Vaters zurückverfolgend, stellte er fest, daß dessen Schwager einen Onkel hatte, dessen Cousin auf dem kolonisierten Mars eine Steinbockfarm leitete und im Jahr 3001 verstorben war. Sein Name lautete: Piet van Rodensje.

„Ist ja ein bißchen um die Ecken herum", murmelte Rodensky bei sich und drehte das amtliche Schreiben hin und her, „aber verwandt ist verwandt."

Erschwert wurden seine Nachforschungen durch die Tatsache, daß es schon lange üblich geworden war, den Namen des Kindes nicht unbedingt vom Vater zu entlehnen, so wie der Mann, der einen Ehevertrag einging, auch den Namen der Frau annehmen konnte.

So hieß denn auch Piet van Rodensjes Vater prompt Henry Miller, während der Name seiner Frau – oh Schreck! – überhaupt nicht in den Unterlagen auftauchte.

Das Ende der verwandtschaftlichen Fahnenstange?

Niemals! So schnell gab Rodensky nicht auf. Es war noch zu früh, seinen Neffen in seine Pläne einzuweihen, der es sich in den Kopf gesetzt hatte, irgendwo in Mitteleuropa Biologie zu studieren, um dann später in der Alpenregion des ehemaligen Bezirks AusSwiBav nach versteinerten Fossilien von Edelweiß und Tatzelwürmern zu suchen.

Nein, da mußten vorher noch stichhaltigere Beweise her!

Piet van Rodensje stammte aus Holland, und dort erfuhr der unermüdliche Ahnenforscher zu seinem Entzücken, daß ein entfernter Vetter Piets Ende des vergangenen Jahrtausends auf der Insel England gestorben sei. Sein Name: Sir Percival Hodan.

Auf nach England!

Hier wurde Rodensky gleich zweimal fündig, was ihn in einen wahren Taumel der Begeisterung versetzte. Sir Percival besaß eine lange Ahnenreihe, die allerdings durch die Folgen der weiblichen Emanzipation ziemlich durcheinandergeraten war. Immerhin hatte es zwei angeheiratete sogenannte Schwippvettern gegeben. Der eine, ein gewisser Pat McRocken, war 2877 in Schottland verstorben, und der andere, Patrick O'Rocks aus Irland, hatte sich im Jahre 2850 nach einem dörflichen Wirtshausbesuch im Moor verirrt und war nie gefunden worden.

Dann war es zwei Jahre lang wie abgeschnitten.

Inzwischen war Rodenskys Neffe den Kinderschuhen entwachsen und bereitete sich ernsthaft auf sein Studium vor. Sein Onkel fand es nun an der Zeit, ihn endlich aufzuklären. Daß mit den „Kinderschuhen entwachsen" war eine typische Rodensky'sche Übertreibung. Uwe Förster war schließlich schon vierzig Jahre alt.

Gerade das richtige Alter für die Raumakademie. Zumindest für jemand, der Beziehungen hatte.

„Eine wunderschöne Gegend", lobte Rodensky und deutete auf die fernen Alpen. „Aber es gibt schönere, auf anderen Planeten."

Uwe horchte auf.

„Was willst du damit andeuten? Kommst du mir wieder mit der Raumflotte? Du weißt genau, daß ich dazu keine Lust habe, schon deshalb nicht, weil die Ausbildung so lange dauert. Bis ich mal in so ein Schiff komme, bin ich alt."

Sein Onkel schüttelte vielsagend den Kopf.

„Du nicht, Uwe! Nein, *du* nicht!" betonte er geheimnisvoll. „Ich garantiere dir eine glänzende Laufbahn, und ich werde es noch erleben, daß du Kommandant eines Kreuzers oder vielleicht sogar Raumadmiral wirst."

Uwe Förster sah ihn an wie die Schlange das Kaninchen.

„Du bist jetzt 81 Jahre, und schon wirst du sonderbar, Onkel Peter. Was macht deine Stammbaumforschung", glaubte der Neffe das Thema zu wechseln.

„Das ist es ja gerade!" rief Rodensky aus, froh darüber, daß Uwe ganz von selbst darauf kam. „Noch ein oder zwei Jahre, dann bin ich soweit. Dann steht dir und allen anderen eine Riesenüberraschung bevor. Schade ist nur, daß du Uwe Förster heißt."

Uwe starrte ihn erneut an.

„Wie soll ich denn sonst heißen? Mein Vater hieß Förster, meine Großmutter hieß Förster, mein Urgroßonkel Franz hieß . . ."

„Er *war* auch Förster!" unterbrach ihn Rodensky ungehalten. „Ist dir bei meinem Namen noch nie etwas eingefallen?"

Nun wurde Uwes Blick forschend, dann schüttelte er den Kopf.

„Nein, wirklich nicht. Warum?"

„Später, mein Neffe, später! Wenn du auf der Akademie bist."

„Ich bin bereits für Biologie und Zoologie angemeldet und angenommen, Spezialgebiet ausgestorbene Arten wie Gemsen und . . ."

„Wir werden ja sehen", knurrte sein Onkel und entschloß sich, mit der endgültigen Aufklärung seines Neffen noch etwas zu warten.

Bei seiner fieberhaften Suche stieß er immer weiter in die Vergangenheit vor – oder besser: zurück. Sein aufgezeichneter Stammbaum nahm immer groteskere Formen an, weil er sich ungewöhnlich breitfächerig verästelte und mancher von der übrigen Welt längst vergessene Verwandte praktisch nur an einer dünnen Luftwurzel hing. In der Natur wäre ein solcher Baum beim ersten Luftzug umgekippt.

Seltsam war auch, daß Rodenskys Ahnenreihe, so wie er sie graphisch darstellte, seitwärts vom Stamm hinwegführte, statt sich zielbewußt der Wurzel zu nähern. Immerhin, so redete er sich ein, bestanden noch immer – wenn auch noch so fragwürdige – Zusammenhänge.

In den Jahren um 2400, also vor mehr als achthundert Jahren, war in Rußland ein Piotr Rodanow gestorben und fast gleichzeitig auf den japanischen Inseln ein Algenfischer mit dem Namen Pelly Lhodan.

Letzteres war eine ungewöhnlich heiße Spur, wenngleich Rodensky seine Stammbaumzeichnung auf der rechten Seite durch ein neues Blatt erheblich vergrößern mußte.

Um das Jahr 2000 herum ergaben sich nach längerer Pause erneute Hinweise, diesmal auf der linken Ahnenreihe. Das war eine völlig neue Erfahrung und ließ vermuten, daß in den Jahren davor ziemlich kreuz und quer durcheinander geheiratet wurde. Da half alles nichts. Rodensky mußte mit einigen willkürlich gezogenen Querstrichen der Realität ein wenig nachhelfen.

So stieß er dann auch auf Pauola Ladaoni im Pazifik, Permann Roden in Deutschland, Pierre Rodeaux in Frankreich und Pietro Rotzka in Mexiko, alle miteinander durch Bindestriche verwandt.

Manchmal durch sehr lange Bindestriche, die von dem äußersten linken Blatt der Zeichnung quer durch den Monsterbaum zum fünften Blatt rechts führten. Dort hing an einem winzigen Ästchen auch der 2001 verstorbene Pit Redden aus Australien.

Und dann kam lange Zeit nichts mehr.

Rodensky, verbissen und hartnäckig wie er nun einmal war, nur das eine Ziel vor Augen, durchstöberte die halbverschimmelten

Aufzeichnungen der im zwanzigsten Jahrhundert üblichen Standesämter und geriet so in die Zeit vor 1971, und es erschien ihm, als habe man ihn zurück ins Mittelalter versetzt.

Überall war er bekannt wie ein bunter Hund, und man hielt erschrocken die Luft an, wenn er erschien. Niemand wußte, warum er sich die mühselige Arbeit machte, seine Urahnen namentlich ausfindig zu machen, aber da man ihn für harmlos hielt, ließ man ihn gewähren.

Leider mußte Rodensky feststellen, daß die überaus gewissenhaften Beamten des zwanzigsten Jahrhunderts durch ihren übermäßigen Fleiß oft genug doppelte Arbeit geleistet und so vieles durcheinander gebracht hatten. Auch war die Sprache derart kompliziert, daß sie kaum verständlich genannt werden konnte. Dutzende von Kopien desselben Vorgangs vervollständigten die allgemeine Verwirrung, in die sich Rodensky gestürzt sah.

Doch siehe da! Im Jahre des Herrn 1689 hatte es in Spanien einen Priester Pedro Rodañon gegeben, der nach Amerika in eine Mission gegangen war. Angeblich sollten ihn die Indianer entführt haben.

Ebenfalls um diese Zeit war aus Italien ein gewisser Paulo Rodanini nach Amerika ausgewandert und verschollen. Es gab keine weiteren Aufzeichnungen.

Rodensky fügte das achte seitliche Blatt an und stieß wieder ins zwanzigste Jahrhundert vor, nachdem er zu seiner maßlosen Überraschung und Freude 1837 eine Frau aufgespürt hatte, die auf den Namen Patricia Rhodan getauft worden war.

Zweifellos eine Vorfahrin Perrys, und zwar in direkter Linie!

Und – wenn auch entfernt, mit ihm, Rodensky, verwandt!

Infolgedessen also ...

Die Enttäuschung war ein richtiger Hammer.

1837 war das Todesdatum Patricias. Sie war im jungfräulichen Alter von neun Jahren gestorben.

Natürlich keine nachweisbaren Nachkommen.

Immerhin ...

Peter Rodensky reiste nach Amerika.

Patricias Vater hieß ebenfalls Rhodan, aber es stellte sich heraus, daß er seinen Namen hatte ändern lassen. Er war eingewanderter Deutscher und hieß ursprünglich Schimmelbrot. Da er in den USA den Beruf des Bäckers ergriffen hatte, war die Namensänderung dringend erforderlich gewesen.

Er starb angeblich ohne weitere Nachkommen.

Nun war Rodensky es aber leid. Quer über alle zehn Blätter seiner Zeichnung hinweg zog er etwas, das es mathematisch oder geometrisch nicht gab: eine mehrfach gekrümmte Linie, die in einem rot umrandeten Kästchen endete, in dem in Druckbuchstaben stand: PERRY RHODAN, 8. Juni 1936.

Das war der endgültige und letzte Beweis.

Perry Rhodan war einer seiner Urururururahnen!

Und damit auch mit seinem Neffen Uwe Förster verwandt.

Er faltete seine Zeichnung zusammen, füllte damit seinen Koffer und flog zurück nach Europa in den Alpenbezirk AusSwiBav, um seinem über alles geliebten Direktverwandten die frohe Botschaft zu überbringen.

Uwe, der gemeinsam mit einer überaus reizenden Kollegin zwei Tage lang auf Exkursion gewesen war und die junge Studentin gerade mit Mühe und Not dazu überredet hatte, in seinem Zimmer eine Tasse Tee mit ihm zu trinken, war nicht übermäßig erfreut, seinen wartenden Onkel beim Portier vorzufinden.

„Da bist du ja endlich, mein Junge!“ wurde er empfangen und umarmt. „Ich muß wichtige Dinge mit dir besprechen.“ Rodensky nickte der Studentin zu. „Sie sind uns doch nicht böse, oder ...?“

„Warum sollte ich?“ erwiderte sie etwas schnippisch und ging.

Uwe blickte ihr mit leidender Miene nach. Dabei hatte er sich so auf den Tee mit ihr gefreut.

„Komm schon“, forderte Onkel Peter ihn auf und nahm seinen Arm. „Deine Karriere ist gesichert.“

Uwe folgte ihm widerstrebend, aber er wußte, daß er keine andere Wahl hatte. Mit einigem Schrecken bemerkte er erst jetzt den Koffer, den sein Onkel in der linken Hand hielt. Wollte der sich etwa in seiner Studentenbude einnisten?

Aber in dem Koffer befanden sich nur Papiere, dic zusammengeklebt den Fußboden des Zimmers völlig bedeckten. Rodensky kroch wie ein lahmer Dackel darauf herum, deutete hier und dort auf umrandete Felder, in denen Namen standen, fuhr mit dem Zeigefinger geraden oder krummen Strichen nach und erklärte dabei:

„Von Amerika aus besuchte ich noch China und Polen – Fehlanzeige. Unser letzter Verwandter in Tsun-hua starb letztes Jahr. Der gute Peng-lo-Dan! Daß er das nicht mehr erleben durfte! Und Polen ...? Nun, ich bin der einzige Rodensky, der in direkter Linie mit Perry Rhodan verwandt ist, alle anderen Rodenskys ..."

„Das da nennst du eine direkte Linie?" fragte Uwe verblüfft und deutete auf das Gewirr von Strichen, die sich oft auf erstaunliche Weise kreuzten und irgendwo bei einem Namen endeten. „Das Ganze sieht aus wie das Eisenbahnnetz Europas vor fast dreizehnhundert Jahren."

„Ja, das ist es!" rief der Onkel begeistert aus. „Das treffendste aller Beispiele! Die Schienenstränge stellten auch die Verbindung zwischen *allen* Stationen her. Die Kästchen mit den Namen, siehst du, sind die Stationen, und die Linien ..."

„Onkel Peter, was soll das alles?" unterbrach ihn Uwe mit letzter Energie. „Was hat das alles mit meiner Zukunft zu tun?"

Rodensky stelzte über den Stammbaum hinweg und setzte sich auf einen Stuhl, dessen Füße Namen wie Mayer oder Wokat verdeckten.

„Beziehungen sind alles!" betonte er und streckte den Zeigefinger aus, als wolle er seinen Neffen damit aufspießen. „Und du hast sie! Rhodan ist ein Urahne von dir, ein Uronkel gewissermaßen. Glaubst du, daß man einem Urneffen des Administrators die Aufnahme in die Raumakademie verweigern wird? Niemals! Ich werde also umgehend ..."

„Onkel Peter!" rief Uwe Förster verzweifelt. „Ich habe zwei Jahre Studium hinter mir, mit Auszeichnung. Man hat mir sogar einen Studienaufenthalt auf der Venus angeboten, und ich bin fest entschlossen ..."

„Ich werde also umgehend Kontakt zu den entsprechenden Stellen aufnehmen und dafür sorgen ...“

„Nein!“ Nun brüllte Uwe bereits, aber sein Onkel schien taub zu sein. Unbeirrt legte er seinen Plan dar und hielt erst inne, als sein störrischer Neffe völlig erschöpft seinen Widerstand aufgab und stöhnte: „Von mir aus kannst du es ja versuchen, aber du wirst sehen, daß man dich auslacht und mir meine Ruhe läßt. Und nun nimm deinen Eisenbahnplan und geh. Ich bin müde, und morgen habe ich eine anstrengende Prüfung vor mir.“

„Die ist völlig überflüssig geworden“, murmelte Rodensky, während er den riesigen Stammbaum zusammenfaltete und im Koffer verstaute. „Ich werde von dem Ding eine Miniaturkopie anfertigen und behördlich abstempeln lassen. Du mußt sie immer bei dir haben.“

„Lebewohl, und viel Glück“, wünschte Uwe Förster, gab ihm die Hand und schloß dann die Tür. Als er lang ausgestreckt auf seinem Bett lag, kamen ihm dann doch Bedenken.

Was sollte er tun, wenn Onkel Peter tatsächlich Erfolg mit seinen Bemühungen hatte?

Aber dann beruhigte er sich wieder.

Nein, so verrückt konnte keiner sein und diesen Unsinn glauben.

Der Schock kam eine Woche später.

Uwe Förster wurde zum leitenden Direktor der Naturwissenschaftlichen Universität gerufen, der ihm sehr höflich, aber offensichtlich höchst verwundert mitteilte, er habe sich innerhalb von drei Tagen in der Kadettenschule von Ulaan Bator in der nördlichen Mongolei zu melden. Seine wichtigsten persönlichen Dinge seien mitzubringen.

„Aber ich ... aber ich wollte doch ...“, stotterte der völlig Überraschte, wurde aber unterbrochen, weil der Direktor sich erhob und ihm die Hand reichte.

„Da kann man Ihnen nur noch gratulieren, Förster. Das Visogramm ist von höchster Stelle amtlich bestätigt und durch die Unterschrift des kommandierenden Admirals der Flotte unterzeichnet." Er zwinkerte fast vertraulich mit einem Auge. „Sie müssen unheimlich gute Beziehungen zu denen da oben haben, junger Mann. Warum haben Sie mir das nie gesagt?"

Uwe Förster wurde in dieser Sekunde klar, wie recht sein Onkel gehabt hatte, als er von der Wichtigkeit guter Beziehungen zu einflußreichen Stellen sprach. Ob er wollte oder nicht, er war beeindruckt.

„Oh, Sir, ich wollte nicht . . ."

„Ja, ja, Bescheidenheit ist eine Zier, doch weiter kommt man ohne ihr", zitierte der Direktor voller Verständnis, fügte jedoch hinzu: „Aber übertreiben dürfen Sie es auch nicht. Ich wünsche Ihnen viel Glück. Den Bericht über Ihre erfolgreiche und mit Lob abgeschlossene Doktorarbeit lasse ich Ihnen nachsenden."

„Aber ich habe doch noch gar nicht . . ."

„Aber, aber, Förster! Natürlich haben Sie!"

Und damit war Uwe entlassen.

Reichlich verwirrt verließ er das Gebäude, wanderte wie im Traum durch den Park und übersah sogar die junge Studentin, die ihm zuwinkte.

In seiner Brusttasche knisterte das Schreiben der Admiralität.

Ulaan Bator lag ein hübsches Stück von Terrania entfernt im nördlichen Teil der ehemaligen Wüste Gobi. Die Akademie war ein halbkreisförmiges Gebäude, das den Raumhafen nach Süden zu abgrenzte.

Der Jet, der ihn gebracht hatte, war längst wieder gestartet und in westlicher Richtung verschwunden. Ein Gleitfahrzeug näherte sich ihm und hielt an. Ein bullig gebauter Mann mit Uniform und Rangabzeichen winkte ihm zu.

„He, Sie da! Förster, richtig?"

„Uwe Förster, Sir."

„Einsteigen! Ich bin Sergeant Hektor, Ihr direkter Vorgesetzter. Weiß auch nicht, warum ich Sie wie einen Grafen abholen muß, die anderen gehen immer zu Fuß. Nun kommen Sie schon, sonst mache ich Ihnen Beine."

Uwe kletterte auf den Beifahrersitz. Den Koffer hielt er auf den Knien. Der Sergeant war offensichtlich das, was man ein Rauhbein nannte. Das konnte ja noch heiter werden. Dann aber, als sie dicht an den am Rand des weiten Feldes stehenden Übungsraumschiffen der Akademie vorbeifuhren, vergaß Uwe seine Sorgen. Eines Tages würde er auch mit so einem stolzen Raumer zu anderen Welten fliegen, vielleicht als Offizier, oder gar als Komman ...

„Steigen Sie aus, oder sind Sie eingeschlafen!" wurde er aus seinen Träumen gerissen.

Hastig kletterte er aus dem Fahrzeug.

„Verzeihung, Sir."

„Einfach nur Sergeant!" wurde er angebellt. „Gehen Sie drüben zur Anmeldung. Man wird Ihnen Ihr Quartier zuweisen und Sie einkleiden. Zum Abendappell möchte ich Sie wie aus dem Ei gepellt sehen."

Uwe nickte und wollte mit seinem Koffer losmarschieren, aber die brüllende Stimme Hektors holte ihn ein.

„Jawohl, Sergeant, heißt das, Sie Null!"

„Jawohl, Sergeant", brüllte Uwe zurück und nahm sich vor, diesem ungehobelten Burschen gelegentlich unverblümt die Meinung zu sagen. Natürlich erst dann, wenn er Offizier geworden war.

Die Anmeldung verlief glatt, das Einkleiden dauerte eine halbe Stunde, und dann landete er endlich vor seinem Zimmer. Das Namensschild an der Tür verriet, daß man ihn mit den Kadetten Jim Hardell, Bill Carpenter und Gaston Rodeaux zusammengelegt hatte.

Der Name Rodeaux kam Uwe irgendwie bekannt vor, aber er hatte jetzt keine Zeit, darüber nachzudenken. Er öffnete die Tür, trat ein und sah drei nicht unsympathische Gesichter, die ihn neugierig musterten.

„Aha, unser Neuer!" sagte einer der Kadetten und streckte ihm die Hand entgegen. „Bill Carpenter."

Sie nannten sich gegenseitig ihre Namen, und es ging recht kameradschaftlich zu. Schließlich sagte Jim Hardell:

„Vor dem Abendessen ist Appell, da wird dich Brülles offiziell begrüßen. Nicht erschüttern lassen von dem, der kann nichts dafür."

„Wofür? Und wer ist Brülles?"

„Nenn ihn bloß nie so", riet Jim. „Sergeant Hektor heißt er, unser Ausbilder. Macht uns viel Freude, der Gute. Wirst schon sehen."

Uwe dachte an seinen Stammbaum.

„Er wird auch was sehen", murmelte er, und die anderen sahen ihn ein wenig verwundert an.

„Sei nur vorsichtig", empfahl Gaston dann wohlwollend. „Mit Zivilcourage kommst du bei dem nicht durch. Du stehst dann Wache, bis dir die Beine in den Bauch wachsen. Er ist nun mal der Boß für uns."

„Keine Sorge", versprach Uwe. „Ihr werdet durch mich bestimmt keine Schwierigkeiten haben. Ich weiß doch, wo ich hier bin."

Sie überprüften seine Uniform, ob sie auch vorschriftsmäßig saß.

„Darauf legt er den größten Wert", eröffnete ihm Jim Hardell.

In seinen Studentenklamotten hatte sich Uwe wesentlich wohler gefühlt als in der – das mußte er sich heimlich eingestehen – doch recht bequem sitzenden Uniform. Er öffnete den obersten Knopf am Kragen. Jim wurde blaß.

„Der muß geschlossen bleiben!" klärte er Uwe auf.

„Geschlossen? Erstens kriege ich keine Luft und zweitens keinen Bissen herunter."

„Vorschrift!"

Uwe sah ihn verwirrt an.

„Es ist Vorschrift, nicht zu atmen und nicht zu essen?"

„Rede keinen Unsinn!" ermahnte ihn Gaston. „Du weißt genau, was Jim meint. Solche Mätzchen mit Brülles, und du wirst nie dein Bett sehen, sondern ständig unterwegs sein."

Bill Carpenter warf einen Blick auf seine Uhr.

„Es ist Zeit! Wenn wir nicht zu spät kommen wollen . . ."

Nun lernte Uwe auch die anderen Kadetten seiner Einheit kennen, wenn auch nur vom Sehen. Sie stellten sich in Linie vor dem Eingang zur Messe auf, dann erschien der Sergeant. Er baute sich vor der Front auf und musterte seine Schutzbefohlenen kritisch. Sein Blick blieb auf Uwe Förster hängen.

„Wir haben einen neuen Admiralsanwärter“, gab er mit lauter Stimme bekannt und stemmte die Fäuste in die Seiten. „Vortreten!“

Uwe machte drei Schritte, blieb stehen und nahm Haltung an, wie man es ihm geraten hatte. Der Sergeant kam auf ihn zu, blieb ebenfalls stehen und musterte ihn eindringlich. Es schien ihm schwerzufallen, etwas zu entdecken, das er kritisieren konnte. Jim, Bill und Gaston hatten sich wirklich Mühe gegeben.

„Name!“ rief Sergeant Hektor, und zwar so laut, als riefe er jemandem auf der anderen Seite des Landefeldes zu.

Noch konnte Uwe sich beherrschen, aber tief in seinem Unterbewußtsein flüsterte ihm eine Stimme zu, daß so ein einfacher Sergeant nicht mit dem Urneffen Rhodans umgehen durfte.

„Kadett Uwe Förster“, sagte er.

„Wie?“ fragte der Sergeant und tat so, als sei er schwerhörig.

„Kadett Uwe Förster!“ sagte Uwe etwas lauter.

„Aha!“ Wieder das forschende Mustern, und dann: „Komisch! Sie heißen Förster und sind Kadett. Haha!“

Der aufgestaute Ärger mußte sich Luft machen, sonst wäre Uwe geplatzt. Außerdem galt es ein für allemal klarzustellen, daß man sich mit ihm derartige Späßchen nicht leisten konnte. Die Saat von Onkel Peter begann aufzugehen.

„Sie heißen ja auch Hektor, Sergeant, und sind doch nicht der Sohn des Priamos.“

Von den vierzig angetretenen Kadetten hielten neununddreißig die Luft an, lediglich Uwe Förster atmete normal weiter. Sergeant Hektor stierte ihn aus glasigen Augen an, und die Farbe seines Gesichtes wurde zusehends gesünder.

„Hä?“ japste er dann völlig außer Fassung. Dann aber gewann die gewohnte Autorität wieder die Oberhand. „Das ist . . .! Förster! Sie melden sich nach dem Essen in meinem Quartier! In Arbeitskleidung! Und wenn Sie noch einmal vor versammelter Mannschaft so ein unanständiges Wort gebrauchen, haben Sie ein Disziplinarverfahren am Hals! Der ganze Verein – wegtreten!"

Gaston schob Uwe hastig an dem Sergeanten vorbei, der reglos auf seinem Platz stehengeblieben war. So schnell wurde er nicht mit der Ungeheuerlichkeit fertig, die ihm widerfahren war.

„Bist du wahnsinnig geworden?" flüsterte Gaston, als sie den Speisesaal betraten. „Sieh nur, wie dich alle betrachten! Die halten dich glatt für verrückt."

„Das ist mir egal, Gaston. Und dieser Brülles, das verspreche ich dir, wird sich noch wundern!"

„Oder du!" befürchtete Jim Carpenter, als sie am Tisch saßen.

Uwe hatte den obersten Kragenknopf wieder geöffnet und aß mit erstaunlich gutem Appetit, wobei er die teils spöttischen, teils bewundernden Blicke der anderen Kadetten ignorierte.

Dieser erste Auftritt Uwe Försters hatte natürlich einige unangenehme Folgen, aber seine Klugheit gebot ihm, seinen Trumpf jetzt noch nicht auszuspielen. Dazu mußte die günstigste Gelegenheit abgewartet werden. Leider wurde er jedoch durch einen anderen Vorfall, der ernster Natur war, gezwungen, seine Karten vorzeitig auf den Tisch zu legen.

Wieder war Sergeant Hektor die Ursache, wenn auch unbeabsichtigt.

Zwischen ihm und Uwe Förster gab es ständig Reibereien, die sich, wie der Sergeant betonte, äußerst negativ bei der Beurteilung für den Offiziersanwärterlehrgang auswirken mußten.

Einige Wochen nach seiner Ankunft in Ulaan Bator war theoretischer Unterricht an Bord eines 60-Meter-Kugelraumers, mit dem später auch die ersten Flüge durchgeführt werden sollten. Der Zwischenfall konnte nur deshalb geschehen, weil Sergeant Hektor es sich nicht abgewöhnen konnte, kurze und militärisch abgehackte Sätze von sich zu geben.

Die Führung durch das Schiff verlief synchron mit den entsprechenden Erklärungen des Sergeanten, die er aus dem Instruktionsbuch vorlas.

„Das macht er nun bei jedem Lehrgang“, flüsterte Bill seinem Nachbarn Uwe zu. „Eigentlich sollte er das alles schon auswendig gelernt haben.“

Sergeant Hektor ließ das Buch sinken. Er hatte gute Ohren.

„Aufpassen sollt ihr, nicht quatschen! Herkommen, Förster!“

Uwe warf Bill einen Laß-mich-nur-machen-Blick zu und ging durch die sich bereitwillig öffnende Kadettengasse vor zu der Kontrollanlage, die gerade erklärt worden war.

„Sergeant?“

„Scheinen ja hier schon alles zu kennen. Mal sehen.“ Er deutete auf die Skalen einer Reihe Meßinstrumente. „Was ist das?“

„Datenanalysation, Sergeant“, kam es wie aus der Pistole geschossen.

Hektor schielte in sein Buch.

„Stimmt! Und das da?“

„Energiekontrolle für die Schutzschirme, Sergeant.“

Hektor unterdrückte seine Enttäuschung.

„Hm“, knurrte er lediglich, und dann: „Wollen mal Ihre Reaktionsfähigkeit testen, Förster. Sie haben fünf Sekunden zur Ausführung: den unteren Polschirm auf schwache Leistung schalten – jetzt!“

Uwe zögerte keinen Augenblick. Mit einer Hand regulierte er die Energiezufuhr und mit der anderen aktivierte er den Schirm, obwohl er genau wußte, daß er die Schaltung nur simulieren sollte.

Sergeant Hektor war mit einem für seine bullige Gestalt unerhört flinken Satz bei ihm und desaktivierte den Schirm. Aber es war schon zu spät.

Leutnant Sorenz, verantwortlich für die Unterrichtsthemen, näherte sich mit forschen Schritten der Einstiegluke, als unmittelbar vor ihm die Energiewand aufflimmerte und er voll dagegenbrummte. Zusätzlich erhielt er noch einen leichten elektrischen Schlag.

Der Schirm erlosch sofort wieder, und Leutnant Sorenz erklomm wütend die Leiter und erschien wenig später in der Zentrale, die vom Gebrüll Sergeant Hektors erfüllt wurde. In eine Atempause hinein sagte Kadett Förster:

„Ich habe nur Ihren Befehl ausgeführt, Sergeant."

Ehe der Sergeant weiterbrüllen konnte, rief Leutnant Sorenz:

„Sie melden sich in fünf Minuten bei mir, Sergeant! Beenden Sie den Unterricht!"

Sprach's und ging, ohne eine Antwort abzuwarten.

Sergeant Hektor blickte ihm verblüfft hinterher, ehe er Uwe anbrüllte:

„*Sie* melden sich in zehn Minuten bei *mir*, Förster! Unterricht beendet!"

Als Uwe eine Stunde später in seine Unterkunft zurückkehrte und seine Kameraden ihn erwartungsvoll ansahen, ohne ihr Mitgefühl zu verbergen, lächelte er versonnen.

„Nun?" fragte Bill Carpenter. „Was haben sie dir aufgebrummt?"

Uwe setzte sich aufs Bett.

„Aufgebrummt? Der Leutnant hat mir zwei Tage Stadturlaub gegeben, am nächsten Wochenende."

Sie starrten ihn verständnislos an.

„Er ist übergeschnappt", stellte Jim Hardell seine Diagnose.

Gaston Rodeaux glaubte schon eher an Wunder.

„Urlaub? Wie ist das möglich, nachdem du dem Sorenz praktisch ein blaues Auge verpaßt hast?"

Zum erstenmal gebrauchte Uwe Förster das Zauberwort.

„Beziehungen!" sagte er schlicht und einfach, und stürzte seine drei Freunde damit in noch größere Verwirrung.

Daß Kadett Uwe Förster Beziehungen hatte, sprach sich schnell herum. Einige der Kadetten wollten es zuerst nicht glauben, aber sie mußten sehr bald feststellen, daß Uwe in der Tat bevorzugt und fast wie ein rohes Ei von den Vorgesetzten behandelt wurde. Natürlich erweckte das den Neid einiger, aber da niemand wußte, welcher Art die Beziehungen Uwes waren, blieb man vorsichtig.

Vielleicht war der kommandierende Admiral oder auch der Leiter der Akademie ein Verwandter. Das würde manches erklären.

Inzwischen war der Offizierslehrgang angelaufen. Für Uwe ging alles glatt, obwohl er nur die Hälfte von dem verstand, was man ihnen beizubringen versuchte. Leutnant Sorenz und Sergeant Hektor mußten geplaudert haben, denn die Fähnriche, die Unterricht und Ausbildung leiteten, legten ihm die Antworten auf ihre Fragen regelrecht in den Mund. Kein Zweifel, daß er die bevorstehende Abschlußprüfung mit Auszeichnung bestehen würde.

Zwei Tage vor dieser Prüfung ließ Admiral a. D. Hornblauer den Offiziersanwärter zu sich kommen. Leutselig bat er ihn Platz zu nehmen. Er nahm ein Blatt Papier zur Hand und sagte:

„Sie haben Besuch, Kadett Förster. Ihr Onkel erwartet Sie im Intertourist von Ulaan Bator. Selbstverständlich haben Sie Urlaub. Ihre Leistungen sind derart, daß Sie auf die Wiederholungsstunden der beiden letzten Tage gut verzichten können.“ Er sann einige Sekunden vor sich hin, ehe er fragte: „Ihr Onkel Peter Rodensky, ist er auch – ich meine, eigentlich muß er ja wohl ...“

„Ja, er ist es auch“, sagte Uwe und kam dem Admiral damit entgegen, ohne etwas Falsches zu behaupten. „Wann kann ich ihn sehen?“

Der Admiral erhob sich und reichte Uwe die Hand.

„Selbstverständlich sofort. Versäumen Sie aber nicht die Prüfung, mein Freund.“ Er lächelte und zwinkerte vertraulich. „Sie sollten doch zumindest anwesend sein.“

Uwe Förster litt schon lange nicht mehr unter Gewissensbisssen, und sein Studium war zu einem Traum geworden. Das hier war *das* Leben! Eigentlich fast alles ohne sein Dazutun. Ein einziges Mal nur hatte er seinen mit Stempeln versehenen Stammbaum vorgezeigt, damals, als ihm nach dem Zwischenfall mit Leutnant Sorenz der Rausschmiß drohte. Dann war alles ganz von selbst gelaufen.

Seine angebliche Verwandtschaft zum Großadministrator wurde unter den Vorgesetzten und Verantwortlichen der Akademie nur hinter vorgehaltener Hand weiterverbreitet, und natürlich unter dem strengsten Siegel der Verschwiegenheit.

Eine Bevorzugung sollte auf keinen Fall erfolgen, aber auf der anderen Seite wollte es sich niemand mit Perry Rhodan verderben.

Peter Rodensky kam Uwe mit ausgebreiteten Armen entgegen.

„Sei gegrüßt, geliebter Neffe! Wie ich vernahm, aber das bleibt unter uns, überspringst du in zwei Tagen den Fähnrich und wirst gleich zum Leutnant befördert. Na, was habe ich dir immer gesagt?“

„Du hast ja so recht“, seufzte Uwe und sank in den nächsten Sessel der Hotelbar. „Dabei ist doch alles ausgemachter Schwindel.“

„Bist du wohl still! Die Wände könnten Ohren haben.“

„Also doch Schwindel!“ flüsterte Uwe und wurde etwas blaß um die Nase.

Rodensky beugte sich zu ihm.

„Der Stammbaum ist echt, ich habe drei Jahrzehnte an ihm gearbeitet. Du hast ihn doch vorgezeigt, nicht wahr?“ Als Uwe nickte, fuhr er triumphierend fort: „Na und? Das Resultat beweist doch alles.“

„Ich weiß nicht recht, Onkel Peter. Der Sergeant wurde aus ihm nicht schlau, er sah nur Rhodans Namen unten in der Ecke. Und der Leutnant studierte ihn zwar aufmerksam, meinte dann aber, er sei mehr auf Computergeschriebenes geeicht und außerdem seien die Erklärungen in der Amtssprache völlig unverständlich für einen normalen Menschen.“

„Und trotzdem . . .“, begann Rodensky.

„Er zog mit dem Finger die Linie von mir zu Rhodan nach, und das war es dann auch.“

„Über die ganzen Kreuzungen hinweg?“ wunderte sich Rodensky.

„Sogar die engsten Kurven hat er mühelos genommen“, bestätigte Uwe und grinste.

Rodensky winkte den Bedienungsrobot heran und bestellte einige Drinks.

„Nun kann eigentlich nichts mehr passieren“, prophezeite er zuversichtlich. „Leutnant Förster, ich gratuliere!“

„Doch nicht vorher!“ warnte Uwe erschrocken. „Das bringt nur Unglück!“
Es brachte kein Unglück.

Der gesamte Lehrgang wurde bis auf zwei Ausnahmen geschlossen zum Fähnrich befördert. Leutnant wurden mit Belobigung die ehemaligen Kadetten Uwe Förster und Gaston Rodeaux, der überhaupt nichts mehr begriff.

„Überlege doch mal“, sagte Uwe nach der feucht-fröhlichen Abschlußfeier zu ihm. „Dein Name! Hinzu kommt, daß alle wissen, wie gut wir befreundet sind. Beides zusammen ergibt die Lösung des Rätsels.“

„Mein Name?“ wunderte sich Gaston verblüfft.

Nun konnte Uwe das Geheimnis nicht mehr länger bei sich behalten. Er zog den Stammbaum aus der Brusttasche und breitete ihn vor Gaston aus. Mit dem Zeigefinger tippte er auf eins der unzähligen Namenskästchen.

„Siehst du, hier? Was steht da? Pierre Rodeaux 2000 steht da!“

„So ein Zufall!“ murmelte Gaston. „Heißt genauso wie ich.“ Er fuhr mit dem Finger die Linien entlang, benutzte ab und zu eine Weiche und blieb dann unten rechts hängen. „Perry Rhodan?“ Er bekam Stielaugen. „Soll das heißen, daß ich ... daß wir ...“

„Du bist mit Rhodan verwandt, genau wie ich. Der Stammbaum beweist das einwandfrei. Und da Sorenz und Hektor den Stammbaum gesehen haben – ach, Mann! Ist doch alles klar, oder?“

„Beziehungen“, begriff Gaston endlich. Aber dann schüttelte er den Kopf. „Das kann nie im Leben stimmen! Dazwischen liegen mehr als tausend Jahre! Wenn man es so betrachtet und bis Adam und Eva zurückgeht, sind alle Menschen miteinander verwandt.“

„Sind sie ja auch“, gab Uwe ein wenig beunruhigt zu.

Ihm kam plötzlich der Verdacht, daß sein Onkel Peter den Stammbaum genau nach dieser Richtlinie aufgebaut hatte. Bei einigen Familienrelationen mußte er entsprechend nachgeholfen und die richtigen Verbindungslinien gezogen haben.

Schließlich hatte er dreißig Jahre Zeit dafür gehabt.

„Ich hoffe nur, daß Rhodan nie davon erfährt“, unterbrach Gaston die unerquicklichen Kombinationen seines Freundes. Sie bewohnten gemeinsam ein Offiziersquartier und waren von Jim Hardell und Bill Carpenter getrennt worden, mit denen sie jedoch außerdienstlich noch oft zusammentrafen. „Das wird unangenehm. Du weißt, was er von Protektion und dergleichen hält.“

„Nämlich nichts“, murmelte Uwe und versuchte den Stein zu ignorieren, der ihm im Magen lag. „Aber wie sollte er davon erfahren? Unsere Vorgesetzten werden den Mund halten.“

„Stimmt auch wieder“, gab Gaston sich beruhigt. „Tun wir einfach so, als hätten wir keine Ahnung.“

„Du hast gut reden, Gaston. Du *hast* ja auch bis vor ein paar Minuten nichts gewußt. Aber ich ...! Ich wußte es und habe es ausgenutzt. Du erst hast mich auf den Gedanken gebracht, daß mein Onkel Peter vielleicht ein wenig nachgeholfen hat. Junge, wenn das jemals herauskommt?“

Gaston Rodeaux erhob sich.

„Ich muß die Posten kontrollieren, Uwe. Wir sehen uns morgen. Weißt ja: Probeflug mit dem Übungskahn Richtung Mars.“

„Davor habe ich mehr Angst als vor Rhodan.“

„Wird schon werden“, tröstete Gaston und ließ ihn allein.

Obwohl Uwe nun Leutnant war, unterstand Sergeant Hektor noch immer die praktische Ausbildung, die wiederum von Leutnant Sorenz geleitet wurde. Die Gewissensbisse der beiden Ausbilder wuchsen in dem Maß, in dem Uwe Försters praktische Kenntnisse versagten.

Während des Fluges zum Mars und zurück hatten sie alle Hände voll zu tun, die absolute Unfähigkeit Leutnant Försters, ein Schiff zu führen, vor den wesentlich begabteren Kadetten zu vertuschen. Sie konnten jedoch nicht verhindern, daß es allmählich auffiel, wie sehr die beiden darauf bedacht waren, die frischgebackenen Offiziere vor jedem Fehler geschickt zu bewahren.

Rodeaux hatte diese Hilfe weniger nötig als Förster, der sich mehr für die hydroponische Anlage des Raumers als für dessen Kontrollen interessierte.

Mehr als drei Monate dauerte diese praktische Ausbildung, dann erhielten die beiden Leutnants das Kommando über einen leichten Wachkreuzer, dessen Aufgabe lediglich darin bestand, zwischen Pluto und Merkur hin- und herzupendeln und Meßdaten zu sammeln. Gleichzeitig erfolgte die Beförderung zum Major, wobei wieder ein Dienstgrad übersprungen wurde.

Das gab den Ausschlag.

Es war sogar den ewigen Kadetten Hardell und Carpenter zuviel.

Perry Rhodan sah von dem Papierkram auf, als Reginald Bull eintrat. Der Freund strich sich über das rötliche Stoppelhaar, deutete aus dem Fenster, das hoch über Terrania lag, und sagte:

„Herrliches Wetter heute, nicht wahr?“

Rhodan runzelte die Stirn und ordnete die Papiere, meist Kurzberichte aus allen Teilen des Solaren Imperiums, ansonsten wichtige Anordnungen aus der Verwaltung, die seiner Genehmigung bedurften.

„Ich habe ja nichts gegen eine kurze Unterbrechung dieser nervtötenden Verwaltungsarbeit, aber hättest du dir nicht einen besseren Grund aussuchen können als das Wetter, das ohnehin kontrolliert wird?“

Bully berührte der leichte Tadel nicht im geringsten.

„Wichtige Gespräche beginnen fast immer mit der Beurteilung des Wetters, ob kontrolliert oder nicht. Aber ich habe da etwas, das dich vielleicht doch interessieren könnte.“ Er kramte in der Brusttasche und zog ein zerknittertes Blatt Papier hervor, faltete es auseinander, glättete es sorgfältig und schob es Rhodan unter die Nase. „Es gelangte unter Umgehung des regulären Dienstwegs direkt zu mir, wenn auch an dich gerichtet. Da ich dich nicht mit Kleinkram belästigen wollte, öffnete ich das Schreiben. Aber ich glaube, du solltest es dir doch ansehen. Ich werde nicht schlau daraus.“

Rhodan nahm das Blatt und las es durch. Dann schüttelte er verständnislos den Kopf.

„Eine Beschwerde zweier Kadetten aus der Akademie in Ulaan Bator? Warum wenden sich die beiden nicht an ihren Direktor – wer ist das übrigens?"

„Admiral a. D. Hornblauer."

Rhodan sah wieder auf das Schreiben.

„Sie beschweren sich über die bevorzugte Behandlung zweier Majore, die zur gleichen Zeit mit ihnen ausgebildet wurden und nun bereits zum zweitenmal befördert wurden." Rhodan blickte auf. „Nur zweimal, und schon Major? Müssen ja außerordentlich begabte Burschen sein."

„Mir sieht das eher nach Protektion aus", gab Bully zu bedenken.

Rhodan schüttelte zweifelnd den Kopf.

„Kann ich mir nicht vorstellen, Bully. Außerdem: Förster und Rodeaux! Meinst du vielleicht, sie könnten mit Hornblauer irgendwie verwandt sein?"

„Kann auch andere Gründe haben, jedenfalls bin ich dafür, die Beschwerde nicht zu ignorieren. Keine Protektion, das war schon immer unser Grundsatz."

„Und wenn diese beiden Kadetten ...", er warf einen Blick auf das Schreiben, „... Hardell und Carpenter recht haben sollten, was dann?"

„Dann wird eben derjenige, der aus vielleicht familiären Gründen seine Günstlinge bevorzugte, zur Rechenschaft gezogen."

Rhodan seufzte.

„Ich habe genug Arbeit hier. Kannst du dich nicht darum kümmern? Aber sehr diskret, wenn ich bitten darf. Wir können doch den Admiral nicht bloßstellen – falls er der Schuldige ist. Vielleicht hat der alte Herr zwei Neffen, die er zu seinen Nachfolgern machen möchte."

Bully grinste breit.

„Du hast manchmal recht ausgefallene Ideen", sagte er, nahm das Schreiben wieder an sich und stand auf. „Du wirst von mir hören, Perry."

„Hoffentlich nicht in dieser Angelegenheit, die doch nur Kleinkram ist. Sollte allerdings wirklich da in Ulaan Bator Protektion im Spiel sein, werden wir hart durchgreifen müssen. Wollen wir erst gar nicht einreißen lassen ..."

Reginald Bull nickte grimmig und verließ Rhodan.

Für Admiral a. D. Hornblauer kam der Besuch des zweitmächtigsten Mannes des Solaren Imperiums, zumal unangekündigt, mehr als überraschend. Er wußte nicht, ob er sich geehrt oder beunruhigt fühlen sollte. Da sein Gewissen jedoch rein war, entschied er sich fürs Geehrtsein. An Förster oder Rodeaux dachte er keine Sekunde.

Bully verlor keine Zeit. Er ging direkt aufs Ziel los.

„Wir sind in Terrania ein wenig verblüfft über die erstaunliche Karriere der beiden Offiziere Uwe Förster und Gaston Rodeaux", sagte er und behielt das ominöse Schreiben in der Tasche. „Noch nie wurde bisher jemand in so kurzer Zeit vom Kadetten zum Major befördert. Wie ist das zu erklären, Admiral?"

Also *das* war es! Das Blütenweiß von Hornblauers Gewissen färbte sich unmerklich grau ein. Aber dann sagte er sich, daß es wohl kein Verbrechen sein könne, Rhodans – wenn auch vielleicht entfernte – Enkel oder Neffen etwas bevorzugt behandelt zu haben. Schließlich auch noch ohne Wissen des entfernten Onkels, oder was auch immer. Dann entsann er sich, den von Sergeant Hektor und Leutnant Sorenz erwähnten Stammbaum eigentlich selbst nie gesehen zu haben. Lag vielleicht hier der Hase im sprichwörtlichen Pfeffer?

„Hm, ich darf bemerken, daß es sich bei diesen beiden um außergewöhnlich begabte junge Männer handelt."

Bully zog nun doch das Schreiben aus der Tasche, behielt es aber in der Hand.

„Hier steht etwas anderes. Major Rodeaux soll zwar sehr befähigt sein, nicht aber Major Förster. Es wird sogar die Auffassung vertreten, daß er sich besser zum Gärtner eigne. Was stimmt denn nun?"

Hornblauer sah sich in die Enge getrieben.

„Nun ja, zugegeben, es mag noch einige Zeit dauern, bis Förster die nötige Reife erlangt hat, aber er zeigt guten Willen."

„Den zeigen meiner Erfahrung nach alle, die sich zur Akademie melden", lehnte Bully das Argument ab. „Ich möchte mir die beiden Majore gern mal ansehen."

Während der Admiral eine Verbindung mit Sorenz verlangte, hoffte er inständig, daß der kleine Wachkreuzer sich jenseits der Plutobahn aufhielt. Er wurde aber enttäuscht.

Sergeant Hektor meldete sich am anderen Ende. Die im Bildschirm angebrachte Kamera konnte Bully nicht erfassen.

„Ach, unsere beiden Schützlinge?" polterte Hektor los und grinste breit, als er Hornblauers Frage vernommen hatte. „Sind in der Messe. Ich schicke sie gleich zu Ihnen." Er drohte scherzhaft mit dem Zeigefinger. „Schon wieder eine Beförderung fällig, Admiral?"

Hornblauer unterbrach blaß geworden die Verbindung.

„Etwas lockerer Ton zwischen Untergebenen und Vorgesetzten fördert den Eifer", entschuldigte er sich verlegen.

Bully nickte, sagte aber nichts. Das Ganze schien sich zu einer peinlichen Affäre zu entwickeln. Er bedauerte es, das Schreiben nicht gleich in den Papierkorb geworfen zu haben. Er ahnte nicht, daß es noch schlimmer kommen würde.

Uwe Förster und Gaston Rodeaux betraten Hornblauers Büro, ohne anzuklopfen, so wie sie es bereits gewohnt waren.

„Hallo, alter Knabe!" rief Uwe fröhlich aus, und erst dann bemerkte er den Besucher.

Er wurde totenblaß und hielt sich an der Wand fest. Rodeaux war geistesgegenwärtig genug, sofort stramme Haltung anzunehmen und dem Admiral mit militärischer Exaktheit zu melden, daß er anwesend sei, wie befohlen.

Hornblauer deutete auf Bully.

„Reginald Bull, Stellvertreter des Großadministrators." Und um gleich alle Unklarheiten zu beseitigen, fügte er hinzu: „Ihres Onkels, Major Förster und Major Rodeaux."

Bully sah aus, als hätte ihm jemand ein Glas Bier hinter den

Hemdkragen geschüttet. Sein Unterkiefer sank ein wenig herab, als er Uwe und Gaston anstarrte, denen sein verdatterter Blick offensichtlich unangenehm war. Schließlich war es Uwe, der sich entschloß, Nägel mit Köpfen zu machen und die Angelegenheit offiziell werden zu lassen.

Er zog den stark verkleinerten Stammbaum aus der Tasche und bat Hornblauer, ihn unter die Vergrößerungsprojektion zu legen. Wenig später prangte die prachtvolle Ahnentafel auf dem Schirm.

Bully, noch immer reichlich benommen, fragte ahnungsvoll:

„Ja und, was soll das?"

Uwe Förster, dem plötzlich alles egal geworden war, trat vor und tippte mit dem Finger auf das unterste rechte Kästchen mit Rhodans Namen, glitt dann mit demselben Finger hinauf zu seinem eigenen am Kopf der Ahnentafel, wobei er sämtliche Kreuz- und Querlinien ignorierte.

„Er ist mein Ururururndsoweiteronkel", erklärte er mannhaft.

Bully blickte hinauf zur Decke, als erwarte er von dort eine göttliche Eingebung, aber die blieb aus.

„Und Sie?" fragte er dann Gaston.

„Ich wußte eigentlich von nichts, Sir. Aber mein Name – oder der einer meiner Vorfahren – steht auch auf der Tafel."

Bully hatte sich wieder einigermaßen gefangen.

„Und damit seid ihr also hausieren gegangen?" erkundigte er sich verdächtig freundlich. „Verwandt mit Rhodan über tausend Ecken und über zwölfhundertachtzig Jahre!" Seine Stimme wurde scharf, als er Hornblauer anblickte. „Selbst wenn an der ganzen Sache etwas dran wäre, Admiral, ist es unverantwortlich, schon allen anderen Anwärtern der Flotte gegenüber, Protektion walten zu lassen und angebliche Beziehungen derart zu berücksichtigen. Ich werde Rhodan von diesem Vorfall Meldung machen müssen."

„Aber, Sir..."

„Außerdem", fuhr Bully fort, „hat der Vorfall Sie so mitgenommen, daß ich einen längeren Urlaub empfehle. Das gilt auch für Leutnant Sorenz und Sergeant Hektor." Nun sah er wieder die beiden Übeltäter an. „Und was Sie angeht, so möchte ich Ihnen, schon des guten Rufs unserer Akademie wegen, eine Degradierung ersparen. Sie werden freiwillig Ihren Abschied nehmen. Damit ist die Sache soweit erledigt."

Uwe Förster bewies Charakter, auch wenn dieser aus Bequemlichkeit längere Zeit im Unterbewußtsein geschlummert hatte.

„Sir, ich möchte betonen, daß Major Rodeaux nicht die geringste Schuld trifft. Er hat bis vor kurzem überhaupt nicht gewußt, warum er bevorzugt wurde. Und was mich angeht, so mußte ich meinem Onkel – ich meine meinen Onkel Peter Rodensky – Glauben schenken. Er hat dreißig Jahre seines Lebens mit seinen Nachforschungen verbracht. Doch ich ziehe die Konsequenz gern. Es war immer mein Wunsch, Astrobiologe zu werden. Ich möchte zurück an die Universität."

„Gewährt", stimmte Bully zu. „Und Sie, Rodeaux?"

Gaston druckste ein wenig, dann sagte er:

„Ich wäre eigentlich sehr gern bei der Flotte geblieben, Sir. Ich fange auch gern wieder als Kadett an und . . ."

„Ausgeschlossen!" unterbrach ihn Bully mit erhobenem Zeigefinger. „Der gute Ruf! Aber ich kann versprechen, daß eine weitere Beförderung für Sie in den nächsten zwanzig Jahren nicht in Frage kommt. Ist das klar?"

„Ich danke Ihnen", rief Gaston Rodeaux und wäre Bully fast um den Hals gefallen.

„Schon gut, Major. Aber einen guten Rat gebe ich Ihnen noch mit auf den Weg: Sollte jemals einer Ihrer Untergebenen Ihr eigener Sohn sein, so vergessen Sie das oder lassen ihn zu einer anderen Einheit versetzen. Keine Protektion, verstanden?"

„Ich werde niemals heiraten, Sir!" versprach Gaston feierlich.

Bully nickte.

„Gut, damit ist die Sache für Sie beide erledigt. Und nun", wandte er sich an Hornblauer, „möchte ich noch den Leutnant und den Sergeanten sprechen."

Uwe Förster und Gaston Rodeaux entfernten sich schweigend und mit einigen Pfund Steinen weniger auf dem Herzen.

Gaston blieb bei der Flotte und erhielt zu seiner Überraschung wenig später ein eigenes Schiff, und das ganz ohne jede Beziehung und Protektion. Er wurde einer der besten Raumkommandanten der Solaren Wachflotte und war bei allen Dienstgraden gleichermaßen beliebt.

Uwe kehrte zur Universität zurück, klärte Onkel Peter über alles auf, der mit Bedauern sein Lebenswerk zusammenbrechen sah, freundete sich erneut mit der jungen Studentin von damals an und wies entrüstet das Anerbieten des Uni-Direktors zurück, zwei Semester zu überspringen.

Die einzigen Beziehungen, auf die Uwe Förster nur noch Wert legte, waren jene zu einer bestimmten jungen Dame.

„Das ist ja nicht zu fassen!" war erst einmal alles, was Rhodan nach Bullys Vortrag zu sagen hatte. Er studierte die vergrößerte Kopie der sagenhaften Ahnentafel und schüttelte immer wieder den Kopf. „Wir geben das Ding mal spaßeshalber NATHAN zur Überprüfung. Das Rechengehirn braucht nur ein paar Minuten für die dreißigjährige Arbeit dieses Peter Rodensky."

„Also doch neugierig?" meinte Bully und grinste unverschämt.

„Nein, nur wißbegierig."

Über Televisor ging die Kopie zum Mond, und bereits nach einer halben Stunde lag NATHANs Analyse auf dem Schreibtisch.

Rhodan las die wenigen Sätze schnell durch. Auf seiner Stirn entstand eine steile Falte, als er Bully anblickte, ihm die Analyse hinschob und sagte:

„Auf dem ganzen Stammbaum, den sich Rodensky zusammenschusterte, sind nur zwei Namen enthalten, deren Trägern man eine weit entfernte Verbindung zu mir zuschreiben kann, die aber nichts mit einer direkten Verwandtschaft zu tun hat. Einer Verwandtschaft am nächsten kommt die 1837 verstorbene Patricia Rhodan, beziehungsweise ihre Eltern, und tatsächlich der Major Gaston Rodeaux, dessen Urahn Pierre im Jahre 2000 verstarb. Er entstammte einer Nebenlinie, die hundertzwanzig Jahre zuvor von meiner eigenen getrennt wurde und zu der auch ein gewisser Rodden Berry gehörte."

„Rodeaux also!“ knurrte Bully, nicht sonderlich begeistert.

Rhodan sah ihn an.

„Das darf nie jemand erfahren, hörst du? Sonst geht das ganze Theater von vorne los. Außerdem, ich bin davon überzeugt, daß NATHAN bei entsprechender Versorgung mit Daten herausfinden würde, daß du ebenfalls mit mir verwandt bist – und nicht nur du!“

„Möglicherweise sogar mit Gucky“, scherzte Bully.

„Warum nicht?“ ging Rhodan darauf ein. „Wenn Förster das Talent seines Onkels Rodensky geerbt hat, wovor uns Gott behüten möge, wird er als Kosmobiologe eines Tages auch herausfinden, daß sämtliche organischen Lebewesen des Universums einen gemeinsamen Ursprung haben und demzufolge miteinander verwandt sind. Ich mit den Ilts, du mit den Halutern, die wiederum mit dem konservierten Walfisch im Museum, und dieser logischerweise mit ...“

„Aufhören!“ rief Bully und hielt sich die Ohren zu. Abrupt wechselte er das Thema und deutete auf den Schreibtisch. „Gibt es noch etwas, das du mir zur Bearbeitung übergeben kannst?“

Rhodan lächelte ein wenig nachsichtig und schob ihm einen Stoß Akten zu.

„Wenn möglich, solltest du das bis morgen erledigt haben – Vetter!“

H. G. Ewers

Indianersommer

Die Auseinandersetzung zwischen der Superintelligenz ES und ihrer Gegenspielerin Seth-Apophis erreichte zwar im Zeitalter der Kosmischen Hanse einen Höhepunkt, ihre Anfänge lagen jedoch weit in der Vergangenheit.

So geschah es in der zweiten Hälfte des neunzehnten Jahrhunderts alter irdischer Zeitrechnung, daß ein verirrter psionischer Jetstrahl der Seth-Apophis über die Erde strich, den Bewußtseinsabdruck eines Menschen an sich zog und in ihr DEPOT schickte. Dort wurde er verankert, aber nicht weiter beachtet, denn zu jener Zeit interessierte sich Seth-Apophis noch nicht für die irdische Menschheit. Als der betreffende Mensch einige Jahre später starb, war er niemals als Agent aktiviert gewesen. Im DEPOT blieb nur die Informationsfülle zurück, die sein Bewußtsein zu seinen Lebzeiten gespeichert hatte.

Der Zufall wollte es, daß es sich bei diesem Menschen um einen jungen indianischen Krieger vom Stamm der Sioux handelte, der im Gefolge von Sitting Bull an Verhandlungen mit den sogenannten Bleichgesichtern teilnahm und den Betrug an seinem Volk sowie die fast völlige Ausrottung der Sioux und ihrer indianischen Brudervölker miterlebte – bis er an gebrochenem Herzen starb.

Ein zweiter Zufall wollte es, daß Seth-Apophis im Jahr 425 NGZ bei ihren Bemühungen, Terraner als Agenten für sich zu rekrutieren, unter anderem den Bewußtseinsabdruck eines Menschen in ihr DEPOT holte, der sich intensiv mit der Geschichte der Indianer Nordamerikas befaßt hatte. Infolge ihrer geistigen Entartung und ihrer Sucht, der Mächtigkeitsballung von ES allen nur erdenklichen Schaden zuzufügen, zählte Seth-Apophis die Informationen des indianischen Kriegers und die des Terraners zusammen und kam zu dem Fehlschluß, daß die Menschheit des Hanse-Zeitalters durch einen tiefen Graben in zwei Lager gespalten sei: in das der Nach-

kommen der Überlebenden eines planetarischen Genozids und in das der Nachkommen jener, die dieses Genozid durchgeführt hatten.

Seth-Apophis beschloß, diese Spaltung der terranischen Menschheit dazu zu nutzen, um den – wie sie annahm – schwelenden Haß zu einer Flamme auflodern zu lassen, in der ihre Einigkeit verging und in der die Kosmische Hanse gleich einem Kartenhaus in sich zusammenstürzte . . .

Rio de Janeiro

Eine Februarnacht des Jahres 425 NGZ...

Über das breite Band der Avenida de Ernesto Ellert tanzten die schreiend bunt kostümierten Menschenmassen in ungezügelter Ekstase zu hektischen Rhythmen, die eine futuristische Synthese aus Rumba-, Samba-, Estrellaconda- und Lunabandatänzen waren, die längst weit über die Grenzen des Solsystems hinaus Berühmtheit erlangt hatten.

Karneval von Rio!

Über dem Zug tanzten Schwärme bläulich leuchtender Funken: künstliche, computergesteuerte Glühwürmchen. Zur Linken ragte die Kulisse aus relativ niedrigen Wohntürmen auf, eingebettet in ein Meer von Palmen und blühenden Dschungelgewächsen, dezent, solide und naturverbunden: Wohnkultur des Hanse-Zeitalters. Zur Rechten rollten die Wogen des Atlantiks aufbrandend und auslaufend über den breiten gelbweißen Sandstrand, scheinbar unverändert seit ewigen Zeiten und für ewige Zeiten.

Vom Nordosten signalisierte der Laser-Leuchtturm auf dem Gipfel des Zuckerhuts mit grell zuckenden Lichtimpulsen und täuschte eine Funktion vor, die nur noch eine unbedeutende Nebensache war. Seine Hauptfunktion wurde von computergesteuerten Geräten in seinem Innern erfüllt, die mit lichtschnellen und überlichtschnellen Impulsgruppen Verbindung mit Orbitalstationen sowie anfliegenden und abfliegenden Raumschiffen hielten.

Ras Tschubai wechselte einen Blick mit Brissy, die neben ihm und ebenso halbnackt wie er auf den Wogen der Massenekstase trieb, die den Zug schon seit vielen Stunden vorwärtspeitschte.

Brissy, eigentlich Maria de Silva Velásquez, arbeitete als Dislozierungsplanerin für die Raumverteidigungskräfte der Kosmischen Hanse. Sie und der Teleporter waren seit fast zwei Jahren miteinander befreundet. Eigentlich war es Liebe auf den ersten Blick gewesen, aber Ras hatte bisher gezögert, daraus eine feste Bindung werden zu lassen, wie Brissy es wünschte. Es war das alte

Problem aller Zellaktivatorträger. Zehn oder auch zwanzig Jahre konnten sie mit einer normalen Sterblichen zusammenleben und ihr stetiges Altern ignorieren, während sie selbst biologisch um keine Sekunde alterten.

Mit der Unerbittlichkeit jedes Naturgesetzes nahte der Zeitpunkt, wo die Gefährtin sich zurückzog, weil sie den immer offensichtlicher werdenden Altersunterschied nicht länger ertrug: oft großmütig und einsichtvoll, oft auch dankbar für die geschenkte Zeitspanne, manchmal aber auch deprimiert und verbittert mit dem Schicksal hadernd. Beim erstenmal hatte Ras, wie die meisten Zellaktivatorträger auch, geglaubt, an der Seite der geliebten Frau bleiben zu können, bis der Tod sie von ihm nahm. Inzwischen wußte er aus bitterer Erfahrung, daß das nicht ging. Keine Gefährtin konnte das ertragen. Deshalb ging er immer wieder auf Distanz, um den Frauen Gelegenheit zu geben, Bekanntschaften mit Sterblichen anzuknüpfen und vielleicht durch eine neue Verbindung von ihm loszukommen. Im Fall von Brissy verfolgte er diese Taktik allerdings mit blutendem Herzen.

Zur Zeit waren ihm diese Gedanken allerdings fern. Zum erstenmal erlebte er den Karneval von Rio unmittelbar vor Ort, und er war fast sofort Teil dieses unbeschreiblichen emotionsgeladenen Festes geworden. Die Zukunft existierte nicht mehr für ihn. Er lebte nur der Gegenwart.

Brissy erwiderte seinen Blick, verstand die Frage und nickte. Sie, die in Rio geboren und aufgewachsen war, wußte, daß der Geliebte sich für einen Moment aus dem Mahlstrom schweißglänzender Körper und zuckender Glieder entfernen mußte, um sich danach um so ungestümer seinem leidenschaftlich fordernden Bann hinzugeben.

Sie faßte ihn bei der Hand und zog ihn an den Rand des Zuges, zu einer der zahlreichen irisierend leuchtenden Säulen, die die Standorte der Sektbrunnen markierten, an denen man sich kostenlos erfrischen konnte.

Schweratmend, mit unbewußt hin- und herwiegenden Oberkörpern, leerten sie ihre Sektbecher zur Hälfte und gossen sich den

Rest lachend über die nackten Schultern. Dann wollten sie zurückkehren.

Statt dessen blieben sie in lauschender, fragender Haltung stehen.

Etwas hatte sich verändert.

Zuerst wußten sie nicht was, bis sie begriffen, daß sich ein Mißklang in die rauschende Atmosphäre ungezügelter Lebensfreude gedrängt hatte.

Dumpfe, feindselig dröhnende Trommelschläge trieben einen Keil in den Festzug. Die weiter vorn tanzten, merkten nichts davon, aber die von hinten nachdrängten und die an dieser Stelle stehenden Zuschauer erstarrten plötzlich, erschaudernd, als hätte ein Schwall arktischer Luft sie gestreift. Ihr Musizieren und ihre Gesänge verstummten.

Ras fühlte sich unangenehm berührt, aber noch dachte er, dieses Zwischenspiel gehörte zur Tradition des Karnevals von Rio – bis er Brissy ansah und die Verständnislosigkeit in ihrem Gesicht bemerkte. Seine Haltung versteifte sich. Unwillkürlich bereitete er sich darauf vor, irgend etwas zu tun. Körper und Geist versetzten sich sozusagen in Alarmbereitschaft, ein Zustand, der sich schon fast automatisch einstellte – eine Folge der unzähligen Gefahrensituationen, denen er ausgesetzt gewesen war. Er wurde ruhig, kühl, gelockert, sprungbereit mit Geist und Körper.

Durch das dissonante Stakkato der Trommelklänge hörte er ein Klappern. Es klang, als würden unablässig zahllose Stahlkugeln auf dünne Bleche geschüttet.

Das Klappern von Pferdehufen!

Und endlich sah Ras Tschubai auch, was sich anscheinend aus einer Seitenstraße keilförmig in den Karnevalszug gedrängt hatte und sich eingliederte, um Bestandteil dieses Zuges zu werden.

Voran glitten in weniger als einem Meter Höhe große Antigravplattformen, fast schwebende Tanzflächen, auf dessen gelbbraunen Oberseiten seltsam kostümierte Gestalten kreisförmig angeordnet hockten und mit bloßen Händen kleine Trommeln bearbeiteten, deren Klänge elektronisch verstärkt wurden.

In jedem Kreis bewegten sich drei in Felle gekleidete Gestalten mit unterschiedlichem Kopfschmuck aus Federn und mit roter Farbe bemalten Gesichtern: mal mit gekrümmten Rücken, die Arme herabhängend oder seitlich abgespreizt, denn hochaufgerichtet, die Arme in die Luft werfend. Immer aber bewegten sich ihre Lippen, obwohl ihre Worte oder Gesänge bei dem an- und abschwellenden Dröhnen der Trommeln nicht zu hören waren.

„Indianer!" sagte Ras, aber natürlich vermochte nicht einmal er selbst seine Stimme zu hören.

Er entspannte sich etwas, denn Indianer waren etwas Reales für ihn, wenn auch aus ferner Vergangenheit und obschon er niemals Indianer in traditioneller Kleidung gesehen hatte, auch nicht Don Redhorse. Ein Lächeln stahl sich in seine Augen. Er blickte Brissy ins Gesicht – und entdeckte pures Unverständnis darin. Seine Augen schweiften ab – und sahen auch in allen übrigen Gesichtern Unverständnis.

Wie sollten sie auch begreifen, was sie noch nie gesehen haben?

Aber warum diese Darstellung, die niemandem etwas sagte?

Erneut beunruhigt, konzentrierte er seine Aufmerksamkeit auf das, was den Trommel- und Tanzplattformen folgte.

Es war ein Bison, der hinter den Plattformen her trottete, wahrscheinlich aus einem Zoo entliehen – und wahrscheinlich sollte er einen Büffel der nordamerikanischen Prärien verflossener Zeitalter darstellen.

Und hinter dem einzelnen Tier folgte eine dichtgedrängte Formation Berittener, die meisten von ihnen nur mit Lederhosen bekleidet. Aber alle trugen einen Kopfputz aus Federn, waren grellrot und mit weißen Streifen bemalt. Hunderte von Reitern, die dicht an dicht ritten und allesamt Indianer darstellten.

Nur ihre Bewaffnung war ein Anachronismus, denn sie bestand nicht aus Speeren, Schildern, Pfeil und Bogen, Tomahawks und vielleicht Nachbildungen von Rifles oder Springfields, sondern aus Strahlenkarabinern. Es waren nicht die neuesten Modelle, aber immerhin, was hatten Strahlenkarabiner in einer Indianerschau zu suchen!

Und was hatte eine Indianerschau beim Karneval von Rio zu suchen?

Eine dunkle Vorahnung beschlich Ras, als er hinter den berittenen „Indianern" einen von zwei Mauleseln gezogenen hölzernen, offenen Wagen sah, an dem schwarze Stoffstreifen flatterten. Über den Rand des Wagens und durch die Ritzen zwischen den Planken rieselte schwarze und graue Asche.

Plötzlich zügelten die Berittenen ihre Pferde. Die Trommeln verstummten.

Zuerst zögernd, dann immer lauter, klang Beifall aus der umstehenden Menge auf, die ihre Überraschung allmählich überwand. Einige Vorwitzige sprangen auf die Plattformen und sangen und tanzten – offenkundig in dem Bemühen, das fremdartige Element in ihren Karneval zu integrieren.

Plötzlich wurde die Luft von grellen Blitzen und donnernden Entladungen zerrissen. Die Berittenen hatten ihre Strahlengewehre in die Luft abgeschossen.

Lähmende Stille breitete sich aus – und mitten in die Stille hinein, sagte eine monotone Stimme, vielfach verstärkt, aus zahllosen unsichtbaren Lautsprechern:

„Bald wird die Erde
von Staub bedeckt sein,
und eine neue Erde
wird geboren werden.
Alle verschwundenen indianischen Nationen
werden wieder zum Leben erwachen.
Der weiße Mann wird gehen,
und die Büffel werden zurückkehren."

Die Trommeln wurden in wilder Vehemenz geschlagen – und verstummten jäh wieder.

Ein „Indianer", dessen weißer, prächtiger Federschmuck bis zu seinen Füßen herabhing, stellte sich auf den Sattel seines Pferdes und rief in ein Mikrophon:

„Wenn Gott ein guter Geist ist, so hat er sich schon vor langer Zeit von euch abgewandt, als ihr den Büffel getötet und mein Volk ermordet habt. Mehr kann nicht gesagt werden. Mein Herz grämt sich über eure Lebensweise, denn ihr werdet alle sterben, und ihr werdet alle Menschen töten, während sich eure Schlangenkörper im Schmerz und Todeskampf winden. Und dann wird die Sonne niemals mehr aufgehen. Das sage ich im Namen unseres Volkes."

Er glitt wieder in den Sattel zurück, dann setzte sich der ganze Trupp in Bewegung und tauchte in einer Seitenstraße unter.

Ras erkannte in den Gesichtern der Umstehenden Betroffenheit und Ratlosigkeit. Nur allmählich schloß sich die Lücke im Zug wieder. Aber bei den Menschen kam keine ausgelassene Stimmung mehr auf. Sie redeten je nach Temperament bedrückt oder aufgebracht miteinander.

„Was hatte das zu bedeuten, Ras?" fragte Brissy. „Das war doch kein Scherz, oder?"

„Es war bestimmt kein Scherz", erwiderte der Teleporter. „Ich frage mich nur, wer hinter diesem Auftritt steht und welchen Zweck er damit verfolgt hat."

„Könntest du nicht springen und einen dieser Menschen herausholen, damit wir ihn befragen?"

Daran hatte Ras selbst schon gedacht, aber eine unerklärliche Scheu, die ihre Wurzeln tief in seinem Unterbewußtsein zu haben schien, hielt ihn davon zurück.

Er schüttelte den Kopf.

„Wenn eine tiefere Bedeutung dahintersteckt, werden wir bald mehr hören, Brissy."

Köln

Ein Februartag des Jahres 425 NGZ...

„Wir dürfen Perry damit nicht belasten!" erklärte Jen Salik erregt. „Die Geschichte mit Vamanu und den von dem Materie-Suggestor beeinflußten Viren hat ohnehin schon wertvolle Zeit gekostet. Perry muß sich endlich dazu durchringen, nach Norgan-

Tur zu gehen und im Dom Kesdschan die Ritterweihe zu empfangen. Diese Sache würde ihn nur erneut ablenken."

Jen stand gemeinsam mit Reginald Bull, Julian Tifflor und Ras Tschubai in einem Büro des Hauptquartiers der Kosmischen Hanse. Die drei Männer beobachteten drei Bildschirm-Segmente, die zusammen eine ganze Wand bedeckten. Alle drei Bildschirme schienen dasselbe abzubilden. Erst bei genauerem Hinsehen konnte man erkennen, daß jede Abbildung sich von der anderen in zahlreichen Details unterschied.

„Aber die Sache ist bedeutungsvoll genug, daß wir Perry einweihen müssen!" protestierte Ras. „Etwas bahnt sich an. Die psychologischen Vorbereitungen beweisen es. Hier! Die Aufzeichnung einer Sendung!"

Er schaltete an einem Computer-Terminal, und Sekunden später erschien auf dem dazugehörigen Display ein gespeicherter Text, während eine offensichtlich erregte Stimme ihn gleichzeitig sprach.

„Hört, was Sealth, Häuptling der Duwamish, zu Gouverneur Stevens sprach! Es waren prophetische Worte, deren Inhalt heute in Erfüllung geht.

Nur noch ein paar Monate oder noch ein paar Winter – und nicht ein einziger Nachfahre der gewaltigen Völker, die einst die Region Nordamerika bewohnten, wird übrigbleiben, um über den Gräbern seiner Vorfahren zu trauern. Aber euch wird das gleiche Schicksal ereilen. Neue Völker werden den alten folgen wie die Wellen des Meeres. Das ist die Ordnung der Natur.

Die Zeit eures Untergangs wird kommen, denn auch der weiße Mann kann nicht vom allgemeinen Schicksal ausgenommen sein. Das waren die Worte eines weisen Mannes, die heute in Erfüllung gehen werden, denn die Zeit ist reif dafür, die Verbrechen der Vergangenheit zu sühnen."

Ras schaltete die Abspielung aus, denn sie war beendet.

„Das sagt doch keinem Menschen etwas", erklärte Jen.

„Vorläufig nicht", erwiderte Ras. „Aber ich bin sicher, daß diese Gruppe, die einen alten Schandfleck menschlicher Geschichte für ihre Machenschaften benutzt, die Katze noch aus dem Sack lassen wird." Er deutete auf die drei Bildschirme. „Jeden Moment gehen die Karnevalsumzüge in Mainz, Köln und Düsseldorf los. Entweder in allen drei Städten oder in einer von ihnen wird wie in Rio ein Indianertrupp auftauchen und Unruhe stiften. Die Aufmerksamkeit von Milliarden Menschen ist ihnen gewiß, denn die Vorgänge in Rio haben genug Staub aufgewirbelt."

„Das ist alles Schnee von vorgestern", entrüstete sich Bully. „Das Indianerproblem wurde in den neunziger Jahren des zwanzigsten Jahrhunderts, als wir eine ruhige Aufbauphase des Solaren Imperiums hatten, gerecht gelöst. John Marshall und Homer leiteten damals die Verhandlungen. Ich erinnere mich, daß die Indianer damals umfangreiche Ländereien erhielten, deren Grenzen als Staatsgrenzen galten – auch die Indianer Südamerikas selbstverständlich."

„Ich erinnere mich auch, obwohl ich nicht daran beteiligt war", sagte Tiff nachdenklich. „Es gab noch einmal eine neue Blütezeit indianischer Kultur, die aber schon nach einer Generation zu bloßer Traditionspflege schrumpfte, weil die Jungen in die technisch orientierte Zivilisation Terras drängten und vor allem bei der Raumfahrt und der Kolonisation neuer, jungfräulicher Welten dabei sein wollten. In den rund zweitausend Jahren danach fand die umfassende Blutvermischung terranischer Völkerschaften statt, die Verschmelzung zum heutigen Menschentyp. Der Status der Indianerländereien wurde schließlich von ihren Bürgern durch Volksentscheid aufgehoben, die Ländereien in Naturschutzgebiete verwandelt. Sie werden heute von Menschen verwaltet, die sich zwar Indianer nennen, in deren Blut aber nicht mehr Indianerblut fließt als in manchem Ertruser oder Siganesen."

„Es geht los!" rief Ras Tschubai und deutete auf die Bildschirme.

Die vier Männer setzten sich und verfolgten, wie die Karnevalszüge sich in den drei Städten in Bewegung setzten. Ein Zeitreisender aus dem zwanzigsten Jahrhundert hätte selbstverständlich weder Mainz noch Köln noch Düsseldorf wiedererkannt, es sei denn, bei einem Schwenk der Trivideokameras auf die Rekonstruktionen uralter Kulturdenkmäler wie den Kölner Dom oder kleiner „Altstadtviertel", die als Kulturmuseen dienten. Alles andere war in den vergangenen beiden Jahrtausenden viele Male tiefgreifend verändert und erneuert worden. Vor allem hatten sich die Stadtkerne wesentlich verändert. Es gab eine wohltuende Mischung von Wohntürmen mit Computertürmen, wie die Geschäftshäuser genannt wurden, mit Kulturzentren, Transmitter- und Rohrbahnstationen – und alles war eingebettet in ausgedehnte Grünanlagen mit Kanälen, Seen, Regattastrecken, Tierparks und Sportplätzen. Die Luft war selbstverständlich sauberer als in terranischen Hochgebirgsregionen des zwanzigsten Jahrhunderts.

Logischerweise hatten sich auch die Formen karnevalistischer Umzüge im Lauf der Jahrtausende gewandelt. Nur das hatte sich nicht geändert, daß sie mit viel Liebe gestaltet wurden und viel Lebensfreude in ihnen zum Ausdruck kam – und natürlich auch viel witzige Kritik an Ereignissen und Mißständen, die die Unvollkommenheit auch des Menschen des Hansezeitalters verrieten.

„Da!" sagte Bully und deutete auf den Ausschnitt des Kölner Umzugs, der auf einem Bildschirm zu sehen war.

„Ja, das sind sie", sagte Ras.

Wie in Rio de Janeiro drängte plötzlich eine Gruppe aus einer Seitenstraße in den Zug, große Antigravplattformen mit trommelnden und tanzenden „Indianern" voran, dahinter ein Bison und dahinter . . .

„Das sind ja Tausende!" rief Ras. „Viel mehr als in Rio!"

Die Formation der „Indianer" wirkte irgendwie bedrohlich. Dicht an dicht kamen sie in Zehnerreihen angeritten, mit rot und weiß bemalten Gesichtern und Oberkörpern, wippendem Federkopfputz und senkrecht auf die Sättel gestellten Strahlenkarabinern.

„Ich wußte gar nicht, daß es so viele Reitpferde auf Terra gibt", flüsterte Jen.

„Heupferde gibt es noch viel mehr", warf eine ruhige und dennoch scharf ironisierende Stimme ein.

Die vier Männer wandten die Köpfe und blickten auf Perry Rhodan, der unbemerkt von ihnen das Büro betreten hatte.

„Amüsiert euch ruhig weiter!“ sagte Perry und setzte sich ebenfalls. „Dieses Schauspiel ist dazu gedacht, euch abzulenken, während die Drahtzieher über die INFO-Systeme der GAVÖK die Lüge verbreiten, auf Terra sei der alte Krieg zwischen Weißen und Indianern erneut aufgeflammt.“

Er zog eine Folie aus der Brusttasche seiner Kombination.

„Man verbreitet außerdem eine sogenannte Dokumentation, die sogar der Wahrheit entspricht, wenn sie auch großzügig mit Zeitangaben umgeht.

Hört zu, was in der sogenannten Dokumentation steht! ‚Im Jahre 424 sind die Behörden der Liga Freier Terraner dazu übergegangen, die Minderheit der Indianer, denen einst die nördliche Hälfte des amerikanischen Kontinents gehörte, endgültig auszulöschen. Indem man ihnen die Bürgerschaft der LFT auferlegte, konnte man von ihnen Steuern für ihr eigenes Land abverlangen. Da sie diese Steuern nicht zahlen konnten, wurde ihnen ihr Land weggenommen und versteigert. Außerdem wurde ihre Gesellschaftsstruktur zwangsweise aufgelöst. Ihre Kinder müssen Schulen besuchen, in denen sie zu sogenannten Weißen umerzogen werden sollen. Viele ihrer Frauen wurden zwangssterilisiert – und das, nachdem dieses Volk in den vergangenen Jahren durch systematische Ausrottungskampagnen ohnehin dezimiert worden war. So sehen die Praktiken eines Staatswesens aus, das vorgegeben hat, auf eine Erneuerung der alten terranischen Expansionspolitik zu verzichten und alle Probleme mit anderen galaktischen Zivilisationen ausschließlich auf friedlichem Wege zu lösen.‘ Nun, was sagt ihr dazu?“

Tiff sprang auf.

„Das ist ungeheuerlich!“

„Es ist eine Lüge“, sagte Jen verächtlich.

„Leider nicht“, erwiderte Perry. „So war es tatsächlich, aber nicht im Jahre 424 NGZ, sondern Anfang und Mitte des zwanzigsten Jahrhunderts alter Zeitrechnung. Es war eines von vielen schwarzen Kapiteln der terranischen Geschichte, und es soll die Bürger der LFT verwirren und gleichzeitig die LFT bei den anderen GAVÖK-Völkern als Hort einer imperialistischen Verschwörung hinstellen, deren Ziel es ist, alle anderen Völker zu unterwerfen."

„Niemand wird einen solchen Unsinn glauben", erklärte Bully.

„In der Geschichte der uns bekannten Zivilisationen ist schon viel größerer Unsinn geglaubt worden", sagte Tiff. „Das Schlimme daran ist, daß sich alles tatsächlich so abgespielt hat – und ich bin mir nicht sicher, ob der Durchschnittsbürger auf Rumal und Arkon und so weiter in der falschen Zeitangabe wirklich den entscheidenden Unterschied sehen kann, da wir die Tatsache an sich nicht abzustreiten vermögen. Künftig wird man jedem Terraner mißtrauen, fürchte ich."

„Seth-Apophis!" rief Jen aufgebracht. „Nur Seth-Apophis kann hinter diesem Indianerrummel stecken. Wir müssen etwas dagegen unternehmen, sonst gerät die Kosmische Hanse in Gefahr."

„Wir müssen eben unsererseits eine Dokumentation veröffentlichen", schlug Tiff vor.

„Und wir müssen die Leute festnehmen, die als Indianer verkleidet in Karnevalszügen demonstrieren."

Perry schüttelte den Kopf.

„Mit einer amtlichen Dokumentation würden wir nur Öl ins Feuer gießen, denn da wir die Tatsachen an sich nicht widerlegen können, müßten wir auf dem Zeitfaktor herumreiten. Das aber würde man als Beweis für unser schlechtes Gewissen auslegen. Und gegen friedliche Demonstranten vorzugehen, wäre gegen die Verfassung der LFT, nicht wahr, Tiff?"

„Das schon", gab Tifflor zu. „Aber diese Demonstranten vergiften die öffentliche Meinung."

„Die öffentliche Meinung wird von freien Bürgern gebildet", erwiderte Perry. „Ich werde mir nicht das Recht anmaßen, ihnen falsche Aussagen vorzuenthalten. Das wäre Gängelei. Die Menschen des Hanse-Zeitalters müssen schon selbst entscheiden, was richtig und was falsch ist – und wenn sie einen Fehler machen, müssen sie ihn selbst ausbaden. Das kann ihre kritische Urteilskraft nur stärken, denn bekanntlich lernt man aus Fehlern."

„Aber was können wir denn sonst noch tun?" fragte Bully.

„Nichts – außer Augen und Ohren offenzuhalten", erklärte Perry Rhodan. „Vielleicht lernen wir dabei auch noch etwas hinzu."

Venom

Die GAVÖK-Kommission wurde vom Chef des Psychologischen Dienstes der *Interstellar Mining Company*, Dennis Crow, gleich nach der Landung sehr herzlich begrüßt.

„Wir hier auf Venom sind sehr froh darüber, daß das GAVÖK-Forum uns erfahrene Experten geschickt hat, die die Situation unvoreingenommen überprüfen wollen", sagte er in der transparenten, hermetisch gegen die Außenwelt abgedichteten Abfertigungshalle, während draußen ein sogenanntes Chemisches Gewitter in der Wasserstoff-Methan-Atmosphäre tobte.

„Nun, um ehrlich zu sein, hat das Forum uns geschickt, um einer Anzeige nachzugehen, in der behauptet wird, Venom dürfe nicht als OIL-Welt eingestuft werden, da hier eine intelligente Lebensform existiere", erklärte Yewgellaz Huninz, der Leiter der Kommission, ein Unither.

„Der Konkurrenzkampf ist schwer und wird nicht immer fair geführt", erwiderte Dennis. „Möglicherweise ist die Anzeige ein Versuch, die Erteilung der GAVÖK-Lizenz zur Ausbeutung der Howalgonium-Lagerstätten durch IMC hinauszuzögern. Das würde uns schwer schaden, denn die Rückzahlung der aufgenommenen Kredite und die Zahlung der Kreditzinsen muß von dem Erlös des verkauften Venom-Howalgoniums finanziert werden. Wer hat denn die Anzeige erstattet?"

„Darüber dürfen wir nicht reden", sagte Pedhar Kronk, ein rotbärtiger Springer.

„Ach, ja, natürlich!“ rief Dennis. „Es spielt ja auch kaum eine Rolle. Bitte, folgt mir durch den Tunnel ins Hauptgebäude der hiesigen Niederlassung. IMC hat sich erlaubt, euch zu einem Arbeitsessen einzuladen, damit ihr in bester Verfassung für die folgende Expedition seid.“

Er ging voraus, während die fünf Kommissions-Mitglieder – ein Unither, ein Springer, ein Ara, ein Blue und ein Terraner – ein wenig unsicher die nicht sehr einladend wirkende Umgebung musterten. Venom war ein für Hominide äußerst unwirtlicher Planet in einem Zipfel der Kleinen Magellanschen Wolke, aber Howalgonium stellte noch immer einen Rohstoff dar, der bei jeder Kosten-Nutzen-Analyse unter dem Strich hohe Gewinne versprach. Jedenfalls war die Förderung natürlicher Vorkommen weitaus rentabler als die Herstellung mittels Nuklear-Synthese.

In einer mit künstlichen Blumenarrangements geschmückten Messe wartete bereits ein gedeckter Tisch auf die Besucher. Dennis stellte zwei Mitarbeiter der Direktion vor: einen akonischen Ethnogenetiker namens Vilar von Tehar und die ferronische Betriebswirtschaftlerin Shalimee Kershton. Anschließend trugen Servo-Roboter erlesene Speisen und Getränke auf, die auf die unterschiedlichen Geschmäcke der Gäste abgestimmt waren.

„Wir haben die biologischen Lebensformen von Venom wirklich sehr gründlich unter die Lupe genommen“, sagte Dennis, während er seinen Krabben-Cocktail aß. „Sogar unter Inanspruchnahme eines maahkschen Wissenschaftlers, und die Maahks kennen sich ja mit den Lebensformen auf Planeten mit Wasserstoff-Methan-Planeten hervorragend aus. Dort drüben auf dem Tischchen liegen Kopien des Grek-Berichts. Ihr könnt nachher jeder eine an euch nehmen und werdet daraus ersehen, daß auf Venom nichts existiert, was das Prädikat ‚intelligent‘ verdient hätte.“

„Wir sind davon überzeugt“, meinte Kerafüy Hilüyak, der bluessche Experte, und löffelte den knallroten Rogen eines Tiefseelebewesens von Gainrüyk in sich hinein.

„Immerhin wurde in der Anzeige ein konkreter Hinweis gegeben“, warf Kernan Gamow, der terranische Experte, ein. „Danach soll eine Lebensform dieses Planeten, Crisbees genannt, religiöse Zeremonien veranstalten, was als Beweis für ihre Intelligenz angesehen wird."

„Aber ich bitte dich!" sagte Vilar und tupfte seinen Mund mit einer Serviette ab. „Allein der Name ‚Crisbees' verrät doch schon, daß es sich um Tiere handelt. Es sind fast transparente Insekten, die sich ausschließlich von kurzlebigen Zwischenprodukten chemischer Prozesse bestimmter Halbpflanzenformationen ernähren – und das, was der oder die Verleumder als religiöse Zeremonien bezeichnen, sind bloße Instinkthandlungen, die von dem regelmäßigen Umkippen magnetischer Felder verursacht werden. Genauso könnte man die jahreszeitlich bedingten Vogelzüge auf Terra als religiöse Zeremonien einiger Vogelarten auslegen."

„Selbstverständlich haben wir die Crisbees eingehend studiert", erklärte Dennis Crow. „Wir haben sogar versucht, sie zu kommunikativen Reaktionen zu veranlassen. Es kam nicht mehr dabei heraus, als hätten wir es mit terranischen Bienen versucht. Genau wie Bienen greifen die Crisbees jeden an, der ihrem Bau zu nahe kommt. Das war praktisch ihre einzige Reaktion."

„Wir werden euch nachher zu einigen Bauen der Crisbees führen, damit ihr euch von ihrem instinktgeleiteten Verhalten überzeugen könnt", erklärte Vilar von Tehar.

Gut eine Stunde später schwebte das Spezialfahrzeug mit der Kommission und ihren drei Betreuern am Rand einer Formation milchglasähnlicher Halbpflanzen, die den Grund eines langgezogenen Tales bedeckten und ihre Formen und Farben ständig veränderten.

Durch den transparenten Boden aus Panzertroplon waren kleine Gruppen von quallenartigen Lebewesen zu sehen, die etwa so groß wie reife Riesenkürbisse waren und in der dichten und heißen Wasserstoff-Methan-Atmosphäre umherschwammen. Sie bewegten sich ziemlich träge und waren so farblos, daß sie eigentlich nur zu erkennen waren, wenn sie sich an gelblichrot verfärbten Ausschäumungen der Halbpflanzen niederließen.

„Da seht ihr selbst, daß es sich um Tiere handelt", sagte Dennis.

„Sie beschränken sich auf das Sammeln von Nahrung, anstatt den Boden zu bebauen oder anderweitig Nahrung zu produzieren."

„Das sind also die Crisbees!" meinte Kernan. „Gibt es einen ihrer Baue in der Nähe?"

„Hiwash, bringe uns zum nächsten Crisbee-Bau!" rief Dennis dem Piloten des Spezialfahrzeugs über den Interkom zu.

Minuten später schwebte das Fahrzeug über einer Art losen Geröllhaufens, der sich etwa zweieinhalb Meter hoch erhob. Mehrere Crisbees schwammen dicht über ihm. Ihre Tentakel zerrten an Geröllbrocken, aber sie bewegten sich so phlegmatisch, daß nicht zu erkennen war, ob sie mit ihrer Tätigkeit überhaupt etwas bezweckten.

„Können wir tiefer gehen?" fragte Kernan. „Ich möchte sehen, wie sie auf die Annäherung des Fahrzeugs reagieren."

„Tiefer gehen, Hiwash!" ordnete Dennis an.

Das Fahrzeug ging tiefer, bis seine Unterseite die nächsten Crisbees fast berührte, doch die Lebewesen reagierten nicht.

„Sie vermögen ein Fahrzeug nicht von einer Wolke zu unterscheiden", behauptete Vilar. „Ein weiterer Beweis für ihre fehlende Intelligenz. Und seht euch den Bau an! Ein wüster Haufen Geröll. Es gibt viele Tiere, die ‚intelligenter' bauen."

„Die Atmosphäre hier ist ziemlich trübe", meinte Kerafüy.

„Wahrscheinlich gibt es in der Nähe eine Kohlendioxyd-Quelle", erklärte Shalimee.

„Eine Kohlendioxyd-Quelle?" überlegte Kernan. „Wenn ihr Ausstoß die Atmosphäre trübt, muß das Kohlendioxyd kälter als die Atomsphäre sein. Komisch, daß Lebewesen sich in ihrer Nähe ansiedeln. Es muß ihre Lebensvorgänge doch beeinträchtigen."

„Crisbees sind eben nicht intelligent", sagte Dennis und lachte. „Ich denke, ihr stimmt mit mir darin überein."

„Nun, zumindest spricht die Beobachtung gegen eine Intelligenz dieser Wesen", meinte Yewgellaz und wedelte mit dem Rüssel. „Natürlich müssen wir auch noch die alten Untersuchungsergebnisse auswerten, bevor wir ein endgültiges Urteil fällen. Ich denke, wir können umkehren."

Basel

Der magere Mann mit den fiebrig glänzenden Augen, der rot und weiß bemalten Haut und dem weißen, bis zum Boden hängenden Federkopfputz stieg auf den Sattel seines schwarzen Pferdes und wandte sich an die rund dreitausend „Indianer", die sich in der unterirdischen Halle (ehemals City-Garage und Atombunker im Herzen der Stadt Basel) um ihn versammelt hatten und ihre Pferde an den Zügeln hielten, während sie apathisch neben ihnen standen.

„Hört mir zu, Sioux, Irokesen, Oglala und Dakota! Hört, was Sitting Bull euch zu sagen hat!

Ein Jahr nach dem Sand Creek-Massaker und den sehr erfolgreichen Vergeltungsmaßnahmen der Cheyenne drangen vier Armeekolonnen in das Land am Powder River ein, um eine Erschließung des Bozeman Trails zu erzwingen.

Hört, was Red Cloud daraufhin zu seinen Dakota sagte! Er sagte: Hört, ihr Dakota! Als der Große Vater in Washington einen seiner obersten Soldaten zu uns sandte, um uns um einen Pfad durch unsere Jagdgründe zu bitten, einen Weg für seine Eisenstraße zu den Bergen und zum westlichen Meer, wurde uns gesagt, daß sie sich nicht hier aufhalten, sondern lediglich durch unser Land hindurchreisen wollten, um im fernen Westen nach Gold zu suchen. Unsere alten Häuptlinge wollten ihre Freundschaft und ihren guten Willen zeigen, als sie diese gefährliche Schlange in unserer Mitte duldeten. Sie versprachen, die Reisenden zu schützen.

Doch noch ehe die Asche des Ratsfeuers erkaltet ist, baut der Große Vater Forts in unserem Land. Ihr habt die Axt des weißen Soldaten auf dem Little Piney gehört. Seine Gegenwart ist eine Beleidigung und eine Bedrohung. Sie ist eine Beleidigung der Geister unserer Ahnen. Sollen wir etwa die heiligen Gräber unserer Ahnen aufgeben, damit sie umgepflügt und in Kornfelder verwandelt werden? Dakota, ich bin für den Krieg!"

Der Mann hob den rechten Arm und ballte die Hand zur Faust. Leicht irritiert verharrte er einige Sekunden lang in dieser Haltung und lauschte dem Fauchen, das aus zahlreichen Öffnungen einer Wand der Halle kam (und von den Schnellentlüftern der Vaku-Rohrbahn herrührte, deren Intercity-Line Amsterdam-Basel-Venedig dreißig Meter tiefer verlief).

Seine „Indianer“ flüsterten miteinander.

Er ließ den Arm sinken und konzentrierte sich darauf, die von seinem individuellen Bewußtsein reflektierte Höhere Macht auf das individuelle Bewußtsein seiner „Indianer“ zu richten. Das fiel ihm von Tag zu Tag schwerer, da die nur latent vorhandene parapsionische Fähigkeit künstlich aufgeheizt wurde und allmählich seinen Geist ausbrannte. Die Folge waren Gedankensprünge.

„Hört mir zu!“ rief er. „Wir dürfen uns nicht beirren lassen. Denkt an das, was Sagu-yu-what-hah, ein Häuptling der Seneca, einem weißen Missionar erwiderte, der versuchte, die indianische Lebensweise als falsch hinzustellen!

‚Wenn ihr weißen Menschen den Heiland ermordet habt, dann macht das unter euch aus. Wir hatten damit nichts zu tun. Wenn er zu uns gekommen wäre, hätten wir ihn besser behandelt.‘

Das sagte Sagu-yu-what-hah, und ihr braucht euch nur umzusehen, um zu erkennen, daß es die Lebensweise des weißen Menschen ist, die sich als falsch erwiesen hat. Der weiße Mensch hat sich auf philosophischem und kulturellem Gebiet nicht genug entwickelt, um die von ihm geschaffene Technologie zu kontrollieren. Nun ist es dahin gekommen, daß er von der Technologie kontrolliert wird, und wenn nichts getan wird, kann die ganze Menschheit ausgelöscht werden.

Meine roten Brüder, heute ist der Tag unserer letzten Demonstration. Möge sie so eindrucksvoll sein, daß alle die Menschen, in denen indianisches Blut fließt, dem heiligen Zwang gehorchen, in das Land der Ahnen zurückzukehren und es vom weißen Mann zu säubern. Dann wird die geistige Erneuerung der Indianer zur Wiederherstellung ihrer Welt führen, wie der große Medizinmann der Paiute, Wovoka, einst prophezeite.“

Er blickte auf sein Chronoband und sah, daß es Zeit zum Aufbruch war: 03.34.41 Uhr.

Er beugte sich nach vorn, hielt sich am Sattelknopf fest, spreizte die Beine und glitt in den Sattel.

„Folgt mir!"

Das Geklapper der Hufe hallte geisterhaft durch die Halle und wenig später durch den Verbindungsgang, der, ebenfalls unterirdisch, zum Petersgraben führte, einer Straße, die im Zeitalter der Kosmischen Hanse Teil der westlichen Grenze zwischen dem von pulsierendem Leben erfüllten Kanton Basel Stadt und der in ein gepflegtes Museum verwandelten dritten Rekonstruktion der mittelalterlichen City war.

In der Stadthausgasse nahm der Trupp Aufstellung für den letzten, entscheidenden Ritt. Das Murmeln der Menschenmengen, die sich erwartungsvoll wie in jedem Jahr in dieser Nacht auf dem Marktplatz mit seinem vergoldeten Rathaus, seinen Nebenstraßen und auf der Mittleren Brücke über den Rhein drängten, klang es wie das Rauschen einer Springflut gegen einen Deich.

Endlich war es soweit.

Die Glocken des Münsters verkündeten vier Uhr. Als sie verhallt waren, erlosch die Straßenbeleuchtung. Im nächsten Moment dröhnten hart und herausfordernd Tausende von Trommeln; schrill und unbarmherzig riß das Pfeifen Tausender von Piccoloflöten an den Nerven.

Morgenstreich!

Er schüttelte sich wie im Fieber, doch er hielt sich aufrecht auf dem schwarzen Pferd. Das unsichtbare Band aus dem Nichts fachte sein Lebenslicht unbarmherzig an. Er gab das Zeichen.

Die Plattformen mit den Trommlern und Geistertänzern setzten sich in Bewegung, hinter ihnen der robotische Büffel, dann kamen die dichtgeschlossenen Reihen der berittenen „Indianer". Er, der sich für Sitting Bull hielt, in der Mitte der ersten Reihe. Links und rechts neben ihm die, die sich für Crazy Horse, Red Cloud, Spotted Tail, Donehogawa, Big Foot, Cochise, Geronimo, Nana und Vittorio hielten.

Als der Trupp den Marktplatz erreichte, stutzte er. Außer den Trommeln auf den Plattformen und den Schreien der Geistertänzer war nichts mehr zu hören. Zwar war ihm durch eine Eingebung bekannt, daß die Zuschauer beim „Basler Morgenstreich“ traditionell schweigsam und ernst waren, doch um so lauter hätten die Trommeln und Querpfeifen dröhnen müssen.

Bis plötzlich zahllose Fackeln aufflammten, und er erkennen mußte, daß es gar keine Zuschauer gab. Die gesamte Fläche des Marktplatzes war dicht an dicht mit „Indianern“ angefüllt. Kleine Gruppen ritten auf den herumführenden Straßen; die Masse von ihnen drängte sich zu Fuß – und alle waren als Indianer gekleidet.

Aus tränenden Augen starrte er auf die Transparente.

ALLE TERRANER SIND INDIANER

PERRY RHODAN FOR HONORARY CHIEFTAIN

INDIANER DER GALAXIS VEREINIGT EUCH

425 NGZ – DAS JAHR DER INDIANER

Die Höhere Macht, die ihn in ihrem Bann hielt, begriff schneller als er, daß sie die Menschen falsch eingeschätzt hatte und daß ihr Coup gründlich mißlungen war. Sie löste den psionischen Jetstrahl auf und ließ ihn allein . . .

Terrania

„Die Bevölkerungen der in der GAVÖK vereinigten Zivilisationen haben in spontanen Computerabstimmungen gefordert, daß sie am Jahr der Indianer teilnehmen wollen. Ich bin hier, um über eure Unterstützung bei der Durchführung dieser Veranstaltungen zu sprechen und nicht, um darüber zu verhandeln, ob sie stattfinden.“

Der das in einem Konferenzraum des HQ-Hanse zu Perry Rhodan, Reginald Bull, Jen Salik, Homer G. Adams, Julian Tifflor und Geoffry Waringer sagte, war der Plophoser Pratt Montmanor, amtierender Präsident des GAVÖK-Forums. Zeit: Dienstag nach Aschermittwoch, also einen Tag nach dem Basler Morgenstreich.

„Ich verstehe", erwiderte Perry. „Obwohl ich bezweifle, daß die GAVÖK-Völker den historischen Hintergrund dieser Geschichte richtig erkennen können, die Masse des LFT-Volkes eingeschlossen."

„Unser Volk hat bewiesen, daß es die Geschichte richtig einschätzt!" protestierte Bully. „Während wir das Schlimmste befürchteten, hat es den tückischen Schlag der Seth-Apophis psychologisch genial abgeblockt und die angestrebte Wirkung ins Gegenteil verkehrt."

„Und die übrigen GAVÖK-Völker müssen den historischen Hintergrund nicht völlig durchschauen", erklärte Pratt. „Sie haben gefühlsmäßig erfaßt, daß ihr Terraner euch bewußt wurdet, daß eine uralte Schuld sich längst selbst gelöscht hat, weil jeder Mensch seit langem mehr Freiheit besitzt, als die Indianer jemals für sich anstreben konnten, so daß diejenigen unter euch, in deren Adern indianisches Blut überwiegt, gar nicht mehr um indianische Rechte kämpfen müssen. Sie haben sie längst, aber sie wollen sie nicht, weil ihr freiheitlicher Spielraum als Terraner viel größer ist."

„Das haben die Völker der GAVÖK erkannt?" fragte Geoffry. „Dann ist ihre geistige Reife noch größer, als ich mir bisher vorgestellt hatte."

„Seth-Apophis hatte niemals eine Chance, mit dieser plumpen Waffe zum Ziele zu kommen", sagte Pratt. „Es hat die geistige Reife aller GAVÖK-Völker genauso unterschätzt wie das Ausmaß an Freiheit und Selbstverwirklichung, das jedes Individuum dieser Völker genießt."

Bully rieb sich die Hände und lachte.

„Ich freue mich schon auf dieses Jahr der Indianer, Freunde. Wenn ich mir vorstelle, wie die Massenproduktion von Robotpferden anrollt und wie die Blues, die Unither und die Siganesen indianisch reiten lernen und mit Kopfputz aus synthetischen Adlerfedern herumstolzieren . . .!"

Tiff schmunzelte.

„Ich sehe schon, die Sache hat durchaus ihren humorvollen Aspekt, auch wenn ich sagen würde, daß man das ‚Jahr der

Indianer' zeitlich auf vielleicht einen Monat begrenzen sollte, damit das normale Leben nicht ganz vergessen wird."

„Einverstanden", sagte Pratt.

„Auf Terra gibt es übrigens rund fünf Millionen echte Pferde", warf Homer ein. „Das hätte ich nie gedacht."

„Fünf Millionen...!" echote Bull, während sich sein Gesicht verklärte. „Ich denke, ich pachte mir eine Parzelle für gärtnerische Nutzung freigegebenes Land und baue Erdbeeren an. Meine Großmutter sagte immer, Erdbeerpflanzen gedeihen am besten, wenn sie in Pferdemist eingepackt werden – und davon wird ja in der nächsten Zeit übergenug auf den Straßen herumliegen."

„Ich würde an deiner Stelle nicht vergessen, daß ein Fanatiker und Agent von Seth-Apophis noch immer frei herumläuft und dir vielleicht im Dunkeln auflauert, um dich zu skalpieren, Dicker", sagte Jen Salik.

„Uff!" machte Bully erschrocken und strich sich über die roten Haarborsten.

„Er heißt George Daniel Leonard", sagte Perry ernst. „Ein sehr bekannter Historiker, der einige berühmte Abhandlungen über die Geschichte der Indianer Nordamerikas verfaßt hat. Wahrscheinlich irrt er verstört irgendwo herum. Die Suche nach ihm ist verstärkt worden, nachdem die verwirrten Angehörigen seiner ‚Indianertruppe' aufgegriffen waren und man bei den Untersuchungen feststellen mußte, daß sie von einem parapsionisch hypnosuggestiv begabten Geist beeinflußt waren, der an schizoider Verwirrung litt oder noch leidet. Unter Umständen ist er gefährlich."

„Dann solltest du dich besonders vorsehen, Perry!" sagte Pratt Montmanor. „Wie ich hörte, forderten die ‚Indianer' auf dem Baseler Marktplatz unter anderem, dich zum Ehrenhäuptling zu ernennen. Leonard, der sich für Sitting Bull hält oder hielt, könnte dich also als seinen Rivalen betrachten."

„Sitting Bull sitzt hier", erwiderte Perry und nickte in Bullys Richtung. „Aber du hast recht, Pratt, ich werde mich vorsehen."

„Da ist noch etwas", erklärte der Präsident des GAVÖK-

Forums. „Seid ihr über Venom informiert?“ Als die anderen Anwesenden nickten, fuhr er fort: „Die von mir entsandte Untersuchungs-Kommission teilte gestern über Hyperkom-Relais mit, daß sie vor dem Abschluß der Untersuchung steht und mit großer Wahrscheinlichkeit Venom den OIL-Status verleihen wird, den Ohne-Intelligentes-Leben-Status. Diese fünf Experten sind sicher vertrauenswürdig, aber seit dem Studium einiger Fakten der Indianer-Geschichte habe ich ein ungutes Gefühl. Immerhin stammt die Anzeige mit der Behauptung, die Crisbees auf Venom wären zweifelsfrei intelligente Lebewesen, von zwei dort für IMC arbeitenden Wissenschaftlern. Ich weiß nicht, wie ich mich verhalten soll.“

„Übermittle ihnen alle Informationen über das Jahr der Indianer und die auslösenden Vorgänge!“ sagte Jen ernst.

„Wie bitte?“

Perry nickte.

„Jen hat Recht, Pratt. Du darfst dich nicht in die Arbeit einer Kommission einmischen, aber du kannst ihr zusätzlich Denkmaterial geben. Danach würde ich darauf vertrauen, daß sie ihr Gewissen so gründlich wie möglich prüft, bevor sie eine Entscheidung fällt. Die geistige Reife ist im Jahre 425 vorhanden, wie wir vorhin erst festgestellt hatten.“

Venom

Dennis Crow goß sich einen Whisky ein, setzte sich in einen Sessel und legte die Füße auf den Couchtisch seiner behaglich eingerichteten Kabine.

Er hätte eigentlich sehr zufrieden sein sollen, denn vor wenigen Minuten hatte die GAVÖK-Kommission Venom den OIL-Status verliehen. Es spielte keine Rolle, daß diese Entscheidung erst amtlich wurde, wenn das GAVÖK-Forum sie bestätigte, denn das Forum hatte keine Möglichkeiten, die Entscheidungen von Untersuchungs-Kommissionen zu überprüfen, und konnte folglich nichts anderes tun, als sie zu bestätigen. Dennoch stellte sich das Gefühl der Zufriedenheit nicht ein, ohne daß er sich das erklären konnte.

Er nahm einen kräftigen Schluck, als der Türmelder summte.

„Wer ist da?“ fragte er unwillig.

„Dick“, antwortete eine Stimme aus der Lautsprecherleiste über dem Schott. „Dick Marshall.“

Dennis mußte kurz nachdenken, bevor ihm einfiel, daß Dick Marshall einer der Kosmogeologen war, die die Lagerstätten des Howalgoniums auf Venom vermessen hatten. Per Blickschaltung öffnete er das Schott.

Dick, ein noch relativ junger Mann mit großen blauen Augen, trat ein, eine Plastiktüte in der Hand.

„Entschuldige bitte die Störung, Dennis“, sagte der Kosmogeologe. „Aber Pratt Montmanor hat etwas an die Kommission geschickt, das auf Lesespulen aufgenommen wurde. Ich habe Kopien davon angefertigt. Du solltest sie dir ansehen.“ Er stellte die Tüte auf den Tisch.

„Was ist da drauf?“ fragte Dennis verwundert.

„Geschichtliche Fakten über Indianer und Berichte über gewisse Ereignisse auf Terra. Sieh alles durch! Vielleicht findest du darin Parallelen zum Vorgehen von IMC auf Venom. Übrigens, Tiny und ich gehen jetzt zu Point Blue Sands, um gegen die Zerstörung der dortigen Crisbee-Kolonien zu protestieren. Wir werden die Schürf-Robots daran hindern, indem wir das Gelände besetzen. Gegen Menschen können sie ja nicht vorgehen, da ihre Asimov-Programmierung sie daran hindert.“

Dennis lief rot an.

„Was soll das, Dick? Dann wart ihr die Leute, die uns angezeigt hatten?“

„Ja, und wenn ihr wollt, könnt ihr uns deswegen feuern.“

Dennis‘ Gesicht wurde noch röter.

„Nicht, wenn ich gefragt werde. Aber wenn ihr die Schürfarbeiten sabotiert...“ Er zuckte die Schultern. „Es wäre eine ungesetzliche Handlungsweise.“

„Manchmal muß man gegen das Gesetz verstoßen, um es wieder mit lebendigem Sinn zu erfüllen. Vielleicht verstehst du das, wenn du die Spulen gelesen hast."

Er drehte sich um und ging.

Dennis nahm die Füße vom Tisch und überlegte, ob er Dick Marshall und Tiny Warledo festhalten lassen sollte. Er brachte es nicht fertig. Da war irgend etwas in ihm, das ihn daran hinderte, so zu handeln, wie er als Führungskraft der IMC hätte handeln müssen.

Statt dessen drehte er die Plastiktüte um, schüttete die Lesespulen auf den Tisch und sortierte sie nach den aufgemalten Nummern. Danach schob er Nummer 1 in sein Ablesegerät und schaltete es ein. Auf der Bildscheibe erschien der Titel „Karneval von Rio."

Kopfschüttelnd setzte sich Dennis. Er verstand nicht, was der Karneval in Rio, von dem er persönlich nichts hielt, weil seiner Meinung nach alle karnevalistischen Veranstaltungen nur die Verkörperungen verstaubten, abergläubischen Mummenschanzes waren, mit dem Crisbee-Problem zu tun haben sollte.

Wütend schlug er mit der Faust auf den Tisch.

Es gab überhaupt kein Crisbee-Problem!

Er wurde nachdenklich, als er die Aufzeichnung des Auftritts der Indianertruppe sah. Noch nachdenklicher wurde er, als sich beim Abspielen der zweiten Spule der Vorfall von Rio in größerem Ausmaß in Köln wiederholte, und als er die Aufzeichnung der Ereignisse beim Baseler Morgenstreich sah, glaubte er zu verstehen, warum Dick Marshall ihm die Lesespulen gebracht hatte.

Dennoch, mit den Crisbees war das überhaupt nicht zu vergleichen . . .

Dann wurden die Spulen mit der Vorgeschichte dieser Ereignisse abgespielt. Sie bestanden nur aus Text, aber sie wirkten stärker auf Dennis als die Filmaufzeichnungen, denn sie berichteten von Handlungen, die ihm unmenschlich erschienen und dennoch von Menschen begangen worden sein sollten.

Erste Errichtung von Siedlungen „weißer" Kolonisten in Nordamerika, Verdrängung der Indianer und ihr Widerstand, Ausrottung der Powhatan durch die Kolonisten – Gründung von Plymouth im Gebiet von Wampanoag durch die Pilgerväter, Auslöschung des Stammes der Pequot-Indianer – Massaker an den Susquehanna durch weiße Kopfgeldjäger, die das von der Regierung für indianische Skalps ausgesetzte Kopfgeld „verdienen" wollten – ein Lichtblick durch die Proklamation Englands zur Festlegung einer Grenze zwischen weißen Siedlern und Indianern, die nicht überschritten werden sollte, aber daraufhin Aufstand der Siedler gegen ihre Regierung, Urkunden über die Beteiligung von George Washington an einem Spekulationsprojekt von 2,5 Millionen Morgen indianischen Gebiets jenseits der festgelegten Grenze, Beteiligung Benjamin Franklins am Raub von 20 Millionen Morgen Indianerland – und immer wieder Verträge, in denen die Indianer zur Abtretung von Gebieten gebracht wurden und dafür andere Gebiete zugesichert erhielten, aus dem sie jedoch auch bald wieder vetrieben wurden.

Es wurde Dennis heiß und kalt, als er las, was ein einflußreicher Bewohner Pittburghs im Jahre 1782 in Form „Einiger Beobachtungen in bezug auf die Tiere, die gemeinhin Indianer genannt werden" geschrieben hatte: „Worauf ist ihr Anspruch gegründet? Sie wohnen dort. Ein wilder Indianer mit rot angemalter Haut und einer Feder durch die Nase hat seinen Fuß auf den großen Kontinent von Nord- und Südamerika gesetzt; ein zweiter wilder Indianer mit zu Ringeln gestutzten Ohren oder mit geschlitzter Nase wie ein Schwein oder ein Übeltäter hat ebenfalls seinen Fuß auf das gleiche ausgedehnte Erdreich gesetzt . . . Wie nutzt dieses geringelte, gestreifte, fleckige und gesprenkelte Vieh dieses Erdreich? Was würden Sie davon halten, sich an einen großen Büffel um Gewährung von Land zu wenden?"

Dennis' Ohren wurden heiß und rot, als Zeile um Zeile über den Bildschirm seines Ablesegeräts wanderte und von Verfolgung, Ausrottung und Deportation berichtete und viel später von Zeiten, in denen Präsidenten sich für die Interessen der überlebenden

Indianer aussprachen, aber nicht viel erreichten, weil die Fakten festgeschriebenen Unrechts zu stark gewesen waren. Eine Organisation namens amnesty international setzte sich schließlich für gefangene Indianer ein, darunter für einen gewissen Leonard Crow Dog...

Dennis Croco schaltete das Gerät aus und griff verstohlen nach dem Amulett, das er unter dem Hemd auf der bloßen Haut trug.

Er wußte nicht, ob dieser Leonard Crow Dog einer seiner Ahnen war, denn diese Geschichte lag über zweitausend Jahre zurück. Aber er erinnerte sich daran, daß seine Großmutter bei einer Feier einmal beiläufig erwähnt hatte, daß in den Adern der Familie Crow Inianderblut flösse. Das war ihm damals nicht wichtig erschienen und war es auch heute nicht.

Aber er wußte jetzt dennoch, was er zu tun hatte...

Fast gleichzeitig mit Feran Roseburgh traf er am Point Blue Sands ein und landete seinen Transportshift neben dem des Robot-Dispatchers. Das Wetter war ungewöhnlich schön für Venom. Keine chemischen Mikroreaktionen verzerrten die klare Wasserstoffatmosphäre, die Riesensonne Kernax stand als dunkelblauer Ball scharf gezeichnet im Zenit, und ihr Licht ließ die blauen Quarzkristallschichten in den Uferwänden des uralten Flußbetts grell glitzern und leuchten. Fünf Schürfroboter standen gleich gigantischen Sauriern in weitem Halbkreis um die mit Signalstäben abgesteckte Schürfstelle und schienen zu den beiden Gestalten in ihren schweren Raumanzügen zu starren, die innerhalb der Absperrung neben ihrem gepanzerten Gleiter warteten.

„Seid doch vernünftig!" hörte er Feran über Telekom reden, als er, ebenfalls in seinem SERUN geborgen, den Shift verließ. „Was ihr tut, ist gesetzwidrig."

„Nein!" hörte er Tiny Warledo antworten. „Das Gesetz ist auf unserer Seite, Feran. Siehst du die Crisbees bei uns?"

„Bei allen Black Holes, ja!" stieß Feran erschrocken hervor. „Geht in euren Gleiter! Sie werden euch angreifen, und die Säure ihrer Giftdrüsen wird Löcher in eure SERUNS fressen."

Dennis' Augen waren durch das Glitzern der blauen Kristalle

geblendet. Sie brauchten einige Zeit, um die fast völlig durchsichtigen Crisbees zu erkennen, die reglos in der Atmosphäre schwebten und die beiden Wissenschaftler umringten.

Dann sah er, daß Feran sein Flugaggregat einschaltete und starten wollte.

„Bleib stehen, Feran!“ rief er ihm zu. „Sonst forderst du die Crisbees zum Angriff heraus!“

„Sie greifen jeden Menschen an, Dennis“, gab Feran zurück. „Früher oder später werden sie auch Tiny und Dick angreifen. Ich begreife gar nicht, warum sie es nicht längst getan haben.“

„Weil sie erkannt haben, daß Tiny und Dick ihnen helfen wollen“, erklärte Dennis. „Freunde greift man nicht an.“

„Freunde?“ echote Feran. „Woran sollen sie das erkennen? Auch von uns hat niemals jemand Crisbees angegriffen.“

„Aber wir haben nach Howalgonium gesucht – auf ihrem Planeten“, erklärte Dennis Crow. „Und sie konnten voraussehen, wozu das führen würde, nämlich zur Zerstörung ihrer Umwelt, zur Vertreibung aus ihren Gebieten und zu ihrer Ausrottung, falls sie sich dagegen wehren würden.“

Feran lachte rauh.

„Du machst mir Spaß, Dennis. Primitive Tiere können keine Absichten durchschauen, zu deren Verwirklichung modernste Technologie gehört.“

„Dann sind die Crisbees eben keine Tiere. Ihr Verhalten beweist es, und wir werden auch noch weitere Beweise für ihre Intelligenz finden, Feran. Wir haben sie bisher nur übersehen, weil wir nicht danach gesucht, sondern nur die Beweise für ihnen fehlende Intelligenz finden wollten – unbewußt natürlich, aber dennoch kaum verzeihlich. Ihr könnt zurückkommen, Tiny und Dick. Ich selbst werde den OIL-Status für Venom widerrufen und dafür sorgen, daß er als IL-Welt registriert wird. Das bedeutet für IMC vielleicht den Konkurs, aber wir Menschen haben allen Grund dazu, niemals mehr andersartige Wesen voreingenommen als minderwertig einzustufen und damit Verbrechen zuzulassen, wie sie in unserer Vergangenheit begangen wurden.“

„Ich verstehe das nicht", sagte Feran Roseburgh.

„Um das zu verstehen, mußt du die Vergangenheit studieren, Feran", erklärte Dick. „Danke, Dennis! Wir kommen mit, sobald die Roboter zurückgezogen werden."

Sitting Bull

Perry Rhodan wischte sich den Schweiß von der Stirn und blieb stehen, um vor dem letzten Stück des Aufstiegs zu der einsamen Felsklippe etwas zu verschnaufen.

Als er sich umdrehte und nach Nordosten blickte, sah er weit unten auf einer Wiese zahlreiche beigefarbene Tipis stehen. Ihre Bewohner schliefen noch, und auch die Pferde in der benachbarten Koppel rührten sich noch nicht. Es war noch zu früh. Aber in wenigen Stunden würden die „Indianer" aus ihren Zelten kommen und zum Verpflegungsgleiter eilen, der dann aus der Ortschaft Shoonar gekommen sein würde, und frische Brötchen und Kaffee in Empfang nehmen. Später würden sie dann die „Gipfel" des Wandergebirges stürmen: „Indianer" aus Terrania, Peking, San Franzisko, Moskau – von Luna, vom Mars, von Ferrol, Sphinx, Arkon und anderen Welten.

Perry lächelte versonnen, und während er den Aufstieg fortsetzte, dachte er an Lokvorth und an Quiupu, der dort seine Experimente machte, falls er wieder aufgetaucht war. Dann schweiften seine Gedanken ab zur BASIS, die in der Galaxis Norgan-Tur in Richtung Khrat flog und die er mit Hilfe von Laires Auge bald betreten würde, um im Dom Kesdschan die Ritterweihe zu erhalten.

Erleichtert erreichte er den Gipfel der Klippe und richtete sich auf. Er brauchte die Einsamkeit, um seine Gedanken und Gefühle zu ordnen, denn er ahnte, daß schon bald etwas auf ihn zukommen würde, das sein heutiges Vorstellungsvermögen überstieg.

Der Schrei eines Vogels ertönte schräg hinter ihm, und er drehte sich halb um, weil er sehen wollte, ob er den Schrei richtig als den eines Turmfalken interpretiert hatte.

Nur dadurch traf ihn der Körper, der auf ihn zuschnellte, nicht mit voller Wucht, so daß er ihn nicht in die Tiefe stieß, sondern nur taumeln ließ.

Perry blickte in ein haßverzerrtes blasses Gesicht, in dem ein paar Augen fanatisch glühten. Er hob die Arme, war aber nicht schnell genug. Der Angreifer knurrte, dann schlug er zweimal zu, und Perry brach zusammen.

Erst als er die Hand mit dem Messer sah, reagierte er wieder mit der gewohnten Schnelligkeit. Er bekam zwei Handgelenke zu fassen und hielt sie eisern umklammert.

Sein Gegner keuchte, dann stieß er hervor:

„Stirb, weißer Teufel!"

Es gelang Perry, das Messer von sich fernzuhalten.

„Du bist George Daniel Leonard, nicht wahr?" fragte er.

„Ich bin Sitting Bull, der letzte Indianer!" keuchte sein Gegner. „Warum wehrst du dich? Bist du zu feige, um zu sterben, Perry Rhodan?"

„Ist es feige, sich gegen seinen Mörder zu wehren?" gab Perry zurück. „Gegen einen Agenten von Seth-Apophis?"

Die Kraft seines Gegners erlosch schlagartig. Perry nahm ihm das Messer ab und warf es in den Abgrund, dann beugte er sich über das Gesicht des Mannes, das zusehends verfiel.

„Du wirst wieder in Ordnung kommen, George!" sagte er beschwörend. „Seth-Apophis hat deinen Geist verwirrt."

„Warum hat der weiße Mann die Verträge niemals eingehalten?" flüsterte der Terraner, der sich für Sitting Bull hielt.

„Er konnte es nicht. Der Druck der ständig nachströmenden neuen Siedler ließ es gar nicht zu. Aber das alles ist längst Geschichte wie viele andere dunkle Kapitel der Menschheit auch. Heute sind wir alle Indianer, so wie wir Europäer, Russen, Neger, Juden und Araber und Chinesen und so weiter sind. Das alles ist in der Menschheit des Hanse-Zeitalters im Erbgut aller Menschen vereint. Wenn wir jetzt das Jahr der Indianer feiern, feiern wir die überwundenen Feindschaften und die Versöhnung in uns allen mit. Du hast immerhin dazu beigetragen, das allen bewußt werden zu lassen."

„Ist das wahr?" flüsterte „Sitting Bull".

Trommelklänge erschallten. Sie kamen wahrscheinlich aus den Lautsprechern des Versorgungsleiters von Shoonar, aber sie zeigten das Erwachen des „Indianerlagers" genauso an, als kämen sie von wirklichen Trommeln.

„Er ruft mich!" flüsterte „Sitting Bull", und sein Gesicht verklärte sich. „Der Große Geist ist zu uns zurückgekehrt. Warum konnte er nicht zweitausend Jahre früher kommen?"

„Es braucht alles seine Zeit", antwortete Perry bewegt und merkte erst dann, daß das Leben des Mannes erloschen war. Er schloß ihm die Augen. „Ruhe in Frieden, Bruder!"

H. G. Francis

Das Erbe

Moses kam mit den zehn Geboten aus. Luther brauchte bereits 96 Thesen für die Reformierung der Kirche. Und die Gesetzestexte allein eines der vielen Staaten des 20. Jahrhunderts füllen ganze Reihen von Aktenschränken aus.

Nimmt man an, daß diese erschreckende Entwicklung sich bis ins 5. Jahrhundert NGZ fortsetzt, dann dürften die auf dem Planeten Xamand herrschenden Zustände als ganz normal anzusehen sein . . .

Julian Tifflor blickte seinen persönlichen Referenten überrascht an.

„Was hast du da gesagt? Ich habe geerbt?"

„Genau das."

„Ach, laß mich damit in Ruhe." Die Freude Tifflors wich rasch der Erkenntnis, daß mit einem Erbe auch viel Mühen und vor allem Zeitverluste verbunden waren, welche die Vorteile oft genug aufwogen, so daß am Ende kein Gewinn blieb. „Ich weiß nicht mehr, wo mir der Kopf steht. Der Terminkalender ist randvoll. Da ist absolut kein Platz mehr für irgend etwas, was nicht lebenswichtig ist."

„Es handelt sich um einen Planeten", erklärte Milton Harriman. „Du hast den Planeten Xamand geerbt, einen der schönsten Planeten der Galaxis, ein Juwel und eine überaus reiche Welt mit wichtigen Rohstoffvorkommen. Außerdem gibt es auf Xamand zahlreiche Pflanzen, aus denen Medikamente gewonnen werden, die in der ganzen Galaxis begehrt sind. Und eine Einwohnerzahl von etwas mehr als zwei Milliarden Siedlern."

Tifflor lehnte sich lächelnd in seinem Sessel zurück.

„Das ist etwas anderes", sagte er und war nun gar nicht mehr ungehalten darüber, daß sein Sekretär ihn aufhielt. „Eine solche Erbschaft würde wohl niemand ausschlagen."

„Das habe ich erwartet. Xamand soll unglaublich schön sein."

Der Unsterbliche erhob sich und kam um den Schreibtisch, an dem er seit Stunden gearbeitet hatte, herum.

„Wie komme ich zu der Ehre?" erkundigte er sich. „Warum hat man ausgerechnet mich als Erben eingesetzt? Ich erinnere mich nicht an irgendeinen Verwandten, der einen Planeten besitzt."

„Du bist nicht mit dem Erblasser verwandt", erwiderte Milton Harriman. „Der verstorbene Herrscher von Xamand, der letzte einer großen Familie, hat keinerlei Gründe dafür angegeben, daß du ihn beerben sollst."

„Da ist doch ein Haken dabei", argwöhnte Tifflor.

„Soweit ich bis jetzt beurteilen kann – nein."

„Hast du das überprüfen lassen?"

„Natürlich. Leider haben wir nur wenig Informationen über Xamand. Auf dieser Welt hat es niemals irgendwelche Zwischenfälle gegeben, die uns tangieren, niemals Schwierigkeiten, die für andere Welten von Bedeutung waren. Also gab es auch keine Gründe, umfangreiche Datenspeicher für Xamand anzulegen. Was wir über diese Welt wissen, ist sicherlich schon etwas überholt. Die letzten Daten, die festgehalten wurden, sind zwei Jahre alt."

„Hm – das soll nichts bedeuten."

„Weitere Einzelheiten sind mir nicht bekannt. Das Testament können wir erst einsehen, wenn wir auf Xamand sind."

Julian Tifflor blieb an einem der Fenster stehen. Er blickte hinaus. Es war Frühling in Terrania City.

Er zuckte zusammen.

„Das soll ein Aprilscherz sein", sagte er.

„Nein. Ganz sicher nicht."

Tifflor kehrte zu seinem Sessel zurück. Manches Mal hatte er daran gedacht, sich aus der großen Politik zurückzuziehen und auf einem stillen Planeten zu leben, um hier eine Welt nach seinen Vorstellungen aufzubauen, eine Welt, in der es für niemanden Schattenseiten gab. Jetzt bot sich ihm die Möglichkeit dazu. Wenn er die Eigentumsrechte an einem ganzen Planeten erhielt, erfüllte sich ihm ein geheimer Traum.

„Wie heißt der Mann, der mir Xamand vererbt hat?"

„Xathur von Heff. Er war ein Mann von beachtlichen geistigen Fähigkeiten und einer hohen Moral."

„Und warum ist es auf mich gekommen? Wieso bin ich der Erbe? Warum nicht ein anderer?"

„Ich weiß es nicht."

„Was empfiehlst du mir? Soll ich das Erbe annehmen?"

„Aber das ist doch gar keine Frage, Tiff. Der Planet hat einen Wert, der in die Billionen geht. So etwas schlägt man doch nicht aus."

„Ich habe nicht vor, mich zu bereichern."

„Das weiß ich. Bedenke jedoch, welche Mittel dir in die Hände gelegt werden. Damit kannst du für Wissenschaft und Forschung tausendmal mehr tun als bisher."

„Ich muß mir das überlegen. In aller Ruhe. Eine solche Entscheidung treffe ich nicht zwischen Tür und Angel."

„Was gibt es da zu überlegen?"

„Vielleicht ist ein Haken dabei."

„Bestimmt nicht, Tiff."

„Wieviel Zeit habe ich?"

„Vierundzwanzig Stunden."

„Sage den Anwälten, daß ich das Erbe annehme", erklärte Julian Tifflor dreiundzwanzig Stunden später.

Müde blickte er Milton Harriman an. Er hatte fast die ganze Nacht durchgearbeitet und kaum mehr als eine Stunde geschlafen.

„Was ist?" fragte sein Sekretär verwundert. „Bist du nicht zufrieden? Du erbst wenigstens eine Billion!"

„Nein, verdammt noch mal", antwortete der Unsterbliche. „Ich fühle, daß ein Haken dabei ist, aber ich habe ihn noch nicht gefunden. Niemand verschenkt einen Planeten, ohne sich etwas dabei zu denken."

Für den Ersten Terraner spielte Geld keine Rolle mehr. Er konnte sich ohnehin alles leisten, was für ihn wichtig war. Zeit seines langen Lebens hatte er geringe Summen gespart, und obwohl es einige kräftige Rückschläge gegeben hatte, war mittlerweile ein beträchtliches Vermögen zusammengekommen. Da Julian Tifflor nicht die Ambition hatte, Reichtümer anzuhäufen, hatte er immer wieder große Summen für wohltätige Organisationen, Künstler, wissenschaftliche Forschungsarbeiten oder ehrgeizige Erschließungsprojekte auf fremden Planeten gestiftet. Doch auch dadurch war das Vermögen nicht entscheidend verringert worden. Bei einem Unsterblichen schlug der Zinseffekt eben ganz anders zu Buche als bei einem Sterblichen, da dieser den Faktor Zeit nicht in diesem Maße nutzen konnte.

Tifflor blickte auf seinen Terminkalender. Seufzend schüttelte er den Kopf. Ihm blieb noch nicht einmal mehr die Zeit, allein zu essen. Milton Harriman hatte verschiedene Arbeitsessen angesetzt, weil die Zahl der wichtigen Besprechungen sonst nicht mehr zu bewältigen war.

„Du kannst doch solch ein Erbe nicht ausschlagen, Tiff. Das wäre einfach unmöglich."

„Gut", sagte der Erste Terraner. „Teile den Anwälten mit, daß ich das Erbe annehme. Alles weitere werden wir dann ja sehen. Oder habe ich sonst noch etwas zu tun?"

„Leider ja."

„Und das wäre?"

„Die Verträge müssen auf Xamand unterzeichnet werden."

Tifflor schüttelte den Kopf.

„Hast du den Verstand verloren? Das würde mich wenigstens drei Tage kosten. Diese Zeit habe ich nicht. Das ist völlig ausgeschlossen."

„Es geht nun mal nicht anders. Gesetzliche Bestimmungen müssen eingehalten werden."

„Willst du mir sagen, wie ich das möglich machen soll?" fragte der Erste Terraner. „Ich kann mich nicht zerreißen. In den nächsten Tagen kommen die führenden Persönlichkeiten der GAVÖK. Ich muß sie empfangen."

Doch Milton Harriman hatte schon einen Zeitplan ausgearbeitet, der allen Besuchern gerecht wurde.

„Außerdem hat die Regierung von Xamand mir zugesichert, daß alles Menschenmögliche getan wird, damit der Aufenthalt dort für dich so kurz wie nur irgend möglich wird. An die Gesetze aber müssen auch wir uns halten."

„Das ist klar."

„Es wird wirklich schnell gehen."

Er lächelte besänftigend.

„Wir haben nur sehr wenig Informationen über Xamand", erklärte er. „Man scheint dort ein wenig verliebt in die Bürokratie zu sein, aber damit werden wir schon fertig. Wir haben ja auch kaum etwas damit zu tun."

„Bürokratie gibt es überall", erwiderte Tifflor gelassen.

„Du brauchst dir keine Sorgen zu machen. Ich organisiere alles durch. Du brauchst dann nur noch die Unterschrift auf dem Nachlaßgericht zu leisten. Auf die Regierung von Xamand brauchst du keine Rücksicht zu nehmen. Es wird also keine politischen Besprechungen, Höflichkeitsbesuche oder Arbeitsessen mit Regierungsvertretern geben."

„Also gut", gab Tifflor nach. „Vielleicht ist es mal ganz gut, wenn ich mal für ein oder zwei Tage aus diesem Irrenhaus herauskomme."

„Länger wird es bestimmt nicht dauern."

Als Julian Tifflor auf dem Zentralraumhafen von Xamand das Raumschiff der LFT verließ, folgten ihm neben Milton Harriman zwei Anwälte, deren Spezialgebiet das kosmische Recht der LFT war, zwei Anwälte des GAVÖK-Rechts, zwei Anwälte des kosmischen Rechts, vier Anwälte, deren Fachkenntnisse auf dem Sondergebiet des Rechts der Kosmischen Hanse lag, zwei Anwälte, die sich mit dem xamandischen Recht befaßt hatten, zwei Anwälte, deren Fachgebiet das Erbrecht von Xamand war, drei Anwälte, deren Fachgebiet das Erbrecht der LFT war, und zwölf weitere Rechtswissenschaftler, deren Wissen die Gesetzeswerke abdeckten, die diese Rechtsgebiete in irgendeiner Weise tangierten. Auf zwei Antigravplattformen schwebten Computer hinter ihnen her, in denen die wichtigsten Gesetzestexte mit den entsprechenden Kommentaren und den bedeutendsten Urteilen der verschiedenen Gerichte gespeichert waren. Milton Harriman bedauerte, daß es nicht möglich war, alle Gesetze, Kommentare und Urteile mitzunehmen. Doch dazu wären Computer mit wesentlich höherer Speicherkapazität nötig gewesen. Ihn beruhigte jedoch, daß sie die Möglichkeit hatten, jederzeit mit NATHAN Verbindung aufzunehmen und dort gespeichertes Wissen abzurufen, so daß juristische Fehler weitgehend ausgeschlossen werden konnten.

Als Julian Tifflor das Raumschiff durch die Schleuse verlassen wollte, raunte ihm Milton Harriman zu: „Sie haben einen Kontrollgang ans Schiff gefahren. Wir werden hindurchgehen müssen. Ich habe bereits protestiert, aber die Gesundheits- und Einwanderungsbehörde läßt sich nicht erweichen."

„Was soll das heißen?" fragte Tifflor befremdet. „Willst du damit sagen, daß wir nicht auf direktem Weg zum Nachlaßrichter fliegen, sondern irgendwelche Kontrollen über uns ergehen lassen müssen?"

„Es ist nicht zu ändern", erwiderte der Sekretär betreten. „Die gesetzlichen Bestimmungen sind nun mal so. Aber man hat mir versichert, daß man alles Menschenmögliche tun wird, die Prozedur abzukürzen."

Er zuckte verlegen lächelnd mit den Schultern.

„Auf die paar Minuten kommt es wirklich nicht an."

In einem Antigravschacht, der an die Schleusenkammer gefahren worden war, schwebten Julian Tifflor, Milton Harriman und die neunundzwanzig Rechtsanwälte bis in eine Kammer hinab, die auf der einen Seite durch eine Panzerplastwand abgetrennt wurde. Dahinter erwarteten sie ein dürrer, trübsinnig dreinblickender Mann und zwei Frauen, die grüne, hochgeschlossene Kleider trugen.

„Der Kerl sieht aus, als ob er gleich in Tränen ausbrechen würde", murmelte einer der Anwälte.

„Zieht euch bitte aus und legt eure Kleider in die Metallfächer an eurer Seite", hallte es aus einem Lautsprecher.

Julian Tifflor blickte Milton Harriman an. Seine Wangen röteten sich, und eine Zornesader schwoll auf seiner Stirn.

„Wir fliegen zurück", befahl er. „Du glaubst doch nicht, daß ich mich solchen Prozeduren unterwerfe?"

„Bitte, macht keine Umstände", sagte der Dürre, und er verzog das Gesicht, als habe er größte Mühe, die Tränen zurückzuhalten. „Aufgrund der Vorschriften der Einwanderungsbehörde vom 24.6.425 NGZ und der Gesundheitssicherungsgesetze vom 28.3.425 NGZ mit den Paragraphen 322 Absatz 4 und 323 Absatz 5, sowie dem Artenschutzgesetz vom ..."

Julian Tifflor drehte sich um und ging zum Antigravschacht, während der Dürre ein halbes Dutzend weiterer Vorschriften und

Gesetze herunterleierte. Der Erste Terraner wollte in das aufwärts gepolte Feld steigen, doch Milton Harriman legte ihm bittend die Hand auf den Arm.

„Bedenke doch, um was es geht“, flüsterte er. „Willst du auf eine Billion oder mehr verzichten, nur weil so ein Idiot von Raumhafenangestellten darauf besteht, daß du die Vorschriften einhältst?“

„Wo sind die Regierungsvertreter?“ erwiderte Tifflor aufgebracht.

„Wo sind die Sonderbestimmungen, die dafür sorgen, daß ich einen derartigen Blödsinn nicht mitmachen muß?“

„Sonderbestimmungen existieren nicht“, erklärte eine der beiden grün gekleideten Frauen. „Wir auf Xamand sind bemüht, die Zahl der Gesetze und Vorschriften so niedrig wie möglich zu halten, damit sie überschaubar bleiben. Einige Grundregeln müssen jedoch eingehalten werden. Es hat sich nun einmal gezeigt, daß von anderen Welten Keime und Schädlinge eingeschleppt werden, die für Xamand katastrophale Auswirkungen haben können. Nur weil wir sie rigoros bekämpfen, haben wir das ökologische Gleichgewicht erhalten können. Wir dürfen doch sicherlich damit rechnen, daß ein so bedeutender und hochstehender Mann wie du, Julian Tifflor, den Sinn und die Notwendigkeit von solchen Maßnahmen begreift?“

Das klang vernünftig, und Tifflor konnte sich diesen Argumenten nicht verschließen. Ihn ärgerte jedoch, daß ihm vorher niemand etwas von solchen Prozeduren gesagt hatte und daß er den Fehler gemacht hatte, Kontakte mit der Regierung von Xamand auszuschließen, um Zeit zu sparen.

Es war nicht zu leugnen, daß durch Leichtsinn und mangelnde Sicherheitsmaßnahmen in den vergangenen Jahrhunderten auf vielen Planeten Katastrophen ausgelöst worden waren, weil Mikroorganismen eingeschleppt worden waren, die es bis dahin auf diesen Welten nicht gegeben hatte.

„Also gut“, lenkte der Erste Terraner seufzend ein und zog sich aus. Seine Begleiter folgten seinem Beispiel. Auch sie legten ihre Kleidungsstücke ab und deponierten sie in den Metallfächern.

Unmittelbar darauf verbreitete sich ein feiner, unangenehm riechender Nebel im Raum.

„Jetzt werden wir auch noch entlaust", fluchte einer der Anwälte.

„Willkommen auf Xamand", rief die Frau, die sie in dem Raum erwartete, der sich der Desinfektionsschleuse anschloß. Sie war etwa zwei Meter groß und wog sicherlich nicht unter 150 Kilogramm. Sie trug eine strammsitzende, rote Uniform, und ein Schild an ihrer Brust sagte aus, daß sie von der Einwanderungsbehörde war und Carmen Lotos hieß. Hinter ihr standen zwei grün gekleidete Männer. „Ich hoffe, ihr hattet eine gute Reise."

„Danke", entgegnete Julian Tifflor. „Wir sind zufrieden. Würdest du uns bitte den Weg zum Gericht zeigen? Ich möchte diese Geschichte so schnell wie möglich hinter mich bringen."

Sie blickte ihn wohlwollend an, und ein breites Lächeln zierte ihr Gesicht.

„Das verstehe ich vollkommen, und ich werde alles tun, was in meiner Macht steht, damit es so schnell wie möglich geht. Da sind nur noch ein paar Papiere auszufüllen. Einwanderungspapiere."

Tifflor verschlug es die Sprache.

„Ich habe nicht vor, einzuwandern."

„Das mußt du aber", belehrte sie ihn. „Wie willst du sonst das Erbe antreten? Das kann nur jemand, der die xamandische Staatsbürgerschaft hat. So sind nun mal die Vorschriften."

„Also gut. Was habe ich zu tun?" fragte der Unsterbliche, nachdem er seine Anwälte konsultiert hatte.

„Wirklich nicht viel. Das ist bald erledigt."

Sie griff unter den Tresen, hinter dem sie stand, und legte einen dicken Packen Formulare auf den Tisch.

„Du brauchst das nur auszufüllen und zu unterschreiben. Schon ist alles erledigt. Und das gilt natürlich auch für deine Begleiter. Anwälte dürfen ihren Beruf nur dann auf Xamand ausüben, wenn sie die xamandische Staatsbürgerschaft haben. Ist doch einleuchtend. Oder?"

Tifflor blickte auf die Formulare, wandte sich dann Milton Harriman zu, der verlegen zu Boden blickte, und schüttelte den Kopf.

„Nein, mein Lieber“, sagte er. „Nicht mit mir. Wer bin ich denn, daß ich so ein Theater mitmache?“

Sein Sekretär war bleich geworden. Er wich seinen Blicken aus und trat von einem Bein aufs andere. Auf seiner Stirn standen Schweißperlen.

„Es tut mir leid, Tiff“, sagte er. „In den Informationen, die ich erhalten habe, war davon nicht die Rede. Unsere Unterlagen über Xamand sind allerdings schon einige Jahre alt.“

„In dieser Zeit ist vieles besser geworden“, rief einer der beiden grün gekleideten Männer voller Stolz. „Unser Gesetzeswerk ist vereinfacht und verbessert worden.“

„Vereinfacht und verbessert? Soll das ein Witz sein?“ stöhnte der Erste Terraner, der sichtlich um seine Fassung bemüht war. „So was mache ich nicht mit.“

Die korpulente Carmen Lotos von der Einwanderungsbehörde beriet sich flüsternd mit den beiden Grünen. Dann wandte sie sich Julian Tifflor wieder zu und erwiderte mühsam beherrscht: „Ich muß mich an die Gesetze halten, und ich habe einfach nicht das Recht, mich über die Bestimmungen hinwegzusetzen. Willst du mich dazu verleiten, eine Ordnungswidrigkeit zu begehen?“

„Ich will mit deinen Vorgesetzten reden“, forderte Tifflor.

„Die Gesetze gelten für alle“, antwortete sie. „Das können auch meine Vorgesetzten nicht ändern.“

„Dann steckt euch Xamand an den Hut“, fuhr er sie an. „Ich fliege zur Erde zurück. Sofort.“

Er wollte sich abwenden, doch sie lief zu ihm und verstellte ihm den Weg.

„Das geht nicht, Tiff.“

„Was geht nicht?“

„Du kannst nicht schon jetzt in die Desinfektionskammer zurück. Da ist niemand mehr.“

„Was interessiert mich das?“

„Ich kann die Türen nicht öffnen, da in den nächsten vierundzwanzig Stunden kein Raumschiff erwartet wird, bleibt die Desinfektionssektion unbesetzt. Ferry hat bereits Feierabend gemacht. Du kannst also nicht vor morgen ins Raumschiff."

„Was steht ihr hier herum?" fauchte Tifflor seine Anwälte an. „Sorgt dafür, daß diese Verrückte mich nicht länger aufhält."

„Ich will euch die Rechtslage gern auseinandersetzen", bemerkte einer der grün gekleideten Männer. „Dazu sind wir hier. Wir sind Anwälte und haben darüber zu wachen, daß die Rechte aller Beteiligten gewahrt bleiben."

„Bravo", lobte Tifflor sarkastisch. „Dann unterhaltet ihr euch miteinander."

„Wäre es nicht viel einfacher, wenn ihr die Papiere ausfüllen würdet?" fragte Carmen Lotos mit einem listigen Lächeln. „Wenn Anwälte miteinander reden, kann das verdammt lange dauern."

„Wozu die Papiere ausfüllen? Wer liest das jemals? Die Formulare wandern in irgendein Archiv und bleiben dort, bis sie vermodert sind."

Milton Harriman tippte den Unsterblichen an. Er trommelte sich verlegen mit den Fingerspitzen gegen die Lippen.

„Weißt du, Tiff", stammelte er. „Ich habe den Eindruck, daß wir weder vor noch zurück können. Der Weg ins Schiff ist versperrt, weil da jemand schon Feierabend gemacht hat, und zum Nachlaßgericht können wir nicht, weil wir die Formulare noch nicht ausgefüllt haben. Wenn wir aber noch länger warten, sind die Dienststunden am Nachlaßgericht womöglich zu Ende, und wir verlieren noch mehr Zeit."

Er hüstelte.

„Ich meine – hm – der Klügere gibt nach, nicht?"

Die korpulente Beamtin strahlte ihn an, als habe er soeben eines der großen kosmischen Geheimnisse gelüftet.

„Wo du gerade die Dienststunden erwähnst, möchte ich dich darauf aufmerksam machen, daß dieses Büro auch bald geschlossen wird", sagte sie kumpelhaft zwinkernd. „Ich möchte schließlich nicht, daß ihr Unannehmlichkeiten habt."

Julian Tifflor stöhnte resignierend. Er ließ sich auf einen Hocker sinken und griff nach den Formularen.

„Schaffen wir das überhaupt noch bis Feierabend?“ erkundigte er sich.

„Aber gewiß doch“, antwortete Carmen Lotos freundlich. „Es ist ja noch mehr als eine Stunde Zeit.“

„Den Göttern sei Dank“, seufzte Tifflor.

„Ihr müßt euch allerdings beeilen“, fügte sie hinzu. „Wenn ihr bummelt, schafft ihr es nicht.“

Julian Tifflor erwog, sie zu fragen, was denn geschehen würde, falls die Formulare bis Dienstschluß nicht ordnungsgemäß ausgefüllt waren. Ins Schiff durften sie nicht, zum Gericht ebenfalls noch nicht. Würden sie hierbleiben müssen?

Er verzichtete auf die Frage, um nicht noch weitere Schwierigkeiten heraufzubeschwören.

„Was ihr alles wissen wollt!“ rief einer der Anwälte. „Wieso interessiert ihr euch für meine Schuhgröße?“

„Das ist wegen der Steuern“, antwortete die Beamtin würdevoll. „Wer größere Füße hat, muß höhere Steuern bezahlen.“

„Klar. Ist ja verständlich“, grinste der Anwalt. „Wer größere Füße hat, nutzt Xamand ja auch mehr ab als andere.“

Julian Tifflor seufzte erleichtert, als er an der Spitze seiner Delegation das Raumhafengebäude verließ. Er trat auf einen Platz hinaus, auf dem Hunderte von Antigravkabinen parkten. Die Sonne stand im Zenit. Einige Wolken zogen über den ansonsten klaren Himmel, und ein riesiger Vogelschwarm strich über den Raumhafen hinweg. Mit Blüten übersäte Bäume begrenzten den Parkplatz. Sie waren von geradezu betäubender Schönheit und ließen erahnen, warum Xamand den Ruf hatte, eine besonders sehenswerte Welt zu sein.

„Das tut gut“, sagte Jery Pastran, einer der beiden Anwälte für xamandisches Recht. „Endlich können wir wieder frei atmen. Wer hat eigentlich gesagt, daß die Xamander ein wenig verliebt in die Bürokratie seien?“

„Sind sie es etwa nicht?“ fragte Milton Harriman mit verdächtig vibrierender Stimme. Sie verriet, daß er überhaupt kein Verständnis für die scherzhaft gemeinte Bemerkung Pastrans hatte.

„Wir haben es überstanden“, bemerkte Julian Tifflor beschwichtigend. Er wollte einen drohenden Streit verhindern. „Wahrscheinlich wird es jedoch noch einige Schwierigkeiten auf dem Nachlaßgericht geben.“

„Man hat mir zu verstehen gegeben, daß es nur um deine Unterschrift geht“, beteuerte Milton Harriman. „Wenn du unterschrieben hast, ist für dich alles erledigt, und du kannst wieder abreisen. Alles andere werden die Anwälte erledigen.“

„Also gut. Hoffen wir, daß es tatsächlich so ist“, entgegnete der Erste Terraner. „Niemand kann ein Interesse daran haben, mich länger als unbedingt notwendig hier festzuhalten. Verteilt euch auf die Flugkabinen, und dann auf zum Gericht.“

Er öffnete die Tür eines Antigravgleiters und setzte sich ans Steuer.

„Man hat mir gesagt, daß man diese Maschinen zum Nulltarif benutzen kann“, erklärte Milton Harriman unsicher. Er hatte offensichtlich Angst davor, daß abermals irgend etwas ganz anders kam, als er sich vorgestellt hatte. Für den perfekten Planer Harriman kam jede Abweichung vom einmal eingeschlagenen Weg einer Katastrophe gleich.

„Nulltarif ist gut“, erwiderte Tifflor. „Ich hätte auch gar kein Kleingeld dabei.“

„Bitte, lege deine ID-Karte in das Kontrollfenster“, ertönte eine freundliche Mädchenstimme aus dem Lautsprecher über Tifflor. „Danach kannst du starten.“

„Aber gern doch.“ Tifflor drückte seine terranische ID-Karte auf das Kontrollauge des Computers.

„Nicht doch den“, mahnte die Mädchenstimme. „Ich benötige den xamandischen Ausweis.“

„Natürlich. Wie dumm von mir. Entschuldige, mein Herzchen. Das hätte ich wissen müssen.“ Tifflor wechselte die Karte gegen die neue aus, die er vor wenigen Minuten erhalten hatte und die ihn als xamandischen Bürger auswies. „Also bitte. Jctzt kann es losgehen."

„Es tut mir leid, Tiff. So nicht."

„Warum, zum Teufel, nicht?" Tifflor spürte, daß es hinter seinen Ohren zu kribbeln begann. Die Impulse seines Zellaktivators kamen schneller als gewöhnlich.

„Das fragst du?" Der Computer des Gleiters schien höchst erstaunt zu sein. „Du hast noch keine Steuern bezahlt, und selbstverständlich stehen die Gleiter nur jenen Bürgern von Xamand zum Nulltarif zur Verfügung, die sich durch ihre Steuerzahlung an den Kosten für den Gleiterbetrieb beteiligt haben. Das solltest du eigentlich wissen."

Tifflor und Harriman blickten sich an. Der Erste Terraner holte tief Luft. Sein Sekretär war bleich bis an die Lippen. Er machte den Eindruck, als wolle er aus dem Gleiter springen und davonlaufen.

„Es ist alles durchorganisiert, wie?"

„Tiff, ich ..." stammelte Milton Harriman, doch der Unsterbliche winkte ab, denn er sah ein, daß sein Sekretär sich ebenso auf die Versprechungen der Xamander verlassen hatte, wie er auf die Beteuerung Harrimans, alles werde schnell gehen.

„Wieviel Steuern haben wir zu zahlen?" fragte er, wobei er beobachtete, daß die Anwälte heftig diskutierend aus den Gleitern stiegen und sich seiner Maschine näherten.

„Das richtet sich selbstverständlich nach deinem Einkommen", eröffnete ihm der Computer.

„Ich habe kein Einkommen", behauptete Tifflor mit einem listigen Lächeln. „Ich bin völlig mittellos."

„Das ändert natürlich alles. Dann brauchst du keine Steuern zu bezahlen."

„Wunderbar", rief Tifflor erleichtert. „Dann können wir ja starten."

Milton Harriman begann auf seinen sorgfältig gepflegten Nägeln zu kauen. Er teilte den Optimismus Tifflors nicht.

„Ich kann die Maschine nur freigeben, wenn ich die entsprechenden Bescheinigungen des Finanzamts und der Sozialbehörde habe", erläuterte die Mädchenstimme. „Du mußt zum Finanzamt gehen und dir die Standardformulare Alpha vier, sieben, zwölf, dreiundzwanzig, vierzig ..."

Julian Tifflor stieg aus, während der Computer ein weiteres Dutzend Formulare und eine Reihe von Unterabteilungen der Behörden benannte, die Tifflor aufsuchen sollte.

„Kann mir einer von euch sagen, wie wir zum Nachlaßgericht kommen?" fragte der Erste Terraner.

„Wir müßten jemanden finden, der einen für uns ausgibt", antwortete Steve O'Brian, einer der Anwälte für LFT-Recht. „Irgendeinen Xamander wird es schon geben, der seine Steuern bezahlt hat und uns zum Gericht bringt."

„Da kommt ja schon jemand", rief Milton Harriman.

Aus einer der Türen des Raumhafengebäudes trat ein hochgewachsener Mann mit scharf blickenden Augen. Eigenartig lächelnd näherte er sich der Gruppe um Julian Tifflor. Zwei grün gekleidete Anwälte folgten ihm wie ein Doppelschatten.

„Hallo", sagte Milton Harriman. „Wir haben Schwierigkeiten und benötigen Hilfe."

Der Mann musterte den Sekretär erstaunt.

„Schwierigkeiten? Hilfe? Wie ist so was möglich? Niemand auf Xamand hat Schwierigkeiten. Niemand braucht Hilfe. Unser perfekt organisierter Staatsapparat sorgt dafür, daß allen gleiches Glück zuteil wird."

„Dann sind wir nicht so gleich wie andere", bemerkte der Sekretär.

„Wir müssen zum Gericht", erwiderte Tifflor, „aber wir können nicht mit den Gleitern fliegen, weil wir keine Steuern bezahlt haben. Und Steuern haben wir nicht abgeführt, weil wir nichts verdient haben. Uns stünde eine staatliche Unterstützung zu, aber die erhalten wir nicht, weil wir nicht zur Behörde fliegen können. Allerdings bliebe noch die Möglichkeit, zu Fuß dorthin zu gehen."

„Zu Fuß?" Einer der beiden grüngekleideten Anwälte trat vor. Strafend blickte er Tifflor an. „Das ist verboten. Zwischen hier und der Stadt liegt ein Naturschutzgebiet, das niemand betreten darf."

Tifflor griff sich an den Hals und schluckte trocken.

„Dann müssen wir eben fliegen. Aber wir brauchen die Hilfe von jemandem, der eine mit einer Steuermarke versehene ID-Karte hat."

„Das ist ja unglaublich", sagte der Dunkelhaarige. Er wandte sich empört an seine Anwälte. „Habt ihr das gehört. Er will mich dazu verführen, eine illegale Personenbeförderung durchzuführen. Mann, weißt du, was darauf steht?"

„Sieben Jahre Zwangsarbeit in den Kristallgruben", antwortete der Anwalt.

„Ich würde gern wissen, ob auf Xamand überhaupt jemand ohne Anwalt herumläuft", bemerkte Tifflor.

„Natürlich nicht", erwiderte der Dunkelhaarige verwundert. Er schien nicht verstehen zu können, daß Tifflor überhaupt eine solche Frage stellen konnte. „Das kann sich niemand leisten."

„Und wer bezahlt die Anwälte?"

„Der Staat stellt sie zur Verfügung. Das muß so sein. Schließlich bezahle ich Steuern. Und als Beamter sogar besonders viel."

„Natürlich. Das sehe ich ein. Mich würde nur interessieren, ob es auf Xamand überhaupt jemanden gibt, der nicht in Staatsdiensten steht."

„Was soll diese Frage?" Der Dunkelhaarige blickte Tifflor zornig an. Er schien sich beleidigt zu fühlen. „Selbstverständlich gibt es jemanden. Martin Bo Ortiz."

Der Erste Terraner glaubte, sich verhört zu haben.

„Einen? Wirklich nur einen?"

„Ja, einen. Das weiß doch jeder. Martin Bo Ortiz ist ein Kapitalist."

„Es gibt einen Xamander, der nicht im Staatsdienst steht", staunte Milton Harriman. „Ist denn das zu fassen."

„Ist das überhaupt möglich?" fragte Gordon Bullit, einer der Anwälte für GAVÖK-Recht. „Mit wem arbeitet Martin Bo Ortiz, wenn er der einzige ist, der nicht in Staatsdiensten steht?"

„Natürlich mit Staatsbediensteten, die ihm zur Verfügung gestellt werden. Sein einziger Auftraggeber ist ja der Staat", stellte

Tifflor fest. „Aber was geht er uns an? Wir wollen hier weg. Wir müssen in die Stadt. Zum Gericht. Wir dürfen nicht fliegen. Wir dürfen nicht zu Fuß gehen. Also – wie kommen wir hin?"

„Wir könnten diesem freundlichen Herrn eins über die Rübe geben, ihm die ID-Karte abnehmen und die Computerblockade mit ihrer Hilfe brechen", schlug Gordon Bullit vor.

„Damit macht ihr euch strafbar", erklärte einer der beiden grüngekleideten Anwälte. „Bereits die Androhung einer Straftat ist strafbar nach Paragraph 2873 Absatz..."

„Halt, halt", rief Tifflor. „Das war natürlich nur ein Scherz, und es ist hoffentlich nicht verboten, einen Witz zu machen."

„Das soll das Gericht entscheiden", erwiderte der Grüne mit eisiger Stimme. „Darüber habe ich nicht zu befinden."

Er hüstelte herablassend.

„Und es imponiert mir im übrigen überhaupt nicht, daß du hier mit einem ganzen Heer von Anwälten angetanzt kommst. Das ist nicht nur übertrieben, sondern riecht eindeutig nach Steuerverschwendung. Kommt. Laßt uns weitergehen, bevor man versucht, uns noch zu weiteren Straftaten zu verleiten."

„Es ist wirklich ganz einfach", sagte Milton Harriman, als er aus dem Raumhafengebäude zu Tifflor zurückkehrte. „In der Halle befindet sich ein Bankschalter. Dort erkennt man deine LFT-Karte an. Du kannst also Geld von deinem Konto auf der Erde abbuchen und hier auf ein Sammelkonto des Finanzamts einzahlen. Sobald du das getan hast, markiert die Bank deine hiesige ID-Karte, so daß du dann einen Gleiter fliegen darfst."

„Den Göttern sei Dank."

Allerdings solltest du dann einen Anstellungsvertrag beantragen. Entweder für den Staat oder für den freien Unternehmer Martin Bo Ortiz."

„Wozu das? Ich habe nicht die Absicht, bei einem der beiden zu arbeiten."

„Natürlich nicht", erklärte Milton Harriman, sichtlich um Geduld bemüht. „Da du jedoch Steuern gezahlt hast, mußt du entsprechend der Logik der hiesigen Bürokratie Arbeit haben oder zumindest beantragen, da niemand auf Xamand über Geld verfügen kann, das er nicht bei einem der beiden hiesigen Arbeitgeber verdient hat."

„Logisch."

Milton Harriman zuckte überrascht zusammen.

„Meinst du das ehrlich, Tiff?"

Der Erste Terraner ging lächelnd über diese Frage hinweg.

„Ich muß zur Bank. Wenigstens zwei Anwälte begleiten mich. Eins habe ich mittlerweile begriffen. Ohne Anwalt kann man hier keinen Blumentopf gewinnen. Also . . .?"

Er ging auf das Raumhafengebäude zu, und alle Anwälte folgten ihm, da keiner sich dazu entschließen konnte, bei den Gleitern zu bleiben. Milton Harriman schloß zu Tifflor auf.

„Wenn du den Anstellungsantrag stellst, solltest du dich an den Betriebsrat des Raumhafens und an die Gewerkschaft wenden. Beide werden dir behilflich sein."

„Woher weißt du das?"

„Man hat es mir in der Bank gesagt. Sie besorgen die Formulare bereits."

Tifflor blieb stehen.

„Was für Formulare, zum Teufel?"

„Für die Anstellungsanträge, natürlich."

„Ach so. Das hatte ich vergessen."

„Und dann die Formulare für die Beitrittsanträge zur Gewerkschaft und die Formulare für den Beratungsantrag durch den Betriebsrat, sowie die Formulare . . ."

Tifflor ging weiter, und Milton Harriman warf verzweifelt die Arme in die Höhe.

„Was kann ich dafür?" klagte er. „Ich habe diese Bestimmungen nicht erlassen."

Einer der Anwälte öffnete Tifflor die Tür.

„Was wirst du tun?" fragte er. „Du wirst doch nicht diese Anträge stellen und all diese Formulare ausfüllen?"

„Ich bin doch nicht irrsinnig. Ich zahle den Steuergroschen, und damit hat es sich. Bevor irgendeine Behörde begriffen hat, daß ein paar Formulare fehlen, sind wir längst wieder auf der Erde."

„Ich glaube, ich weiß mittlerweile, warum Xathur von Heff dir diesen Planeten vererbt hat", bemerkte John Hebes, einer der Anwälte für das Rechtsgebiet „Kosmische Hanse".

„Ach, tatsächlich?" In den Augen Tifflors blitzte es ironisch auf.

„Die Bürokratie hat Xamand in ein Irrenhaus verwandelt. Das hat Xathur von Heff erkannt. Wahrscheinlich hat er versucht, den Staatsapparat zu verkleinern und den Behördenwildwuchs auf ein vernünftiges Maß zurückzuschneiden, aber das ist ihm nicht gelungen. Wahrscheinlich hätte er dazu den Behördenweg beschreiten müssen, aber das war unmöglich. Die Flut der Anträge, die er dazu hätte stellen müssen, hätte ihn hinweggeschwemmt."

„Genau das ist auch meine Meinung", erwiderte Tifflor ohne jeden Anflug von Ironie. „Xathur von Heff war ganz schön raffiniert. Er hat geglaubt, daß ich mit diesem bürokratischen Chaos fertig werde, aber ich fürchte, da hat er sich verrechnet."

„Es gibt eine gesetzgebende Versammlung", stellte Milton Harriman fest. „Nur sie kann die Zustände ändern."

„Sie setzt sich aus Beamten zusammen", erwiderte Tifflor, „und in der Geschichte der Menschheit haben Bürokraten den bürokratischen Apparat noch niemals verkleinert."

„Was wirst du tun?" fragte Bullit.

„Steuern zahlen, unterzeichnen und verschwinden", antwortete Tifflor. „Und dann werde ich auf der Erde in Ruhe über die Zukunft von Xamand nachdenken."

Er ging zum Bankschalter, um die Überweisung vorzunehmen.

„Ist das wirklich wahr?" fragte Julian Tifflor einige Minuten später voller Argwohn. „Oder machst du einen Scherz mit mir?"

„Warum?" entgegnete der Beamte hinter dem Bankschalter.

Der Erste Terraner drehte die ID-Karte in seinen Fingern.

„Es ist alles in Ordnung, hast du gesagt, und dabei habe ich nur drei Formulare ausgefüllt und vier Unterschriften geleistet. Ist das wirklich alles?"

„Wir arbeiten so unbürokratisch wie nur irgend möglich", erläuterte ihm sein Gegenüber nachsichtig. „Geldgeschäfte müssen nun mal schnell abgewickelt werden."

Tifflor lachte laut auf. Er verstand. Da es darum ging, Geld von der Erde nach Xamand zu transferieren, konnte das bürokratische Zeremoniell auf ein Minimum beschränkt werden. Umgekehrt wäre der gleiche Vorgang sicherlich außerordentlich zeitraubend gewesen. Aber das interessierte ihn nicht.

Plötzlich schien es keine Schwierigkeiten mehr zu geben.

Die Gleiter funktionierten, da Tifflor die Steuern für sich und seine Helfer bezahlt hatte. Mit den Maschinen flogen der Erste Terraner, Milton Harriman und die Anwälte in die Stadt. Von einem Steuerleitsystem wurden sie vollautomatisch zum Nachlaßgericht gelenkt, wo sie auf dem Dach eines vierzehnstöckigen Gebäudes landeten.

Julian Tifflor hatte kaum mehr als einen Blick für die Stadt Xamand-City übrig, die am Ufer eines breiten Stromes lag, obwohl sie architektonisch schön angelegt war und in einer reizvollen Landschaft lag. Er wollte die nun noch notwendigen Formalitäten so schnell wie möglich hinter sich bringen.

Ein untertäniger, blonder Mann, der von nur einem grüngekleideten Anwalt begleitet wurde, führte die Delegation auf einen langen Flur, auf dem eine Reihe von Männern und Frauen mit ihren Anwälten darauf warteten, abgefertigt zu werden. Unter ihnen fiel ein schlanker, grauhaariger Mann auf, dessen Gesicht von der Sonne gebräunt war. Er trug eine qualitativ deutlich bessere Kleidung als die anderen und besaß die Ausstrahlung einer energischen und erfolgsgewohnten Persönlichkeit. Tifflor wandte sich ihm zu. Ihre Blicke trafen sich, und die Augen des anderen leuchteten auf.

„Du bist Julian Tifflor, nicht wahr?" fragte er und streckte dem Ersten Terraner die Hand entgegen. Der Unsterbliche schlug ein.

„Der bin ich. Mit wem habe ich das Vergnügen?"

„Martin Bo Ortiz."

„Der letzte Unternehmer von Xamand."

„Genau der war ich."
„War?"
„Ich habe mich dazu entschlossen, in den Staatsdienst zu treten, bevor mich dieser umbringt."
„Das überrascht mich nicht. Was für ein Unternehmen hast du, und was geschieht damit?"
„Ich habe eine Papierfabrik und eine Druckerei. Damit habe ich praktisch den gesamten Papierbedarf des Staates abgedeckt."
„Ach, und die Geschäfte gehen schlecht? Das ist kaum vorstellbar bei der hohen Zahl von Formularen, die der Staat verbraucht."
„Die Geschäfte gehen ausgezeichnet. Sie könnten gar nicht besser sein. Die Kapazität meiner Fertigungsstätten reicht nicht mehr aus. Ich müßte die Fabrik erweitern, um wenigstens dreißig Prozent Papier mehr erzeugen zu können."
Julian Tifflor lachte.
„Aber dazu ist eine Baugenehmigung notwendig, nicht wahr?"
„Eine Baugenehmigung? Wenn es nur das wäre! Es geht noch um Dutzende weiterer Genehmigungen. Sie zu erhalten, ist nahezu unmöglich, es sei denn, daß ich meine Fabrik stillege, um mich nur noch den Anträgen widmen zu können. Das wiederum würde die Papierknappheit verschärfen, und alles würde noch viel schwieriger werden. Man würde mir die Schuld an den unhaltbaren Zuständen geben. Den Unternehmer zu beschimpfen, ist am einfachsten."
„Moment mal", sagte Tifflor. „Auf diese Weise ließe sich das Problem lösen. Die Fabrik darf überhaupt nicht mehr arbeiten. Wenn du den Behörden kein Papier mehr für die Anträge lieferst, muß das ganze System früher oder später zusammenbrechen."
„Daran habe ich auch schon gedacht", seufzte Martin Bo Ortiz. „Aber das funktioniert nicht. Die gesamte Wirtschaft würde zum Stillstand kommen, aber nicht eine einzige Behörde würde aufgelöst werden. Ich habe es satt, mich mit dem Problem zu befassen. Ich trete in den Staatsdienst. Sollen andere meine Unternehmungen weiterführen. Ich werde Beamter und lasse mich in einigen Monaten pensionieren. Dann ist Ruhe."

Er blickte den Unsterblichen forschend an.

„Willst du die Erbschaft tatsächlich annehmen?"

Tiff stutzte.

Warum fragte Martin Bo Ortiz.

„Die Bevölkerung weiß also von dem Erbe?"

„Natürlich."

„Was würde eigentlich geschehen, wenn ich es nicht annehme?"

„Dann kommen die Cataranen."

„Wer ist das?"

„Du hast keine Ahnung? Die Cataranen sind Abkömmlinge von terranischen Siedlern, die hauptsächlich vom Handel leben. Sie sind wegen ihrer Rücksichtslosigkeit verrufen. Nach einem alten Vertrag, den sie irgendwann einmal bei einem Handel geschlossen haben, fällt Xamand an sie, falls Xathur von Heff keinen Erben findet. Sie warten schon in der Kreisbahn um Xamand. Wenn sie landen und unsere Welt übernehmen, schlagen sie alles kurz und klein und plündern uns bis aufs Hemd aus. Sie werden uns buchstäblich nichts lassen, sondern alles mitnehmen, was nicht niet- und nagelfest ist, um es auf anderen Planeten zu verkaufen."

Ein junger Mann kam aus einer der Amtsstuben. Er blickte Julian Tifflor freundlich an und sagte: „Julian Tifflor? Bitte, du kannst jetzt hereinkommen. Wir haben alles vorbereitet."

Tifflor gab seinen Anwälten einen befehlenden Wink, verabschiedete sich von Martin Bo Ortiz und betrat das Büro des Nachlaßrichters, hinter dem vier grün gekleidete Anwälte darüber wachten, daß sich keine Verfahrensfehler einschlichen.

Während die Anwälte damit begannen, das Originaltestament zu überprüfen, unterhielt sich Tifflor mit dem Nachlaßrichter, einem untersetzten, rothaarigen Mann von sympathischem Äußeren. Der Richter informierte ihn über den Wert des Erbes, durch das er einer der reichsten Männer der Milchstraße werden würde, und die damit verbundenen Rechte und Pflichten.

„Politischen Einfluß erbst du nicht", erläuterte er. „Den kannst du nur gewinnen, wenn du ins Parlament gewählt wirst oder irgendein hohes Amt innerhalb der Verwaltung innehast."

„Also kein politischer Einfluß?“ versicherte Tifflor sich.

„Überhaupt keiner. Keinerlei Vorzüge in rechtlicher Hinsicht. Schließlich sind wir eine Demokratie, in der jeder die gleichen Rechte und Pflichten hat.“

„Wie hoch ist die Erbschaftssteuer?“

„Sechzig Prozent. Aber das ist kein Problem. Das kann finanziert werden und zahlt sich im Lauf der Jahre durch die erwirtschafteten Gewinne von selbst zurück.“

Ein glänzendes Geschäft also für den xamandischen Staat, dachte Tifflor. Sie suchen einen Dummen, der die zu Tode verwaltete Wirtschaft zumindest vorübergehend saniert. Aber ich werde es nicht sein.

„Wenn ich den Nachlaßvertrag unterzeichnet habe, werde ich zur Erde zurückfliegen, sagte ich. Ich vermute, dazu muß ich abermals einige Anträge stellen und Formulare ausfüllen.“

„Das ist leider so“, bestätigte der Richter. „Nach unseren Erfahrungen wird das einige Zeit kosten.“

„Einige Zeit?“ Tifflor spürte, daß sich ein harter Knoten in seiner Magengegend bildete. „Wieviel Zeit?“

„Sechs bis sieben Wochen.“

Milton Harriman, der diese Worte ebenfalls gehört hatte, griff sich ans Herz und erlitt einen Schwächeanfall. Er sackte in einen der Sessel und blieb kraftlos darin liegen.

„Hört auf!“ befahl der Erste Terraner.

„Womit?“ fragte der Richter erstaunt.

„Ihr braucht das Testament nicht mehr zu überprüfen“, antwortete der Unsterbliche. „Ich nehme das Erbe nicht an.“

„Du nimmst es nicht an?“ entfuhr es dem Nachlaßrichter. Bestürzt blickte er Tifflor an. „Aber... wieso? Du schlägst mehrere Billionen in den Wind?“

„Allerdings. Wir kehren zur Erde zurück.“

Milton Harriman richtete sich zitternd auf.

„Aber dann fallen die Ausbeutungsrechte für zehn Jahre an die Cataranen“, rief der Richter entsetzt. „Weißt du nicht, was das bedeutet?“

Tifflor lächelte.

„Doch. Das ist mir klar. Die Cataranen werden Xamand ausplündern. Sie werden euch das letzte Hemd über die Ohren ziehen, bis absolut nichts mehr da ist, was noch zu verwalten ist. Dann werden sie abziehen und euch mit dem Trümmerhaufen allein lassen, der euch geblieben ist. Und wenn ihr mittlerweile einigermaßen zu Verstand gekommen seid, werdet ihr eure Welt wieder aufbauen und eine bessere Welt schaffen, eine, in der zu leben sich lohnt."

„Das kannst du nicht mit uns machen", jammerte der Nachlaßrichter. Er hielt Tiffi einen Schreibstift hin. „Bitte, unterschreibe. Ich flehe dich an. Bitte. Wir erlassen dir die Hälfte der Erbschaftssteuer, wenn es nicht anders geht."

„Nach der Katastrophe werden sie wahrscheinlich als erstes eine Aufbaubehörde gründen", ächzte Milton Harriman und schleppte sich zur Tür.

„Wir schenken dir fünfundsiebzig Prozent der Erbschaftssteuer", jammerte der Richter. „Nein – neunzig Prozent!"

Julian Tifflor verließ das Büro.

„Was ist passiert?" fragte Martin Bo Ortiz. „Ist schon alles erledigt?"

„Nein", erwiderte Harriman. „Er hat abgelehnt. Xamand fällt an die Cataranen."

Einer der Männer auf dem Gang stieß einen gellenden Freudenschrei aus.

„Wir haben gewonnen", brüllte er. „Laßt mich durch. Ich muß den Kommandanten benachrichtigen."

Er stürzte an Tifflor vorbei und rannte durch den Gang davon.

„Wer war das?" fragte Milton Harriman.

„Wer wohl?" entgegnete der letzte Unternehmer von Xamand. „Ein Catarane natürlich."

Die Cataranen reagierten überaus schnell.

Als Julian Tifflor sich mit seinen Begleitern dem Raumhafen näherte, landeten die ersten Raumschiffe der Händler mitten in

Xamand-City auf einigen großen Plätzen. Aber auch am Raumhafen setzten zwei riesige Kugelschiffe auf, und Tausende von Cataranen strömten jubelnd heraus.

„Du hast ihnen alles geschenkt“, sagte Milton Harriman erbittert. „Ausgerechnet den Cataranen, den verrufensten, rücksichtslosesten Betrügern, die der Kosmos je gesehen hat. Was glaubst du denn, was sie von Xamand übriglassen? Eine Wüste.“

„Die Cataranen werden für die Xamander immer noch billiger werden als eine Bürokratie, wie sie sie aufgebaut haben“, erwiderte Julian Tifflor gelassen. „Das werden sie heute bestimmt noch nicht zugeben, aber in zehn Jahren, wenn die Cataranen abziehen müssen, werden sie es einsehen.“

„Und wer wird dann Eigentümer?“ fragte der Sekretär. „Weißt du das zufällig?“

„Ich habe keine Ahnung“, gestand der Unsterbliche ein. „Da Xamand jedoch zum LFT-Bereich gehört, werden wir eine Verordnung vorbereiten, durch welche die neuen Eigentumsverhältnisse dann geklärt werden. Am besten wäre es, der Planet fiele der xamandischen Regierung zu.“

„Das geht nicht“, protestierte Milton Harriman. „Die Paragraphen 27 bis 45 der interkosmischen . . .“

Er verstummte erschrocken, als er die Blicke bemerkte, mit denen Tifflor ihn bedachte.

Der Gleiter landete unmittelbar vor dem Kontrollgebäude des Raumhafens. Als der Unsterbliche ausstieg, flog eine Tür auf, und die korpulente Carmen Lotos stolperte auf den Parkplatz heraus. Sie hatte einen hochroten Kopf, gestikulierte heftig und schrie auf zwei abenteuerlich gekleidete Männer ein, die sie offenbar aus dem Gebäude vertrieben hatten.

„Was hat die Kleine denn?“ fragte Tifflor einen der Cataranen.

Dieser blickte ihn lachend an.

„Die Tante protestiert dagegen, daß wir die gesamten Akten vernichten, die in den Kellergewölben lagern, und daß wir die Speicher der Computer löschen.“

„Was?“ entfuhr es dem Ersten Terraner. „Darunter sind auch

meine Einwanderungspapiere, die Antrags- und Genehmigungsformulare für meine xamandische ID-Karte und noch einiges mehr. Du willst doch wohl nicht sagen, daß das alles beseitigt wird?“

„Ja doch! Ja“, kreischte Carmen Lotos wutentbrannt. „Sie lassen nichts davon zurück. Sie verwandeln alles in Asche. Es ist eine Katastrophe.“

„Unglaublich“, staunte Tifflor. „Und wer händigt mir jetzt die Antragsformulare für die Ausreisegenehmigung aus, die Anträge auf technische Überprüfung meines Raumschiffs, die Anträge für die Versorgung mit Ersatzteilen und Nahrungsmitteln für die Besatzung, die Anträge für . . . Milton? Fällt dir noch etwas ein?“

Carmen Lotos begriff überhaupt nichts.

„Ich kann dir das alles nicht mehr geben“, schluchzte sie. „Es ist nichts mehr da. Diese Barbaren vernichten alles.“

Tränen stiegen ihr in die Augen.

„Dann tut es mir aufrichtig leid, Carmen“, erwiderte Tifflor vergnügt. „Dann müssen wir bedauerlicherweise sofort starten. Auch ohne Formulare und Genehmigungen.“

Er winkte den Cataranen freundlich zu, als er an ihnen vorbeiging.

„Macht weiter“, empfahl er ihnen. „Laßt euch euren Spaß nicht verderben. Und vergeßt auch die Behörden in der Stadt nicht. Vermutlich ist Xamand-City auf ganzen Bergen von abgelegten Akten und nutzlosen Formularen errichtet worden. Sorgt dafür, daß diese verschwinden. Oder wie wollt ihr diesen Planeten ausplündern und gleichzeitig verhindern, daß später Schadensersatzklagen gegen euch erhoben werden, von denen jede einzelne mit einem ganzen Container von Beweismaterial gestützt wird?“

„Keine Sorge, Tiff“, antwortete der Händler feixend. „Wir werden dafür sorgen, daß nichts, aber auch gar nichts in dieser Hinsicht erhalten bleibt.“

Zwanzig Minuten später startete das terranische Raumschiff mit Julian Tifflor und seinen Begleitern an Bord.

Zehn Jahre darauf betrat Milton Harriman das Büro des Ersten Terraners.

„Es ist durch“, sagte er.

„Was ist durch?“ fragte der Unsterbliche. „Würdest du bitte etwas ausführlicher sein.“

„Ich meinte die Verordnung für Xamand, in der festgelegt wird, daß die Eigentumsrechte heute auf die xamandische Regierung übergehen. Die Cataranen sind endgültig abgezogen, und so groß, wie zunächst befürchtet, war der Schaden gar nicht.“

„Immerhin haben die Cataranen kräftig abgesahnt.“

„Das ist richtig.“

„Und sie haben die Bürokratie von Xamand vernichtet.“

„Total.“

„Dann haben wir immerhin etwas erreicht.“ Tifflor lehnte sich zufrieden schmunzelnd in seinem Sessel zurück. „Noch was?“

Milton Harriman holte einen Zettel aus der Tasche hervor.

„Ach, ja“, erwiderte er. „Das hätte ich fast vergessen. Ich habe soeben die Nachricht erhalten, daß die Xamander eine Behörde für den Wiederaufbau und für Reorganisation gegründet haben. Die Regierung bittet uns um Vordrucke und Formulare für Bauanträge für den Hoch- und Tiefbaubereich, um Formulare für ...“

„Danke, das genügt“, stöhnte Tifflor.

„Insgesamt erhoffen sie 2,8 Millionen Formulare und Vordrucke der unterschiedlichsten Art.“ Milton Harriman massierte sich das linke Ohrläppchen. „Du siehst, die Ordnungsliebe der Xamander ist wirklich ungebrochen.“

Peter Griese

Ein kosmischer Scherz

Der Mensch ist ein Produkt vieler Umstände. Erbmasse und Umwelt, sagen viele Wissenschaftler, aber sie beschreiben das eigentliche Problem damit nur höchst unvollkommen.

Der ungeborene Mensch vollzieht im Mutterleib praktisch die ganze Evolutionsgeschichte der Menschheit noch einmal nach. Vom einzelligen, amöbenähnlichen Wesen wächst er heran, wird komplexer und komplizierter, durchläuft in Windeseile die Phasen seiner geschichtlichen Vorfahren, der Fische, der Primaten und anderer Lebewesen in mehr oder weniger ausgeprägten Phasen, spezialisiert einzelne Teile seines unfertigen Organismus, so daß diese später Funktionen der Atmung, der Nahrungsverarbeitung oder der Temperaturstabilisierung übernehmen können.

In all diesen gleitenden Schritten bildet sich über den ersten tierischen Instinkt auch die Grundlage für das heraus, was man mit Gehirn, Bewußtsein oder Intelligenz ebenfalls nur unvollkommen beschreiben kann. Mit der Selbsterkenntnis als denkendes Wesen rückt eine ganz wesentliche Komponente immer mehr in den Hintergrund, nämlich die Gefühlswelt, obwohl auch sie aus den Instinkten entstanden ist. Nur gelegentlich flackern die Gefühle so stark auf, daß sie den Verstand voll beherrschen. Dieser Verstand ist dann aber meist nicht in der Lage, seine augenblicklich untergeordnete Funktion zu erkennen.

Im Taumel der Gefühle glaubt der Mensch sich noch mächtiger, stärker, gewandter, klüger, weitblickender. Und doch ist es oftmals ein Trugbild.

Es kann kein Zweifel daran bestehen, daß die Gefühle einen unabdingbar notwendigen Platz im Wesen eines jeden Menschen einnehmen müssen. Ohne seine Emotionen wäre der Mensch ein untaugliches und unvollkommenes Instrument der Natur, das sich selbst noch schneller vernichten würde, als es die vom Überschwang ihrer Gier und Unvernunft geleiteten Menschen ohnehin tun.

Bestimmte Situationen wecken positive und negative Gefühle in den Menschen. Die einzelnen Anteile können stärker oder schwächer sein, sinnvoller oder unsinniger, aufbauend oder frevelhaft. Die Palette der menschlichen Gefühle kennt keine Grenzen.

Was tun die Freunde eines Mannes, wie es Perry Rhodan ist, wenn ihr Vorbild in eine Phase abzugleiten droht, in der die negativen Gefühle überwiegen? Oder was tut eine abgeklärte Wesenheit, wie sie ES darstellt, wenn sein Auserwählter nicht mehr auf den Pfaden wandelt, die ihm vorgezeichnet sind?

Zumindest gibt es Perry Rhodan etwas Menschliches, wenn er sich einmal wie ein stinknormaler Terraner verhält...

Die Entwicklung der Menschheit

Einst haben die Kerls auf den Bäumen gehockt,
behaart und mit böser Visage.
Dann hat man sie aus dem Urwald gelockt,
und die Welt asphaltiert und aufgestockt,
bis zur dreißigsten Etage.

Sie schießen die Briefschaften durch ein Rohr.
Sie jagen und züchten Mikroben.
Sie versehn die Natur mit allem Komfort.
Sie fliegen steil in den Himmel empor
und bleiben zwei Wochen oben.

So haben sie mit dem Kopf und dem Mund
den Fortschritt der Menschheit geschaffen.
Doch davon mal abgesehen und
bei Lichte betrachtet sind sie im Grund
noch immer die alten Affen.

Erich Kästner, terranischer Dichter des 20. Jahrhunderts

1.

Wie lange willst du dir diesen Unsinn noch ansehen? fragte mich eindringlich mein Logiksektor. Ich gab ihm keine Antwort.

„Es wird Zeit, Arkonide, daß du etwas unternimmst“, sagte eine piepsende Stimme mit unverhohlenem Ernst dicht neben mir. Sie gehörte dem Mausbiber Gucky.

„Befürchtest du, daß er dir die Schau stiehlt?“ Ich tippte dem kleinen Ilt sanft auf die Schulter.

„Ach was!“ Die Sache schien Gucky bitterernst zu sein. „Wenn ich auf den Putz haue, dann hat das andere Gründe. Schließlich bin ich ein paar Zentimeter kleiner als unser strahlender Held Perry. Und das muß ich von Zeit zu Zeit ausgleichen.“

Ich kam nicht dazu, Gucky eine passende Antwort zu geben. Eine dunkle Gestalt trat aus einem zu beiden Seiten mit hohen Büschen besetzten Weg. Es war Ras Tschubai, der afroterranische Teleporter.

Mit wiegenden Schritten kam der Mutant auf uns zu.

„Mir gefällt es auch nicht, Atlan“, teilte er mir mit.

Das Licht, das aus den weit geöffneten Toren der nahen Empfangshalle fiel, malte fahle Schatten in sein dunkles Gesicht. Ich erkannte, daß seine Wangen leicht zuckten, und das war etwas, was bei dem gelassenen Mann nur sehr selten zu sehen war.

„Da hast du es“, sagte Gucky vorwurfsvoll. Er mußte seine Stimme anheben, um sich gegen den Lärm aus der Halle durchsetzen zu können.

„Was?“ fragte ich einfach, nur um etwas Zeit zum Nachdenken zu gewinnen. Der Mausbiber schien mein Anliegen zu verstehen, denn er winkte nur ab und schwieg.

Seit 90 Jahren kannte ich nun Perry Rhodan.

Nach anfänglichen Mißverständnissen waren wir schnell Freunde geworden. Zu Beginn war es eigentlich so gewesen, daß ich ihn gebraucht hatte. Dann aber hatte sich im Zug um die Ereignisse um Arkon und die Druuf sehr schnell gezeigt, daß Perry und ich uns gegenseitig benötigten.

Mit dem Auftauchen der Akonen, der Posbis und der Laurins war dies noch deutlicher geworden. Der Gipfel der Ereignisse waren jedoch die Geschehnisse um die von den Blues ausgehende Gefahr und die Revolten der Kolonialisten gegen das Solare Imperium gewesen.

Selbst mein Logiksektor vermochte bis heute nicht zu erkennen, ob unser Zusammentreffen und unser neuer, gemeinsamer Weg ein purer Zufall waren oder ob sich dahinter ein groß angelegter Plan kosmischer Mächte verbarg, in dem ES wohl die entscheidende Rolle spielte.

Ich mühte mich auch nicht mit diesen Überlegungen ab, denn sie waren eigentlich nutzlos. Was zählte, war nur, daß Perry mich brauchte. So wie ich ihn brauchte.

Er war ein großartiger Mensch. Er vereinigte all das in sich, was ich an den degenerierten Nachkommen meines Arkonidenvolks so sehr vermißte.

„Warum sagst du nichts?“ unterbrach mich Gucky. Diesmal war ich es, der abwinkte, denn meine Überlegungen waren noch nicht bis zu dem entscheidenden Punkt vorgedrungen.

Der Kampf mit Iratio Hondro, dem ehemaligen Obmann von Plophos, mochte der Grund für die Veränderung sein, die von meinem Freund Perry Besitz ergriffen hatte. Oder es waren die Erfolge schlechthin, die er in den rund 150 Jahren seit der Gründung der Dritten Macht errungen hatte?

Den wahren Grund wußte ich nicht, und mein Extrahirn äußerte sich nicht zu diesem Problem, indem es nach den Gründen fragte. Es wies mich nur auf die Situation als solche hin, um mich zum Handeln anzuregen.

Die Stimmen in der Empfangshalle tönten bis zu uns herüber. Die leise Musik, die in einem der Nebenräume zur Unterhaltung der Gesellschaft gespielt wurde, war kaum wahrnehmbar.

Dafür hörte ich aber von Zeit zu Zeit eine Stimme besonders laut.

Es war die Stimme des Mannes, der sich wortgewandt und lautstark in seinen überschwenglichen Erfolgsgefühlen labte.

Es war die Stimme Perry Rhodans.

„Irgendwie kann ich ihn schon verstehen“, erklärte Ras Tschubai leise. „Noch nie hat ein Mensch vor ihm so viel für unser Volk leisten können. Warum soll er sich nicht darüber freuen?“

„Du spinnst“, fuhr ihm der Ilt scharf in die Parade. „Was Perry tut, ist kein Freuen. Es ist sinnlose Selbstbeweihräucherung, albernes Lobgehudel, großkotziges Gehabe, die Verzerrung von Wahrheiten zu seinen Gunsten, das Einheimsen von schmierigen Elogen inkompetenter Terraner, die größte ...“

„Es genügt, Gucky!“ zischte ich scharf.

Sowohl er als auch Ras konnten aus meinen Worten den Schmerz fühlen, der in mir tobte.

Es war weniger die Tatsache, daß Perry sich *zu menschlich* benahm, die mich wurmte. Es war auch kein Neid.

Es war der Umstand, daß ich es nicht für wahr halten wollte, daß sich Perry so aufspielte.

Das war die Situation!

Ein Perry Rhodan, der sich im Taumel seiner Erfolge seelisch sonnte.

Abgesehen davon, stellte mein Logiksektor kühl fest, *handelt es sich um die Verdienste aller und nicht zuletzt die der Mutanten.*

Es war typisch für den Extrasinn, daß er mich dabei nicht erwähnte.

Wer aber mehr als 9000 Jahre auf seinem arkonidischen Buckel alter Klasse hatte, dem machte das nichts aus.

„Also“, drängte der Mausbiber und stieß mir seine kleine Faust in die Hüfte. „Was tun wir?“

Ich blickte Ras an, und der nickte stumm.

„Also eine Verschwörung gegen Perry“, stellte ich fest.

„Keine Verschwörung“, korrigierte mich Gucky ernst. „Ich denke eher an eine Nachhilfestunde oder an eine menschliche Hilfsaktion, um unseren Freund auf den Boden der Tatsachen zurückzurufen.“

„Einverstanden“, sagte ich und drückte die Hände der beiden Mutanten.

2

Das sieht mir doch eher nach einer Verschwörung aus, beklagte mein Logiksektor.

Wir hatten uns noch am gleichen Abend in eine unscheinbare Kaschemme am Rand der Stadt zurückgezogen. Um diese späte Stunde trafen sich hier nur wenige Menschen. Die, die noch an dem Schanktresen standen, kümmerten sich nicht um uns drei, die wir in einer finsteren Ecke an einem kleinen, nicht gerade sauberen Tisch hockten und diskutierten.

Dem alten, fetten Wirt hatte ich ein angemessenes Trinkgeld gegeben und ihm dadurch das Versprechen entlockt, uns für eine Weile in Ruhe zu lassen.

Da saßen wir nun und schmiedeten finstere Pläne, die unseren gemeinsamen Freund auf die rechte Bahn bringen sollten. Mein Extrahirn hatte natürlich wieder einmal recht. Von den äußeren Umständen her sah alles wirklich nach einer Verschwörung aus.

Die wenigen Männer, die an der Theke dunkle Geschäfte mit irgendwelchen Produkten von fremden Planeten abwickelten, unterstrichen die Szene noch.

„Der Affen-Planet", sagte Ras leise. „Ich könnte mir denken, daß er die ideale Umgebung für Perry wäre."

„Kenne ich nicht", maulte Gucky.

Ich zuckte mit den Schultern.

„Meines Wissens kennt ihn der große Meister auch nicht", lächelte der Afroterraner hintergründig. „Außer meinen damaligen Begleitern bei der Hilfsaktion und den Kolonisten dürfte kaum etwas bei irgend jemand darüber bekannt sein."

„Du drückst dich in Rätseln aus, Ras", klagte Gucky weiter. „Sprich oder ich zerlege deine Gedanken mit meinem telepathischen Messer in tausend Stücke."

„Dazu gehören bei mir zwei." Ras nahm einen kleinen Schluck des alkoholfreien Getränks und begann zu erzählen.

Vor Jahren war er mit einer Hilfsexpedition auf einer unbedeutenden Kolonialwelt gelandet, um die dortigen Auswanderer aus einer prekären Situation zu befreien. Den Planeten, der wenige Lichtjahre von Eugaul, der Sonne von Plophos, entfernt war, hatte man den Planeten der verrückten Affen oder den Affenplaneten genannt. Nach der Aktion hatten es die Kolonisten vorgezogen, sich einen anderen Ort für die Verwirklichung ihrer Zukunftspläne zu besorgen. Der Affenplanet war wieder in Vergessenheit geraten.

„Für Biologen müßte diese Welt ein interessantes Studienobjekt sein", schloß Ras Tschubai seine Erklärungen ab. „Es gibt dort eine halbintelligente Lebensform, die äußerlich einer Mischung aus Schimpanse und Gorilla gleicht und ein scheinbar ganz primitives Leben führt. Das Komische an den Burschen – sie wurden damals Hackaffen genannt – ist, daß sie etwas gegen andere Zweibeiner haben. Die Art und Weise, in der sich das äußert, wäre die geeignete Methode, um Perry ein wenig auf das hinzuweisen, was er ist."

„Ich kann mir nicht recht vorstellen, was das für einen Sinn haben soll", gab ich zu bedenken. „Ein Leben unter halbintelligenten Affen. Wo liegt da der Witz?"

„Du kennst die Burschen eben nicht." Ras Tschubai lächelte hintergründig. „Ich kann euch das auch kaum näher erklären. Man muß es erlebt haben."

Gucky sah mich fragend an. Auch er schien von der Idee des Teleporters nicht viel zu halten.

Wir schwiegen und schlürften an unseren Getränken. Der Wirt warf von Zeit zu Zeit einen scheuen Blick zu uns herüber.

„Als erster Takt ist die Idee mit den Hackaffen sicher brauchbar."

Ich fuhr herum und starrte einen alten, unscheinbaren Mann an, der urplötzlich neben uns stand.

„Hau ab, Opa!" zischte Gucky unwirsch.

Ich sah ihm an, wie er versuchte, mit seinen telekinetischen Kräften nach dem Alten zu fassen. Doch der stand ungerührt da, als ob er auf eine Antwort von mir wartete.

Es war klar, daß der Kerl unser heimliches Gespräch belauscht hatte. Sicher gab es in dieser Spelunke versteckte Mithörmöglichkeiten, vielleicht eine getarnte Wand oder versteckte Aufnahmegeräte.

Du irrst dich wieder einmal! stellte mein Extrahirn lakonisch fest.

Staunen zeichnete sich auf meinem Gesicht ab.

Noch verblüffter blickte jedoch der Mausbiber drein. Das Fell auf seinem Kopf sträubte sich wie bei einer wütenden Katze.

„Es . . . es geht nicht . . . nicht mehr“, keuchte er und fuchtelte dabei mit seinen Händchen in der Luft herum.

Zweifellos meinte er damit seine Mutantenfähigkeiten.

„Das haben wir gleich.“ Ras stand auf und berührte die verwahrloste Kleidung des Alten, der freundlich lächelte. „Ich teleportiere ihn an einen Ort, an dem er uns nicht mehr stört.“

„Das würde ich nicht versuchen“, entgegnete der Mann gelassen.

Tatsächlich gab Ras seinen Versuch schnell wieder auf.

„Ihr habt also vor, den Stein ins Rollen zu bringen.“ Der Alte stützte sich mit beiden Händen auf die Tischplatte. „Ich meine den Stein, der einen entscheidenden Menschen wieder zu dem machen soll, wozu er gebraucht wird. Das ist gut, aber allein werdet ihr es nicht schaffen. Führt aber euren Plan durch, und wundert euch nicht, wenn er an einem Punkt eine Wende nimmt, an die ihr nicht gedacht habt.“

Ich berührte den Alten am Unterarm. Er fühlte sich merkwürdig an. Mir fiel keine passende Beschreibung dafür ein, aber es ging etwas Fremdartiges von ihm aus.

Keine Gefahr! signalisierte mein Extrahirn.

Ich ließ den Alten wieder los und starrte ihm in das Gesicht. In diesem Moment erkannte ich vertraute Züge in den runzeligen Falten, jedoch konnte ich trotz meines ausgezeichneten fotografischen Gedächtnisses nicht sagen, wer hinter dieser offensichtlichen Maske steckte.

Narr! schimpfte der Logiksektor. Mir war, als ob er sich über mich amüsiere.

„Bis später!“ Der alte Mann winkte uns freundlich zu und tat so, als ob er gehen wollte. „Und wartet nicht zu lange mit eurem Plan.“

Ich wollte aufbegehren, obwohl ich die Zusammenhänge inzwischen erkannt hatte. Doch ich kam zu keinem Wort und keiner Reaktion.

Der Alte löste sich auf der Stelle auf und verschwand damit spurlos.

Gucky stieß einen erstaunten Ruf aus.

„Da brat mir doch einer einen Storch“, stöhnte Ras. „Ich konnte den Burschen nicht wegteleportieren. Wie ist das möglich?“

„Und ich konnte weder seine Gedanken erfassen“, gab Gucky kleinlaut zu, „noch ihn ein Stück mit meiner Telekinese zur Seite schieben.“

Der Wirt war durch unser nun erhitztes Gespräch aufmerksam geworden und an unseren Tisch gekommen.

„Wer war der Alte, der eben hier stand?“ wollte Tschubai überflüssigerweise von ihm wissen.

„Hä?“ machte der schmierige Spelunkenbesitzer und blickte verständnislos um sich.

Ich gab ihm mit einer Handbewegung zu verstehen, daß er verschwinden sollte, was er auch schnell tat.

„Meine Freunde“, lächelte ich Gucky und Ras an. „Es hat den Anschein, daß Perry Rhodans Verhalten noch jemand anderem ein Dorn im Auge ist.“

„Das Gefühl habe ich auch.“ Die Augen des Mausbibers leuchteten verstehend auf. „Das eben war ein Abgesandter . . .“

„. . . des Geisteswesens ES“, vollendete Ras, der jetzt auch erkannt hatte, was wirklich geschehen war.

„Richtig“, bestätigte ich. „Das bedeutet, daß wir bei unserem Plan einen mächtigen Verbündeten haben. Packen wir es an!“

Wir saßen noch den Rest der Nacht zusammen, um alle Einzelheiten festzulegen.

3

Perry Rhodan erwachte mit einem stechenden Schmerz im Kopf. Er räkelte sich in seinem Bett und schlug dabei langsam die Augen auf. Dann setzte er sich hin und blickte sich um.

Die pochenden Kopfschmerzen bereiteten ihm Unbehagen. Flüchtig glitten seine Gedanken an den vergangenen Abend zurück. Eigentlich war es kein Abend gewesen. Schließlich war er erst in den frühen Morgenstunden in die angemietete Wohnung am Stadtrand vom Bombay zurückgekehrt, und das bedeutete, daß er die ganze Nacht auf den Beinen gewesen war.

Eine tolle Nacht!

Alle hatten ihn gefeiert. Zum Schluß hatte sogar der kühle Atlan sich den Lobesreden und dem fröhlichen Gelage angeschlossen. Gucky hatte ihn, als er trotz seines Zellaktivators zu ermüden begonnen hatte, hierher teleportiert.

Wirklich eine tolle Nacht! Persönlichkeiten aus allen Kreisen der terranischen Bevölkerung hatten ihm zu seinen jüngsten Erfolgen gratuliert und salbungsvolle Worte gesprochen. Er selbst hatte es dabei nicht versäumt, von den Anfangsschwierigkeiten zu sprechen, die nun schon 80 oder 90 Jahre zurücklagen.

Seine Hand tastete zu dem Rufgeber, um sich ein kräftiges Frühstück kommen zu lassen. Bis es da war, würde der Zellaktivator den restlichen Kater aus seinem Körper vertrieben haben.

Es dauerte eine Weile, bis er merkte, daß der Rufgeber nicht auf der Nachttischkonsole stand.

„Muß jemand weggeräumt haben", murmelte Rhodan.

Erst jetzt blickte er sich bewußt um.

Mit einem Satz war er aus dem Bett.

Er befand sich gar nicht in dem angemieteten Appartement!

Dieser Raum ähnelte eher einer wohnlichen Kabine auf einem Raumschiff.

Diese Erkenntnis schärfte seine Sinne noch mehr.

Etwas stimmte ganz und gar nicht. Oder trog ihn seine Erinnerung an die vergangene Nacht?

Unwillig schüttelte er den Kopf, während er sich rasch ankleidete. Das war auch nicht die Kleidung, die er am Vortag getragen hatte.

Dann spürte er das feine Vibrieren unter den Füßen. Es gab ihm die letzte Gewißheit, daß er sich an Bord eines Raumschiffes befand.

Neben der Tür hing ein Bildinterkomanschluß an der Wand.

Er drückte die Ruftaste für den Code, der eine Verbindung zur Zentrale schalten sollte. Es knackte in dem Gerät. Der Bildschirm blieb dunkel.

Kurz darauf blinkten zwei Störungslampen im Wechsel auf.

Perry Rhodan stieß einen halblauten Fluch aus.

Inzwischen hatte er sich vollständig angekleidet. In der angrenzenden Hygienekammer versagte die Warmwasserzufuhr, so daß er sich mit einer flüchtigen Kaltwäsche begnügte.

Er versuchte, Klarheit in seine Gedanken zu bringen. Irgend etwas mußte geschehen sein, während er geschlafen hatte. Eine neue Aufgabe?

Oder eine Ausflugsreise? Vielleicht zur Venus?

Richtig. Er hatte gestern abend viel über die Erlebnisse aus den Anfangsjahren erzählt, als Terra noch nicht geeint gewesen war und auf der Venus sinnlose Kämpfe zwischen Menschen verschiedener Nationen ausgetragen worden waren . . .

Nein, er konnte sich nicht erinnern, daß von einem Trip zur Venus gesprochen worden war.

Endlich war er fertig, so daß er die Kabine verlassen konnte.

Als er seine Hand auf den Türkontakt legte, geschah nichts. Er versuchte die Notentriegelung zu finden, aber auf diesem Raumschiff schien es so etwas nicht zu geben.

Zum ersten Mal kam ihm der Verdacht, er sei entführt worden.

Das Vorhandensein einer eventuellen Gefahr stabilisierte seine Bewußtsein endgültig. Er war sich darüber im klaren, daß jetzt nur planmäßiges und überlegtes Handeln half.

Der Raum besaß keinen anderen Ausgang. Fenster, Luken oder Schächte waren ebenfalls nicht vorhanden.

Er begann, das Innere systematisch zu untersuchen, fand aber keinen Hinweis auf irgendeinen Punkt, der einen Verdacht bekräftigte.

Schließlich hockte er sich auf das Bett und stützte den Kopf in die Hände. Sollte er losbrüllen, um Hilfe rufen und sich dabei vielleicht lächerlich machen?

Seine Überlegungen wurden jäh unterbrochen.

Ein heftiger Stoß ging durch das Schiff und warf ihn zur Seite. Ein zweiter Ruck folgte, und dann heulten irgendwo in der Nähe die Alarmsirenen auf.

Er glaubte, draußen auf dem Korridor hinter der verschlossenen Tür das Getrampel von Schritten zu hören.

Mit lautem Rumoren lief ein Aggregat an und ging in immer höhere und schrillere Töne über.

Er sprang auf und rüttelte wild an der Schiebetür, doch diese gab keinen Millimeter nach.

Nun begann er doch zu brüllen, aber dadurch änderte sich an der ganzen Situation nichts.

Immer neue Stöße schüttelten das Schiff. Die künstliche Gravitation setzte mehrmals aus, so daß Rhodan verzweifelt nach einem festen Halt suchen mußte.

Er zog sich ein paar blaue Flecken zu, bis er endlich das fest verankerte Bein einer kleinen Anrichte zu fassen bekam.

Eine Waffe, um mich freizuschießen, dachte er.

Aber er fand nichts Derartiges.

Rhodan begann unsicher zu werden. Wo waren seine Freunde und Helfer? Wo war er selbst überhaupt?

Ein neuer Ton mischte sich in die polternden Geräusche, die nun von allen Seiten an sein Ohr drangen.

Ein anschwellendes Singen, das immer lauter und schriller wurde.

Er kannte dieses Geräusch, denn er war mehr als einmal mit einem Raumschiff in hoher Fahrt in die Atmosphäre eines Planeten eingedrungen. Der Unterschied zur jetzigen Situation war jedoch, daß nach den Störungen, die er bemerkt hatte, kaum damit zu rechnen war, daß dieser rasante Flug auf einen Planeten zu freiwillig oder vorsätzlich geschah.

Seine Unsicherheit verwandelte sich in Angst.

Seine Gedanken schrien nach Gucky, nach Fellmer Lloyd...

Eine heftige Explosion ganz in der Nähe schlug dröhnend an seine Ohren. Er verlor den Halt und torkelte durch den Raum.

Im gleichen Moment erlosch die Beleuchtung. Nur die beiden flackernden Lämpchen des Interkoms, die dessen Funktionsuntüchtigkeit verkündeten, erhellten die Kabine noch ein wenig.

Irgendwo knackte ein Lautsprecher. Kurz darauf war eine ihm unbekannte männliche Stimme zu hören. Sie war in dem Getose kaum zu verstehen.

„... Gefahr eines Absturzes... drei Minuten zu spät... eine kleine Chance... besser gleich aussteigen... Systeme aktiviert..."

Die Stimme brach mit einem gellenden Schrei ab, in den sich das Donnern einer neuerlichen Explosion mischte.

Rhodan warf sich mit aller Gewalt gegen die Tür.

Es knackte und knirschte, und dann glitt der Flügel etwa einen halben Meter zur Seite.

Rasch zwängte er sich durch die entstandene Öffnung. Der angrenzende Flur wurde von einer Notbeleuchtung erhellt. Menschen erblickte Rhodan jedoch nicht.

Er stürzte den Gang entlang und fand sich wenig später in einem kleinen Beiboothangar wieder. Hier gähnte eine große Öffnung in der Außenwand des Schiffes. Ein Energiefeld verhinderte das Entweichen der Atemluft.

Gehetzt blickte er sich um. Menschen waren hier keine, aber in einer Ecke stand ein Rettungsboot, wie man es im Solaren Imperium in der Anfangszeit noch verwendet hatte. Es paßte nur eine Person hinein.

Er überlegte nicht lange und zwängte sich in den engen Sitz. Seine Hände glitten über die Steuerelemente.

Bedingte Flugbereitschaft, signalisierte eine Kontrolleuchte.

Rhodan schloß die Haube und warf das Aggregat an.

Eine neue Explosion drang dumpf an seine Ohren. Durch das transparente Fenster sah er, wie der Energieschirm vor dem geöffneten Außenschott erlosch.

Er startete das Rettungsboot und schoß auf die Öffnung zu.

Sekunden später war er im Freien.

Etwa hundert Kilometer unter ihm sah er die Kugel eines kleinen, ihm unbekannten Planeten. Über ihm schwebte ein Raumschiff der Handelsflotte, wie es sie in Hunderten von verschiedenen Typen auf der Erde gab.

Er bekam die volle Kontrolle über sein kleines Flugboot. Langsam lenkte er es abwärts. Das Raumschiff folgte ihm in etwa parallel, aber sein Flug war unregelmäßig und nicht geradlinig.

Mit einem Tastendruck schaltete er die Normalfunkanlage ein. Über ein Hyperkom verfügte das kleine Rettungsschiff nicht.

Eine rote Signallampe wies ihn darauf hin, daß der Sender defekt war. Aber aus dem Empfänger kam eine Stimme, und Rhodan glaubte, daß sie dem Mann gehörte, den er an Bord über den Lautsprecher gehört hatte.

„Wir schaffen es“, rief der Unbekannte. „Tassil hat die Reparatur durchgeführt. Wir werden nicht abstürzen. Die ausgeschleusten Rettungsboote sollen sofort wieder an Bord kommen. Dann fliegen wir weiter nach Gatas.“

Rhodan sah, wie sich das Handelsschiff in seinem Flug stabilisierte. Die anderen Rettungsboote konnte er bei den augenblicklichen Lichtverhältnissen nicht ausmachen.

Er zog den Steuerknüppel heran, aber sein Boot reagierte nicht.

Statt dessen flackerten neue Signallampen auf, die er in ihrer Funktion nicht sogleich zuordnen konnte.

„Verdammt!“ knurrte er.

Das Raumschiff glitt in die Höhe und damit aus seinem Blickfeld.

Sein eigenes kleines Boot jedoch neigte sich mit der Schnauze nach unten und raste dem Planeten entgegen.

Die Steuerung reagierte nur stockend. Höhe gewinnen konnte er überhaupt nicht mehr.

Als die Baumwipfel unter ihm auftauchten, zündete er die Notbremsraketen. Eine Explosion in seinem Rücken schüttelte ihn durcheinander.

Er schloß die Augen, beugte sich nach vorn und verbarg seinen Kopf unter den Armen.

Es gab einen dumpfen Aufprall. Er spürte noch, wie er durch die Luft geschleudert wurde. Dann versank er in Bewußtlosigkeit.

4

Das Erwachen war mit einem üblen Geruch begleitet.

Er versuchte sich zu bewegen, aber das gelang nicht. Lianenartige Taue hielten ihn fest. In seinem Rücken spürte er einen unregelmäßigen, aber festen Widerstand. Vielleicht war es ein Baum.

Jede Faser seines Körpers schmerzte. Der Zellaktivator pulsierte stark, um die lebensnotwendigen Impulse abzugeben.

Er stand auf einer Lichtung in einem Wald, gefesselt an einen Stamm oder Baum. Hoch über ihm brannte eine kleine Sonne.

Zwischen wenigen Büschen und ein paar dünnen und sehr hohen Bäumen hockten etwa hundert affenähnliche Wesen. Sie schnatterten heftig miteinander und deuteten in seine Richtung.

Einer kam ein Stück näher. Er hob eine Hand und warf mit etwas nach Rhodan. Eine übelriechende Frucht zerplatzte auf seiner Stirn. Die zähe Flüssigkeit rann über seine Wangen.

„Troffen“, grölte der Affenähnliche.

Die Herumhockenden klatschten heftig in die Hände. Einige führten einen wahren Freudentanz auf.

Eine andere Gestalt stand auf. Rhodan erblickte die Beine eines Gorillas und den Kopf und die Arme eines Schimpansen an dem Behaarten.

„Uck-uck“, grunzte er und klopfte sich mit beiden Fäusten auf die Brust. Er kam bis auf einen Meter an Rhodan heran.

„Ensch“, sagte er und deutete auf Rhodan.

War es möglich, daß diese Affen seine Sprache verstanden?

„Ich heiße Rhodan“, quetschte er mühsam heraus, denn er wollte vermeiden, daß die stinkende Brühe aus seinem Gesicht in den Mund lief.

„Odan“, antwortete der Affe. „Uck-uck.“

„Dein Name ist Uck-uck?“

Der Behaarte kicherte. Die Umhersitzenden begannen, laut zu lachen.

„Uck-uck, uck-uck, ufts aus em Wald.“

Rhodan war der Verzweiflung nahe. Das klang wie “Kuckuck, Kuckuck, ruft’s aus dem Wald“.

Vielleicht waren diese Halbwilden einmal mit Terranern in Berührung gekommen?

Er sprach den Satz des uralten Kinderlieds nach. Die Folge davon war, daß die Affenähnlichen in noch lauteres Gejohle verfielen. Ganze Gruppen standen auf und warfen mit stinkenden Früchten nach ihm. Zwar trafen ihn nur wenige, aber seine ganze Umgebung roch nun so bestialisch, daß dies ihm fast die Sinne raubte.

„Hört auf!“ brüllte er. „Ich bin euer Freund.“

„Reund?“ fragte der, der zuerst gesprochen hatte und den Rhodan in seinen Gedanken Uck-uck nannte.

„Ja, Freund“, antwortete Rhodan etwas ruhiger.

Uck-uck kam mit fletschenden Zähnen auf ihn zu. Er öffnete die Kombination mit einer Geschwindigkeit und Zielsicherheit, daß Rhodan annahm, er wußte genau, wonach er suchte.

Sekunden später hielt Uck-uck triumphierend den Zellaktivator in die Höhe. Beifall seiner Begleiter toste über die Lichtung.

Rhodan verschlug es vor Schrecken die Sprache.

Er hatte viel in seinem Leben erreicht und mächtige Feinde besiegt. Den Overhead, die Druuf, den Robotregenten von Arkon, die Akonen, die Laurins, die Posbis, die aufständischen Kolonisten und viele andere.

Hatte *er* sie besiegt?

Oder seine Freunde?

Auch die Posbis hatten ihren Anteil an den Erfolgen gehabt. Sogar einen ganz entscheidenden Anteil, wenn er allein an die Gefahr dachte, die von den Laurins ausgegangen war.

Warum kamen ihm gerade jetzt in dieser Gefahr und beim Anblick der Affenwesen solche Gedanken? War es der Verlust des Zellaktivators, der die Überlegungen auslöste?

Man mußte doch auf dem Raumschiff, mit dem er auf unerklärliche Weise gekommen war, bemerkt haben, daß er fehlte, und nach ihm suchen.

Uck-uck trat wieder auf ihn zu und hielt ihm den Aktivator unter die Nase. Rhodan zerrte an den Fesseln, aber diese gaben keinen Millimeter nach.

„Stern“, grunzte Uck-uck und hielt den eiförmigen Zellaktivator in die Höhe.

„Was willst du?“ stieß Rhodan hervor.

„Stern“, kicherte Uck-uck. „Stern, Ingsten, Einachten, Stern.“

„Du bist verrückt“, rief der Terraner wütend.

Als Antwort flogen ihm erneut die stinkenden Früchte um die Ohren.

Uck-uck schleuderte den Aktivator mehrere Meter in die Höhe und fing ihn geschickt wieder auf. Dann rannte er zu dem nächsten schlanken, hohen Baum, klemmte sich den Aktivator zwischen die Zähne und begann, den Baum zu erklettern.

Geschickt hangelte er sich von einem dünnen Ast zum nächsten, wobei seine Beine stets den schlanken Stamm selbst als Stütze benutzten.

Kurz vor dem Gipfel hielt Uck-uck an und klemmte den Zellaktivator in eine Drillingsastgabel. Dann stieß er einen spitzen Schrei aus und machte sich an den Abstieg.

Seine Artgenossen erwarteten ihn mit Freudengeheul.

Uck-uck kam noch einmal zu Rhodan.

„Uck-uck!“ brüllte er begeistert und deutete auf die Spitze des Baumes, wo der Aktivator in einer Höhe von etwa fünfundzwanzig Metern kaum noch erkennbar war. „Uck-uck! Au-au!“

Rhodan vermutete, daß dies „Guck, guck“ und „Schau, schau“ heißen sollte, aber er schwieg, weil er bei jedem Wort mit einem neuen Bombardement von stinkenden Früchten rechnen mußte.

Der Führer der Affenwesen winkte abfällig mit beiden Armen.

„Diot! Epp!“ maulte er, während er zu seinen Stammesangehörigen zurückeilte.

Perry Rhodan überdachte seine Lage.

Hier war er in eine Situation geraten und auf einen Gegner gestoßen, wie es ihm noch nie zuvor passiert war. Keines seiner Erlebnisse ließ sich mit diesem vergleichen.

Auch die eigentlichen Absichten der Affen blieben ihm unklar. Er konnte nicht einmal genau erkennen, ob sie aus einem instinktiven Spieltrieb heraus handelten oder ob gezielte Intelligenz oder Halbintelligenz am Werk war.

Die Lage war mehr als bescheiden.

Er fühlte ganz deutlich, daß er ohne fremde Hilfe verloren war.

Das aber ist ein Gefühl, wisperte scheinbar eine Stimme in ihm, *das du doch kennst.*

Machte sich das Fehlen des Zellaktivators schon bemerkbar? Fing er an zu phantasieren?

Die Sonne brannte, und der Gestank war unerträglich.

Die Affen hockten im Kreis herum und schnatterten unverständliches Zeug.

Er wußte nicht, wie lange er so gefesselt auf der Lichtung gestanden hatte. Die fremde Sonne schien sich überhaupt nicht zu bewegen. Es kam ihm wie Stunden vor, aber es mochten vielleicht nur Minuten gewesen sein.

Schließlich jedenfalls erhob sich Uck-uck.

Wortlos kam er auf Rhodan zu. Seine mit Muskeln bepackten Arme faßten nach den Lianen und zerfetzten sie.

Perry Rhodan war wieder frei.

Uck-uck, der ihn um Kopfeslänge überragte, starrte ihn lauernd an.

Dann lachte er meckernd und kehrte in den Kreis seines Stammes zurück.

Die Affen hockten nun in einem großen Halbkreis um den Baum herum, auf dem der Zellaktivator fast unerreichbar für Rhodan abgelegt worden war. Kein Laut kam mehr über ihre schnatternden Mäuler.

Sie saßen zusammengekauert da und beobachteten.

Perry Rhodan massierte seine schmerzenden Handgelenke und Fußknöchel. Sein Atem ging schwer. Hunger, Durst und Müdigkeit plagten ihn.

Eins wußte er mit Sicherheit.

Wenn er nicht sehr schnell wieder in den Besitz des Aktivators kam, war er in jedem Fall verloren. Schon jetzt vermißte er nach den Anstrengungen die wohltuenden und lebensspendenden Impulse des wunderbaren Geräts, das ES ihm übergeben hatte.

„ES", murmelte er. „Du hast einmal das Wort vom Erben des Universums geprägt. Ein großes Wort, dessen Sinn ich wohl nie in seiner ganzen Bedeutung erfassen werde. Warum läßt du mich bei diesen Wilden verkommen?"

Es war niemand da, der ihm eine Antwort gab.

5

Ich fühlte mich ausgesprochen unbehaglich. Mein Extrasinn schwieg seit Stunden, und das machte die Sache auch nicht besser.

Gucky lag auf einem bequemen Sofa und verfolgte interessiert das Geschehen auf den beiden Bildschirmen. Die Kamerasonden übertrugen jede Einzelheit von dem Geschehen um Perry Rhodan.

„Mir gefällt die Sache nicht", gab ich schließlich laut zu verstehen. „Wir stempeln Perry zu einem ... zu einem ..."

Mir fehlten die passenden Worte, aber der Mausbiber hatte keine Scheu, meinen unterbrochenen Satz zu vollenden:

„Zu einem Affen ab", sagte er ruhig. „Das geschieht ihm vollkommen recht. Das holt ihn auf den Boden der nüchternen Tatsache zurück. Zugleich erkennt er dadurch seine Position."

„Vielleicht hätte ich doch besser ausführlich mit ihm reden sollen."

„Das hast du die halbe Nacht gemacht", meinte Gucky leichthin.

„Und ihm dabei ein Gift in sein Getränk geschmuggelt", ergänzte Ras Tschubai, „an dem sogar sein Zellaktivator eine Weile zu knabbern hatte."

„Mir sagt diese Roßkur jedenfalls nicht zu", erklärte ich.

„Ich weiß nicht, worüber du dich aufregst." Gucky schwenkte sein Händchen durch die Luft. „Wenn es brenzlig werden sollte mit den Hackaffen, so können Ras oder ich Perry in wenigen Sekunden herausholen."

Wir standen mit dem Raumschiff in unmittelbarer Nähe des Affenplaneten. Die ausgeschleusten Minisonden übertrugen alle Einzelheiten von dem Geschehen. Selbst die Worte Perrys waren deutlich zu verstehen. Gefahr drohte ihm wirklich nicht. Das war es auch nicht, was mich störte.

Es war die Tatsache, daß Perry es nicht wußte!

Dein schlechtes Gewissen, ob dieses albernen Schabernacks! beruhigte mich mein Extrasinn. Ich war froh, daß er sich überhaupt einmal wieder meldete.

„Der Abgesandte von ES hat eine zweite Phase der Läuterung erwähnt", wechselte der Teleporter das Thema. „Ich bin gespannt, wann es soweit ist."

„Ich bin dafür, daß wir dieses Wahnsinnsunternehmen sofort abbrechen", beharrte ich.

„Zwei zu eins überstimmt", behauptete Gucky, ohne Ras Tschubai nach dessen Meinung zu fragen. „Im übrigen habe ich mir für den Schluß der ganzen Episode noch einen hübschen Knalleffekt ausgedacht."

An seinem Gesicht war zu erkennen, daß er nicht mehr darüber verraten wollte.

„Abbruch!"

Ich schlug mit der geballten Faust auf den Tisch.

„Aber nicht doch, Arkonidenhäuptling." Gucky grinste frech. „Schau auf die Bildschirme. Jetzt wird es interessant."

Langsam bewegte sich Perry Rhodan auf den bewußten Baum zu. Je näher er ihm kam, desto höher erschien ihm der Gipfel, wo der Zellaktivator verborgen war.

Die Affen hielten sich in sicherer Entfernung und beobachteten ihn genau.

Schließlich stand er am Fuß des Baumes. Die Äste, an denen er hätte hochklettern können, fanden sich nur in Abständen von etwa einem Meter. Diese Kletterei wäre auch für einen erfahrenen Mann kein problemloses Unternehmen.

Uck-uck hatte es mit spielerischer Leichtigkeit geschafft, aber er hatte dank seines Körperbaus den Stamm als Abstützung benutzen können.

Für Rhodan sah das schon anders und damit viel schlechter aus.

Er warf den Affen einen Blick zu, als er nach dem schlanken Stamm faßte. Dort rührte sich nichts. Nur die vielen Augenpaare starrten ihn neugierig an, als erwarteten sie eine kleine Sensation.

Rhodan sprang aus dem Stand in die Höhe und faßte nach dem untersten Astpaar. Dann zog er sich hoch.

Sein arg in Mitleidenschaft gezogener Körper schmerzte an vielen Stellen. Noch pulsierte das Blut nicht wieder in der gewohnten Form durch die vorher von den Fesseln abgeschnürten Gliedmaßen.

Verbissen kletterte er weiter, aber nach vier oder fünf Metern mußte er die erste Pause einlegen. Die Affen begannen schrille Schreie der Unzufriedenheit auszustoßen.

Rhodan kam sich vor wie ein Gladiator in der Manege, der von einem grenzenlos dummen Volk gierig angeglotzt wurde.

Er faßte nach dem nächsten Ast und stemmte sich mit den Füßen an dem Stamm ab. Es knackte, als der Ast brach und er gut zwei Meter in die Tiefe rutschte, bis er den Sturz aufhalten konnte.

Unten brachen die Affen in freudiges Gejohle aus.

Das war es also, was sie sehen wollten! Seine Niederlage.

Diese Erkenntnis verlieh ihm neuen Mut und neue Kraft. Obwohl die energiespendenden Impulse des Aktivators fehlten, hangelte er sich behend mehrere Meter in die Höhe.

Schließlich hatte er die halbe Strecke überwunden. Unten waren die Affen aufgestanden und näher gekommen. Sie schnatterten laut durcheinander, aber Rhodan kümmerte sich nicht um sie. Er verstand sowieso kaum ein Wort.

Kurz bevor er endlich in die Nähe des Zellaktivators gelangte, drohten seine Kräfte endgültig zu erlahmen. Er mußte erneut eine Pause einlegen.

Unten erhob sich wütendes Geschrei. Dann trat ein halbes Dutzend der Behaarten an den Baum und begann, ihn in heftige Bewegungen zu versetzen.

Rhodan klammerte sich verzweifelt an den Stamm, der hier nur noch so dick war wie ein Unterschenkel. Er befürchtete, daß dieser bei den schwankenden Bewegungen unter seinem Gewicht abbrechen könnte.

Sein Blick ging nach oben. Knapp zwei Meter fehlten noch bis zu der Astgabel, in der das kleine Ei hing. Die Sonne blendete ihn, aber er gewahrte in letzter Sekunde, was geschah.

Durch das Schütteln der Affen rutschte der Aktivator Stück für Stück zur Seite. Es würde nur noch Sekunden dauern, bis er in die Tiefe fiel.

Der Terraner riskierte nun alles. Er schwang sich trotz der heftigen Pendelbewegungen auf die andere Seite des Stammes, so daß er sich nun ziemlich genau unter dem Zellaktivator befand.

Nun unterstützte er die Schaukelbewegung noch aus eigener Kraft. Unten ging erneut das Freudengeheul los.

Tatsächlich löste sich der Aktivator aus der dreifachen Astgabel. Er fiel auf Rhodan zu. Blitzschnell schoß dessen Hand nach vorn und bekam das Ei zu fassen.

Durch seine Bewegung hätte er beinahe das Gleichgewicht verloren.

Mit einem Griff verschwand der Aktivator in seiner Brusttasche. Er durchdrang selbständig die Kleidung und heftete sich wieder unverrückbar an seinen angestammten Platz.

Rhodan legte eine weitere Pause ein, bevor er an den Abstieg dachte.

Es war ihm ein Rätsel, wie es dem affenähnlichen Wesen gelungen war, den Aktivator von seinem Körper zu trennen. Vermutlich hatte irgendeine Überkraft, die vielleicht in der Natur dieser Halbintelligenten lag, das Ganze bewirkt.

Jedenfalls stand fest, daß sich dieser Vorgang wiederholen konnte, wenn er in die Nähe von Uck-uck geriet. Er mußte also vorsichtig sein.

Sein Blick ging nach unten.

Die Affen schienen mit dem Ausgang der Sache nicht zufrieden zu sein. Ihre teils bellenden, teils kreischenden Laute hörten sich jedenfalls danach an.

Zwei oder drei von ihnen versuchten, ebenfalls den Baum zu besteigen. Das hatte immerhin zur Folge, daß die anderen aufhörten zu versuchen, Rhodan wie eine reife Pflaume von dem Baum zu schütteln.

„Räter! Räter!" übertönte die Stimme von Uck-uck die der anderen.

Dann gab der Anführer ein Kommando.

Im Nu begann ein Dutzend der Affen an dem Baumstamm in die Höhe zu klettern.

Perry Rhodan spürte die wohltuenden Impulse des Aktivators, aber ihm trat der Schweiß auf die Stirn.

6

„Hol ihn da 'raus, Gucky", verlangte ich hart. „Und zwar sofort. Wenn er in den Haufen stürzt, kann es zu spät sein."

Der Mausbiber blickte Ras Tschubai fragend an, und der Afroterraner nickte stumm.

Als er zur Teleportation ansetzte, zuckte er zurück.

Direkt vor ihm materialisierte der Alte aus der Spelunke von Bombay.

„Wartet!" gebot der Abgesandte des Geisteswesens ES. „Das

übernimmt jemand anders. Es gehört zum zweiten Takt der Aktion."

Mir kam der Alte plötzlich gemein und hinterhältig vor. Auch Gucky schien es nicht anders zu gehen. An seinem Gesicht erkannte ich aber, daß die beabsichtigte Teleportation nicht funktionierte. Seine Psi-Kräfte waren neutralisiert.

„Ich verlange eine Erklärung", forderte ich, obwohl mein Logiksektor mich zu beruhigen versuchte.

„Die Menschheit braucht einen anderen Perry Rhodan als den, den ihr in den letzten Tagen erlebt habt", antwortete der Alte und verschwand.

„Da!" Ras Tschubais Hand deutete auf die Bildschirme.

Ein glänzendes Flugobjekt näherte sich von oben der Lichtung, auf der Perry Rhodan im Gipfel eines Baumes hockte, an dessen Stamm eine Horde halbwilder Affen hochkletterte.

Sekunden später nahm der Flugkörper den Terraner auf und verschwand mit ihm, bevor ich die Beobachtungssensoren umdirigieren konnte.

Von diesem Moment an blieb Perry Rhodan verschwunden.

ES hat eingegriffen, erklärte mein Extrasinn. Aber ich wollte es nicht wahrhaben.

Nur schemenhaft sah Perry Rhodan durch eine halbtransparente Wand die Gestalt, die ihn an Bord des kleinen Diskusschiffs geholt hatte und die dieses nun mit unbekanntem Ziel lenkte.

Es gab keine Kommunikation, keine Verständigung.

Das Innere des kleinen Raumes, in den er von einem Traktorstrahl gezogen worden war, wirkte blitzsauber und völlig fremdartig. Lindgrüne Farbtöne bestimmten die Atmosphäre.

Mehrfach gab das kleine Raumschiff klare, singende Geräusche von sich. Dann wurde es hinter der transparenten Wand dunkel. Rhodan vermutete, daß das kleine Schiff Linearetappen oder etwas Ähnliches durchführte, denn die typischen Erscheinungen der Sprungtechnik waren nicht festzustellen.

Nach einem schier endlosen, ereignislosen und langweiligen

Flug setzte der Unbekannte zur Landung an. Dann öffnete sich die Außenwand.

Ein Zugstrahl riß Rhodan in die Höhe und beförderte ihn unsanft ins Freie. Mühsam kam er auf die Beine.

Er stand in einem kreisrunden Feld. Der Boden bestand aus einem kunststoffartigen Gras. Der Durchmesser der Fläche mochte an die 50 Meter betragen.

Dahinter befanden sich hohe, arenenähnliche Sitzreihen, die über und über mit menschenähnlichen Wesen angefüllt waren. Ein ständiges Raunen drang an Rhodans Ohren.

Die Fremden waren sehr menschenähnlich, aber viel größer gewachsen. Rhodan schätzte ihre Körpergröße auf sechs oder sieben Meter. Sie hatten edle, reife Gesichtszüge, aus denen Erfahrung und Güte strahlte.

Einer der Fremden kam aus der vordersten Reihe. Mit wenigen Schritten stand er neben Rhodan und reichte ihm ein kleines Gerät.

Es war ein Translator terranischer Bauart.

Rhodan kam alles wie ein Traum vor, aber er nahm das Gerät an sich. Er hoffte, daß diese Fremden sich mit ihm verständigen wollten, aber es kam ganz anders. Das Gerät erlaubte ihm lediglich, alles was nun geschah, wörtlich zu verstehen. Selbst sagen konnte er jedoch nichts.

„Ein seltenes fossiles Objekt", erklang es laut über die Arena. Der Translator übersetzte sofort und fehlerfrei. „Wir haben es Zui-Eine-Million zu verdanken, der es zufällig auf einer anderen Welt in einer fremden Zeit entdeckte. So etwas Seltenes haben wir lange nicht mehr auf der Großen Versteigerung gehabt."

Verhaltener Beifall brandete unter den vielen tausend Fremden auf.

Perry Rhodan verstand. Mit dem fossilen Objekt war er selbst gemeint.

Er war wütend, sah in Anbetracht der Situation aber noch keine Möglichkeit, um sich mitzuteilen.

Der unsichtbare Sprecher begann nun eine regelrechte Versteigerung in Gang zu bringen. Die Gebote ließen Rhodan zunächst glauben, er sei auf einer Welt von Verrückten gelandet.

Einer bot eine Wallfahrt zu den Ursprüngen des Lebens, ein anderer erklärte sich bereit, für das fossile Objekt die Reinigung der vierten verdorbenen Zeitebene vorzunehmen, ein dritter gar wollte das Universum neu vermessen.

Die meisten Angebote verstand Rhodan trotz des Translators nicht, weil seine eigene Sprache keine äquivalenten Begriffe für bestimmte Wörter kannte. Er verstand nur, daß man grundsätzlich wohl überwiegend ideelle Werte und persönliche Opfer in die Waagschale warf, wobei diese Opfer nicht aus materiellen Gütern oder risikobeladenen Aktionen bestanden, sondern vielmehr nur einen ungewöhnlichen zeitlichen Aufwand darstellten.

Rhodan wurde die Sache schließlich zu dumm. Obwohl es um ihn ging, kümmerte sich niemand um ihn. Er begann nachzudenken.

Eigentlich war er vom Regen in die Traufe gelangt.

Bei den primitiven, halbintelligenten Affen, die ihm eigentlich haushoch unterlegen gewesen waren, war er in eine hoffnungslose Situation geraten. Hier, bei diesen übergeistigten Riesen, erschien es ihm nicht viel anders zu gehen.

Beide Welten kamen ihm gleich unwahrscheimlich vor. Der Affenplanet war jedoch noch eher denkbar als dieser Planet, der von überspannten Wesen bewohnt wurde.

Mit einem Ohr verfolgte er den weiteren Verlauf der Versteigerung. Der Sprecher sprach von einer Wende der Vernunft. Von da an begann man offenbar, sich in den Angeboten zu *unterbieten.*

Die groteske Geschichte endete damit, daß ein weibliches Wesen namens Esta-Null-Punkt-Vier ihn damit ersteigerte, daß sie sich bereit erklärte, auf dem Weg zu ihrer Wohnung eine Nebenstraße auf Sauberkeit zu überprüfen.

Unter verhaltenem Beifall löste sich die Versammlung auf.

Esta-Null-Punkt-Vier kam auf die grüne Fläche. Spielerisch nahm sie Rhodan auf und klemmte ihn sich wie eine Einkaufstasche unter einen Arm. Dann schritt sie außerhalb des Runds zu einem der vielen offenen Gleitfahrzeuge, die hier in sauberen Reihen standen, warf Rhodan auf den Rücksitz und startete.

Der Terraner blickte über die Lehne nach vorn. Die riesige Frau hockte in den Polstern und tat keinen Handgriff. Der Gleiter flog automatisch.

Jetzt, wo er in der unmittelbaren Nähe einer der fremden Personen war, konnte er vielleicht den Versuch einer vernünftigen Verständigung wagen.

„Automatische Lenkung“, sagte er beiläufig. „Leitstrahlen, nicht wahr?“

Die Frau lachte glucksend. „Gedankensteuerung, Fossil, Gedankensteuerung. Natürlich kennst du so etwas nicht.“

„Ich heiße nicht Fossil. Mein Name ist Perry Rhodan.“

„Du störst meine Meditation, Fossil.“

Von da an reagierte Esta-Null-Punkt-Vier auf keine Frage oder Aussage Rhodans mehr. Der sah dies bald ein und schenkte seiner Umgebung mehr Aufmerksamkeit.

Die nur wenig bebaute Landschaft wirkte ausgeglichen und schön. Nirgends war ein Makel zu erkennen, aber an einigen Stellen erschien die Szene verschwommen, als wolle jemand hier seine persönliche Sphäre wahren.

„So ist es“, bestätigte Esta unvermutet.

Perry Rhodan erkannte, daß dieses Riesenwesen seine Gedanken lesen konnte, obwohl er mental völlig abgeschirmt war.

Er schwieg betreten.

Sie näherten sich einer Stadt, die in ihren Ausmaßen und den Einrichtungen alles übertraf, was er je in seinem Leben gesehen hatte. Überall sah er die riesigen Hominiden, teils zu Fuß, teils in gleiterähnlichen Fahrzeugen.

Wie sollte er je von dieser für ihn grotesken Welt fliehen können?

Esta hielt ihr Gefährt in einem Park an, in dem andere Riesen spielten. Sie rief zwei Mädchen und einen Jungen herbei, die etwa die körperliche Größe Rhodans besaßen. Es mußte sich folglich um Kinder handeln.

„Seht her, was ich euch mitgebracht habe", rief die Frau. „Ein Fossil, aber ein lebendes."

Die drei stürmten eilends herbei. Sie schrien wild durcheinander. Jeder wollte das Fossil zuerst haben.

Rhodan wurde aus dem Fahrzeug gezerrt. Dabei merkte er, daß die Kinder über wahre Bärenkräfte verfügten.

Esta-Null-Punkt-Vier kümmerte sich nicht weiter um ihn. Sie überließ ihn den drei spielenden Kindern.

Rhodan wurde den Rest des Tages hin und her gezerrt und für allerlei ihm völlig fremde Spiele als Objekt eingesetzt. Ein Gespräch mit den drei Kindern kam nicht zustande, denn sie reagierten auf keins seiner Worte.

Schließlich versuchte er sein Heil in der Flucht.

Der Abend senkte sich über den Park, und die Kinder wurden allmählich müde und langsamer.

In einem Moment, der ihm günstig erschien, rannte er los. Die drei Riesenkinder beachteten ihn nicht mehr. Es hatte den Anschein, daß sie ihres Spielzeugs überdrüssig geworden waren.

Ein großes Gebüsch bot sich als Versteck an, bis es völlig dunkel geworden sein würde.

Esta kam und holte ihre Kinder. Aus dem Gespräch, das Rhodan mit Hilfe des Translators verfolgte, ging hervor, daß die Frau sich mit keinem Wort nach seinem Verbleib erkundigte.

Was war das für eine Welt, in der ein lebendes Wesen wie ein ein Ball oder eine aufziehbare Maschine behandelt wurde?

Das nahe Stadtzentrum warf helles Licht herüber, als er sich auf den Weg machte. Am Rand der breiten Straßen gab es genügend Zonen, die im Halbdunkel lagen.

Er durchquerte den Park. Sein Magen knurrte, und ihm fiel ein, daß er seit mindestens zwei Tagen nichts gegessen hatte. Dennoch fand er Zeit, die mächtigen Bauten einer völlig fremdartigen Technik zu bewundern.

Irgendwo auf dieser Welt mußte es doch ein denkendes und vernünftiges Wesen geben, mit dem er über sein Problem sprechen konnte.

„Das glaubst du?“ fragte ihn eine Stimme aus dem Dunkeln.

Er hielt an. Ein Wesen, das wie ein alter Mensch der Erde aussah, trat auf ihn zu.

Es war ein alter Mensch, das erkannte Rhodan, als der Mann in dem weiten Umhang vor ihm stand.

„Nun“, sagte der Alte langsam. „Wie gefällt dir das alles?“

„Was?“ Mehr brachte er nicht heraus.

„Den Affenplaneten haben dir deine Freunde Atlan, Gucky und Ras Tschubai eingebrockt“, erklärte der Alte. „Du weißt, warum?“

Perry Rhodan schwieg betreten. Auch der alte Mann sagte kein Wort.

Die beiden starrten sich stumm an, während der Terraner allmählich zu ahnen begann, daß man ihn absichtlich in diese Situationen gebracht hatte, weil man etwas von ihm erwartete.

„Das ist richtig“, sagte der Alte. Daß er Rhodans Gedanken lesen konnte, hatte dieser schon bald bemerkt.

„Ich war wohl etwas zu selbstherrlich, zu überheblich“, gab Rhodan leise zu. „Ich habe meine Triumphe ausgekostet und dabei vergessen, daß es in diesem Universum ganz andere und wichtigere Dinge gibt. Ich habe mich vergessen.“

Der Alte antwortete nicht.

„Ist es das?“ drängte Perry Rhodan.

Jetzt nickte sein Gegenüber.

„Den Affenplaneten gibt es wirklich“, erklärte er. „Das hier ist eine Fiktivwelt. Ich hoffe für dich, daß du aus dem Erlebten deine Schlüsse ziehst.“

Die Gestalt löste sich vor seinen Augen auf.

Im gleichen Moment packte eine riesige Faust nach ihm. Er wurde in die Höhe gehoben und durch die Luft geschleudert.

„Was ist das?“ dröhnte eine männliche Stimme in seiner Nähe.

Rhodan erblickte zwei männliche Riesen in einer einfachen, hellgelben Arbeitskombi.

„Ein vergessenes Fossil“, antwortete der zweite Mann. „Ich werfe es in den Abfallvernichter.“

Im gleichen Moment drang ein penetranter Geruch in Rhodans Nase. Er landete unsanft in einem dunklen Loch zwischen allerlei Gerümpel aus Plastik, Metall und Holz. Dazwischen lagen faulende Nahrungsreste, von denen der Gestank ausging.

Der Boden sackte unter seinen Füßen weg. Er fiel und fiel, während sich seine Gedanken überstürzten.

7

Ich wußte nicht, aus welchem Grund ich die Beobachtungssensoren noch einmal an den Ort zurücklenkte, an dem Rhodan den Hackaffen begegnet war. Mein schlechtes Gewissen plagte mich, denn die Aktion, die Gucky, Ras Tschubai und ich geplant hatten, war uns völlig entglitten.

Mein Extrahirn hatte mir mehrfach bestätigt, daß das Geisteswesen ES seine Finger im Spiel hatte, aber einen konkreten Beweis dafür hatte ich nicht geliefert bekommen.

Wie zufällig trafen auch die beiden Mutanten in der Beobachtungskabine ein. Selbst Gucky hatte eine trübsinnige Miene aufgesetzt.

„Wir müssen darauf vertrauen, daß ES das Richtige tut", formulierte der Afroterraner unsicher. Er schien an seine eigenen Worte nicht zu glauben.

„Mir wäre es angenehmer", antwortete ich, „wenn ich etwas tun könnte. Reginald Bull wird schon ungeduldig. Er erwartet eine Erklärung. Alle halbe Stunde geht eine dringende Anfrage über den Verbleib Rhodans von der Erde ein."

Völlig geräuschlos erschien der Alte in unserer Mitte.

„Ihr sorgt euch? Das ist gut. Aber ihr sollt wissen, daß Perry Rhodans kleine Wanderung nun zu Ende ist. Den Rest überlasse ich euch."

Bevor ich etwas sagen oder antworten konnte, war der Bote von ES wieder verschwunden.

„Da, Atlan!" Ras Tschubai deutete auf die Bildschirme.

Ich traute meinen Augen nicht, denn hoch oben in dem schlanken Baum hockte plötzlich wieder Perry Rhodan. Unten tobten die Affen herum und wollten den Baum erneut erklettern.

„Hol ihn da heraus, Gucky", bat ich.

Der Mausbiber verschwand auf der Stelle. Ich sah ihn auf dem Bildschirm neben Perry auftauchen und dessen Hand nehmen.

Keine Sekunde später waren die beiden wieder hier.

Perry Rhodan blickte uns lange schweigsam an.

„Es ist alles in Ordnung, Freunde", sagte er dann. „Ich habe meine Lektion gelernt."

„Du bist uns nicht böse?" staunte der Ilt.

Perry Rhodan schüttelte den Kopf.

Gucky schlug mit gespielter Wut seine Hände zusammen. „Das ist ärgerlich, denn ich hatte mir als Knalleffekt eine so wunderbare Ausrede überlegt."

Perry Rhodan blickte ihn fragend an, während Gucky auf die Datumsanzeige deutete.

1. April 2330, 16.45 Uhr Standardzeit, war dort auf den Leuchtziffern zu lesen.

„April! April! Perry!" jubelte Gucky.

Ras und ich lächelten, um den Bann zu brechen.

Dann flog auch ein Lächeln über Perry Rhodans Gesicht. Der ernste Ausdruck in seinen stahlgrauen Augen verschwand aber nicht vollständig.

Horst Hoffmann

Viren-Alarm

Im August des Jahres 424 Neuer Galaktischer Zeitrechnung wurde unweit des Wega-Systems ein seltsames Wesen mit Namen Quiupu geboren. Wie sich bald herausstellte, kam Quiupu im Auftrag der Kosmokraten in diesen Sektor des Universums, um auf eine Rekonstruktion des ehemaligen Viren-Imperiums hinzuarbeiten.

Das kosmische Findelkind kam zur Erde und schuf bereits zwei Monate später im Rahmen seiner Experimente ein Ungeheuer, das erst neutralisiert werden konnte, nachdem es bereits mehrere Menschenleben gefordert hatte. Quiupu wurde daraufhin einer scharfen Bewachung unterzogen, was ihn jedoch nicht daran hindern konnte, auf eigene Faust weiterzuexperimentieren.

Die wenigen Informationen, die der Außerirdische von sich geben konnte, führten dazu, daß Perry Rhodan und seine Mitarbeiter ihn und seine Mission in erster Linie nur noch im Zusammenhang mit dem mysteriösen Viren-Imperium und den drei ultimaten Fragen sahen. Die Viren erschienen plötzlich in einem vollkommen neuen Licht. Zu leicht konnte dabei in Vergessenheit geraten, was sie für die Menschen in erster Linie waren und blieben – Krankheitserreger…

Sauerbruch-Hospital, Terrania, 1. 11. 424 NGZ, gegen Abend:

Schwester Sylvia Döbelbanq erstarrte in der Bewegung, als sie die Fußabdrücke sah, die sich in den zentimeterhohen Reinigungsschaum auf dem Korridorboden drückten. Ihr Kopf war zur Seite gedreht, sie selbst über den zylinderförmigen Behälter gebeugt, aus dem der Schlauch zum Abspritzen des Bodens kam.

Der Gang war leer. Hilfesuchend blickte die Schwester sich um. Hier waren nur sie und ...

Ein Loch setzte sich vor das andere. Die schmatzenden Geräusche, wenn die Füße des Unsichtbaren sich aus dem Schaum zogen, bildeten die einzigen Laute.

Sylvia ließ den Schlauch langsam zu Boden gleiten. Vorsichtig machte sie drei, vier Schritte zurück, bis ihre ausgestreckte Hand die Kontaktfläche des Interkom-Anschlusses berührte.

Sie sah nicht auf die aufleuchtende Videoscheibe, hatte nur Augen für die Spur, die sich jetzt einem Zimmer näherte, in denen die Schnupfenkranken lagen. Sie hörte die Stimme aus dem Lautsprecher und regulierte die Phonstärke bis zu einem Minimum herab.

„... soll das, Sylvia?“ kam es, kaum noch verständlich, aus der Wand. „Kannst du mich nicht wenigstens ...?“

„Warte!“ flüsterte sie, drehte sich nicht um, winkte nur ab.

Hörte der Unbekannte sie? Er blieb jetzt stehen. Die Tür zum Krankenzimmer öffnete sich wie von Geisterhand – und schloß sich wieder.

Sylvia stieß die angehaltene Luft aus und fuhr auf dem Absatz herum. Collin Laystra, einer der Assistenzärzte, starrte sie mit hochgezogenen Brauen an.

„Es ist wieder da, Collin“, sagte sie hastig.

„Das Gespenst? Sylvia, du solltest die Reinigungsarbeiten den Robotern überlassen. Die Chemikalien steigen dir ins Gehirn. Es gibt kein Gespenst.“

„Halte jetzt keine Vorträge, Collin! Ich habe es gesehen, und jetzt haben wir es vielleicht endlich in der Falle. Komm her, schnell, und bringe alle Leute mit, die gerade frei sind. Ich warte vor dem Zimmer!"

Laystra schnitt eine Grimasse und begann zu grinsen.

„Für dich tue ich alles, Sylvia, das weißt du. Aber dafür gehst du dann auch mit mir essen."

„Erpresser! In Ordnung, aber jetzt komm endlich!"

Er schaltete sich aus. Sie murmelte eine Verwünschung. Laystra hielt sich für unwiderstehlich. Sie konnte ihn nicht ausstehen.

Sylvia schlich sich vorsichtig zu der Tür, durch die der Unsichtbare gegangen war. Vorsichtshalber hob sie die Schaumpistole vom Boden auf und hielt sie mit beiden Händen. Sie merkte erst jetzt, daß sie zitterte.

Sollte man sie für verrückt halten! Anderen war das Gespenst auch schon begegnet. Kaum jemand gab das zu. Jeder gab sich so souverän und über solchen Dingen stehend. Überall im Hospital wurden Wetten darauf abgeschlossen, wer als nächster der Hysterie zum Opfer fallen würde.

Sylvia war das jetzt sehr gleichgültig. Sie wußte, was sie gesehen hatte. Sie versuchte zu lauschen. Es war ruhig hinter der Tür.

Endlich erschienen Laystra und drei andere Männer in grünen Kitteln, dazu zwei Schwestern und zwei Roboter. Sie machten dabei einen Lärm, als wollten sie die halbe Station aufwecken.

„Seid doch ruhig!" flüsterte sie, als sie heran waren. „Dort drinnen ist es. Seid still! Collin, mach die Tür auf."

„Das Gespenst könnte sich erschrecken, Sylvia. Verantwortest du das?"

„Ach, halt den Mund!"

Sie berührte selbst den Kontakt, packte die Pistole wieder und war mit einem Satz im Raum. Das Gelächter der anderen im Ohr, sprühte sie eine dicke Schicht über den Boden vor und zwischen den Drei Quarantäneliegen, über die sich leicht flimmernd Energieglocken wölbten.

Es gab keine Stellen, die freiblieben. Das große Fenster war geschlossen. Nur das Personal besaß die Impulskodegeber, die es öffnen konnten.

Laystra trat ein und verschränkte die Arme vor der Brust, sah sich triumphierend um, blinzelte seinen Begleitern zu und fragte:

„Wo ist es denn nun? Durch die Wände gegangen?“

„Hier drinnen!“ versetzte die Schwester wütend. Sie drehte sich um. „Geht vom Eingang weg!“

„Natürlich, natürlich“, lachte Laystra. „Kommt, unsere Kammerjägerin hat anscheinend ihre Erfahrungen im Umgang mit . . .“

Sie wartete nicht bis sie sich in Bewegung setzten, richtete die Schaumpistole gegen die Wand neben der Tür und betätigte den Auslöser. Dicke Flocken flogen durch die Luft, setzten sich an der Plastikverkleidung fest und . . .

„Da!“ schrie sie. „Haltet es fest! Da seht ihr es! Nun packt es euch doch endlich!“

Nur die beiden Roboter reagierten. Sie bewegten sich auf die Gestalt zu, die sich im Schaumregen konturenhaft aus dem Nichts geschält hatte, doch sie kamen zu spät. Ein schriller Laut ertönte. Die Gestalt huschte durch die offene Tür und rannte auf den Gang hinaus. Bevor die Überraschung überwunden war und ihr jemand folgen konnte, wurde die Tür von außen geschlossen und verriegelt.

Sylvia schmetterte die Pistole voller Wut in den Schaum, stemmte die Arme in die Hüften und starrte Laystra herausfordernd an.

„Wer ist nun verrückt, wie? Habt ihr's gesehen oder nicht?“

„Das ist wahrhaftig unglaublich“, entfuhr es einem der anderen Assistenten.

„Dann werdet ihr jetzt vor dem Chef bezeugen, daß . . .“

Laystra hob eine Hand.

„Immer langsam, Sylvia. Wir werden bezeugen, daß wir einen Mann oder eine Frau aufgespürt haben, die es fertigbrachte, alle Kontrollen zu umgehen und im Schutz eines Deflektorschirms hier einzudringen. Damit ist der ganze Gespensterwirbel vorbei.“

Sie fragte sich für einen Moment, ob das sein Ernst war. Sein süffisantes Lächeln war ihr Antwort genug. Er glaubte an das, was er sagte.

„Aber ihr seid doch alle blind! Sah diese . . . diese Erscheinung denn etwa aus wie ein Mensch?“ Sie winkte ab und ging zu einem der Tischchen zwischen den Liegen, während Laystra die Zentrale aufforderte, die Türverriegelung aufzuheben. Sylvia zählte die winzigen Reagenzgläschen in einem Halter. „Wie ich mir's gedacht habe. Es fehlen wieder zwei. Zwei Gläser mit den Virenstämmen darin, die für die Schnupfenepidemie verantwortlich sind. Sie sollten ins Labor gebracht werden. Wo das Gespenst auch gesehen wurde, fehlten Viren. Ich frage euch, wer nimmt sie an sich, und was macht er damit?“

Nicht nur Sylvia Döbelbanq versuchte, darauf eine Antwort zu finden. Als sie zum Chefarzt des Sauerbruch-Hospitals gerufen wurde, erwartete sie in seinem Büro ein sehr ernster Dr. Hanand Mylke-Kellermann.

Es hieß, das Mylke-Kellermann vor 18 Jahren aus eigenen Mitteln das Hospital erbauen ließ, etwas außerhalb von Terrania. Er hatte auf jeden staatlichen Zuschuß verzichtet, nur um vollkommen unbeeinflußt den Heilmethoden nachgehen zu können, die er für die wirkungsvollsten erachtete. Er nannte das „Rückkehr zum Ursprünglichen“.

Andere hatten weniger schmeichelhafte und verklausulierende Bezeichnungen für seine Art der Behandlung. „Rückkehr zum Skalpell“ war eine der freundlicheren.

Man verzichtete zwar nicht auf die Errungenschaften der modernen Technik des Jahres 424 Neuer Galaktischer Zeitrechnung. Mylke-Kellermann betrachtete es als seine Kunst, die Synthese herzustellen zwischen ihr und dem Können der *wirklichen* Ärzte vergangener Jahrhunderte.

Entsprechend bestand er auf den anderswo längst abgeschafften Titeln und genauestens festgelegten Aufgabenbereichen eines jeden seiner Mitarbeiter. Er hatte einen festen Patientenstamm, meist Angehörige einer gewissen intellektuellen Schicht mit ihren Modekrankheiten. Denn alle wirklichen Seuchen waren so gut wie ausgerottet.

Um so überraschender hatte die Menschen im Großraum Terrania der Ausbruch des noch völlig rätselhaften Viren-Schnupfens getroffen. Die Mediziner tappten im dunkeln. Sie hatten es mit Viren zu tun, die sich ständig veränderten und allem Anschein nach sogar über eine gewisse Intelligenz verfügten. Auch Mylke-Kellermann war es noch nicht gelungen, ein Serum zu entwickeln. Doch die Hilflosigkeit der Ärzte trieb ihm, dem Unorthodoxen, die Patienten in Scharen zu.

Nun saß er auf der Kante seines schweren Arbeitstisches und bedeutete Sylvia, die Tür hinter sich zu schließen.

Sie tat das, setzte sich in einen Stuhl und schlug die Beine übereinander. Abwartend sah sie den etwa hundertjährigen Chefarzt an und versuchte, in seinem Gesicht zu lesen.

Er räusperte sich und begann:

„Mir liegen die Aussagen der Männer und Frauen vor, die mit dir zusammen den Eindringling sahen, Schwester. Außerdem habe ich hier eine Liste der verschwundenen Viren-Behälter. Es sind inzwischen insgesamt siebzehn. Es steht also fest, daß unser Unbekannter auf Virenraub aus ist. Was wir nicht wissen, ist, ob auch ein Zusammenhang mit den Wunderheilungen besteht."

Sylvia runzelte die Stirn.

„Womit, bitte?"

„Ich bezeichne es als Wunderheilung. Drei Patienten sind innerhalb weniger Stunden völlig gesund geworden. Die Viren in ihren Körpern sind abgestorben. Natürlich bedürfen diese Menschen noch einer Genesungszeit, aber sie sind nicht mehr als krank zu bezeichnen."

„Um wen handelt es sich dabei, Doktor?" erkundigte Sylvia sich.

Er nannte ihr die Namen. Sie kannte alle drei Fälle.

„Aber sie erhielten die gleiche Behandlung wie alle anderen auch! Und bei denen..."

„Der Zustand der anderen Patienten ist unverändert. Keiner schwebt in Lebensgefahr, doch der Schnupfen macht sie hilflos. Du kennst die Symptome so gut wie ich: andauerndes Schwindelgefühl, sehr hohes Fieber und teilweise Wahnvorstellungen."

Sie brauchte eine Weile, um die Auskunft zu verarbeiten. Mylke-Kellermann schob sich vom Schreibtisch und nahm hinter ihm Platz. Seine Glatze schimmerte wie immer. Der pechschwarze Bart reichte bis auf die Brust berab. Die dicke Hornbrille verlieh dem Mediziner etwas Würdevolles, Erhabenes.

„Wenn du dich so eingehend mit dem angeblichen Gespenst beschäftigt hast, Schwester", sagte er ohne besondere Betonung, „dann weißt du ja auch, daß die Geheilten auf einem Zimmer zusammen liegen, und zwar in jenem, aus dem vorgestern die Viren gestohlen wurden."

Sie hatte gewußt, daß er ihr das sagen würde. Sie wußte ebenso, woran er dabei dachte. Sie nickte schwach.

„Das Gespenst war bei ihnen. Du meinst, es hat nicht nur die fürs Labor bestimmten Viren entwendet, sondern auch . . . diese Heilung bewirkt? *Wie,* Doktor?"

„Das eben wollen wir herausfinden. Von dir brauche ich jetzt noch einmal eine Beschreibung des Fremden. Die von Laystra und den anderen gegebenen widersprechen sich teilweise. Ich denke, dann können wir unserem Freund eine Falle stellen. Sein Deflektor schützt ihn nicht vor Fesselfeldern. Wir legen einen Köder aus. Also – war er ein Mensch oder keiner?"

„Keiner", erwiderte sie spontan. „Er war viel zu schnell verschwunden, und ich habe noch nie einen Menschen mit so kurzen Beinen und einem so langen Oberkörper gesehen."

Mylke-Kellermann schob ihr einen Stift und eine Folie über die Tischplatte zu.

„Versuche, ihn zu zeichnen."

Noch während sie das tat, erhielt Mylke-Kellermann aus einem der Labors die Nachricht, daß dreißig große Viren-Behälter verschwunden seien.

Die sofort eingeleitete Suchaktion mit allen zur Verfügung stehenden Mitteln brachte keinen Erfolg. Der Dieb war wie vom Erdboden verschwunden.

Dafür begann Dr. Hanand Mylke-Kellermann plötzlich zu niesen.

Kindererholungszentrum LEMIF, Nähe Goshun-See, 1. 11. 424 NGZ, etwas späterer Abend:

Mutter Enriette Olwelly trieb die rund zwanzig Schüler vor sich her wie eine Glucke ihre Küken. Es war später geworden, als beabsichtigt. Die Sonne war längst untergegangen. Die Lichter des ruhig und einsam gelegenen Erholungszentrums waren wie eine Ermahnung in der Dunkelheit. Über Radiokom hatten Mutter Hylda und Mutter Françoise schon ihre Besorgnis kundgetan. Nicht, daß man in dieser Gegend mit irgendwelchen Gefahren für die Kleinen zu rechnen hätte – es ging ums Prinzip, und das war noch viel gewichtiger.

„Kommt, kommt, Kinder!“ rief Mutter Enriette flehend aus. „Nun laßt das, Billy und Max! Streitet euch nicht um die Raupe. Wir sind ja gleich da, und wenn ihr brav seid, können wir vielleicht morgen wieder einen Spaziergang machen!“

Der heutige hatte ihr gereicht. Ihre Schutzbefohlenen hatten einen Tümpel mit Fröschen und Fischen darin gefunden und sich Hals über Kopf hineingestürzt. Enriette hätte darüber noch schmunzeln können, wenn nicht plötzlich dieser Sturm aufgekommen wäre. Sie war fest entschlossen, sich bei der Wetterstation über diesen Unfug zu beschweren. Auch die beste Vitaminversorgung und andere Immunisierungsmaßnahmen nützten da wenig. Wenn sich nur kein Kind etwas geholt hatte!

Schon auf den letzten Metern des Weges zum Nebeneingang niesten zwei Jungen. Als das Tor sich auftat, husteten sie. Als der große Umkleideraum, wo Mutter Hylda und Mutter Françoise warteten, erreicht war, niesten, husteten und zitterten vier Kinder.

„Ich erkläre euch alles später“, warf Enriette sich in den Orkan von Vorwürfen, der ihr entgegenschlug, wie eine sich im Sturm windende Weide. „Helft mir jetzt, sie auszuziehen, und laßt schon einmal die Bäder einlaufen.“

„Du wirst dir eine gute Ausrede einfallen lassen müssen, werte Enriette“, erwiderte Hylda mit hocherhobenem Zeigefinger. „Wenn wir den Eltern ihre Sprößlinge mit einer Erkältung oder gar

Lungenentzündung zurückschicken müssen, bedeutet das das Ende des Vertrauens, das man in uns setzt."

„Außerdem hat kein Kind nach Einbruch der Dunkelheit draußen noch etwas verloren", gab auch Françoise ihren Kommentar dazu. „Eine Mutter übrigens auch nicht."

Enriette hörte nicht mehr hin. Daß sie vor Monaten zwei Nächte außerhalb des Heimes verbracht hatte, verziehen ihr die beiden alten Schachteln nie – und noch weniger den Grund für ihr Abenteuer.

Von einer Mutter des Kindererholungszentrums *Lerne-mit-Freude* wurde erwartet, daß sie ein makelloses Privatleben führte. Das hieß im Klartext: gar keines.

Enriette sammelte die noch nassen Kleider ein und warf sie auf einen Haufen. Ältere Schüler wurden herbeigerufen und brachten sie fort. Roboter gab es hier nicht – aus Prinzip.

Nach dem heißen Bad kamen die Kleinen ins Bett. Nach dem Fiebermessen wagte Enriette den beiden anderen Müttern nicht mehr ins verrunzelte Gesicht zu schauen.

Sie blieb im Gemeinschaftsschlafraum und wachte über den Schlaf ihrer Küken, der sich erst nach wiederholter Verabreichung von Medikamenten einstellen wollte. Sie selbst fand in dieser Nacht keine Ruhe, und das hatte seinen Grund nicht nur in Selbstvorwürfen. Eigentlich wartete sie ja nur darauf, hier entlassen zu werden. Im Gegensatz zu Hylda und Françoise hatte sie ihr Leben noch vor sich.

Der zweite Grund war der Einbrecher.

Er kam auf ganz leisen Sohlen. Enriette hätte ihn vermutlich niemals bemerkt, wenn nicht ein fahler Lichtschein ganz kurz durch die sich öffnende und sogleich wieder schließende Tür gefallen wäre.

Die Mutter hielt den Atem an. Instinktiv drückte sie sich tiefer in ihren Lehnstuhl zwischen zwei schweren Fenstervorhängen. Sie versuchte, in der Dunkelheit etwas zu erkennen. Das leise Tapsen kam näher.

Endlich sah sie den Schatten. Es mochte ein Mensch sein, der sich da über die kleinen Betten beugte, aber etwas war seltsam an ihm. Enriettes Hand lag neben dem Lichtschalter. Noch zögerte sie. Ihre Neugierde war erwacht. Was wollte der Fremde – und vor allem: Wie war er hier hereingekommen?

Sie dachte nicht im Traum daran, Hylda und Françoise zu Hilfe zu rufen. Irgend etwas sagte ihr, daß von dem Eindringling keine Gefahr ausging. So beobachtete sie mit zusammengekniffenen Augen, wie die Gestalt sich von einem Bett zum anderen bewegte, sich immer für wenige Sekunden über ein Kind beugte und etwas tat, das sie nicht begriff. Aber irgendwie erinnerte es sie an den Schmetterlingsjäger, der im vorigen Jahr hier aufgetaucht war.

Als die Anspannung unerträglich wurde, schaltete Enriette das Licht ein. Es blendete. Enriette hörte sich rufen: „Halt! Wer da?" und kam sich dabei wenig geistreich vor. Doch zu mehr war sie auch gar nicht fähig, als sie die Gestalt nun in aller Deutlichkeit sah.

Der Fremde war herumgefahren und starrte sie an. Er mochte 1,70 Meter groß sein. Die Arme waren fast so kurz wie die beiden Stempelbeine, auf denen der überlange Körper ruhte. In einer Hand hielt das Wesen etwas, das nun wirklich und wahrhaftig an ein Schmetterlingsnetz erinnerte. Nur schien es aus reiner Energie zu bestehen, und er hatte damit über die Köpfe der Kinder gestrichen, als wollte er ihren Atem darin einfangen.

Enriette sah noch die schwarzen, in alle Richtungen wachsenden Haarbüschel auf dem viel zu breiten, nichtmenschlichen Kopf, dann war die Stelle, an der der Fremde eben noch gestanden hatte, auf einmal leer.

Enriette gewann ihre Fassung zurück. Sie stürzte vor und stieß mit den weit von sich gestreckten Händen ins Leere. Einige Jungen, die inzwischen aufgewacht waren, schienen wohl anzunehmen, daß sie hier im Schlafsaal einen neuen Tanz ausprobierte. Sie weckten die anderen, sprangen aus den Betten und umringten sie klatschend.

„Hört auf damit!" rief Enriette verzweifelt. „So hört doch auf. Er muß dort hinausgelaufen sein!"

Sie deutete auf die zweite Tür, aber in der stand kein kurzbeiniger Fremder. Mutter Hylda und Mutter Françoise, vom Lärm auf den Plan gerufen und in ihren Nachthemden, kamen mit eisigen Mienen herein. Hylda streckte anklagend den Arm aus, Inkarnation aller jemals gelebt habenden Sittenwächterinnen.

„Wir haben es deutlich gehört, Enriette!“ kreischte sie. „Du erlaubst dir nicht nur, diese armen, wehrlosen Kinder der Nacht und der Kälte dieser Jahreszeit auszusetzen – du mißbrauchst ihren geheiligten Schlaf auch noch dazu, in ihrem Schlafsaal einen Mann zu empfangen!“

„Aber . . .!“

„Schweig!“ kam es von Françoise. „Du hast laut gerufen, der Kerl sei dort hinausgelaufen! Durch die Tür, durch die wir kamen!“

Enriette griff sich in die Haare. Sie lachte hysterisch.

„Dann hättet ihr ihn ja gesehen, oder? Aber er war eben nicht mehr sichtbar und außerdem kein Mann, sondern ein Außerirdischer!“

„Ein . . .!“ Hylda verschlug es die Sprache.

„Sie treibt es mit einem Außerirdischen“, flüsterte dafür Mutter Françoise.

Hylda fing die Bewußtlose auf. Die ersten Kissen flogen heran. Die Kinder forderten in Sprechchören, daß Enriette weitertanzen sollte.

Das tat sie nicht. Ob Hylda und Françoise sie ihres Reiches verwiesen, war ihr gleichgültig. Nicht egal war ihr hingegen, eine Liaison mit einem Außerirdischen mit Stempelbeinen angedichtet zu bekommen, der darüber hinaus noch verrückt sein mußte.

Als sie die TERRA-INFO anrief und, nachdem man ihr dort keine Auskunft über ein Wesen der geschilderten Art geben konnte, sich direkt mit dem Hauptquartier der LFT in Verbindung setzte, kribbelte es in ihrer Nase. Als sie endlich mit einer Frau von der Gesundheitsbehörde sprach und nach einem vielleicht dort registrierten, geisteskranken Extraterrestrier fragte, nieste sie heftig.

Die Frau konnte ihr auch nicht weiterhelfen, riet ihr jedoch, sich in ärztliche Behandlung zu begeben. Sie sagte etwas von „auch so einem Fall“.

Einer der Jungen beklagte sich darüber, daß sein Taschentuch verschwunden sei. Bald stand fest, daß die Taschentücher *allen* gestohlen worden waren.

Enriette zog sich auf ihr Zimmer zurück und legte sich ins Bett. Sie versuchte nicht mehr, etwas zu begreifen, das nicht zu begreifen war.

Hauptquartier der Liga Freier Terraner, Terrania-City, 2. 11. 424 NGZ, am frühen Morgen:

Reginald Bulls Arme waren träge über die Lehnen seines Sessels gelegt, die Füße auf den runden Tisch, an dem außer ihm noch zwei Hanse-Spezialisten saßen – soweit man ihre Haltung noch als ein Sitzen bezeichnen konnte. Sie waren übermüdet und sehnten sich nach dem Schlaf, den sie sich in der augenblicklichen, angespannten Situation nicht erlauben konnten. Sie warteten auf weitere Nachrichten von der in der Nähe von Arxisto aufgetauchten Zeitweiche. Perry Rhodan selbst hatte sich per distanzlosem Schritt an Bord eines TSUNAMI-Spezialschiffs begeben.

Der vierte, momentan leere Sessel gehörte Julian Tifflor, der Bull und die Hanse-Spezialisten zu sich gebeten hatte. Solche Treffen fanden gerade jetzt des öfteren statt, entweder im HQ-Hanse oder hier, bei der LFT.

„Er hätte wirklich einen Roboter rufen sollen“, murrte einer der Spezialisten, sein Name war Apallu Dergst. Manche Leute in seiner Umgebung meinten, es sei ganz gut, daß er nicht Apollo hieße. Wer ihn sah, kam gar nicht auf solche Assoziationen. Dergst war dick, behäbig und maulfaul – dachten die Uneingeweihten.

Lotter Bullfrog stellte das anscheinend genaue Gegenteil zu ihm dar. Bull hatte an seinem Namen nur dann etwas auszusetzen, wenn sie sich gemeinsam auf Konferenzen befanden.

„Laßt ihn nur“, winkte Rhodans Stellvertreter ab. „Tiff weiß, was er seinen Gästen schuldig ist. Wenn wir uns hier schon ganz allein die Nacht um die Ohren schlagen, können wir uns auch selbst versorgen. Das schafft eine gewisse Vertrautheit. Außerdem sieht man es einigen Menschen an, daß sie sich von hinten bis vorne bedienen lassen.“

Dergst ging auf die Anzüglichkeit nicht ein. Die drei stierten noch geschlagene zehn Minuten schweigend vor sich hin. Dann endlich erschien Tifflor mit einem Tablett auf den Händen. Allein der Kaffeegeruch wirkte Wunder, nur anscheinend bei Tifflor nicht.

„Was hast du?“ erkundigte sich Bull. „Etwas über die Leber gelaufen? Ein Gespenst gesehen?“

„Wie kommst du ausgerechnet auf ein Gespenst?“ fragte Tiff, ohne eine Miene zu verziehen. Er saß da, beide Hände aneinandergelegt und die Augen zusammengekniffen.

Bull richtete sich etwas unsicher auf. Er zuckte die Schultern.

„Na, nur so. Nichts weiter, oder?“

„Du weißt also nichts von einem Gespenst in und um Terrania?“

„Vor allen Dingen weiß ich nicht, was du dir draußen in den Kaffee getan hast. Was sollen die Anspielungen?“

„Ein Gespenst, das kurze Beine und Arme, dafür aber einen viel zu langen Oberkörper hat...“

Reginald Bull knallte die Tasse auf den Tisch und beugte sich vor.

„Tiff, wir alle hier vertragen einen Sapß. Nur dein Humor ist seltsam.“

„So seltsam wie die Ereignisse, von denen anscheinend nur wir nichts wissen“, gab der Erste Terraner ungerührt zurück. „Also erstens: Zufällig lief mir beim Getränkeautomaten eine frühere ... Bekannte über den Weg. Sie arbeitet jetzt bei der Gesundheitsbehörde. Sie fragte mich, was ich von der Epidemie hielte.“

„Epidemie?“

„Epidemie. Seit Tagen schon grassiert in Terrania ein rätselhafter Schnupfen, von dem man nur weiß, daß er durch Viren hervorgerufen wird, die sich in keine der bekannten Kategorien einordnen lassen. Man spricht von mutierten Viren."

Bull wurde ein Stück kleiner. Tifflor fuhr fort:

„Das ist eben das Schicksal von Verantwortungsträgern. Den ganzen Tag über bekommen wir nichts anderes zu hören als das, was draußen in der Galaxis vorgeht, und von einem Viren-Schnupfen vor unserer Haustür wissen wir nichts. Es kommt aber noch besser. Es gibt außerhalb der Stadt ein Kindererholungszentrum, in das vor nur wenigen Stunden eingebrochen wurde. Von anderen Stellen wurden angebliche Gespenstersichtungen gemeldet und wirre Beschreibungen gegeben. Die Frau aus dem Erholungszentrum aber sah den Eindringling ganz genau."

Die Art, wie Tifflor ihn ansah, ließ Bull noch um ein weiteres Stück in sich zusammenschrumpfen.

„Das vermeintliche Gespenst tauchte überall dort auf, wo Menschen erkrankt sind. Und wenn es wieder verschwand, ließ es neue Schnupfenkranke zurück. Wie würdest du eine Beschreibung von Quiupu geben, Bully?"

„Quiupu? Du meinst unser Findelkind?"

„In Perrys Abwesenheit bist du doch für ihn verantwortlich, oder? Bully, wo ist Quiupu jetzt?"

Bull stand auf, ging ein paarmal im Raum auf und ab, blieb vor dem Tisch stehen und spreizte die Arme weit von sich.

„Wo soll er wohl schon sein! In seinen Labors natürlich! Er wird seit seinem Experiment im Wandergebirge von Shonaar streng überwacht, damit er keinen neuen Unfug anstellt.

„Du bist dir da ganz sicher?"

„So sicher, daß ich mich selbst davon überzeugen werde!"

Bull nickte nur den Hanse-Spezialisten zu, stampfte aus dem Raum und ließ die Tür mit einer Verwünschung zufahren.

„Er hätte sich von hier aus erkundigen können", meinte Dergst verwundert. „Ein Anruf bei Quiupus Bewachern hätte doch genügt."

„Eben."

Damit war vorläufig das letzte Wort gesagt.

Etwa eine Stunde später summte der Interkommelder. Bulls hochrotes Gesicht erschien auf der Videoscheibe.

„Er ist ausgerissen!“ platzte er heraus. „Zwar arbeitet ein Quiupus in den Labors und tut auch all das Unverständliche, das Quiupu so anstellt, aber das ist nur ein perfekt maskierter Androide. Unser Virenmann muß die Wachen schon vor Tagen getäuscht haben. Fragt mich nicht, wie. Ich habe bereits dafür gesorgt, daß nach ihm gesucht wird. Er kann sich nur selbständig gemacht haben, um nach Viren zu suchen, ausgerechnet hier in Terrania und Umgebung. Die Orte, von denen Gespenstersichtungen gemeldet wurden, werden überwacht, ebenso dieses Erholungszentrum. Ich denke, daß wir ihn bald haben. Für alle Fälle hält sich Gucky bereit.“

Tifflor ließ sich im Sitz zurückfallen und schloß die Augen.

„Quiupu auf Virenfang“, seufzte er. „Das wird teuer, Bully.“

„Teuer? Für wen?“

„Entweder für die Kosmische Hanse oder für dich. Bevor wir ihn einfangen, haben Millionen von Menschen diesen Schnupfen. Er muß die Viren mit sich herumtragen.“

„Oder“, bemerkte Lotter Bullfrog, „er bringt sie absichtlich unter die Leute, damit diese in ihren Körpern Abermillionen neuer Viren produzieren, mit denen er dann . . .“

„Hör auf!“ herrschte Bull ihn an. „Ich sagte, wir kriegen ihn!“

Sehr überzeugend hörte sich das allerdings nicht an.

Sauerbruch-Hospital, Terrania, 2. 11. 424 NGZ, gegen Mittag:

Schwester Sylvia Döbelbanqs Nasenlöcher waren stark gerötet. Sie hatte leichtes Fieber. Anderen ging es bereits schlimmer als ihr. Im ganzen Hospital gab es niemanden mehr, der nicht nieste, über Schwindelgefühl und Schmerzen klagte oder bereits im Bett lag. Die Quarantäneglocken brauchten nicht mehr aufgebaut zu werden. Das ganze Gebäude stand unter Quarantäne und war außerdem von Männern und Frauen der Kosmischen Hanse bewacht.

Was Dr. Mylke-Kellermann da von einer Falle gesagt hatte, ging der wackeren Schwester nicht mehr aus dem Sinn, und so hatte sie das ihre getan, um eine solche Falle aufzubauen. Sie war fest davon überzeugt, daß der nächtliche Besuch des Gespensts nicht der letzte gewesen war.

Sylvia saß allein, hinter einem breiten Vorhang versteckt, in einem Bereitschaftsraum. Drei Tische standen voll mit Behältern. Sylvia hatte von den Robotern – und ohne Mylke-Kellermanns Wissen – alle Viren hierherbringen lassen, die isoliert worden waren. Der Fremde schien ein untrügliches Gespür für solche Ansammlungen zu besitzen, wie der Einbruch ins Labor bewies.

Also wartete Schwester Sylvia. In der rechten Hand hielt sie den Paralysator, mit dem Mylke-Kellermann Patienten zur Vernunft brachte, die partout nicht einsehen wollten, was gut für sie war. In der Linken befand sich das Spray, das dafür sorgen sollte, daß sie sich nicht im entscheidenden Augenblick durch Niesen verriet.

Dieser Augenblick kam früher als erwartet. Sylvia gab mit leisem Zischen das Medikament in die Nasenlöcher und wagte sich dann nicht mehr zu bewegen. Durch ein winziges Loch im Vorhang sah sie, wie die Tür sich öffnete und wieder schloß. Leise Schritte näherten sich dem Tisch.

Sylvia hielt den Atem an, bis sie sah, wie einer der Behälter auf einem der Tische sich zu bewegen begann. Sie riß den Vorhang zurück und schoß. Der blaßgrüne Strahl des Schockers wanderte knapp über dem Boden hin und her, bis ein schriller Laut ertönte und ein Körper schwer auf die Plastikfliesen schlug. Der Virenbehälter blieb neben dem Unsichtbaren liegen.

„So, Freundchen“, sagte die Schwester voller Grimm. „Ich schätze, du wirst einige Schwierigkeiten haben, wieder von hier zu verschwinden, bevor du die Beine wieder bewegen kannst. Du hast zwei Möglichkeiten. Entweder rufe ich jetzt die Hanse-Leute, die draußen auf dich warten, oder du schaltest den Deflektor aus und zeigst dich mir.“

Ein seltsames Jammern antwortete ihr, dann eine noch seltsamere, fast dudelnde Stimme:

„Nicht ausliefern, bitte!“

„Dann zeige dich!“

Sie macht mit dem Strahler eine herrische Geste ins Nichts. Die Luft begann zu flimmern. Dann lag das Gespenst vor ihr.

Sylvia stieß die Luft aus, zog sich einen Stuhl heran und setzte sich vor den Fremden, der sich auf dem Boden wand und vergeblich versuchte, sich aufzurichten. Die Lähmung ging ihm bis in die Oberschenkel. Schließlich gab er es auf und blieb still vor Sylvia liegen, die dunklen Augen im mit rostbraunen Flecken übersäten Gesicht schüchtern auf sie gerichtet.

Die Schwester betrachtete lange ihren Fang und fand, daß dieser Bursche ihr leid tat. Die ursprüngliche Absicht, ihn Mylke-Kellermann vorzuführen, war so gut wie vergessen.

„Also hatte ich recht“, stellte sie fest. „Ein Außerirdischer. Von welchem Planeten kommst du, Bruder? Badet man dort in Viren?“

„Ich verstehe dich nicht!“ schrillte die Stimme des Kurzbeinigen. „Was wirst du jetzt mit mir tun?“

„Das überlege ich noch. Du hast uns diesen Schnupfen gebracht, oder? Nicht nur uns, sondern ganz Terrania. Was steckt dahinter? Ein Anschlag auf die Menschheit? Bist du die Vorhut einer Invasionsmacht?“

„Ich bin ein Beauftragter der . . .!“

Er sprach nicht zu Ende, als ob das, was folgen sollte, nicht für jedermanns Ohr bestimmt wäre.

„Also stimmt es? Wie viele seid ihr? Wann und wo wollt ihr zuschlagen?“

(Zu Schwester Sylvias Verteidigung sei an dieser Stelle gesagt, daß sie sich in ihren dienstfreien Stunden sehr gern mit terranischer Geschichte in Form von auf Unterhaltung bedachter Lektüre beschäftigte und sich dabei nicht viele Gedanken über deren Wahrheitsgehalt machte.)

„Ich will gar nichts von euch! Du verstehst das nicht!“ kreischte es verzweifelt. „Ich gebe zu, einen Fehler gemacht zu haben, aber das bringe ich auch wieder in Ordnung. Gebt mir nur Zeit für meine Forschungen!“

„Ein Forscher bist du? Ein Viren-Forscher?“

Er begriff offenbar nicht, daß sie dabei lachte, und schüttelte bekräftigend den Kopf.

„Laß mich gehen, Terranerin“, flehte das Wesen wie in höchster Not.

„Warum sollte ich das? Ich kann mir vorstellen, daß auf deine Ergreifung eine nette Belohnung ausgesetzt ist.“

„Das meinst du nicht wirklich. Ich verspreche dir, daß ich alle Befallenen in diesem Hospital wieder gesund mache, bevor ich dorthin gehe, wohin ich jetzt gehen *muß*. Ich habe nicht viel Zeit, verstehe das doch! Ich heile euch und komme nie wieder hierher!“

„Und das soll ich glauben?“

„Ich brauche keine Viren von hier mehr! Ich habe eine andere, viel stärkere Quelle entdeckt!“

Sylvia legte die Arme auf die Knie. Hatte sie es mit einem Verrückten zu tun? Wieder musterte sie den Fremden, und es fiel immer schwerer, an einen Invasor zu glauben oder an jemanden, der die Menschheit absichtlich mit Viren bombardierte. Dieses Wesen litt entsetzlich, soviel war klar. Das Mitleid gewann die Oberhand über das Mißtrauen. Im Geist sah Sylvia dieses bedauernswerte Geschöpf in zahllosen Verhören leiden. Sie begriff sich selbst nicht, als sie aufstand und den Strahler aus der Hand legte.

„Du wirst dafür sorgen, daß *alle* Erkrankten wieder gesund werden?“ fragte sie mit erzwungener Strenge.

„Ja, ja!“

„Wieso fanden wir bisher kein Mittel gegen die Viren?“

„Weil es keine normalen Viren mehr sind, sondern bereits weiter entwickelte!“

„Dann hast du sie gezüchtet und unter die Menschen gebracht?“

„Es war ein Versehen! Ich wollte es wirklich nicht!“

So ging die einseitige Unterhaltung weiter, bis Schwester Sylvia nach dem Abklingen der Paralyse davon überzeugt war, es mit einem wichtigen Vertreter einer extraterrestrischen Zivilisation zu tun zu haben, dessen Auftrag sie nicht gefährden durfte.

Später sollte sie aussagen, daß sie einem hypnotischen Einfluß unterlegen war, als sie ihm die Freiheit schenkte. Für sie sprach, daß wahrhaftig jeder Erkrankte innerhalb des Hospitals kurz darauf auf dem Weg der Besserung war – gegen sie der Umstand, daß, hätte sie den Geheimnisvollen an die Behörden ausgeliefert, die Quarantäne für ganz Terrania vielleicht doch noch zu umgehen gewesen wäre.

Ein Trostpflaster für sie war, daß sie zwar ihre Stelle verlor, dafür aber Reginald Bull persönlich kennenlernen durfte, was sie sich immer schon sehnlichst gewünscht hatte.

Bei der Gelegenheit schloß sie auch die Bekanntschaft einer ebenfalls stellungslos gewordenen Betreuerin aus dem Kindererholungszentrum LEMIF.

HQ-Hanse, Terrania City, 3. 11. 424 NGZ, wieder sehr früher Morgen:

„Neuigkeiten, Kleiner?"

Gucky, gerade in einen der zur Zerstreuung eingerichteten Besucherräume des gewaltigen Komplexes teleportiert, ließ seinen Nagezahn blitzen.

„Keine, Dicker. Ilts sind immun gegen das Virus, sonst läge ich nach dieser Springerei kreuz und quer durch Terrania längst selber im Bett."

„Mich interessiert nicht, ob und gegen was Mausbiber immun sind, sondern wie die Stimmung draußen ist", knurrte der ehemalige Staatsmarschall. Er brachte den letzten Ball ins Loch und legte die Billardstange weg. Bull hatte eigentlich den Befehl gegeben, niemanden zu sich hereinzulassen. Er wollte abschalten, nur für Minuten.

„Tiff ist sauer", erklärte Gucky ihm schonend. „Er hat eine ziemliche Wut auf dich."

„Ich bin selbst sauer, aber auf ganz andere. Weiß man inzwischen, wer mit Quiupu konspiriert hat?"

„Nein. Seine Bewacher waren auch Roboter, und die halten zusammen."

Bull starrte ihn an, schlug sich mit der flachen Hand gegen die Stirn und ließ sich in einen Gravo-Sessel fallen.

„Ich darf nicht daran denken, was ist, wenn wir den Verrückten noch nicht eingefangen haben, wenn Perry zurückkehrt. Früher wurde man ja vorgewarnt, aber seitdem er das Auge hat..."

„Er wird noch auf Arxisto zu tun haben. Dorthin will er sich jedenfalls begeben, sobald man mehr über die Zeitweiche herausgefunden hat. Da ist übrigens eine Quarantäneflotte aufgetaucht. Vielleicht sollten wir die hierherholen." Gucky sah, wie die Fäuste seines Gegenübers sich ballten, und fügte schnell hinzu: „Es ist doch sonnenklar, wie wir Quiupu bekommen. Warum machen wir's nicht einfach so wie diese Krankenschwester und locken ihn mit Viren in eine Falle?"

„Weil er nicht noch einmal darauf hereinfallen wird. Außerdem sind ja längst alle Krankenhäuser und medizinischen Zentren unterrichtet und geben uns regelmäßig Meldung. Mir geht diese Quelle nicht aus dem Sinn, von der Quiupu angeblich sprach. Ich möchte gar nicht daran denken, wo sich eine solche Menge von Viren befindet, daß er die bisherigen Beschaffungsstätten völlig vergißt. Ich *will* nicht daran denken, um *was für* Viren es sich da handelt. Wenn das so weitergeht, müssen wir entweder die ganze Erde evakuieren oder ihn endlich schnappen."

„Er wird nicht zulassen, daß auch nur ein Befallener in ernsthafte Gefahr gerät", zeigte sich Gucky zuversichtlich. „So besessen er auch ist, das riskiert er nicht."

Bull lachte rauh.

„Er wird noch viel mehr riskieren. Er wird wieder ein Ungeheuer erschaffen, wie im Wandergebirge – aber diesmal in oder vor der Stadt."

Gucky konnte die Qualen des Freundes nicht länger mitansehen. Er teleportierte sich auf Bulls Schoß und schmiegte den Kopf an die Schulter des Terraners.

„Rede doch nicht von etwas, an das du selber nicht glaubst,

Dicker. Quiupus Beschreibung ist an alle Bewohner gegangen, sein Bild wird in die laufenden Sendungen eingeblendet und kann bei TERRA-INFO jederzeit abgerufen werden. Natürlich haben wir ihn als einen wichtigen Botschafter von einem bisher unbekannten kleinen Sternenreich ausgegeben, für den der Schnupfen absolut tödlich wäre. Nun komm, Bully. Ich spendiere dir etwas, das deine Stimmung aufbessert. Dann sieht die Welt wieder ganz anders aus."

Es bedurfte noch einiger aufmunternder Worte, bis Reginald Bull sich vom Mausbiber in eine der Bars im HQ-Hanse teleportieren ließ. Der versprochene Schluck aber sollte ihm vorerst noch nicht vergönnt sein.

Er wurde ausgerufen, ging zum nächsten Interkom und sah in das Gesicht einer jungen und überaus hübschen Spezialistin.

„Wir haben ihn wohl", sagte sie.

„Quiupu?"

„Er wurde im Stadtzentrum entdeckt, ganz nahe bei einer Transmitterstation. Wahrscheinlich schaffte er den Sprung gerade noch. Jedenfalls meint das der Springer, der ihn gefunden hat. Es wäre wohl besser, ihr wartet nicht, bis man ihn bringt."

„Das geht an meine Adresse", grinste Gucky. „Und wo, schönes Menschenkind, finde ich ihn?"

Sie sagte es ihm. Im nächsten Moment implodierte die Luft dort, wo er eben noch gestanden hatte.

Bull starrte ins Leere. Ohne auf die Videofläche zu blicken, fragte er:

„Was sagte der Springer genau?"

Das Mädchen schürzte die Lippen und zupfte sich imaginären Staub von der lindgrünen Kombination der KH.

„Nicht viel, Bully. Wir wurden nicht ganz schlau aus ihm. Jedenfalls muß sich Quiupu in einem erbärmlichen Zustand befinden. Wie schon gesagt, wir verstanden nicht viel, denn der Springer hatte einen fürchterlichen Schnupfen."

Bull nickte ihr dankend zu und schob sich auf einen der Barhocker, dessen Polsterung sich fest um sein Gesäß schmiegte und ihn in die optimale Höhe hob. Rhodans Stellvertreter bestellte etwas, wartete etwa fünf Sekunden und starrte auf die kreisrunde Öffnung, die sich in der Theke bildete. Ein Glas schob sich daraus hervor. Bull griff mit beiden Händen danach und leerte es in einem einzigen Zug.

Es ging ihm nicht besser, im Gegenteil.

„Warum bin *ich* nicht draußen bei der Zeitweiche?“ klagte er den Wänden sein Leid.

Quiupu ging es elend? Wieso? Sollte er sich am Ende selbst an seinen eigenen Viren infiziert haben?

„Unmöglich!“

Eher mochte man ihn erwischt und verprügelt haben.

„Er wird das wieder in Ordnung bringen müssen“, knurrte Bull nach dem dritten Glas. „Oder ich drehe ihm eigenhändig den Hals um!“

Diese Absicht war bereits wieder vergessen, als Gucky materialisierte. Bull hatte in mehr als zweitausend Jahren gelernt, die Mimik des Ilts ganz genau zu deuten. Er erschrak heftig.

„Er ist krank“, sagte Gucky leise, „sehr krank. Die Ärzte wissen nicht, ob sie ihm noch helfen können.“

„Dann hat er sich also wirklich selbst diesen Schnupfen geholt?“

„Nicht den Schnupfen. Es ist etwas anderes. Wir stehen alle vor einem Rätsel. Sicher ist nur, daß sich sein Zustand von Minute zu Minute weiter verschlimmert. Er wird sterben, Bully, wenn kein Wunder geschieht.“ Gucky streckte ihm eine Hand entgegen. „Komm schon, ich bringe dich zu ihm.“

Der Viren-Forscher lag unter einer energetischen Quarantäneglocke, lang ausgestreckt auf einer frei im Raum schwebenden, kreisrunden Platte von zwei Metern Durchmesser. Fesselfelder sorgten dafür, daß er nicht herunterrutschte, als sie sich hob und senkte, drehte und neigte. Dutzende von Projektoren, Linsen und Sensoren waren auf ihn gerichtet. Kugel- und eiförmige Roboter umschwirrten ihn unter der Glocke. Auf Bildschirmen waren Linien und Kurven zu erkennen, mit denen nur die Ärzte des

Medo-Centers etwas anfangen konnten, die sich fast vollzählig eingefunden hatten.

Bull kam sich unter ihnen verloren und hilflos vor. Auf jede Frage gaben sie die immer wieder gleiche Antwort: „Es geht ihm schlechter, und wir kennen ihn viel zu wenig, um etwas zu tun."

Quiupu siechte langsam dahin. Als Bull den Anblick nicht länger ertragen konnte, zog er sich mit Gucky in einen Besucherraum zurück, von wo aus er über einen Monitor die verzweifelten Bemühungen der Mediziner verfolgen konnte, Quiupus rätselhafter Erkrankung auf den Grund zu kommen.

„Diese Viren", murmelte der Aktivatorträger. „Er sprach von einer Viren-Quelle, zu der er sich begeben wollte, Gucky. Er muß dort gewesen sein. Wenn wir wüßten, was er da fand..."

„Die Ärzte haben jedenfalls noch kein einziges Virus isolieren können, Dicker. Und wenn du mich nicht andauernd ablenken würdest, hätte ich die Information vielleicht schon längst."

„Du empfängst etwas von ihm? Er denkt an diese Quelle?"

„Irgendwie, ja. Irgendwie wieder auch nicht. Sein Geist ist so umnebelt wie der eines Menschen im Delirium. Ich brauche Zeit – und vor allem Ruhe."

Bull hatte verstanden. Er verschränkte die Arme vor der Brust, lehnte sich zurück und blickte demonstrativ zur Decke hinauf. Aber das Schweigen fiel schwer.

„Er hat gar keine Virenerkrankung, weißt du das? Er geht doch mit den Dingern um wie ein Imker mit seinen Bienen!"

Guckys Protest blieb aus. Bull schielte zu ihm hinüber und sah gerade noch, wie der Ilt heftig zusammenzuckte und die Augen aufriß. Es folgte ein spitzer Schrei, dann der Laut zusammenschlagender Luft.

Bull lief es eiskalt den Rücken hinunter. Er starrte auf die leere Stelle und murmelte eine Verwünschung nach der anderen.

Ein Arzt trat ein und erklärte, daß Quiupu nach seiner Ansicht und der seiner Kollegen noch allenfalls zwei Stunden zu leben hätte.

Dshagdy-Gebirge, etwa 2200 Kilometer nördlich von Terrania, 3. 11. 424 NGZ, etwas später am Morgen:

Gucky war nicht sofort in die Ruinenstadt gesprungen, an die Quiupu nur ganz kurz, dafür aber deutlich genug gedacht hatte. Vorher hatte er sich einen Spezialschutzanzug und einige andere Ausrüstungsgegenstände besorgt.

Nun stand er zwischen den halbverfallenen Häusern, die einmal von den Angehörigen einer buddhistischen Sekte errichtet worden waren. Das war zwei Jahrtausende her. Später hatten sich in der winzigen Siedlung einige wenige Immune vor den Aphilikern zu verbergen gesucht. Das war die einzige wirkliche Bedeutung, die „Freedom-Point" jemals zuteil geworden und der Nachwelt überliefert geblieben war. Nur so konnte der Ilt mit Quiupus Gedankenfetzen überhaupt etwas anfangen – und das auch nur, weil der Extraterrestrier das verwitterte Mahnmal gesehen hatte, in das der Ortsname eingemeißelt war.

Gucky interessierte jedoch nicht die Siedlung an sich, sondern der Bunker, den es hier irgendwo geben mußte. Anhand von Quiupus Gedankenbildern versuchte er sich zu orientieren. Er befand sich am nördlichen Ortsausgang. Zu seiner Rechten ragten die Gipfel ihm unbekannter Bergriesen in den Himmel, zur Linken fiel das Gelände steil ab.

Heftiger Wind trieb dem Mausbiber dicke Schneeflocken gegen die Sichtscheibe des Schutzhelms, die sofort schmolzen, aber die Sicht trübten. Dann endlich fand er, wonach er suchte.

Der Sprung brachte ihn direkt zu dem Nadelfelsen am Rand einer Schlucht, der zweite in den unterirdischen Hohlraum, den er mit Hilfe der Armbanddetektoren schnell festgestellt hatte.

Gucky materialisierte in einem in den Fels getriebenen Gewölbe. Die Wände waren nur zum Teil mit Metall verkleidet. Es gab Panzerstahltüren und Schächte, die nach oben führten. Die ganze Umgebung kam ihm unglaublich primitiv vor, gemessen an dem, was der Bunker beherbergte.

Der Ilt besaß keinen Virenspürer-Instinkt wie Quiupu. Dennoch glaubte er zu wissen, was sich in den zylinderförmigen, etwa ein Meter langen Behältern befand, von denen einer geöffnet worden war. Der Gedanke daran ließ ihn zusammenschaudern.

Einige waren beschriftet. Guckys letzte Zweifel schwanden, als er vergeblich versuchte, Worte zu entziffern. Dies war eine Schrift, wie sie vor langer Zeit in dieser Gegend der Erde gebäuchlich gewesen war – etwa bis zum Ende des 20. Jahrhunderts.

Er hatte von den verschiedenen Versuchen der damaligen Menschheit gehört, sich selbst umzubringen. Von allen diesen war das, was man als biologische Kriegsführung bezeichnet hatte, das Verabscheuungswürdigste.

Es gab nicht viel zum Zusammenreimen. Quiupus Instinkt hatte ihn auf der Suche nach Viren hierhergeführt. Er, für den Viren nicht mehr waren als Gleichungen für einen Mathematiker, hatte sich hier infiziert. Er mußte immun gegen jedes Virus sein, das sich nach der Vernichtung des geheimnisvollen Viren-Imperiums auf natürliche Weise in diese oder jene Richtung entwickelt hatte.

Die Viren in den Behältern aber waren gezüchtet worden, um zu töten. Sie waren *abartig,* nur für den Zweck bestimmt, im Fall eines Krieges zwischen den Großmächten des 20. Jahrhunderts den Gegner auszurotten – unschuldige Menschen, Frauen und Kinder.

Gucky fröstelte trotz der Klimatisierung des Schutzanzugs. Unwillkürlich drängte sich ihm der Gedanke daran auf, wie nahe die Menschheit der Selbstvernichtung gewesen war, wie groß ihre Unvernunft, wie gering die Achtung vor dem Leben. Darüber tröstete ihn in diesen Augenblicken auch das Wissen darum nicht hinweg, daß dies dunkelste Vergangenheit war und es vielleicht gerade dieser Fehler bedurft hatte, um die Terraner reifen zu lassen.

Es kostete ihn Überwindung, die deprimierenden Gedanken von sich zu schieben. Er wußte, was er zu tun hatte, und daß er keine Zeit mehr verlieren durfte. Gucky öffnete unter großer Überwindung einen weiteren Behälter und entnahm ihm mit einem Spezialgefäß eine unbekannte Anzahl von Todesviren. Er brauchte sie, um Quiupus Leben zu retten.

Dann legte er eine scharf gemachte Thermo-Bombe auf den Boden, deren Zünder auf zehn Minuten eingestellt war. Er teleportierte sich mit dem Gefäß in einen benachbarten Hohlraum, der vom ersten hermetisch abgeriegelt war. Ein schreckliches Gefühl der Unsicherheit war in ihm. Konnte er seiner Sache denn völlig sicher sein?

Gucky riß den Plastikbehälter mit der Flüssigkeit auf, von der ihm versichert worden war, daß sie jede bekannte Art von Viren innerhalb von Sekunden vernichten würde. In einer Blitzreaktion mit der seit Jahrtausenden hier eingeschlossenen Luft verflüchtigte sie sich und bildete einen dichten, gelben Nebel, der sich allmählich auf den Anzug, das Gefäß und die Wände legte.

Das konnte ihm nicht genügen. Kein einziger Virus durfte ins Freie gelangen.

Gucky aktivierte sein Armbandfunkgerät und hatte innerhalb kürzester Zeit Verbindung zum HQ-Hanse. Erst nachdem dort dafür gesorgt war, daß er in einem vollkommen von der Außenwelt isolierten Raum materialisieren würde, wagte er den Sprung.

Nur zwei Minuten später zerschmolz der Bunker unter einer Hitzeentwicklung von mehreren tausend Grad Celsius – und mit ihm das tödliche Arsenal des Grauens, das ohne Quiupus Ausflug vielleicht für alle Zeiten unentdeckt geblieben wäre – oder durch ein einziges Erdbeben freigelegt.

HQ-Hanse, Terrania, 3. 11. 424 NGZ, später Nachmittag:

„Wie fühlst du dich, Kleiner?“

Reginald Bull stand ganz dicht vor der Membrane, die seine Tonschwingungen in den Quarantäneraum weiterleitete, in dem Gucky sich seit nunmehr acht Stunden befand.

„Frage mich lieber nicht“, antwortete der Mausbiber zerknirscht.

„Dir wird es gleich besser gehen, wenn ich dir sage, daß die Ärzte voller Hoffnung sind. Sie haben diese Viren untersucht und ein Mittel entwickelt, das sie zuverlässig abtötet. Quiupu wurde es bereits injiziert. Sobald er wieder auf den Beinen ist, untersucht er dich fachmännisch. Stellt er keine Viren an dir fest, kannst du aus der Quarantäne heraus."

„Sehr witzig", gab Gucky gereizt zurück. „Wenn ich Viren mit mir herumschleppte, stünde ich jetzt wohl kaum noch vor dir. Aber darum geht es mir gar nicht. Bully, wie viele solcher Bunker mag es auf der Erde noch geben? Wie viele Zeitbomben ticken noch auf dieser Welt?"

Bull wurde schlagartig ernst.

„Wir hatten es vergessen", gab er kleinlaut zu. „Einfach vergessen, verstehst du? Vielleicht, weil sich keiner von uns mehr daran erinnern wollte."

Bull wandte sich ab und begab sich zu den Ärzten, die für Quiupu zuständig waren. Sein Optimismus war nicht völlig echt. Das in aller Eile entwickelte Mittel tötete zwar die gezüchteten Viren aus dem Bunker ab. Doch diejenigen, die in Quiupus Körper gelangt waren, hatten sich dort verändert. Sie waren in einer Weise mutiert, die nur auf den speziellen Metabolismus des Viren-Forschers zurückgeführt werden konnte. Eigentlich waren sie gar nicht mehr in ihrer Ursprungsform vorhanden, was auch der Grund dafür war, daß man kein einziges hatte isolieren können.

Die Ärzte konnten dem Terraner keine besonders erfreulichen Nachrichten bringen. Quiupus Zustand war unverändert. Von den Medizinern war alles Menschenmögliche getan worden. Was nun folgte, war ein Kampf zwischen Quiupu und dem, was sich in seinem Körper eingenistet hatte.

Das quälende Warten ging weiter.

Terrania lag nach wie vor unter Quarantäne. Kaum jemand war auf den Straßen zu sehen. Viele Geschäfte hatten geschlossen – nicht nur, weil die Kundschaft ausblieb. Die Besitzer lagen ebenfalls im Bett.

Gleiter prallten zusammen, deren Positroniken die heftigen Nieser ihrer Piloten als Steuerbefehle mißverstanden hatten.

Ein cleverer, offensichtlich immuner Musikproduzent holte ein

Dutzend Erkrankter in sein Aufnahmestudio und warf das Produkt ihrer künstlerischen Ergüsse als „Schnupfen-Walzer“ auf den Markt.

Synthetisches Kamillenöl erzielte Rekordpreise.

Reginald Bull sah sich die neuesten TV-Nachrichten für eine Weile an und schüttelte sich. Die Medo-Roboter, die vorsorglich über den ganzen Bereich des HQ-Hanse verteilt worden waren, ersparten ihm weitere Geschmacklosigkeiten, als er ein heftiges Kribbeln in der Nase verspürte und in einem kräftigen Niesen Befreiung fand. Ohne Rücksicht auf Rang und Namen beförderten sie ihn ins Medo-Center. Alle Proteste fruchteten nichts.

Erst kurz vor Mitternacht erfuhr er unter der Quarantäneglocke davon, daß Quiupu genesen war. Dennoch dauerte es noch eine gute Stunde, bis der Außerirdische bei ihm erschien und konstatierte, daß er nicht am Viren-Schnupfen erkrankt war. Bull selbst hatte veranlaßt, daß er sich zunächst um Gucky zu kümmern habe.

Der Mausbiber konnte es sich offensichtlich nicht verkneifen, nun ihn nach seinem Befinden zu fragen, bevor er erlöst wurde. Wieder in Freiheit, richtete sich Bulls Groll zuerst gegen Quiupu, bis der ihm glaubhaft versichern konnte, daß er den Ärzten bereits alle Informationen gegeben hatte, die sie benötigten, um alle Schnupfenkranken innerhalb kürzester Zeit von ihren Leiden zu befreien.

„Ich wollte es wirklich nicht“, beteuerte der Forscher. Nervös hüpfte er von einem Stummelbein auf das andere und gestikulierte heftig mit den Armen. „Sicher, ich habe euch täuschen müssen, denn ich brauchte Bewegungsfreiheit, um meinen Auftrag zu erfüllen. Ich benötigte Viren, um zu experimentieren. Daß einige von ihnen unter Menschen gerieten, war ein bedauerliches Versehen.“

„Versehen“, machte Bull finster. „Aha.“

Quiupu drehte und wand sich.

„Ich versuchte ja, sie wieder einzufangen, aber sie hatten da bereits begonnen, sich in den Körpern der ersten Befallenen zu vermehren.“

„Es war nur ein Schnupfen", bemerkte Gucky, „aber das konntest du nicht vorhersehen, oder? Du hättest eine fürchterliche neue Seuche über die Menschheit und die auf der Erde befindlichen Angehörigen anderer Völker bringen können. Als du wußtest, daß es nicht so war, hast du die Situation schamlos ausgenutzt und einige Millionen Männer, Frauen und Kinder als Virenbrutträger mißbraucht. Mein Freund, das hätte ich dir nicht zugetraut."

„So war es ja auch gar nicht!" begehrte das kosmische Findelkind auf. „Glaubt mir doch, daß ich nur hier und dort einige Maschinchen an mich genommen habe. Und ich mache ja auch alles wieder gut, ganz bestimmt!"

Seine Stimme war nur noch ein schrilles, verzweifeltes Kreischen. Bull, der Mitleid mit ihm bekam, machte Gucky ein Zeichen.

„Nichtsdestoweniger hast du eine Strafe verdient, Quiupu", erklärte er mit todernstem Gesicht. „Daß die Befallenen vom Schnupfen befreit werden, ist nicht genug. Bis Perry Rhodan zurück ist, wirst du mit Gucky einige Ausflüge in bestimmte Gebiete der Erde unternehmen und dort nach Viren von der Art suchen, an denen du fast selbst zugrunde gegangen wärst. Ihr kommt erst zurück, wenn du ganz sicher bist, daß es auf unserem ganzen Planeten keine mehr gibt."

„Moment!" Gucky war drei Schritte zurückgewichen und streckte abwehrend beide Ärmchen von sich. „*Er* soll bestraft werden, nicht ich, Bully! Dieser eine Bunker hat mir vollauf genügt! Er soll sich auf die Suche machen, aber ohne mich!"

„So? Und wer hält hier Vorträge über Verantwortung und dergleichen?"

„Das ist etwas ganz anderes! Ich..."

Der Ilt sah ein, daß alles weitere Bemühen zwecklos war. Resigniert, ohne noch ein Wort zu verlieren, nahm er Quiupus Hand und entmaterialisierte mit ihm, nicht ohne Reginald Bull vorher noch mit einem vernichtenden Blick zu bedenken.

Bull ließ sich grinsend in den nächstbesten Stuhl fallen. Er fühlte sich endlich wieder wohl. Bald würde man die Quarantäne aufheben und Quiupu sollte dafür sorgen können, daß ein längst vergessenes Damoklesschwert von den Häuptern der Menschen genommen wurde.

Danach würde er sich nicht mehr so leicht selbständig machen. Um verstärkte Sicherheitsvorkehrungen konnte man sich später kümmern. Quiupu und Gucky würden einige Tage unterwegs sein.

Bull verspürte wieder das Kribbeln in der Nase. Seine Hand fuhr in die Tasche seiner Kombination, aber sie fand dort kein Taschentuch mehr.

„Dieser hinterlistige Dieb!“ schimpfte er und sprang auf.

Schnell war er beim nächsten erreichbaren Interkom-Anschluß und ließ sein Zwei-Mann-Kommando ausrufen. Nach einer Minute stand fest, daß sie sich bereits auf den Weg gemacht hatten.

„Gucky gab an, daß sie zuerst ins alte Europa wollten“, erklärte der Mann auf der Video-Scheibe.

Bull schaltete ab und setzte sich wieder. Er dachte an die großen Städte, an Paris und London, Rom und Kopenhagen.

Er hatte keinen Viren-Schnupfen, das war ihm inzwischen auch von den Ärzten versichert worden. Er hatte nicht *den* Viren-Schnupfen, sondern eine völlig harmlose Infektion, wie sie auch heute noch vorkam – zwar durch bestimmte Viren hervorgerufen, aber infolge der modernen Medizin kein Problem mehr.

Die Frage war nur, ob die Viren in seinem Taschentuch noch identisch mit jenen waren, die er ausgeschneuzt hatte, oder ob Quiupu nicht etwa schon wieder ...

Bull gab Alarm für die Riesenstädte Europas und leitete die Suchaktion nach Gucky und Quiupu ein.

Hans Kneifel

Die Medusa aus Jade

Da war ein Planet, reich und grün, wie geschaffen dazu, von Leben förmlich zu bersten. Da war eine Welt, deren Lufthülle, deren Wasser und Wälder nachgerade zum Siedeln einluden. Da waren Ozeane, Strände und Kontinente, voll von Tieren, mit Wolken am Himmel und einem Klima, das den besten Zonen der Erde und terraähnlichen Planeten entsprach. Kurzum: Es war genau der Ort, an dem die Evolution intelligente Wesen nach terranischen Begriffen hätte hervorbringen sollen.

Dem war aber nicht so! Es gab auf dem Planeten Star's End weder ein Dorf, noch ein anderes Anzeichen von früherer Besiedlung. Es schien, als habe niemals ein intelligentes Wesen auf dieser Welt gelebt.

Aber es gab die Statuen, die Pfeiler und das Labyrinth . . .

Seit zwei Tagen war Pilar Ameral spurlos verschwunden. Seit derselben Zeit kam der riesige Vogel mit dem farbenprächtigen Gefieder immer wieder zur Säule zurück. Falco bemerkte es mit steigendem Unbehagen, mit immer schärferem Mißtrauen. Das abgesplitterte, von vergangenen Jahrtausenden gezeichnete Kapitell bildete eine Plattform, die über die meisten Wipfel der lohfarbenen Amberbäume hinausragte. Dort kauerte das Tier mit den bunten Federn.

Falco starrte den adlergroßen Vogel an.

Das Tier blickte mit schillernden grünen Augen auf den Wissenschaftler, dann hinüber zu den lärmenden Robotern und schließlich in die Richtung der Karacke. Es lag etwas unvergleichlich Elegantes in jeder Bewegung, als erinnere sich der bunte Pseudoadler an andere Zeiten und Orte. Falco versuchte, den Blick des Prunkvogels mit seinen Augen einzufangen. Das Tier spähte mit einem Ausdruck, den Falco nur als sehnsüchtig oder verzweifelt deuten konnte, in die Richtung des Raumschiffes.

Falcos Armbandminikom summte grell auf. In dieser Umgebung war das Geräusch mehr als störend – es war absolut fremd.

„Habt ihr sie etwa gefunden?“ keuchte Falco atemlos. Der Gedanke, Pilar verloren zu haben, lähmte ihn noch immer. Er sprach es nicht aus, versuchte mit aller Kraft, nichts davon zu zeigen, aber die Angst vor dem endgültigen Verlust paralysierte ihn. Tedsens Stimme sagte bedauernd:

„Nein. Tut mir verdammt leid, Zager, aber wir haben um die Insel, den See und die Eingänge jeden Fußbreit abgesucht. Keine Spur von Pilar.“

Sie war in den Irrgarten hineingegangen und verschwunden. Nicht einmal während ihrer leidenschaftlichen Umarmungen hatte sie zu erkennen gegeben, was sie am Labyrinth so überaus faszinierte.

„Nur die Kleidung und den Minikom und den Schmuck. Keine Stiefel?“ fragte Zager fast ängstlich.

„Genau. So ist es. Komm herunter zu uns, Zager. Das Bier steht kalt.“

„Sofort, in ein paar Minuten. Du verstehst es, Tedsen, nicht wahr?"

„Ist schon gut."

Falco Zager desaktivierte das Gerät. Er warf dem Vogel einen herausfordernden Blick zu. Das scheckige Tier schaute desinteressiert und träge in rätselhafte Fernen. Plötzlich fror es Falco. Er zog die Schultern hoch und stellte zum erstenmal in deutlichen Gedanken fest, daß er völlig ratlos war. Das Forschungsprojekt konnte überleben, selbst wenn noch ein paar hochqualifizierte Wissenschaftler verschwanden... aber *sein* Verstand war gefährdet.

Der Planet *Star's End* hatte sie alle von Anfang an fasziniert. Besonders Pilar, die sich mit Mythen beschäftigte.

Falco blickte in den Himmel über den Ruinen und den skurrilen Steinformationen. Die Fläche war von einem diamantkalten Blau, fast klirrend vor Reinheit und harter Frische. Die Wolken, von der *Furie des Westens* über das Firmament getrieben, hatten schwarze Ränder und waren staubig gelb. Misos, der riesige Mond, schob sich hinter dem Horizont schwerfällig hoch; rätselhafterweise hatte die Springersippe ihn mit dem altgriechischen Wort für *Haß* getauft. Niemand wußte warum. Es war jetzt zu spät, Baugham zu fragen. Die Kosmische Hanse, an neuen Handelsbeziehungen ebenso stark interessiert wie an Erkenntnissen über die Welten, mit denen sie handelte, war sofort auf den Vorschlag des Springerpatriarchen eingegangen. Die Aufnahmen und Bänder seines Zufallsfundes, sensationelle Dokumente einer unbekannten, vielversprechenden Kultur, hatten die Verantwortlichen förmlich mitgerissen, vor allem Perry Rhodan und Tifflor. Wieder summte Zagers Armbandgerät.

„Ja?"

„Wir warten auf dich. Wir denken, daß du in die Kavernen gehen willst. Sprich vorher mit uns! Vergiß es, wenigstens für heute, Falco!"

Zager erkannte unschwer die Stimme Sar Cigels, des grauhaarigen Historikers. Cigel war ebenso unfähig, das volle Ausmaß des Geschehens zu begreifen, ebenso wenig wie er selbst.

„Ich gehe nicht ins Labyrinth", antwortete er halblaut. „Nicht, bevor Wisper seine Anlage fertig hat. Keine Sorge. Habt ihr noch einmal alles kontrolliert?"

„Ja. Nichts und niemand fehlt. Alles geht seinen hanseatischen Gang. Wir wollen nicht ohne dich essen, Falco!"

„Geht in Ordnung", antwortete er. „Ich bin in zwanzig Minuten bei euch im Lager."

In der Mittagsstunde änderte sich das Licht. Die gelbe Sonne Aegir ließ die Blüten der Gewächse in trügerischem Rot und Weiß aufleuchten. Die winzigen Muster unruhiger Windstöße bildeten auf der Oberfläche des Sees blitzende Reflexe. Ein schwarzschuppiger Fisch sprang in kühnem Bogen aus dem Wasser und tauchte wieder weg. Der große Vogel faltete seine riesigen Schwingen auseinander, schlug wütend die Luft und schnellte sich von der Säule. Er flog mit dem Wind nach Osten und verschwand.

Die Säulen, die verwitterten Mauerreste, die arrogant geschwungenen Bögen, die jetzt irgendwo im Nichts abbrachen, die Eingänge ins Labyrinth, sie alle leuchteten kalkweiß auf. Die Zone, in der mehr als ein Dutzend Wissenschaftler versuchten, den geschichtlichen Geheimnissen nachzugehen, war in jeder Hinsicht das Außergewöhnlichste, das die Forscher je kennengelernt hatten. Und seit achtundzwanzig Stunden strahlte jene Zone unverkennbar tödliche Gefahr aus.

Die Gleiter der Suchkommandos kurvten zwischen Baumstämmen, Felsnadeln und jenen riesigen, halb aus dem Boden ragenden Torsi zurück zum Lager. Zager schüttelte den Kopf im schwachen Versuch, seine Benommenheit loszuwerden. Schließlich verwarf er es, dem trostlosen Gedanken länger nachzugehen, der ihn die letzten Nächte malträtiert hatte. Im Reflex faßten seine Finger an den Kolben des schweren Strahlers. Falco stolperte den kaum sichtbaren Pfad hinunter zu den Ruinen, der Lichtung und den Wohniglus. Unermüdlich arbeiteten die Roboter und transportierten inzwischen riesige Mengen Sand, Geröll und Erdreich davon. Auf langen Tischen waren die ausgesiebten Fundstücke ausgebreitet und warteten auf die Dokumentation. Die *Insel der Trostlosig-*

keit schob sich hinter dem Hügelrücken hervor. Zager blieb schließlich stehen, als er den dumpfen, kalten Hauch spürte, der aus dem *Tor der Angst* herausdrang, dem größten und zuerst freigelegten Eingang ins Labyrinth. Roboter befreiten mit Dampf und Heißwasser, dem Chemikalien beigemengt waren, die Steine von den Ablagerungen. Andere Maschinen fingen an, Kabel für die Beleuchtungsanlage zu ziehen.

Aus dem Lager kamen vertraute Geräusche, die Zager ablenkten und beruhigten: Gläserklirren, Besteckklappern und Stimmen. Falco gab sich einen Ruck, ging auf die weißgelb leuchtenden Iglus zu und lehnte sich an den Schottrahmen des Kommunikationsraums.

„Hierher! Dein Platz ist frei, Falco", rief Anahita und hob einladend ihren Becher. Sie lachte nicht, ebenso wenig wie einer der anderen Kameraden dieses Projekts. Zager setzte sich, nachdem er ziemlich lustlos sein Tablett gefüllt hatte. Die junge Frau beugte sich zu ihm hinüber und sagte leise:

„Wir sind ebenso betroffen wie du, Falco – ehrlich! Ich bin sicher, wir finden Pilar."

„Tot oder verstümmelt", murmelte er und stocherte unlustig im Essen herum. „Es hat etwas zu bedeuten, für uns alle, daß Pilar verschwand. Niemand weiß, was wirklich vorgefallen ist. Ich kann es nicht einmal ahnen."

Mit verzweifelter Sicherheit hatte er sich immer wieder gesagt, daß es nicht die Flucht vor der Bedeutung einer neuen Partnerschaft gewesen war. Über die Reste der leidenschaftlichen Affäre, die Pilar hinter sich hatte, war sie in bester Haltung hinweggekommen. Aber warum hatte sie ihn verlassen? Was unterschied ihn von der Bedeutung des Projekts ohne Namen?

Kelt Grake rief vom anderen Ende des Tisches:

„Ich sage euch: die verdammten Kavernen sind bösartig und voller Gefahren. Wie die Irrgärten des Minotaurus!"

„Einspruch", erhob Wisper seine Stimme. „Die Roboter laufen im Labyrinth hin und her wie die Laborratten. Und nichts passiert."

Zager riß den Ringverschluß einer Bierdose auf. Er trank die Büchse leer und stand langsam auf. Mit erzwungener Ruhe sah er seine Freunde und Kollegen an und sagte mit rauher Stimme:

„Hört gefälligst zu! Eine Frau von Terra, eine Wissenschaftlerin und zufällig meine geliebte Freundin, ist verschwunden. Wir fanden heraus, daß sie freiwillig ins noch nicht beleuchtete Labyrinth gegangen ist. Sie spazierte wohl aus einem der Ausgänge nackt wieder hinaus. Niemand ahnt, wovor sie geflüchtet ist, ich am allerwenigsten. Wir befinden uns auf einer Welt, auf der es keine Intelligenzen, aber unzählige Arten von großen Tieren gibt, jeweils mit riesigen Populationen. Auch der Springer Baugham hat uns diesen Tatbestand bestätigt. Was sollen wir tun? Ich wäre dafür, alles in die Luft zu sprengen."

„Weitersuchen!" riet Tedsen, der Sprachenspezialist. „Wir finden sie, früher oder später."

„Tot oder lebendig. Vermutlich ersteres", sagte Falco und preßte die leere Dose mit den Fingern zusammen. „Oder im Schock. Habt ihr wirklich alles abgesucht?"

„Ich mißtraue jedem einzelnen Quadratzentimeter der Wände, der Säulen und der Statuen. Und besonders die Statuen aus Jade, oder was immer es ist – sie sind Ausgeburten einer archaischen Form von Magie", meinte Ross Wisper.

Er war von hinten an Zager herangekommen und legte ihm schwer die Hand auf die Schulter. Wisper war das hochqualifizierte Faktotum des Teams; er kümmerte sich als Techniker buchstäblich um alles und erledigte seine komplizierten Aufgaben mit unerschütterlicher Ruhe und professioneller Tüchtigkeit. Aber auch er ahnte nicht, daß sich die Terraner auf ein seltsames Spiel eingelassen hatten, auf eine Kollision mit archaischen Begebenheiten.

„Es geht mir einzig und allein um Pilar!" knurrte Falco, fast jenseits seiner Beherrschung. „Um nichts anderes!"

Das Areal, das der Springerpatriarch Baugham bei einer zufälligen Landung entdeckt hatte, besaß eine Kantenlänge von rund fünftausend Metern. Es glich einer raffiniert hergestellten, uralten Kulturlandschaft, einem Konglomerat von unterschiedlichen Geländeformen. Sie waren auf das Feinste mit den Bauwerken abgestimmt, die inzwischen teilweise zerfallen waren. Seit dem Tag, an dem man die Türme, Säulen und Mauern fertiggestellt hatte, waren mindestens zehn Jahrtausende terranischer Zeit vergangen. Bisher hatten die speziell programmierten Maschinen fast alle Einzelheiten freigelegt. Schon in den ersten Tagen stießen sie auf ein Höhlensystem, dessen Ein- und Ausgänge lediglich von Geröll und pflanzlichen Abfällen verschüttet gewesen waren. Das Innere des Irrgartens war unversehrt, voller Kunstschätze und in seiner Bedeutung kaum zu begreifen. Ein weiterer negativer Umstand zeichnete die fünfundzwanzig Quadratkilometer aus.

Alles, jede noch so winzige Einzelheit war düster, geheimnisvoll, erzeugte beklemmende Gedanken und üble Träume, selbst bei der Schiffsbesatzung. Sie wurden belastet, die Frauen und Männer, und gleichzeitig forderte sie das steinerne Geheimnis heraus. Schon allein die Namen, die von den Astrogatoren der Springersippe stammten, deuteten unmißverständlich darauf hin:

Misos, *Haß,* und Agon, *Kampf,* hießen die Monde. Den herrlichen kühlen Planeten hatten sie *Sternenende* genannt. Die Sonne, ein ruhiger Gelber Stern, erhielt den katalogisierbaren Namen *Aegir,* der „Grauenhafte“, den Götzen der schiffeverschlingenden Meereswogen der nordisch-terranischen Mythologie. Und auf diese Weise ging es weiter. *Furie der Himmelsrichtungen* waren die harten, böigen Winde, und *Hungerbucht, Schreckenswald, Insel der Trostlosigkeit, Labyrinth* ... die Springer hatten jedes Geländemerkmal mit solch makabren Bezeichnungen belegt.

Offener Aberglaube war den Forschern fremder als die Physik eines Quasars; trotzdem sickerten im täglichen Sprachgebrauch diese Begriffe in deren Überlegungen ein und schufen ein eigentümliches Klima düsterer Ahnungen und unheilschwangerer Bedeutungen. Jedesmal, wenn der Blick auf eine Einzelheit des Fundorts und seiner Umgebung fiel, dachten sie an diese Kultur als an etwas unvorstellbar Grausames, an Blutopfer. Der Historiker hielt inne, ging zum Tisch und holte sich einen Kaffee. Cigel setzte sich neben Zager auf die Tischkante und sagte schroff:

„Ich glaube, wir haben den falschen Ansatzpunkt. Wir wissen viel zu wenig."

„Gar nichts wissen wir!" grollte Falco und schob sein Tablett zurück. Sein Essen hatte er kaum angerührt.

„Wir wissen immerhin", schaltete sich Leik Tedsen ein, „daß auf diesem Planeten die fünfundzwanzig Quadratkilometer die einzigen Überbleibsel einer Kultur sind. Meiner Meinung nach sind die Erbauer dieser Tempel oder was weiß ich mit Raumschiffen gekommen und nach Fertigstellung wieder gestartet. Aber warum? Wozu? Was bezweckten sie damit? Sie stellten ehemals wunderschöne Bauwerke in die Landschaft."

„Ein Denkmal für Sternenreisende?" warf Anahita ein. Zager machte eine abwehrende Geste.

„Ein Palast, um die Planetarier zu vernichten!"

„Wir werden mehr wissen, wenn ich die Schrift entschlüsselt habe", rief Tedsen aus seiner Ecke und spähte in den Ausschnitt seiner Assistentin.

„Hoffentlich!"

Das Gebiet, in dem die Terraner arbeiteten, bestand aus einem bewaldeten System kleiner und größerer Hügel. Dazwischen befanden sich der See, die winzige Insel, jene Statuen und kleine Lichtungen, der Bach und viele einzelne Felsen. Der Bergrücken, der aus dem Wald aufragte wie ein halb versunkenes, gigantisches Urwelttier, enthielt das Labyrinth. Die Ruinen waren in einem unregelmäßigen Kreis von dreitausend Metern verteilt.

Zager stand auf, warf die leere Büchse in den Abfall und ging langsam zu seinem Quartier. Er kam an zwei der freigelegten Torsi vorbei. Sie wirkten wie neu; das Geäder der Steine glänzte und schimmerte. Der unbekannte Künstler schien erst gestern seine Arbeit beendet zu haben.

„Obwohl du es könntest", murmelte Zager in plötzlichem Haß, „wirst auch du mir keine Antwort geben, verdammtes Ding!"

Der Torso, knapp zwei Meter hoch, hatte einen humanoiden Oberkörper. Arme, deren Oberfläche aus feinziselierten Vertiefungen bestand und aussah wie stark genarbtes Leder, lagen dicht an den Seiten an und waren vor der Brust verschränkt. Daumen und je sieben Finger hatten lange, krallenartige Nägel und waren in einer bedeutungsvollen Geste vor der Brust abgewinkelt.

Auf einem kurzen, muskelstarrenden Hals saß ein phantastischer Schädel mit Insektenaugen, vogelschnabelartiger Nase, spitzen Ohren und einem überbreiten Mund, aus dem spitze Fangzähne hervorragten. Kopf und Rücken waren von den Mustern eines gekräuselten Felles bedeckt. Die flachen Locken zogen sich in einem Dreieck bis zur Nasenwurzel hin. Der Ausdruck, mit dem der Dämon Zagers wilde Blicke zurückgab, konnte Falco nur als zynisch und bösartig verschlagen bezeichnen.

Zager wandte sich ab und flüchtete in seinen privaten Raum.

Als er sich in den Sessel warf und den wenigen persönlichen Besitz betrachtete, den Pilar hierher gebracht hatte, überfiel ihn das Elend aufs neue. Und seine Ahnung, wo Pilar wirklich war, verstärkte sich abermals.

Leik Tedsen hatte schnell erkannt, daß die meisten Linien und Winkel, meist in Form umlaufender Bänder angeordnet, Schriftzeichen und Symbole waren. Er hatte Photos gemacht und die Speicher des Schiffscomputers in einer riesigen Datenflut gefüttert. Nun war er dabei, eine Dechiffriermethode zu programmieren, gemeinsam mit dem Kommandanten, seiner kurvenreichen Assistentin und dem Astrogator.

Was Tedsen brauchte, war ein planetarer *Rosetta-Stein,* also eine kleine Übersetzung der *Star's End*-Glyphen in eine bekannte Sprache oder Schrift. Selbstverständlich gab es dieses Hilfsmittel nicht. Tedsen und der Computer unterlegten also den Schriftzeichen eine willkürliche Bedeutung und variierten diese so lange, bis ein erster, akzeptabler Text entstehen würde.

Ross Wisper fuhr mit der Spitze des Stiftes das Leitungsdiagramm nach. Immer wieder sah er auf die Monitoren. Sie gaben wieder, was die Sehlinsen der Roboter aufnahmen.

Meter um Meter verlor das Labyrinth seine Dunkelheit und, so hofften Anahita und Wisper, auch Teile der Geheimnisse. Die Roboter zogen dicke Kabel, befestigten sie mit Spezialschellen an der Decke und installierten Abzweigungen und Scheinwerfer. Zum erstenmal seit zehn Jahrtausenden bewegte sich wieder etwas im Irrgarten aus Gestein.

„So schlimm es ist, daß Pilar verschwand", brummte Wisper und griff nach der Fernsteuerung, „aber Zager sieht alles viel zu pessimistisch. Das sind Ruinen, keine Vernichtungsmaschinen."

„Pilar", antwortete die junge Archäologin. „Was trieb sie ins Labyrinth? Sie tut mir ebenso leid wie er." Sie knöpfte die lange Jacke zu; der Wind, der abends über den See strich, ließ sie frösteln. „Je mehr ich über alles nachdenke, desto merkwürdiger wird unser Fund. Ich kenne nichts Vergleichbares."

„Schließt du dich auch der These Cigels an, daß die Ruinen ‚etwas von der Nachtseite der Seele' sind?"

„Nicht unserer Seelen. Ich finde seine Bemerkung nicht unpassend. Die Landschaft ist herrlich – aber sie ist nicht künstlich."

Wieder zeigten kleine Bildschirme, daß weitere Abschnitte des Labyrinths eröffnet und in grelles Licht getaucht wurden. Geheimnisse oder nicht – jetzt würde sich niemand mehr verirren können. Die Kabel wirkten wie ein kunststoffummantelter Faden der Ariadne.

Auch unter den milchigen Iglus zeigte sich milde Helligkeit. Das gelbe und das rötliche Licht der Monde breitete sich aus, legte sich über Felsen und Wald und verwandelte die Szenerie wie in jeder Nacht in einen Alptraum aus Schatten und Bewegungen. Die Torsi zwischen den Iglus wurden zu lebenden Halbgestalten. Das Hauptkabel zwischen den Kavernen und dem Schiff wand sich wie eine träge Schlange durch die Gräser. Überall waren die Lebensäußerungen der Tiere zu hören, die ihren nächtlichen Jagden und der Futtersuche nachgingen.

„Der Springer hat uns das alles eingebrockt!" sagte Ross nach einer Weile und spielte auf das Unbehagen der Schiffsbesatzung und der Wissenschaftler an.

„Warum? Was hat Baugham getan?"

Ununterbrochen schaltete Ross, rief den Robotern Kommandos zu, führte seine metallenen Schützlinge immer tiefer in Kammern, Gänge und Höhlen des Irrgartens hinein, vorbei an Wänden voller Friese, zwischen Statuen hindurch, um Ecken und Kanten dieses seltsamsten Teiles aller Fundorte. Wütend sagte er:

„Alle Namen und Bezeichnungen stammen von ihm. Warum hat er die Insel nicht *Insel der Seligen* genannt? Oder wollte er uns ärgern?"

„Was ich nicht über die Einbildungskraft von Springersippen weiß", gab Anahita trocken zurück, „füllt eine mittelgroße Bibliothek. Würden liebenswerte Bezeichnungen etwas ändern?"

„Auf diesem Stück Planetenkruste ist alles denkbar!"

Die Wissenschaftler arbeiteten nicht nach festem Stundenplan. Ein Teil von ihnen schlief jetzt, andere arbeiteten im Schiff oder in den Iglus. Ab und zu schlug die Warnanlage an. Rotwildähnliche Tiere mit farbenfrohem Geweih kamen aus dem Wald und begannen zu äsen. Amphibien, groß wie Riesenwarane Terras, tappten schnell durch Kies und Sand des Seeufers. Die großen bunten Vögel schwebten durch das Mondlicht und versuchten, nach Luft schnappende Fische zu fangen.

Wisper aktivierte nacheinander sämtliche Scheinwerfer und befahl den Robotern, auch die letzten Meter der Gänge auszurüsten. Die Kameraplattform schwebte von ihren Abstützungen hoch. Drei Multischirme wurden eingeschaltet, mehrere Aufzeichnungsgeräte öffneten ihre Speicher und wurden darauf vorbereitet, dreidimensionale, gestochen scharfe und farbkorrekte Filme und Bänder zu produzieren.

„Ich sehe nur die steinerne Hinterlassenschaft eines künstlerisch hochbegabten Volkes", erklärte die junge Frau nach einer Weile.

Wisper deutete auf die Monitoren.

„Diese Linien und Raster wirken auf mich wie Pläne für Schaltungen. Wie Entwürfe für miniaturisierte Elemente. Übrigens: mir fällt ein – Pilar muß die einzige gewesen sein, die im Dunkeln, nur mit ihrem Scheinwerfer, fast das gesamte Labyrinth durchschritten hat."

„Und Falco fragt sich, wie wir, was sie dort hineingetrieben hat."

„Wenn es nach Zager ginge, müßte der Irrgarten sofort gesperrt werden."

„Jetzt nicht mehr. Er ist taghell ausgeleuchtet."

Anahita Belco und Wisper versuchten zu analysieren, was sie selbst zum erstenmal deutlich im schonungslosen Licht der Filmleuchten sahen. Es unterschied sich nur minimal von all den Ruinen, die sie kannten: die Grabungen auf Terra und vielen anderen Planeten der Milchstraße, in denen sie versucht hatten, versunkene Kulturen vom Schutt der Jahrtausende zu befreien und ihre eigene Neugierde ebenso zu befriedigen wie auch die Vorstellungen zu korrigieren, die sich andere Menschen von der Frühzeit anderer Planetenvölker machten.

Die Kamera schwebte durch den Haupteingang und richtete ihre Linsensysteme aus. Ruhig steuerte Ross Wisper die unterschiedlichen Funktionen. Der Apparat lieferte hervorragende Bilder.

„Die Abstufungen machen mich stutzig!" murmelte Anahita und deutete auf die Reliefs der Wände, die immer wieder durch senkrechte Vorsprünge unterbrochen wurden. Auf Sockeln oder in Nischen der Vorsprünge standen Statuen. Fabeltiere, einander ähnlich, kleiner oder größer, scheinbar aus den charakteristischen Formen der Tiere von *Star's End* zusammengesetzt, aber stets mit der gleichen Kopfform.

„Diese Gesichter... sie sind tatsächlich menschenähnlich", flüsterte die Altertumsforscherin hingerissen. „Verzerrt, dramatisch überzeichnet, aber eindeutig. Wie in Babylon, im alten Ägypten oder an anderen Punkten in Mesopotamien."

Schmale Schädel zeichneten sich auf den holografischen Monitoren und auf den Bändern ab. Die Statuen schienen aus einem grünen, milchig leuchtenden Stein zu sein, aus dem das Licht die helleren Adern hervortreten ließ. Über den ovalen Augenöffnungen – die Pupillen bestanden aus schwarzem Stein oder aus Metall – ringelten sich lange Würmer oder Schlangen, ineinander verflochten und verknotet, die ihre aufgerissenen Rachen und die kleinen, spitzen Zähne und stechenden Augen den Objekten zuwandten.

„Gorgo Medusa!“

Verständnislos schaute Wisper die Forscherin von der Seite an. Sie erklärte ihm in leisen Worten, was es mit der Sage von der Gorgo Medusa, ihren Schwestern und deren Bezwinger Perseus auf sich hatte.

Schweigend hörte der Techniker zu und steuerte die Aufnahmegeräte weiter und tiefer durch die Windungen des Labyrinths. Die Fabeltiere mit den eberzähnigen Mänadenköpfen standen stets einander paarweise gegenüber, zwischen ihnen lief der staubverkrustete Felskorridor.

Im knöcheltiefen Staub hatten die Roboter mit ihrem technischen Gerät zahllose Schleifspuren hinterlassen. Die Linsen schwenkten herum, die Maschine folgte der nächsten Abzweigung, vor ihr strahlte eine neue Scheinwerferbatterie auf. Als der Kamerarobot durch ein prächtig verziertes Doppeltor glitt und sich vor ihm eine kuppelförmige Höhle öffnete, knirschten hinter Anahita und Wisper schwere Schritte.

Sie schwenkten ihre Sitze vom Pult weg. Überrascht sagte Anahita:

„Falco!“

„Ich habe die letzten Minuten gesehen, was der Robot zeigte.“

Als er mit der Hand über sein unausgeschlafenes Gesicht fuhr, gab es ein schabendes Geräusch. Seine Augen lagen tief in den Höhlen, sein Atem roch nach Alkohol. „Auch die Fußspuren. Sie sind von Pilar, nicht wahr?“

Erschrocken rissen sie die Köpfe hoch und starrten ihn an.

„Fußspuren? Keine gesehen!“ schnappte Ross, aber er schaltete sofort. Die schwebende Kameraplattform, die jede Richtungsänderung gespeichert hatte, desaktivierte die Aufnahmegeräte und summte zurück zum Haupteingang. Sie drehte sich, die Linsen schalteten sich wieder ein, der Aufnahmewinkel änderte sich. Der Zusatzscheinwerfer unterhalb der Plattform schaltete sich ein. Die Linsen suchten den Boden ab.

Nach einer halben Minute flüsterte Wisper:

„*Tatsächlich!*“

Sie hatten die Spuren übersehen, obwohl sie sich jetzt deutlich abzeichneten. Die Linsen hatten Wände und Statuen abgetastet. Jetzt folgte die Maschine den verwischten Abdrücken von schmalen Stiefelchen. Sie führten in der zu erwartenden Form ins Labyrinth; sie liefen hin und her, wieder zurück und dann auf den richtigen Kurs wieder tiefer in den Irrgarten hinein.

„Hast du schon das andere Ende der Höhlen erreicht? Einen der Ausgänge?“ fragte Zager gepreßt.

„Nein. Erst die große Höhle.“

„Dann mach weiter, bitte.“

Je tiefer Pilar eingedrungen war, desto weniger Irrtümer hatte sie begangen. Schließlich führte ihre Spur fast geradlinig durch das säulengestützte Tor mit dem breiten Fries in der Quertraverse. Die Darstellungen zeigten fremdartige, gerüstete Krieger, die schreckliche Grausamkeiten begingen. Inzwischen hatte eine scharfe Spannung die drei Terraner erfaßt. Jenseits des Bedauerns über Pilars ungeklärtes Schicksal erlebten die Forscher die Suggestion der Eindrücke: ein Bauwerk von grausamer Trostlosigkeit, von Künstlern überaus aufwendig und kostbar gestaltet, uralt und feindselig. Namenlose Fratzen starrten die Terraner an.

Die große Halle bestand ebenfalls aus Säulen und kantigen Blöcken, die ihrerseits voller dämonischer Gesichter und seltsamer Schriftzüge waren. Überall lag dicker Staub, der bereits durch den schwachen Luftzug der arbeitenden Maschinen bewegt und heruntergewirbelt worden war. Die Spuren führten im Zickzack durch die Katafalke und um die Säulen herum. Hier lag ein einzelner Stiefel!

Vier, fünf Meter jenseits der folgenden Säule lag der zweite.

Die Abdrücke bloßer Füße führten weiter, zielsicher auf ein Doppelpaar jener Gestalten aus Jade zu, die auf ihren Hinterbeinen kauerten und sich mit langen Armen abstützten.

„Warum hat sie ... die Stiefel ausgezogen?“ fragte Zager. „Was hat sie dort gesucht?“

Die Linsen folgten dem Kabelstrang und der Kette des schweren Scheinwerfers. Dreißig Schritt weiter, bereits im Bereich eines ins

Freie führenden Felskorridors, sahen die Forscher die Schleifspur des Overalls und die Abdrücke der Geräte und des Schmucks, die von den Robotern gefunden worden waren.

Ross Wisper schaltete die Kamera ab.

Als er sich umblickte, merkte er, daß Zager lautlos weggegangen war. In den meisten Behausungen der Forscher war die Beleuchtung ausgeschaltet worden. Es war fast Mitternacht. Die Ruhe in dieser Stunde war alles andere als vollkommen oder einschläfernd, denn von allen Seiten drangen die Geräusche der lebhaften Tierwelt auf die Terraner ein. Die Vielfalt der Tiere erzeugte eine ebenso große Vielfalt von Lauten. Es waren natürlich Geräusche, die niemand beunruhigten – ganz anders als die Gedanken an die vermuteten Geheimnisse der Ruinen.

Nur das helle Rechteck der geöffneten Raumschiffs-Luke ließ erkennen, daß Leik Tedsen mit seiner auffallend hübschen Assistentin noch daran arbeitete, die Grundzüge der fremden Schriftzeichen zu entschlüsseln.

Es ist mehr als lähmender Schmerz!

Es ist das Bewußtsein, das durch Ahnungen und Imaginationskraft unterstützt wird, die Gewißheit nämlich, daß wir auf schauerliche Geheimnisse gestoßen sind, deren Tragweite wir noch nicht abschätzen können.

Was weiß ich?

Nichts.

Aber meine Ahnungen sind stark und präzisierbar; schließlich bin ich Wissenschaftler.

Die gesamte Anlage, heute als Ruine zu sehen und zu begreifen, wurde in allen Teilen in einem einzigen Arbeitsgang hergestellt, wie lange er auch gedauert haben mochte.

Sie war älter als zehntausend terranische Jahre, den unterschiedlichen Verwitterungskoeffizienten von Star's End eingerechnet.

Es gibt nicht den geringsten Hinweis darauf, zu welchem Zweck der Irrgarten und alle anderen Teile der Tempel-, Höhlen-, Fels- und Brückenanlage gedient haben mochten. Aber jenseits der möglichen

Erklärungen baut sich in mir das Wissen oder besser die Ahnung immer mehr auf, daß nur irreale Vorstellungen den Zweck der Ruinen erklären können. In wenigen Tagen werden die Grundstrukturen der Schrift entziffert sein.

Und ausgerechnet dieser unbekannte, verfluchte Haufen Steine und Statuen war schuld daran, daß ich die erste und einzige Frau verloren hatte – kaum, daß wir hatten feststellen können, daß wir zusammenpaßten wie ein komplizierter Schlüssel und ein ebensolches Schloß.

Ich kann nicht mehr hoffen, daß Pilar noch lebt.

Wenn sie tatsächlich noch leben sollte – ich ahne, wo ich sie finden kann. Aber um Pilar zu finden, muß ich wohl einen Weg gehen, der seinesgleichen sucht. Ich bin sicher, daß keiner der Freunde und Kollegen meine wirren Überlegungen zu verstehen vermag.

Früher Morgen:

„Das alles hier ist älter als der Planet!" murmelte Sar und drosselte die Umdrehungen der Außenbordmotorschraube.

Das tiefe Brummen hörte auf, als der Bug der Kunststoffschale an den Sandstrand stieß. Der Kiel bohrte sich in die feuchte Unterlage, und Sar Cigel sprang mit einem Satz ins flache Wasser.

Er belegte das Boot an einem weißen Säulenstumpf mit einem gekonnten Knoten. Sar fing zu husten an, als er den freigelegten Pfad zur Insel hinaufging. Der scharfe Morgenwind bahnte sich heulend einen Weg durch das Labyrinth und trieb die moderig stinkenden Staubmassen durch die Ausgänge hinaus und direkt über die Insel der Trostlosigkeit in sein Gesicht.

Der Historiker hatte sich von der allgemeinen Unruhe anstecken lassen. Deshalb war er allein losgezogen, um sich ein schärferes Bild machen zu können.

Unter den Sohlen der Expeditionsstiefel lagen die titanischen Basaltblöcke. Ihre Kantenlänge betrug nicht weniger als einen Meter. Cigel ignorierte die grandiose Szene, die enormen, von Sturm und Regen zerschlissenen Granitblöcke, von denen die Ufer gesäumt wurden. Der Historiker fühlte sich klein und unbedeutend und, wie er zu sich mit kargem Humor meinte, weitaus jünger als die Umgebung.

Auf der Oberfläche der Insel hatte sich einst eine doppelte Säulenreihe befunden.

Die Reste ragten weiß und zersplittert wie die Schienbeine eines Giganten in die Höhe. In den auseinandergesplitterten Enden erzeugte die *Furie des Südens* die auf und abschwellenden Orgeltöne des Windes. Noch immer quollen aus den Ausgängen die Staubfahnen, aber inzwischen waren sie grau und fadenscheinig geworden.

In der Mitte des Basaltpfades ging Cigel, die Hand an der Waffe, auf die schmale Steinbrücke zu. Sie verband Insel und Irrgarten. Von hier waren die Suchkommandos und die Roboter eingedrungen und hatten Pilars Kleidung gefunden.

Außerhalb des Irrgartens hatten die Zeit und das Wetter die archäologisch interessanten Reste mitgenommen und teilweise zerstört. Die Vegetation hatte ihr Werk verrichtet und viele Fugen auseinandergesprengt und Bildwerke vernichtet. Dies änderte sich auffallend, als Cigel den ersten Ausgang erreichte. Hier hatten sich Schuttmassen und Sand befunden, von denen die Höhlen geschützt worden waren – neuntausend Jahre und länger, wie die Analysen ergeben hatten.

Cigel drehte sich um und sah zum erstenmal, was ihnen bisher stets entgangen war: Die Bauwerke waren damals der Umgebung, der Natur mit all ihren Eigenarten, bis zur Vollkommenheit angeglichen worden. Eine bestechende, einzigartige Synthese aus Kunst und Realität, mit verwischten Grenzen, wie es sich Cigel mühelos vorstellen konnte.

„Totale Anpassung?“ rätselte er und bedeutete dem Roboter, die Scheinwerferanlage einzuschalten. „Was wollen uns die unbekannten Baumeister sagen?“

Er drang ins hell erleuchtete Labyrinth ein. Ihm war weniger daran gelegen, einzelne Bilder oder Friese kennenzulernen als daran, sich einen Eindruck zu verschaffen, eine Vorstellung, zusammengesetzt aus Phantasie und der möglicherweise echten

Bedeutung. Langsam ging er von Skulptur zu Skulptur, von einer Säule zur anderen. Wenn dies alles Schriftzeichen waren, und es bestand kaum ein Zweifel, dann...

„Eine mitteilungsfreudige Rasse."

Ein Fries fesselte ihn. Er schien eine Geschichte zu erzählen. Dargestellt war ein Wesen, das sich mit höchster Eleganz durch jedes vorstellbare Medium hindurchbewegte und dort jeweils Kämpfe erlebte und stets als Sieger hervorging. Die Anordnung der Gestalten ließ kaum einen anderen Schluß zu.

In der Luft: Wolken, Blitze, Regen und Sturm tobten in einfacher, überzeugender Darstellung. Ein Wesen, halb Drache halb Vogel, flog unbesiegbar durch das Chaos, angegriffen von den Elementen und von kleineren Flugtieren. Die Angreifer blieben zerfetzt und mit gebrochenen Flügeln auf der Strecke.

Das Wasser war durch Wellenlinien, Luftblasen und allerlei skurriles Fischgetier versinnbildlicht. Auch hier glitt der Vogel, dessen Schwingen und Extremitäten dem neuen Medium hervorragend angepaßt waren, durch das Wasser, scheuchte riesige delphinartige Wesen aus phantastischen Unterwasserhöhlen hervor und wurde von ihnen in Kämpfe verwickelt. Er tauchte irgendwo, beladen mit den Schätzen des Meeresbodens, auf und ging an Land.

Wo er abermals seine Gestalt innerhalb enger Grenzen änderte.

Er wurde zu einem Wesen, das ein Zwischending zwischen Zentaur, Hirsch und Einhorn darstellte, mit wenigen annähernd humanoiden Zügen. Auf dem Land war der Held des Frieses ausgezeichnet durch Schnelligkeit, List und Überlebensfähigkeit.

Am letzten Bild mußte Cigel am längsten herumrätseln.

Schließlich kam er darauf, daß es sich um ein Moor handeln mußte. Das rätselhafte Wesen wurde nach wenigen Schritten zu einem ungewöhnlich angepaßten Moorbewohner. Es erlebte auch in dieser Gestalt einige Abenteuer, und der Fries wurde zurückgeführt zum Anfang des Bildwerks, zum Element Luft.

„Ein Multiphibium also", bemerkte Cigel.

Die Künstler hatten besonderen Wert darauf gelegt, die Merkmale des Gestaltveränderlichen herauszuarbeiten. Daran bestand kein Zweifel. Also wollten sie sich, einem Besucher oder der Nachwelt auch die Wichtigkeit jener Einzelheiten mitteilen und dokumentieren.

„Also ist dieser Ruinenbezirk nicht nur ein Tempel zur Ehre eines höheren Wesens", stellte Cigel fest und fand, daß sich sein Besuch schon jetzt gelohnt habe. Er ging etwas schneller weiter. Es stank nicht mehr so sehr in den Katakomben, und der Wind wehte den Staub seiner Schritte weg.

Er kam zum ersten Paar der Medusen und kauerte sich auf die Hacken, um besser in die Medusengesichter blicken zu können. Ein Blick aus den Augen der Gorgo Medusa hatte in der altgriechischen Sage einen jeden versteinern lassen, deshalb kämpfte Perseus, seinen glänzenden Schild als Spiegel benutzend.

Cigel fühlte einen tiefen Schauder, als er in die metallenen Pupillen der Jadeaugen sah.

Aber er versteinerte nicht.

Sar Cigels wissenschaftlicher Ernst ließ eine großzügig bemessene Menge an Phantasie und spekulativem Denken zu. Weit davon entfernt, in den Blick einer steinernen Statue eine eigene Bedeutung hineinzuinterpretieren, sagte er sich dennoch, daß diese Eindringlichkeit beabsichtigt war. Verbarg sich so etwas wie der – nichtexistente – Fluch der Pharaonen in der geschliffenen Jade?

Er richtete sich auf und zuckte die Schultern. Es war einfach zuviel. Überall erhoben sich Säulen, fast jede freie Fläche innerhalb der Korridore und der Höhle war von Schriftzeichen und Bildern bedeckt. Es würde Jahre dauern, bis auch nur jede grafische Einzelheit logisch untergebracht und gedeutet sein würde.

Als Cigel das zweite Paar der Medusen passierte, bildete er sich ein, so etwas wie ein Kraftfeld oder eine unsichtbare Linie aus Strahlen zu passieren. Aber ebensowenig wie ihn der Blick versteinert hatte, bewirkte dieser Eindruck etwas. Er war allein im Labyrinth, abgesehen von den regungslos dastehenden Robotern und den leise summenden Spezialscheinwerfern.

Cigel befand sich jetzt an der Stelle, an der Pilars Kleidung gefunden worden war. Die Umgebung unterschied sich nicht vom übrigen Komplex. Sämtliche Hohlräume waren aus dem massiven Fels herausgearbeitet worden. Die Jahrtausende hatten den Schuttberg, der sich irgendwo in der Nähe befinden mußte, längst überwuchert.

Nicht sehr beeindruckt von dem kalten Eindruck marschierte Sar weiter, den Kabeln und Abzweigungen nach. Eigentlich erwartete er zumindest einige Kollegen im Labyrinth, da der Irrgarten der wichtigste Teil des Springer-Fundes war.

Staunend bewunderte er die steinernen Bilder.

Er sagte sich, daß erst der Text die Bedeutung des Irrgartens erklären konnte. Die unzähligen Friese und Basreliefs erzählten zwar Geschichten und schilderten, wie das Leben der Erbauer abgelaufen war, aber Cigel vermochte keine übereinstimmende Idee festzustellen.

Eine riesige Wand schilderte den Absturz und die Zerstörung eines Raumschiffes. Es sah wie ein seltsames Insekt aus und war, wenn die Bedeutungsperspektive stimmte, ungewöhnlich groß gewesen. Der Unglücksort war nicht identisch mit der Landschaft hier in der Nähe; es schien sich um eine wüstenartige Fläche zu handeln.

„Nicht einmal das Aussehen des Schiffes ist uns bekannt!" murmelte der Historiker. Für ihn stand fest, daß der Schiffstyp keinem der bisher bekannten Planetenvölker zuzuordnen war.

Noch etwas stellte er fest, als er sich wieder im Gewirr der Korridore befand. Es gab nur einen Weg durch das Labyrinth. Kurz vor den Ausgängen verzweigte sich der Pfad zwar mehrmals, aber es handelte sich nur um wenige Meter im Bereich der schmalen Tore. Vom Haupteingang bis zu diesem Punkt mußte man im Zickzack gehen, aber man passierte stets die Tore und Säulenpaare, die den Zwangsweg säumten.

„Auch eine Bedeutung, die wir noch nicht kennen."

Sar Cigel wußte, daß Wispers Kameras jede Einzelheit gefilmt hatten. Natürlich konnten die Maschinen die Stimmung nicht wiedergeben, die jeden überfiel, wenn er sich zwischen den Steinwänden bewegte.

Pilar!

Vermutlich hatte dieselbe wissenschaftliche Neugierde die junge Frau hier hereingetrieben. Der Rest, das Ende dieser Wanderung hinter dem Lichtbündel des Handscheinwerfers, war unklar. Wo war sie?

Sars Schritte wurden schneller. Er gestand sich, daß er von den Augen der Medusen fasziniert war und sich beobachtet, angestarrt, verfolgt fühlte. Seine Sohlen rutschten auf dem Staub, als er zu laufen anfing. Er fürchtete sich ein wenig, gleichzeitig schalt er sich einen Narren, weil er sich von dem seelenlosen Stein hatte beeindrucken lassen. Zagers Andeutungen fielen ihm wieder ein; der Freund schien sicher zu sein, daß der Irrgarten eine Bedeutung besaß, die sternenweit über die eines solchen Bauwerks hinausging.

Sar Cigel sprang zwischen den beiden Robots durch den Haupteingang hinaus und blinzelte, vom Sonnenlicht geblendet. Er schüttelte sich und holte tief Luft. Nur langsam fiel die Beklemmung von ihm ab. Er ging, nur mühsam beruhigt, zum Kommunikationsiglu und fand dort fast das gesamte Team versammelt.

Auf den Tischen lagen farbige Vergrößerungen der interessantesten Aufnahmen. Auf mehreren Monitoren flimmerten Bandschleifen und zeigten immer wieder dieselben Bilder und die gleichen Kamerafahrten.

Stimmengewirr schlug dem Historiker entgegen. Er nahm eine Fruchtsaftdose aus dem Kühlcontainer, wischte seine staubigen Hände an der Hose ab und sagte, mühsam beruhigt:

„Ich komme gerade aus dem Labyrinth."

Die Aufmerksamkeit der Wissenschaftler und einiger Männer der Schiffsbesatzung richtete sich auf ihn. Falco Zager fragte, als erwarte er eine Sensation:

„Und? Was hast du erlebt? Was ist passiert?"

Cigel wußte, welche Gedanken Zager bewegten. Er antwortete bedächtig:

„Der meiste Staub ist weggeblasen worden. Dic Bauherren haben unzählige Geschichten zu erzählen. Jeden, der im Irrgarten ist, überfällt eine Reihe eigentümlicher Gefühle und fremder Gedanken. Etwas ist dran an dem, was du meinst, Falco."

„Hast du etwas... gespürt?"

„Sie waren fremd", sagte Cigel. „Ich kenne, wie jeder von uns, unzählige Ausgrabungen. Noch niemals hatte ich das Gefühl, inmitten der Steinmassen einen Pulsschlag der Erbauer zu fühlen, oder ihrer Absichten."

„Hast du irgendwelche fremden Gedanken gespürt?" fragte Tedsens Assistentin. Cigel schüttelte den Kopf und berichtete, während er in den Vergrößerungen wühlte, von dem Fries mit dem Multiphibium. Er hatte schließlich die Aufnahmen gefunden.

„Hier könnt ihr es sehen. Und, noch etwas – sie kamen doch mit dem Raumschiff. Es scheint abgestürzt zu sein."

Am Ende der kurzen Diskussion stand als Arbeitshypothese fest, daß eine Gruppe fremder Raumschiffer hier notgelandet war, nicht wieder hatte starten können und, aus welchen Gründen auch immer, diese Anlage erbaut hatte.

„Und möglicherweise finden wir hier irgendwo auch ihre Gräber", schloß Ross Wisper. „Allerdings sind wir mit den Sondierungen noch nicht soweit."

Die Wissenschaftler näherten sich der Wahrheit mit kleinen, aber erstaunlich sicheren Schritten.

Die meisten wissen mehr als ich. Aber ihre Ahnungen sind verkümmert. Hier zeigt sich nicht nur die Natur in ihrem schönsten Aussehen, sondern hier existiert mehr, verborgen und integriert. Vorgänge, Überlegungen und Abläufe sind es, die zurückweichen in die archaischen Vorzeiten einer jeden Welt.

Nur in der Morgendämmerung der planetaren Evolution, in der Zeitspanne zwischen dem unkontrollierbaren Wirken der Naturgesetze und dem Einsetzen der ersten, unsprachlichen Intelligenz, wurden die Grundzüge jener Geschehnisse entwickelt, die heute als Sagen und Märchen vorhanden sind.

Auch die Küsten dieser Welt waren voll von scheinbar wunderbaren Ereignissen, die niemand bewußt miterlebt hatte. Die Eingeborenen von Star's End hatten die Wälder durchschweift und in den Bächen und Seen gefischt wie damals die Neandertaler auf Terra.

Die Neandertaler waren ausgestorben, und auch die Cromagnons waren verschwunden. Auf dieser Welt hatte etwas anderes die Urwesen verschwinden lassen. Alle? Bald würde ich es wissen. Ich bin sicher, daß die Parallelen dieser Vorgänge hier und jetzt zu erleben waren und – nachzuvollziehen.

Seine Augen begannen zu schmerzen, und Leik Tedsen rieb die brennenden Lider. Auf dem Display des Computers standen die ersten Worte der Übersetzung. Zwei Tage lang waren immer neue, andere Bedeutungen erschienen, hatten Aussonderungsvorgänge stattgefunden, hatte sich die Maschine in winzigen, meist vergeblichen Schritten abgemüht, jeder Chiffre eine bestimmte Bedeutung zuzuordnen.

Aus Zeichen wurden Buchstaben.

Buchstaben setzten sich zu Wörtern zusammen.

Die Wörter waren unverständlich, denn sie ergaben für den Computer und für Tedsen nur einen Ausdruck in einer fremden Sprache.

Jetzt suchte er nach Synonymen: ein Vogel etwa, unter dem eine bestimmte Buchstabenfolge zu finden war, konnte *Vogel* heißen, das Zeichen für *fliegen* bedeuten oder ein halbes Dutzend anderer Bedeutungen haben. Es würde lange dauern, bis Tedsen aus den „logisch" aneinandergereihten Abfolgen der Glyphen die ersten Worte entziffert haben würde. Er hatte die Glyphenbänder abgelesen, mit denen die Halbkörper im Bereich des Lagers verziert waren.

Tedsen gähnte; er war rechtschaffen müde. In den Tagen nach dem Vorstoß Cigels in den Irrgarten war wenig sinnvoll, aber hastig gearbeitet worden. Zahllose Theorien waren aufgetaucht und wurden nachgeprüft. Nur er selbst ließ sich weder ablenken noch beirren. Er hatte sein Problem, und er war fest entschlossen, es so bald wie möglich zu lösen. Er wußte, daß der Schlüssel zu allen Geheimnissen nicht in den Darstellungen, sondern hauptsächlich in den Buchstaben lag, in der Entzifferung der Schrift jener Baumeister, die mit dem Raumschiff notgelandet waren.

Sie saß genau dort, wo vor zehn Tagen Pilar zum letztenmal gesessen war. Anahita kratzte ihre schlanken Beine und fragte:

„Was hast du vor, Falco?"

Nach zwei Tagen, an denen sich Falco in sich zurückgezogen und die Gesellschaft der anderen gemieden hatte, schien der Chef der Wissenschaftler sich wieder gefangen zu haben. Er runzelte die Stirn und fragte zurück:

„Wie meinst du das, Anahita?"

„Ich kenne dich ziemlich lange", sagte sie und versuchte sich vorzustellen, welche Gedanken hinter Falcos Stirn wirbelten. „Du leidest unter dem Verlust, und du bist nicht gewillt, einzusehen, daß Pilar verschwunden ist. Du willst sie wiederfinden, obwohl das sinnlos ist. Willst du das Labyrinth in die Luft sprengen?"

Er beugte sich vor und verschränkte die Finger zwischen den Knien. Falco wirkte ausgeschlafen und ruhig, er war rasiert und trug frische Kleidung. Er war fast wieder der alte Falco Zager, der jederzeit für eine gute Bemerkung gut war – fast. Hinter den grauen Augen lauerte etwas. Anahita hoffte, dieses Etwas herausfinden zu können.

„Ich will nicht wiederholen, was schon so oft besprochen wurde. Wir haben nicht einmal Pilars Leiche gefunden, obwohl wir alle Möglichkeiten ausgenutzt haben. Wo ist sie? Nichts verschwindet spurlos. *Nichts!* Ich will versuchen, herauszufinden, wohin Pilar gegangen ist. Und was immer ihr zugestoßen ist – es passierte im Labyrinth."

„Cigel ist durchgegangen, ohne daß auch nur seine Uhr verschwand!"

„Cigel ist nicht Pilar."

„Wir reden im Kreis", stellte Anahita fest. „Was wird deine Reaktion sein?"

„Ich weiß es nicht. Noch nicht. Es ist zu früh, zu erklären, was mir im Kopf herumgeht."

„Könntest du es erklären?"

„Nicht mit Worten. Außerdem möchte ich mich nicht lächerlich machen, und euch will ich nicht in Panik versetzen. Das ist eine Sache zwischen mir und den vergessenen Fremden."

„Eine Sache zwischen dir und den Fremden? Hast du nicht den Eindruck, daß du dich ein wenig überschätzt?"

„Nein, Anahita. Laß mich in Ruhe. Die Sache hat sich auf eine höhere Ebene verlagert."

„Also nicht mehr so etwas wie Vergeltung für Pilar?"

„Ich sagte es schon: eine andere Ebene. Das Labyrinth gegen mich. Ich will nicht mehr darüber reden."

„Du solltest wenigstens warten, bis wir die Schrift lesen und die Friese verstehen können."

„Ich verstehe auch so, was der Irrgarten tut, wie er funktioniert. Keine Sorge; ich bringe euch in keine üble Lage."

Anahita trank aus und stand auf. Sie ging kopfschüttelnd zum Eingang und sagte, eine Spur zu scharf:

„Du bist verändert, Falco. Deine Fähigkeiten, klarer als wir alle zu denken, scheinen gelitten zu haben."

„Nicht im mindesten", erwiderte er selbstsicher. Eine gewaltige Ruhe strahlte plötzlich von ihm aus. Anahita schien es, als habe er tatsächlich eine höhere Ebene der Weisheit erreicht, wenn auch nur eine eingebildete. Sie schenkte ihm ein zögerndes Lächeln und ging zurück zu ihrem Iglu. Sie schlief lange nicht ein.

Zager, rund hundertneunzig Zentimeter groß, mit hellen Augen und langem schwarzem Haar, bildete vor der Scheibe des Mondes Misos eine breitschultrige Silhouette. Jede Bewegung strahlte kalte Entschlossenheit aus. Er verließ seinen Iglu, ohne die Beleuchtung abzuschalten, ging hinunter zum Haupteingang des Labyrinths und erteilte den Robots einen scharfen Befehl.

Sämtliche Scheinwerfer flammten auf. Zager schaltete die Kamera ein und programmierte sie auf akustische Befehlsentgegennahme. Nach weiteren fünf Schritten war er sicher, daß die Wesenheit des Labyrinths seine Person wahrgenommen hatte. Die Matrix *Falco Zager* wurde abgetastet.

Erbarmungslos leuchteten die Tiefstrahler und die aufgebauten Scheinwerfer jede Einzelheit aus.

Zager sagte sich, daß das Labyrinth längst aktiviert war. Er verstand diese Anlage als eine große Maschine, als eine Fabrik, die vielerlei Arbeiten ausführte. Was er sehen konnte, war nur ein winziger Teil. Der bearbeitete Fels verbarg tief in seinem Innern komplizierte Verfahren und deren Abläufe; für ihn waren es Einrichtungen, die ohne mechanische Bewegungen abliefen.

Zehn Schritte geradeaus.

Das erste Paar der Medusen aus Jade tauchte auf. Die Rätselwesen standen in kantigen Nischen. Lichtreflexe und Schatten modellierten die Einzelheiten heraus. Als sich die Augenpaare trafen, fühlte Zager eine Reihe von Schwingungen, die durch seinen Körper hindurchflackerten wie durch Glas. Die Gorgo blickte ihn an; ihm war es, als würden die harten Züge ausdrücken, daß er schon lange erwartet wurde. Um sich herum spürte er, wie gewaltige Energien eingesetzt und moduliert wurden.

Er spürte mehr seine eigene Einbildung, korrigierte er sich. Er war sicher, daß seine Sicht der Vorgänge stimmte.

Und Sar Cigel? fragte ein skeptischer Teil seiner Überlegungen.

Kollege Cigel ist in verkehrter Richtung durch den Irrgarten gegangen!

Durch die Augen der Medusen blickte Zager der Geist der Fremden an. Er war seinem Verstand nicht sehr fremd – lange hatte er sich mit der Psyche solcher Wesen beschäftigt, wie er sie hier am Werk gewußt hatte. Die Überlebenden des Raumschiffsabsturzes hatten sich dem fremden Planeten total anpassen müssen. Das Labyrinth war der steingewordene Ausdruck dafür.

Ein weiteres Dutzend Schritte, ohne Umweg durch die Nebengänge und blinden Enden des Irrgartens.

Die Roboter standen da und musterten ihn aus schwach glimmernden Sehzellen. Zagers entschlossene Schritte erzeugten schwach hallende Echos. Noch war niemand auf ihn aufmerksam geworden. Mit einem Tastendruck am Minikom rief Zager die Kamera zu sich heran, aktivierte sie aber noch nicht. Wieder kam er in den Bereich eines Gorgo-Medusa-Paares; ein treffender Vergleich, fand er, mit der terranischen Mythologie. Aber Mythos war hier auf Star's End nur Tarnung und künstlerische Üherhöhung eines gedanklichen Prinzips von höchster Effizienz.

Sein Körper wurde von Vibrationen geschüttelt, die nicht schmerzten und nicht einmal unangenehm waren. Das hatte Pilar auch gespürt, und mit hoher Wahrscheinlichkeit war die Frau von derselben Erwartung weiter und tiefer in den Irrgarten hineingetrieben worden. Auch Zager spürte eine Erwartung, die weit über wissenschaftliche oder persönliche Neugierde hinausging und fast euphorischen Charakter hatte. Er zählte seine Schritte nicht mehr, als er weiterschritt und sich vorzustellen begann, wie die Zellkerne seines Körpers verwandelt und zu Veränderungen gezwungen wurden.

Wieder kam ihm eine winzige Geschichte in den Sinn.

Pilar Ameral bewunderte Adler, Falken, Möwen und alle Vögel, die Eleganz ausstrahlten und das Gefühl vermittelten, Herrscher der Luft zu sein. In ihren Gesprächen hatte Pilar immer wieder betont, daß sie lieber ein Vogel sein würde als alles andere; aus nebensächlichen Bemerkungen von Verliebten waren wichtige Überlegungen geworden.

Zager vergaß diese Story augenblicklich wieder.

Während sein Hochgefühl und der Drang, tiefer ins Labyrinth vorzudringen, stärker wurden, nahm sein Erinnerungsvermögen ab. Zuerst merkte er, daß er einige wichtige Daten nicht mehr parat hatte, war aber nicht beunruhigt. Jetzt wurde es ihm gleichgültig. Sein Gefühl wuchs ins Phantastische. Die Stiefel schlotterten an seinen Füßen.

Das Summen der Scheinwerfer war eine leise, einschmeichelnde Begleitmusik zu seinem weiteren Eindringen.

Nichts anderes hatten die Fremden getan!

Nicht nur sie, sondern auch die ersten Eingeborenen, jene

Urmenschen, die unfähig gewesen waren, zu begreifen, was hinter dem Tor auf sie wartete. Wann? Auch der Zeitbegriff verlor für Zager rapide an Bedeutung.

Was taten die Fremden?

Sie bauten das Labyrinth und benutzten es. Sie benutzten es, weil sie wußten, was die Anlage mit ihnen tat. Sie versuchten, sich der Natur des Planeten vollkommen anzupassen. Das bedeutete, daß sie sich völlig veränderten und ihre Identität aufgaben, um in einer anderen Erscheinungsform weiterzuleben.

Zagers Haut veränderte sich. Jede einzelne Zelle kribbelte, juckte und schien vor Energie zu knistern. Eine Periode der Stille und Ruhe trat jetzt ein, vermutlich nur kurzfristig. Zager stellte sich willig jeder Veränderung, die er erfahren würde. Auch die Haut und darüber seine Kleidung paßten nicht mehr zueinander. Der Overall rutschte von den Schultern, der breite Gürtel schlug gegen die Hüftknochen, das Schloß zog ihn nach unten.

Die Folge der Prozedur würde eine wilde Freiheit sein, ein völliges Losgelöstsein von den Fesseln des menschlichen Körpers. Die Zellkerne reagierten bereits und fingen an, Zagers Gestalt zu verändern. Für ihn wurde ein Problem immer stärker: er wollte eine bestimmte Form erreichen.

Unsicher ging er weiter.

Zufällig griff er nach dem Minikom, weil das Gerät von seinem schmaler werdenden Handgelenk zu rutschen drohte. Ebenso zufällig aktivierte er in diesem Moment die Kameras und Autolinsen der Plattform. Ihn kümmerte es nicht; er streifte das breite Armband ab und legte es irgendwohin.

Das Labyrinth arbeitete in höchsten Touren. Die Geräte, die hinter den Säulen und Reliefs verborgen waren, befanden sich in stärkster Aktivität. Die kilometerlangen Leitungen, die in die Friese, Basreliefs und Bildnisse eingelassen waren, unzählige Sensoren, Schalteinheiten und Module – das alles umgab Falco Zager wie ein riesiger Käfig und zog und zerrte an ihm.

Zager stöhnte auf und rief:

„Ein Multiphibium! Ein Wesen, das alle Elemente beherrscht.

Ich muß . . .“

Die Stiefel schmerzten. Zager streifte sie mit Mühe ab; seine Finger gehorchten ihm nicht mehr, und als er genauer hinblickte, sah er, daß sie sich verändert hatten. Er erkannte aber nicht, in welche der möglichen Richtungen. Er hatte also völlig recht gehabt: Pilar war nicht tot. Sie lebte und wartete auf ihn.

Was hatten sie alle gedacht? Das Labyrinth ist feindselig? Keine Spur davon. Es war eine Idee, eine Verheißung und gleichzeitig die Möglichkeit der Erfüllung. Die Lebewesen, die an einem Ende (dem richtigen Ende) hineingingen, kamen am anderen Ende in einer Form hervor, die totale Anpassung bedeutete.

Menschen waren nicht mehr länger Menschen, sondern Intelligenzen des Planeten. Aber warum hatte dann Pilar ihm nicht gesagt oder zu erkennen gegeben, was zu tun war? Ihre Intelligenz war ebenfalls angepaßt worden.

Falco warf den Gurt zur Seite und blieb vor einer besonders großen Statue stehen. Die gnadenlosen Augen schauten ihn voll warmem Verständnis an.

„Verstehst du?“ flüsterte er. „Ich möchte Pilar wiedersehen. Ich muß . . . fliegen und alles das . . . wie könnte ich sie sonst wiederfinden? Tu etwas! Hilf mir! Schalte mich in die richtige Phase!“

Auf den Handrücken und den Wangen wuchsen Zager Federn.

Mit einem Ruck riß er die Verschlüsse des Overalls auf. Auch auf seiner Brust veränderte sich die Haut. Plötzlich durchschoß das Wissen darüber, wie ein riesiger Vogel zu fliegen hatte, seinen Verstand. Er vergaß, Mensch/Terraner zu sein, und bereitete sich auf sein neues Leben vor.

Er vergaß:

Seine Kollegen und das Raumschiff. Das Versprechen, das er Tifflor persönlich abgegeben hatte. Seine Fähigkeiten, die ihn von einer Ausgrabung zur anderen geführt hatten und zu hohen wissenschaftlichen Auszeichnungen, seinen Versuch, es den Fremden zu zeigen. Jede Zelle in ihm drängte nur noch dem Augenblick zu, an dem er den Endpunkt der Verwandlung erreichen und frei sein würde.

Die Kleidung rutschte von seinem Körper.

Säume und Magnetplättchen verhakten sich im Gefieder, aber Zager schüttelte sie ab. Er war auf dem Weg, ein Multiphibium zu werden. Auf den Vogelfüßen tappte er weiter und registrierte erfreut, daß er nach kurzer Zeit mit seinen scharfen Vogelaugen auf derselben Höhe mit den Augen einer Medusa war. Er hielt stilles Zwiegespräch mit der Gorgo.

Ich weiß, daß ich intelligent bleibe.
Aber deine Intelligenz wird die eines Multiphibiums sein.
Ohne alle Reste meiner menschlichen Intelligenz? Was tut ihr mit meinem Verstand?
Er wird ebenso dem Planeten angepaßt.
So wie ihr eure Art dem Planeten untergeordnet habt?
Ebenso. Und die vieler anderer Wesen.
Werde ich Pilar finden?
Das liegt bei dir. Suche sie.

Also totale Veränderung – des Verstandes und des Körpers, sämtlicher Lebensäußerungen. Der Weg war in der richtigen Richtung beschritten worden, die Änderung blieb Dauerzustand. Er war ein Planetarier geworden, wie Pilar. Von seiner Kleidung und allen anderen terranischen Besitztümern befreit, richtete er sich auf und sah, daß ihm vier weiche Hufe am Ende von schlanken Läufen gewachsen waren. Der Weg durch die große Höhle lag hinter ihm, und plötzlich wußte er, daß er alle Möglichkeiten jenes längst vergessenen Helden hatte, dessen Lebenslauf der andere Terraner – wie hieß er doch? – geschildert hatte.

Er entschloß sich, ein Vogel zu werden und Pilar zu suchen.

Vier, fünf Sprünge, dann war vor ihm der Ausgang. Er spreizte seine riesigen bunten Schwingen, reckte den Hals und nahm einen ungeschickten Anlauf. Er hörte voll neu erwachender Kraft und Lebensfreude das Geräusch, mit dem die Luft durch die Schwungfedern pfiff, gewann mit zwei Dutzend Schlägen Höhe und flog davon. Sein erstes Ziel war, den großen Vogel zu finden – Pilar.

Der Wald duckte sich und ächzte unter den Windstößen. Der See und die Iglus wurden immer kleiner. Zager fühlte sich stark und groß, und mit jedem weiteren Flügelschlag festigte sich in ihm das Bewußtsein, den einzigen und richtigen Weg gegangen zu sein.

Er hatte eine Welt hinter sich gelassen und alle Gesetzmäßigkeiten, die ihn gefesselt hatten. Eine ganz andere Welt, unvergleichlich reich und prächtig und voller Wesen, die wie er eine Vergangenheit abgestreift hatten, erwartete ihn. Und er erwartete sie.

Er flog davon, um diese Welt in Besitz zu nehmen.

Als etwa zwei Stunden später Ross Wisper zufällig die Aufzeichnungen kontrollierte und die Monitore sah, erschrak er wie noch nie in seinem Leben.

Eine Sekunde danach löste er Alarm aus.

Lautsprecherdurchsagen hallten durch das Lager. Ross rief alle zusammen und schrie ihnen zu, was er gesehen hatte – nur zum Teil, aber er hatte begriffen. Noch während er zu erklären versuchte, rannten Anahita, Crake und zwei Besatzungsmitglieder des Schiffes auf das Labyrinth zu und versuchten, Falco Zager zu finden. Sar Cigal, der schreiend hinter ihnen herjagte und immer wieder den Handscheinwerfer aufblitzen ließ, kam zu spät.

Aber nicht zu spät, um zu berichten.

Als ein Teil der Schriftzeichen entziffert war, erfuhren sie alle, zu welchem Zweck die *Yann'Maiu* das Labyrinth errichtet hatten. Aber niemals gab es ein Lebenszeichen derer, die spurlos verschwunden waren. Sar Cigel aber schwor noch nach dem Start, daß immer wieder seltsame Formationen großer, farbiger Vögel über dem Lager gekreist waren.

Kurt Mahr

Operation Boccaccio

Im Jahr 2108, nach der Ausschaltung des arkonidischen Robot-Regenten, befand sich Atlan als Imperator Gonozal VIII. in einer prekären Lage. Immer dreister wurden die Übergriffe der Akonen, immer hartnäckiger der Widerstand von innen, der Druck von seiten unbekannter Kräfte, die in Bereichen jenseits der Milchstraßengrenze agierten, immer stärker. Gonozal VIII. regierte mit der Unterstützung terranischer Spezialistenteams und Truppenkontingente; aber das Stützen eines Thrones, der mehr als dreißigtausend Lichtjahre von Terra entfernt stand, kam das Solare Imperium allmählich teuer zu stehen. Man würde Atlan nicht mehr lange helfen können, wenn es nicht gelang, in unmittelbarer Nähe des Arkon-Systems einen geheimen Stützpunkt einzurichten.

Die Suche begann und konzentrierte sich alsbald auf eine paradiesische Welt namens Tolhaz, nicht weiter als 36 Lichtjahre von Arkon entfernt im dichtesten Sternengewimmel des Kugelsternhaufens M13 gelegen. Der Planet war bewohnt von den degenerierten Nachkommen arkonidischer Siedler, die sich Tolhazi nannten. Soweit sich aus den spärlichen Informationen erkennen ließ, war das Oberhaupt der Tolhazi ein Fürst namens Boktasiu, der eine Art toleranten Absolutismus praktizierte – wobei sich später herausstellte, daß die Toleranz gewöhnlich daher rührte, daß Boktasiu keine Ahnung hatte, was um ihn herum vorging.

Terra legte Wert darauf, mit Boktasiu einen Vertrag zu schließen, der dem Solaren Imperium Stützpunktrechte auf Tolhaz zusicherte und den unangefochtenen Bestand des Stützpunkts garantierte. Das war ein delikates Unternehmen, das höchstes diplomatisches Geschick erforderte; denn zur gleichen Zeit waren auch die Akonen auf der Suche nach einem geeigneten Stützpunkt im Innern des Sternhaufens M13.

Kein Wunder, daß zum Leiter dieses sensitiven Projekts Marschall Julian Tifflor bestimmt wurde, der sich seine Sporen als Arkon-Experte in der Rolle des Solaren Botschafters am Hof seiner Kaiserlichen Majestät, des Imperators, verdient hatte. Julian Tifflor nahm den Auftrag gern entgegen und stürzte sich mit dem für ihn charakteristischen Eifer in die Arbeit.

Es kam jedoch alles ein wenig anders, als er es sich vorgestellt hatte . . .

1

TechSergeant Fian Finnegan trat zögernd aus dem Schatten der Kaulquappe hervor, als die Shuttle-Fähre von Arkon I zur Landung ansetzte. Finnegan war ein vierschrötiger Mann, hochgewachsen, breitschultrig, mit muskulösen Armen und Händen, die das Zupacken gewöhnt waren. Er mochte diesen Auftrag nicht und verlieh seinem Mißbehagen Ausdruck, indem er ungeduldig auf dem längst erkalteten Stummel einer großkalibrigen Zigarre kaute. Er trug den dichten, rotblonden Haarschopf militärisch kurz gestutzt, und dem geröteten, schweißbedeckten Gesicht sah man an, daß ihm die Hitze, die über der endlos weiten Fläche des Raumhafens Olp'duor lastete, nachhaltig zusetzte.

Er tat ein paar Schritte in Richtung der gelandeten Fähre und beobachtete mit mäßigem Interesse, wie sich der Bug teilte und in der riesigen Öffnung eine Schar von Lastenrobotern zum Vorschein kam. Mehrmals warf Finnegan mißtrauische Blicke in Richtung einer schnittigen Fregatte – eines neuen Schiffstyps, der auf der Standard-Kugelzelle mit 100 m Durchmesser aufgebaut war –, die ein paar hundert Meter von seiner Kaulquappe entfernt stand. An Bord der CITY OF TROY tat GunSergeant Wes Mitchell Dienst, und obwohl die beiden Sergeants eine langjährige und verläßliche Freundschaft miteinander verband, wäre es Finnegan lieb gewesen, wenn er heute davonkäme, ohne daß Mitchell ihn sah.

Auf der Plattform des vordersten Lastenroboters kauerte die dürre Gestalt eines Arkoniden, der ein schillernd buntes Gewand nach der zeitgenössischen Methode trug. Er ließ sein Fahrzeug vor Finnegan anhalten und kletterte umständlich herab.

„Pellgon?“ erkundigte sich Finnegan knapp.

„Niemand sonst“, antwortete der Arkonide auf Terranisch.

Er brachte eine dünne Platte zum Vorschein, die die Größe eines regulären Stücks Schreibfolie hatte. Der obere Teil des Geräts enthielt eine komplizierte Tastatur sowie mehrere Anzeigeleisten.

„Sind Sie ladebereit?“ fragte Pellgon.

„Jederzeit", erklärte Finnegan.

Pellgon begann, die Tasten zu bearbeiten. Da ertönte hinter Finnegan eine helle Stimme:

„Heh, Fian! Was soll das heißen? Du kommst nach Arkon II, ohne dich bei mir anzumelden?"

Finnegan wandte sich seufzend um. Soviel für seine Hoffnung, daß er sich unbemerkt wieder aus dem Staub machen könne. Wes Mitchell war eine hochgewachsene, hagere Gestalt mit hellblondem Haar und wachen, intelligenten blauen Augen. Sie schüttelten einander die Hände wie zwei, die sich seit langem nicht mehr gesehen hatten. Mitchell sah abschätzig zu dem zerschrammten Rumpf der Kaulquappe hinauf.

„Bei welcher Strafeinheit bist du denn gelandet?" fragte er spöttisch. „Einen älteren Kahn haben sie für dich nicht auftreiben können, wie? SPANISH FLY! Ist das ein Name für ein Kriegsschiff der Solaren Flotte?"

„Den hat Velez sich ausgedacht", brummte Finnegan.

Die arkonidischen Lastenroboter glitten an ihm vorbei, einer nach dem andern. Jeder hatte einen schweren Behälter geladen. Er zählte insgesamt siebzehn. Die Behälter waren mit arkonidischen Aufschriften versehen.

Finnegan machte eine mentale Notiz, daß er auf der Rückreise nach Tolhaz endlich damit beginnen wolle, Arkonidisch zu erlernen. Er hatte die Sache schon zu lange vor sich hergeschoben. Das erforderliche Hypnogerät befand sich an Bord.

Die Roboter schwenkten am Fuß der Gangway nach rechts ab und glitten zum offenen Luk der Lastschleuse hinauf. Als Finnegan nachsah, kam die erste Maschine bereits unbeladen wieder zum Vorschein.

„Velez!" wiederholte Mitchell mit eigenartigem Tonfall. „Doch nicht etwa Leutnant Jandro Velez, der Fuchs?"

„Derselbe", antwortete Finnegan unbehaglich.

„Sie haben dich mit dem Fuchs zusammengesteckt?" explodierte Mitchell. „Glückwunsch, mein Junge! Da kannst du dich auf was gefaßt machen. Wo Velez steckt, da ist allemal was los . . ."

„Mensch, Mitchell, mach mir keinen Lärm", fiel ihm Finnegan nervös ins Wort. „Ich kann dir keinen Pieps über unseren Einsatz sagen. Aber ich verspreche dir: wenn die Sache vorbei ist, setzen wir uns zusammen, Bier auf meine Kosten, und ich erzähle dir ..."

Er unterbrach sich, als er merkte, daß Mitchell ihm längst nicht mehr zuhörte. Er starrte mit fast gläsernem Blick in Richtung der Fähre. Der Unterkiefer sank ihm herab, und aus dem anerkennenden Pfiff, den er hatte von sich geben wollen, wurde nur ein halblautes Zischen.

Finnegan wandte sich um und erstarrte. Er hatte die Prozession der Lastenroboter für abgeschlossen gehalten; aber da kam noch einer durch das weit geöffnete Bugtor der Fähre. Auf der Plattform saßen acht junge Arkonidinnen, hübsch, leicht bekleidet – eine Augenweide für jeden Soldaten, der auf einem fremden Vorposten Dienst tut und den ganzen Tag über nur mit Männern zu tun hat.

„Mann oh Mann!" stöhnte Mitchell.

Bevor Finnegan etwas sagen konnte, hielt der Robot am Fuß der Gangway. Die Mädchen sprangen munter schwatzend ab und schickten sich an, den Laufsteg hinaufzugehen. Eine der Arkonidinnen allerdings wandte sich um und bedachte Finnegan mit einem Blick, bei dem es ihm trotz der mörderischen Hitze kalt über den Rücken lief.

„Vini m'kun lektrunde. Ti arzitu jugaleri s'kun."

„Was sagt sie?" rief Finnegan verzweifelt.

„Siebzehn Container, einverstanden?" erkundigte sich Pellgon.

„‚Komm mit mir'", lachte Mitchell. „‚Mit dir möchte ich gern Doktor spielen.' Mensch, Finnegan, da hast du dir was aufgeladen!"

„Siebzehn Container, verpackt", drängte Pellgon.

„Ja ... ja ...", stotterte Finnegan und starrte den Mädchen nach.

„Bestätigen Sie hier."

Finnegan drückte geistesabwesend die Taste, die ihm der Arkonide bezeichnete.

„Sowie acht Ersatzteile, unverpackt, für das fürstliche Hydrolekt", fuhr Pellgon ungerührt fort.

„Was?“ fuhr Finnegan auf. „Davon hab’ ich nichts gesehen. Was ist überhaupt ein Hydrolekt?“

„Ein Wasserbett“, grinste Mitchell.

„Nichts da!“ protestierte Finnegan mit dröhnender Stimme. „Siebzehn Container, geht in Ordnung. Aber acht ... acht Ersatzteile für das fürstliche ...“

Die Worte folgten immer langsamer aufeinander, je klarer ihm der Zusammenhang wurde. Er wandte den Blick und sah die letzte der Arkonidinnen durch die Öffnung der Mannschleuse verschwinden.

„Meinetwegen“, knurrte er. „Acht Ersatzteile. Wo muß ich drücken?“

Die Weichen für dieses eigenartige Unternehmen waren gestellt worden, als Marschall Tifflor nach mehrtägigem Einarbeiten in die Materie zu einer letzten Besprechung mit Perry Rhodan auf dem vierten Planeten der Sonne Eta-82 Herculis zusammentraf. Tifflor befand sich in Begleitung seines Junior-Adjutanten Jandro Velez, der derzeit den Rang eines Leutnants innehatte.

Velez hatte es während glücklicherer Phasen seiner Karriere mehrmals bis zum Captain gebracht. Er war ein Anhänger der von ihm selbst entwickelten Lehre, wonach nur der unorthodoxe Weg zum Erfolg führt.' Dieser Irrglaube hatte ihm Dutzende von Rüffeln wegen Eigensinnigkeit und drei Degradierungen wegen Insubordination – die letzte vor drei Monaten – eingetragen. Äußerlich war Jandro Velez ein schmächtiger, schlanker Mann mit schwarzem Haar, einem gepflegten Oberlippenbärtchen und überaus beweglichen Augen. Er war von überdurchschnittlicher Intelligenz; es mangelte ihm lediglich an der Fähigkeit, sich einzuordnen.

Nachdem die üblichen Formalitäten ausgetauscht waren, eröffnete Perry Rhodan die Unterhaltung.

„Tiff, ich glaube, wir haben den geeigneten Ansatzpunkt für Ihr Unternehmen gefunden. Das ist wichtig. Sie wissen ja, Sokrates sagte schon: Gib mir einen festen Punkt, und ich hebe die Welt aus den Angeln.“

Jandro Velez räusperte sich diskret, und als Rhodan ihn verwundert ansah, erklärte er:

„Sir, mit allem Respekt, das war Archimedes."

Der Anflug eines Lächelns huschte über Rhodans Gesicht.

„Jedesmal, wenn ich mit Ihnen zusammentreffe, Leutnant", sagte er, „verstehe ich besser, warum Ihre Vorgesetzten so wenig Zuneigung für Sie empfinden."

Jandro Velez sah betreten auf seine Stiefelspitzen, und das Gespräch nahm seinen Fortgang.

„Wie man hört, ist Boktasiu – den man übrigens mit ‚fürstlicher Glanz' anzureden hat – ein Epikuräer. Er lebt den weltlichen Genüssen und überläßt das Studium der anspruchsvolleren Aspekte des Lebens seinen Hofschranzen, unter denen es Philosophen und Astronomen, aber in weitaus größerer Zahl Weissager, Hellseher, Astrologen, Wunderheiler und ähnliche Gestalten gibt."

Julian Tifflor hörte aufmerksam zu. Er hatte das Gefühl, sein Auftrag, den er voller Ernst und Eifer übernommen hatte, gleite allmählich auf eine Ebene ab, der es an der nötigen Würde mangelte.

„Leider", fuhr Perry Rhodan fort, „sind die Genüsse, denen Boktasius Interesse gilt, auf Tolhaz selbst nicht zu haben. Er muß sie also importieren. Sie sind, wie man versteht, nicht billig. Der Fürst herrscht über nicht mehr als zwei Millionen Untertanen, denen die großzügige Natur ihres Planeten bereitwillig gibt, was sie zum Leben brauchen, deren Produktivität infolgedessen – auf einer Skala von null bis zehn – verdammt nahe bei null liegt. Mit anderen Worten: Boktasiu nimmt nur einen geringen Betrag an Steuern ein. Er hat sein Volk ausgeblutet, um sich die Mittel für seine Völlerei zu beschaffen. Jetzt gibt es bei seinen Untertanen nichts mehr zu holen – und wo nichts ist, da hat der Kaiser sein Recht verloren. Boktasiu lechzt nach den Genüssen, auf die er nun seit etlichen Jahren hat verzichten müssen. An dieser Stelle, Tiff, müssen wir ansetzen."

„Wir geben ihm Geld", platzte Julian Tifflor heraus.

„Das, glaube ich, wäre eine schlechte Vorgehensweise. Der

Geldgeber wird rasch vergessen, der Bringer von Geschenken dagegen nicht."

„Wir liefern ihm also, wonach er lechzt", sagte Tifflor, und seine Miene verriet Unbehagen. „Was im einzelnen meinen Sie, Sir?"

„Das Übliche", antwortete Rhodan mit einer ungewissen Handbewegung. „Ich nehme an, daß Kaviar, Trüffel, Gänseleber auf Tolhaz unter anderem Namen geführt werden – aber solche Dinge stehen unbedingt auf der Liste. Der andere Aspekt, der eher seine Drüsen als seinen Gaumen anspricht, ist natürlich universell und überall derselbe, solange es um humanoide Wesen geht."

Julian Tifflor ließ die Worte in sich einsinken, und als er verstanden zu haben glaubte, nahm sein Gesicht einen steinernen Ausdruck an.

„Das alles sollen wir, ein Kommando der Solaren Flotte, Seinem Fürstlichen Glanz zur Verfügung stellen? Kaviar, Trüffel, Gänseleber und ... und ..."

„Und ... und ... und. Gewiß! Die Flotte des Solaren Imperiums bricht sich keinen Zacken aus der Krone, wenn sie um der guten Sache willen ... Dingsda ... transportiert – wie nennt man das?"

„Dienerinnen der Liebe", antwortete Tifflor steif.

„Na klar, Nutten", grinste Leutnant Velez anzüglich.

„Sergeant Finnegan, Sie haben sich um dieses wichtige und gefährliche Unternehmen in eleganter Weise verdient gemacht", erklärte Velez, ohne daß in seinem gebräunten Gesicht auch nur ein einziger Muskel zuckte. „Sie haben daher das Vergnügen, mit mir zusammen die Delegation zu bilden, die Seinem Fürstlichen Glanz die sehnsüchtig erwarteten Geschenke überbringt."

Fian Finnegan hätte gerne protestiert. Aber er wußte, daß er damit bei Velez nichts ausrichtete. Er machte sich daran, die „Geschenkprozession" zu organisieren, die nach Velez' Vorstellung sowohl imposant, als auch geschmackvoll sein sollte.

Die drei Fahrzeuge, mit denen Julian Tifflors Mission nach Tolhaz gekommen war, standen auf ebenem, von allem Bewuchs befreitem Gelände ein paar Kilometer außerhalb der Stadt Benkliz, in der sich die Residenz des Fürsten befand. Das Flaggschiff des Marschalls war die VERACRUZ, ein Fahrzeug von zweihundert Metern Durchmesser. Den Geleitschutz flog die TIBURON, ein moderner Einhundertmeter-Kreuzer, und als Transportmittel zur jeweiligen Verwendung diente die Kaulquappe SPANISH FLY, die Fian Finnegan im Verdacht hatte, sie stamme noch aus den frühen Tagen der Dritten Macht. Für die Dauer der Mission fungierte Leutnant Velez, sonst Junior-Adjutant des Marschalls, als Kommandeur der SPANISH FLY. Es war Finnegan zu Ohren gekommen, daß die Kaulquappe zuvor einen anderen, würdevolleren Namen getragen hatte. Aus einem Grund, den er nicht verstand, hinter dem er aber wie bei allem, was Jandro Venez tat, eine Anzüglichkeit vermutete, hatte der Leutnant sie umgetauft.

Finnegan bugsierte aus der Lastschleuse der VERACRUZ einen Schwertransporter, den er im Zentrum des von den drei Raumschiffen gebildeten Dreiecks auffahren und mit den siebzehn Containern beladen ließ. Ein zweiter Transporter geringeren Kalibers nahm die acht Schönen auf, die, wie Finnegan inzwischen erfahren hatte, auf Arkon I „eingekauft" worden waren, um dem Fürsten sein schweres, verantwortungsvolles Dasein zu erleichtern. An die Spitze des Zuges setzte er einen offenen Gleiter, der Velez und ihm selbst als Transportmittel diente.

Nachdem der Leutnant die Anordnung inspiziert und für gut befunden hatte, setzte sich der Zug in Marsch. Finnegan übernahm das Steuer. Sie hatten kaum ein paar hundert Meter zurückgelegt, da sagte Velez:

„Von den acht Mädchen starrt eines ununterbrochen zu uns herüber, Sergeant. Offenbar interessiert sie sich nicht für mich, sonst würde sie auf meine freundlichen Gesten anders reagieren. Finnegan, ich hoffe, Sie haben sich auf der Reise von Arkon II die Nase sauber gehalten."

„Selbstverständlich, Sir", antwortete Finnegan im Brustton dessen, der sich seiner Unschuld gewiß war. „Ich habe sämtliche acht Stunden darauf verwendet, auf hypnotischem Weg Arkonidisch zu lernen."

Insgeheim aber dachte er an die junge Arkonidin, die ihm auf dem Raumhafen Olp'duor die anzügliche Bemerkung zugerufen hatte, und es wurde ihm ein wenig heiß unter dem Kragen.

Die Residenzstadt Benkliz war eine Siedlung von bescheidenen Ausmaßen. Sie gruppierte sich im Halbkreis um den Fuß eines mächtigen, senkrecht aufragenden Felsens, der in der leicht verwaschenen Mythologie der Tolhazi eine Rolle als Sitz mehrerer Götter spielte. Unmittelbar vor dem Felsen und sich mit der Rückwand an ihn lehnend, erhob sich der fürstliche Palast, ein vielfach verschachteltes, aber ansonsten anspruchsloses Gebäude, das bis zu einer Höhe von vier Stockwerken aufstieg. Vom Palast aus führten mehrere Straßen radial in die Ebene hinaus. An diesen Straßen lagen die Häuser der Bewohner von Benkliz. Von der eleganten Trichterarchitektur Arkons war hier nichts zu sehen. Die Kolonie Tolhaz war entstanden, bevor die Arkoniden auf die Idee kamen, ihre Häuser wie Kelche auf langen Stielen zu errichten. Die Gebäude in Benkliz waren im Grundriß rechteckig, das Mauerwerk bestand aus gebrannten Steinen und weißer Tünchmasse, und es gab kaum ein Haus, das mehr als eine Etage aufwies.

Vor dem Palast erschollen Fanfaren, als die Geschenkprozession in die Stadt einfuhr. Die Fassade der fürstlichen Residenz wurde von einer Säulenhalle beherrscht, zu der eine flache Freitreppe hinaufführte. Finnegan steuerte den Gleiter zwischen zwei Säulen hindurch und achtete darauf, daß der Transporter mit den Mädchen ihm folgte. Das Absetzmanöver verlief einwandfrei. Inzwischen war der Schwertransporter am Fuß der Treppe gelandet. Dutzende von Tolhazi in der farbenfrohen Pracht der Palastdiener eilten herzu und machten sich daran, die Behälter abzuladen. Auf der gegenüberliegenden Seite des halbkreisförmigen Platzes, der sich vor dem fürstlichen Schloß ausbreitete, hatten sich mehrere hundert neugierige Bürger der Stadt Benkliz eingefunden, um den denkwürdigen Vorgang zu beobachten.

Finnegan war ausgestiegen und sah den Dienern zu, die mit den schweren Containern nicht sonderlich geschickt hantierten. Da hörte er von der Seite her eine halblaute, lockende Stimme:

„Heh, Großer, komm zu mir!“

Er wandte sich um und sah eines der Mädchen winken. Ja, es war dasselbe, das ihm schon auf Arkon II auf recht dreiste Art seine Zuneigung bekundet hatte. Er war trotz etlicher Stunden intensiver Hypnoschulung noch immer kein Meister in der Sprache der Arkoniden; aber was hier gesagt werden mußte, das würde er wohl noch zusammenbringen. Er trat auf den Transporter zu.

„Wie heißt du?“ fragte er barsch.

„Furniki“, antwortete die Arkonidin mit strahlendem Lächeln.

Sie war hübsch, auf herausfordernde Weise anziehend. Er spürte, wie es ihm von neuem heiß unter dem Kragen wurde.

„Du gehörst dem Fürsten“, sagte er mit belegter Stimme. „Klar? Ich habe nichts mit dir zu schaffen. Du darfst dich um mich nicht kümmern.“

„Wir werden sehen ...“, antwortete sie kokett.

In diesem Augenblick tat es auf der Freitreppe einen lauten Krach. Die Diener hatten einen der Container fallen lassen. Der Behälter war aufgeplatzt und hatte einen Teil seines Inhalts über die Stufen verstreut. Leutnant Velez war bereits auf dem Weg zur Unfallstelle; Finnegan eilte hinter ihm drein.

Da tauchte wie aus dem Nichts eine seltsame Gestalt auf: ein kleines Männchen, das eine seltsam geformte, metallene Kopfbedeckung trug. Helle, scharfe Augen leuchteten aus einem faltigen Gesicht; das Kinn zierte ein grauer Spitzbart, der dem Männlein das Aussehen einer Ziege verlieh. Über dem härenen Hemd trug es einen Kettenpanzer. Darunter hervor ragte ein kurzer Rock. Die dünnen Beine staken in eng anliegenden Röhren, und an den Füßen trug das merkwürdige Wesen Schuhe, deren Spitzen sich steil in die Höhe bogen.

Ehe jemand sich's versah, bückte sich der eigenartige Fremde und begann, den verstreuten Inhalt des Containers aufzusammeln. Jandro Velez packte ihn an der Schulter und zog ihn in die Höhe.

„Heh, was soll das?“ fragte er ärgerlich.

Der Fremde ließ fallen, was er aufgesammelt hatte, und starrte den Leutnant zornigen Blicks an.

„Herr Ritter, wollet ihr mit mir in die Schranken treten?" fragte er auf Terranisch.

„Will ich *was?*" rief Velez in komischer Verzweiflung.

„Jeder, der dem Bouillon in die Arme fällt, muß sich mit ihm messen."

Ein seltsames Leuchten erschien in Velez' Augen.

„Bouillon", wiederholte er. „Ich verstehe. Gottfried, nehme ich an?"

„Beileibe nicht", antwortete das Männlein entrüstet, wobei der schmächtige Schädel unter dem Gewicht des Helmes gefährlich ins Wackeln geriet und der Ziegenbart zu schlottern begann. „*Gottlieb* von Bouillon, Bürger der Jetztzeit, seit einer geraumen Zahl von Jahren ansässig auf dieser schönen Welt namens Tolhaz, Berater des Fürsten, Beschützer der Witwen und Waisen. Gottfried, der Kreuzfahrer – Gott hab' ihn selig! – ist mein Urahn."

„Also schön, Gottlieb", sagte Velez, der nun endgültig überzeugt war, daß er es mit einem Geisteskranken zu tun habe, „scher dich von hinnen! Diese Geschenke gebühren dem Fürsten, und niemand rührt sie an!"

Das Männlein warf ihm einen entrüsteten Blick zu. Dann wandte es sich ab, stieg den Rest der Stufen hinauf und verschwand unter der Menge der Hofschranzen, die sich inzwischen im Hintergrund der Säulenhalle eingefunden hatten.

Fian Finnegan sah nachdenklich hinter ihm drein. Der Mann, der sich Gottlieb von Bouillon nannte, sprach mustergültiges Terranisch mit dem Lokalakzent Nordamerikas. Er gehörte nicht zu Marschall Tifflors Mission. Was hatte er auf Tolhaz verloren?

Die zerstreuten Güter – durch Bestrahlung konservierte Kostbarkeiten des arkonidischen Delikatessenmarkts – wurden wieder in den Container geladen, und die Prozession setzte ihren Weg fort. Durch ein hohes Portal gelangte sie in den Thronsaal, wo sich inzwischen der gesamte Hofstaat versammelt hatte. Auf dem massiven Steinthron hockte Fürst Boktasiu, von Jandro Velez nur noch Boccaccio genannt, und starrte den Geschenkebringern ausdruckslosen Gesichts entgegen.

Finnegan bemühte sich, ernst zu bleiben. Der Herrscher von Tolhaz war ein monströser Fettwanst mit spiegelglatt geschorenem Schädel, kleinen Augen, die eben noch über die Fülle der Fettpolster hinweglugten, einem wenig ausgeprägten, Charakterschwäche verratenden Mund und einem Vierfachkinn. Um den feisten Hals schlang sich eine Kette, wahrscheinlich Abzeichen der Würde seines Amtes, die, nach der Unscheinbarkeit ihres Äußeren zu urteilen, aus nichts Kostbarerem als Gußeisen bestehen konnte. Den Oberkörper trug Boktasiu unbedeckt, die füllige Brust bestand aus einer verwirrenden Fülle horizontal angeordneter Fettwülste. Der untere Teil des Fürsten bestand aus einer mit schreiend bunten Längsstreifen dekorierten Pluderhose, wie man sie auf der Erde an Clowns sah, die in den hier und da noch vorhandenen Zirkussen auftraten. Die Füße wiederum waren nackt und wiesen tief eingegrabene Zeichen hygienischer Vernachlässigung auf.

Um eines solchen Affens willen, dachte Finnegan, *veranstalten wir soviel Aufwand?*

Hinter den beiden Terranern ordneten sich die acht jungen Arkonidinnen zu einer Reihe, und hinter ihnen wiederum wurden die siebzehn Behälter abgestellt. Dann trat Leutnant Velez vor, vollführte eine artige Verneigung und hielt eine Ansprache, die so schmalzig war, daß Finnegan mitunter nicht umhin konnte, mit den Zähnen zu knirschen. Fürst Boktasiu ließ dies alles mit stoischem Gleichmut über sich ergehen, und als Velez geendet hatte, reagierte er mit den einfachen Worten:

„Ich danke meinen terlanischen Freunden für die großzügigen Geschenke und lade sie ein, an dem Freudenmahl, das aus Bestandteilen ihrer Gaben hergerichtet werden wird, zusammen mit mir und meinen engsten Vertrauten teilzunehmen."

Eine Stunde später nahmen der Fürst und sein Gefolge sowie die beiden „Terlaner" an einer reich gedeckten Tafel in einem barbarisch ausgestatteten Raum Platz. Eine nennenswerte Unterhaltung entwickelte sich nicht, da die Tolhazi sich auf das Dargebotene stürzten, als hätten sie eigens diesem Mahl zuliebe zwei Wochen lang gefastet. Die acht Mädchen waren inzwischen spurlos verschwunden, und wenn Finnegan den Falstaff von einem Fürsten betrachtete, der ihm gegenübersaß und sich mit beiden Händen in den Mund stopfte, was er nur grabschen konnte, dann wußte er nicht, ob er sie bedauern oder beglückwünschen solle. Er selbst genoß von den fremdartigen Speisen nur höchst vorsichtig, und als er an ein Gericht gelangte, daß aus kleinen, in eine glitschige Soße gebetteten Stücken einer knorpelartigen Substanz bestand, wandte er sich flüsternd an seinen Nebenmann Velez:

„Was ist das?“

„Gepökelte Schafsaugen in Blutgerinnsel“, antwortete der Leutnant, auf beiden Backen kauend.

„Arrrghh ...“

„Reißen Sie sich zusammen, Sergeant!“ zischte Velez. „Woher soll ich wissen, was das ist. Tun Sie so, als wäre es ein Hochgenuß.“

Finnegan gab sich Mühe, und im geheimen leistete er der oft geschmähten Schiffsküche flehentlich Abbitte.

Auch das exotischste Mahl findet schließlich sein Ende. Der Fürst entließ seine Gäste mit freundlichen Worten, jedoch immer noch unbewegten Gesichts. Auf dem Weg über die leere und verlassen wirkende Thronhalle gelangten sie zum Portikus, wo sie den Gleiter bestiegen. Die beiden Transporter hatten sich inzwischen selbsttätig auf den Heimweg gemacht.

Fian Finnegan steuerte das Fahrzeug aus der Stadt hinaus und sehnte sich nach einem kräftigen Trunk, mit dem er den unangenehmen Nachgeschmack des Mahls hinunterspülen konnte.

„Haben Sie gesehen, wie Boccaccio zum Schluß die Tränen über die Wangen liefen?“ fragte Velez.

„Ja. Der letzte Gang war aber auch ein wahres Teufelszeug. So stelle ich mir einen altindischen Curry vor“, antwortete Finnegan und schüttelte sich.

„Um so merkwürdiger“, meinte der Leutnant nachdenklich. „Davon hat er nämlich keinen einzigen Bissen zu sich genommen.“

2

Tolhaz brauchte für die Rotation um die eigene Achse rund achtundzwanzig Standardstunden. Der achtundzwanzigstündige Tag gliederte sich in drei ungleiche Teile: die vierzehnstündige Periode maximaler Helligkeit, in der die Sonne am Himmel stand und den Planeten mit tropischer Hitze übergoß, die erst in den Polarzonen eine gewisse Milderung erfuhr, sodann die sechsstündige Phase der variablen Finsternis, die wiederum abgelöst wurde von der Periode mittlerer Helligkeit.

Unter normalen Umständen hätte die Tolhaz-Nacht nicht wesentlich lichtärmer sein dürfen als der Tag; denn das Tolhaz-System befand sich in unmittelbarer Nähe des Zentrums der gewaltigen Sternenballung M13. Der Nachthimmel war in Wirklichkeit ein unübersehbares Meer von Sternen, deren mittlerer Abstand untereinander knapp ein Lichtjahr betrug und deren Strahlungsleistung im sichtbaren Teil des Spektrums sich zu einem Wert summierte, der mehr als die Hälfte der Leistung des tolhazischen Tagesgestirns betrug.

Die Phase der variablen Finsternis wurde durch eine Dunkelwolke bewirkt, die sich in wenigen Lichtjahren Entfernung quer über das Firmament erstreckte und während eines Teiles der Nacht große Sektoren des Lichterteppichs der Sterne ausblendete. In der gegenwärtigen Jahreszeit stand die Dunkelwolke unmittelbar nach Sonnenuntergang in ihrer größten Ausdehnung am Himmel. Im Verlauf der Planetenrotation wanderte sie allmählich nach Westen ab und versank kurz vor Mitternacht unter dem Horizont.

Die Ereignisse des vergangenen Tages hatten Fian Finnegan in einen Zustand verwirrten Unbehagens versetzt. Er fühlte sich an der Nase herumgeführt und innerlich unausgeglichen. Außerdem war ihm von Boktasius Feinschmeckermahl übel. Er brauchte ein Ventil für seine üble Laune. Was ihm fehlte, war, was man im Unteroffizierskorps der Solaren Flotte „action“ nannte, ein bißchen Rabatz, ein paar Becher Bier und dann vielleicht...

Er dachte an Furniki. Wie dumm von ihm, sie zurückzuweisen.

Was ging ihn ein Fürst an, der geistig so unbedarft war, daß er nicht einmal den Namen derer, die ihm wertvolle Geschenke brachten, richtig aussprechen konnte?

Er erwog die Möglichkeit, nach Einbruch der Dunkelheit in den Palast einzudringen, Furniki zu finden und ihr zu versichern, er hätte es mit seiner Schroffheit so ernst gar nicht gemeint. In seinem kleinen, spartanisch ausgestatteten Quartier an Bord der SPANISH FLY rief er über das Datensichtgerät den Tagesbefehl ab und fand darin nichts, was ihm verboten hätte, den Abend und die Nacht der eigenen Freizeitgestaltung zu überlassen.

Wenige Minuten später war er im Beiboothangar und setzte einen Gleiter in Betrieb. Niemand hinderte ihn, die SPANISH FLY zu verlassen. Alsbald war er auf dem Weg nach Benkliz.

Die Felswand, an die sich der Palast des Fürsten lehnte, wies nach Westen. Die Stadt erstreckte sich in west-östlicher Richtung. Er landete den Gleiter in einem Gestrüpp an der Südflanke des Felsens. Inzwischen war die Sonne untergegangen. Ein schmaler Streifen des östlichen Firmaments strahlte in funkelnder Helligkeit. Der Rest des Himmels war finster bis auf die vereinzelten, leuchtkräftigen Lichtflecke einiger besonders naher Sterne. Die Lichtverhältnisse in der Umgebung des Palasts waren die einer klaren irdischen Vollmondnacht – etwas zu hell für Fian Finnegans Begriffe; aber er konnte nichts daran ändern.

Er schlich bis zum Fuß der Freitreppe und sah oben in der Säulenhalle Palastdiener patrouillieren. Es waren ihrer drei. Als Bewaffnung trugen sie Spieße und Knüttel. Finnegan hätte sie im Ernstfall nicht zu fürchten gehabt; aber er kam nicht an ihnen vorbei, ohne daß sie ihn bemerkten.

Er umging die Treppe in weitem Bogen und näherte sich der Seite des Palasts von Norden her. Er suchte nach einem nicht allzu hoch gelegenen Fenster, durch das er ins Innere gelangen konnte. Aber die tolhazischen Fürsten waren mißtrauische Gesellen. Diejenigen Fenster, die er hätte erreichen können, waren mit schweren Gittern versehen. Er schritt an der Flanke des Gebäudes entlang, bis er die senkrecht aufstrebende Felswand erreichte. Sein

Versuch war fehlgeschlagen. Es gab keinen Weg in den Palast hinein. Er hätte die nördliche Peripherie absuchen können; aber er bezweifelte, daß es dort anders aussah als hier. Zudem wurde die Nacht mit jeder verstreichenden Viertelstunde heller, und es lag ihm nichts daran, von Boktasius Wächtern beim Spitzeln erwischt zu werden.

Das einzig Bemerkenswerte, was Finnegan bisher entdeckt hatte, war, daß der Palast sich keineswegs, wie man allgemein vermutete, mit der Rückwand an den Felsen lehnte. Es gab überhaupt keine rückwärtige Wand. Das Mauerwerk der Nordseite des Palasts verschmolz unmittelbar mit dem Felsen. Es hätte Finnegan nicht überrascht, zu erfahren, daß ein Teil der Räumlichkeiten des fürstlichen Schlosses im Innern des Felsmassivs lag.

Um den halbkreisförmigen Platz vor dem Palast nicht ein zweites Mal überqueren zu müssen, hielt er auf einer der Radialstraßen ein paar Häuser weit in die Stadt hinein, schlug einen Haken nach links und wandte sich erst dann wieder in Richtung des Felsens, als er die letzte Häuserreihe erreicht hatte. Die kleinen, bescheidenen Wohnbauten der Benklizi duckten sich in den bleichen Sternenschimmer. Es war still. Die Bürger schliefen. In dieser Stadt nach „action“ zu suchen, war ein hoffnungsloses Unterfangen.

Er blieb stehen, als ihm ein Geräusch wie menschliches Stöhnen ans Ohr drang. Er hörte einen matten, halb erstickten Aufschrei und dann die flehende Stimme einer Frau:

„Nein . . . nicht . . .“

Die Geräusche kamen aus dem offenen Fenster eines winzigen Hauses, eher einer Hütte, an dem er soeben hatte vorbeischreiten wollen. Er streckte den Kopf durch die Fensteröffnung. Drinnen war es finster, aber die Laute eines verbissenen, schweigend geführten Kampfes waren unverkennbar. Er rannte um die Hütte herum, fand eine hölzerne Tür und sprengte sie mit der Schulter auf. Über das Bersten des Holzes hinweg hörte er einen zornigen Aufschrei. Aus dem Dunkel heraus fuhr ein monströser Schatten auf ihn zu. Ein Paar feister, kräftiger Hände legte sich ihm um den Hals.

Nun war TechSergeant Fian Finnegan einer, der sich etwas darauf einbildete, daß er seine Muskeln nicht nur als Verzierung mit sich herumtrug. Er hatte etliche Jahre intensiver Ausbildung in den klassischen Kriegskünsten des Orients hinter sich. Anstatt vor dem Würgegriff des unsichtbaren Angreifers zurückzuweichen, wandte er sich zur Seite und beugte sich nach vorne. Das Manöver überraschte den Gegner. Finnegans Hand schoß zwischen den beiden Armen des Angreifers in die Höhe und traf die Nase. Mit schmerzhaftem Geheul ließ der Unsichtbare sein Opfer fahren. Blitzschnell nützte Finnegan seinen Vorteil. Er bekam einen Arm des Unbekannten zu fassen, winkelte ihn ab und benutzte den Impuls des Fliehenden, um ihn durch seinen eigenen Schwung zu Fall zu bringen. Unter der Wucht des Aufpralls ging die Tür vollends in Trümmer. Der Boden zitterte, als der Unbekannte flach auf den Rücken stürzte. Pfeifend entwich ihm die Luft aus den Lungen.

Niemand, dachte Finnegan, übersteht einen solchen Sturz, ohne eine Zeitlang groggy zu sein. Aber als er zugreifen wollte, um den Gegner in die Höhe zu ziehen, da zeigte dieser sich quicklebendig. Finnegan erhielt einen harten Schlag gegen den Schädel. Er warf sich vornüber, um den Fliehenden zu halten; aber die Hände glitten am nackten, gesalbten Oberkörper des Fremden ab. Er bekam ein Stück Stoff zu fassen und klammerte sich daran. Das Material gab nach, zerriß mit fauchendem Geräusch. Es gab einen kräftigen Ruck, als der Unbekannte sich von seinem Gewand trennte. Finnegan stürzte vornüber, schlug mit dem Schädel gegen etwas Hartes und blieb ein paar Sekunden lang benommen liegen. Wie durch wattigen Nebel hindurch hörte er das Geräusch der eiligen Schritte, mit denen der Fremde sich entfernte. Er war barfuß, das ließ sich an den platschenden Lauten deutlich erkennen.

Finnegan richtete sich auf. Die Rechte umklammerte noch immer den Stoff, an dem er den Unbekannten hatte festhalten wollen.

„Mach Licht“, sagte er in das Dunkel hinein.

Eine kleine, blakende Lampe flammte auf. Gelblicher Lichtschein verbreitete sich und erleuchtete den einzigen, ärmlich ausgestatteten Raum der Hütte. An der rückwärtigen Wand befand sich ein flaches Lager. Darauf kauerte die Frau, deren Schrei er gehört hatte. Sie war mittleren Alters und von plumper Statur. Ihre Züge waren grob geschnitten, aus den weiten Augen leuchtete der Schreck. Finnegan fragte sich, wie verzweifelt ein Mann sein mußte, der ausgerechnet von diesem häßlichen Weib mit Gewalt nehmen wollte, was es ihm freiwillig nicht zugestehen mochte.

Dann fiel sein Blick auf das Gewand, das er in der Hand hielt. Trotz des langen Risses, der dem Fremden das Entkommen ermöglicht hatte, war es ohne Mühe als Hose erkennbar, eine Pluderhose mit aufgebauschten Beinen. Das Stoffmuster bestand aus einer Reihe schreiend bunter Längsstreifen.

Fassungslos vor Staunen betrachtete er das Beutestück. Dann aber, als der erste Schock der Überraschung verebbte, begann er zu lachen. Er lachte so laut, daß es weit in die Nacht hinausschallte und die plumpe Frau sich vor Entsetzen die Ohren zuhielt, weil sie meinte, sie hätte es mit einem Wahnsinnigen zu tun.

Finnegan aber hörte erst auf zu lachen, als ihm die Tränen schon in Strömen übers Gesicht rannen.

„Der Anspruch des Männchens ist legitim, Sir, soweit sich feststellen läßt“, erklärte Leutnant Velez. „Er hat in der Tat die Funktion eines Beraters des Fürsten, und es sind einige Fälle bekannt, in denen er der einen oder anderen hilfsbedürftigen Familie aus eigenen Mitteln ausgeholfen hat. Daher sein Anspruch, der Beschützer der Witwen und Waisen zu sein.“

Julian Tifflor schüttelte ungläubig lächelnd den Kopf. „Gottlieb von Bouillon?“

Velez hob die Schultern. „Offenbar ein Historien-Narr, Sir. Soweit mir bekannt ist, sind die Herzöge von Bouillon etwa zu Beginn der Neuzeit ausgestorben. Wie der kleine Mann mit dem Ziegenbart die Verwandtschaft nachweisen will, ist mir . . .“

„Wie kam er nach Tolhaz?“ unterbrach der Marschall den Redefluß des Leutnants.

„Vor rund vierzig Jahren, mit einem der Schiffe, die damals noch alle paar Jahre einmal Tolhaz von Arkon aus anflogen. Die genaue Jahreszahl ist niemandem bekannt. Die Tolhazi haben es nicht so mit der präzisen Führung von Akten und Chroniken.“

„Wo wohnt er?“ wollte Tifflor wissen.

„Im fürstlichen Palast.“ Jandro Velez machte ein mißmutiges Gesicht, als habe er noch etwas auf dem Herzen, wisse aber nicht, ob er es zur Sprache bringen solle. Schließlich gab er sich einen Ruck. „Zwei Dinge, Sir, sind mir im Gespräch mit mehreren Beamten des Hofes aufgefallen. Erstens weiß niemand genau, wo im Palast dieser Gottlieb seine Unterkunft hat. Und zweitens gibt es Leute, die durchblicken lassen, daß sich der gesamte Hof vor ihm fürchtet.“

„Der Fürst auch?“ erkundigte sich Tifflor überrascht.

„Der Fürst auch“, nickte Velez.

Tifflor reagierte nicht sofort. Als er nach einer Weile zu sprechen begann, war am Klang seiner Stimme zu hören, daß er der Angelegenheit größte Bedeutung beimaß.

„Wir müssen uns um diesen Mann kümmern, Velez“, sagte er. „Wir müssen erfahren, welche Rolle er bei Hof spielt und ob er uns gefährlich werden kann. Unser Vorhaben ist zu wichtig und gleichzeitig zu sensitiv, als daß wir uns leisten könnten, auch nur die entfernteste Möglichkeit einer Störung des Gleichgewichts außer acht zu lassen.“

Jandro Velez nickte bestätigend und stand auf.

„Ich kümmere mich darum, Sir“, erklärte er.

Fian Finnegan überließ die plumpe Frau ihrer Angst und Verwirrung und machte sich, ohne ein weiteres Wort zu sagen, auf den Rückweg zu seinem Gleiter. In der Hand hatte er die zerrissene Hose mit den bunten Streifen, und in seinem Bewußtsein gaukelte die Frage, wie er sich das alles zusammenreimen solle.

Er schritt am Fuß der Südflanke des Felsens entlang. Es war

inzwischen fast so hell wie zur Zeit der irdischen Morgendämmerung. Er hatte keine Mühe, die Gestalt zu erkennen, die plötzlich hinter den Aufbauten des Gleiters erschien. Er blieb stehen.

„Gottlieb“, sagte er überrascht. „Was hast du um diese Zeit im Freien zu suchen?“

„Sprich nicht im Jargon des Volkes mit dem Ritter, Knappe!“ fuhr der Ziegenbärtige ihn zornig an. „Ich stehe weit über dir und bin es gewohnt, daß man mir mit der geziemenden Ehrfurcht begegnet.“

„Okay, Herr Ritter vom Spitzbart“, grinste Finnegan gemütlich. „Was habt Ihr im Sinn?“

„Was trägst du da?“ erkundigte sich Gottlieb von Bouillon.

„Eine Hose“, lachte Finnegan. „Im übrigen geht's Euch einen Dreck an, Herr Ritter. Ich bin auf dem Heimweg und hab's eilig. Tretet gefälligst zur Seite.“

„Wieviel willst du dafür haben, Knappe?“ fragte der Ziegenbärtige.

„Für die Hose?“ sagte Finnegan verwundert. „Warum sollte ich sie hergeben wollen?“

Gottlieb von Bouillon hob den Kettenpanzer in die Höhe, daß es klirrte, und griff in eine Tasche des härenen Hemds. Als er die Hand öffnete, sah Finnegan eine Fülle von schimmernden Nuggets, von der Größe eines Kieselsteins bis herab zu winzigen Flocken, die kaum den Umfang eines Stecknadelkopfes hatten.

Ein seltsames Gefühl überkam ihn. Er durfte die Hose nicht hergeben. Sie war ein wichtiges Beweismittel, und ohne sie war seine Geschichte nichts wert. Aber verhielt es sich wirklich so? Was der Ziegenbart dort in der Hand hielt, waren mehr als vier Monatssolde eines TechSergeants. Warum sollte er ihm die Hose dafür nicht geben? Jandro Velez würde ihm eben ohne das Beweisstück glauben müssen. Das sollte ihm nicht schwerfallen. Wer sollte sich eine solch verrückte Geschichte ausdenken?

Einen Augenblick lang fühlte er sich benommen. Er war nicht sicher, ob sein Verstand noch zuverlässig funktionierte. Waren das wirklich seine eigenen Gedanken, oder wurden sie ihm von außen her eingegeben? Da drehte Gottlieb von Bouillon die offene Handfläche so, daß die Nuggets den Glanz der Sterne voll reflektierten. Im Nu waren seine Bedenken verschwunden.

„Echtes Gold?“ fragte er.

Der Ritter streckte die Hand aus.

„Als Bezahlung für die Hose“, sagte er. „Fühl das Gewicht. Was könnte es anderes sein?“

Finnegan ließ es zu, daß ihm der Ziegenbärtige die Nuggets in die offene Hand rollen ließ. Wirklich, sie waren schwer! Er zögerte eine Sekunde, dann ließ er die Hose fahren. Gottlieb von Bouillon nahm sie begierig an sich.

„Steck's ein“, sagte er beiläufig, „sonst fällt's dir noch aus der Hand.“

Finnegan schob die Hand in die Tasche und fühlte, wie ihm die schweren Nuggets über die Finger rollten.

„So“, sagte er befriedigt, „jetzt muß ich aber wirklich zurück nach Hause...“

Weiter kam er nicht.

Irgendwo vor ihm in der sternenhellen Nacht tat sich ein finsteres Loch auf. Er verlor das Gleichgewicht, taumelte hinein und war im selben Augenblick bewußtlos...

„Eine Hose?“ fragte Jandro Velez mißtrauisch.

„Eine Hose, Sir“, bestätigte Fian Finnegan und verzog das Gesicht zu einer Grimasse, weil ihm allmählich klar wurde, wie verworren und unglaublich sich seine Geschichte anhörte. „Ich nahm sie einem Unbekannten ab, der in ein kleines Wohnhaus eingedrungen war und dort eine Frau belästigte.“

„Er gab sie Ihnen als Bußzahlung, nachdem Sie ihn mit Hilfe einer Moralpredigt von der Unzulässigkeit seines Verhaltens überzeugt hatten“, kommentierte der Leutnant sarkastisch.

„Nein, so war es nicht“, protestierte Finnegan und beschrieb zum dritten Mal, wie er mit dem Fremden gekämpft hatte und in den Besitz der Hose gekommen war.

„Die Hose war weit geschnitten und bunt gestreift“, sagte Velez.

„Ein solches Kleidungsstück trug der Fürst während der Mahlzeit. Sie wollen doch nicht etwa darauf hinaus, daß Boccaccio, dem wir soeben die acht hübschesten Horizontalexpertinnen von Arkon zugeführt haben, mitten in der Nacht aus seinem Palast ausbricht, um sich an irgendeiner unbedarften Tolhazi-Frau ..." Er beendete den unvollständigen Satz mit einem verwunderten Kopfschütteln.

„Wenn Sie eine andere Erklärung wüßten, Sir?" reagierte Finnegan trotzig.

„Ganz im Gegenteil", brauste der Leutnant auf. „Wenn *Sie* die Hose noch hätten, dann könnte man der Sache womöglich nachgehen. Aber nein. Sie ließen sie sich abnehmen."

„Nicht abnehmen", widersprach Finnegan. „Abkaufen."

„Von wem?"

„Das weiß ich nicht, Sir. Meine Erinnerung ist getrübt."

„Wofür? Ich meine: was bekamen Sie für die Hose?"

„Eine Handvoll Nuggets. Echtes Gold, Sir. Ich steckte es hier in die Tasche."

Jandro Velez ließ sich seufzend auf einen Stuhl fallen und musterte Finnegan mit einem Gesichtsausdruck, in dem sich Bedauern mit Frustration mischte.

„Wir sind die Sache schon dreimal durchgegangen, Sarge", sagte er. „Sie bekamen Gold für die Hose; aber das Gold ist ebenso verschwunden wie die Hose selbst. Was, glauben Sie, sagt der Marschall zu mir, wenn ich ihm diese Geschichte vortrage?"

Finnegan winkte ab.

„Ich kann mir's ungefähr vorstellen", brummte er. Dann hob er den Blick und sah Velez durchdringend an. „Glauben wenigstens Sie mir?"

„Ich bin nicht ganz sicher", antwortete der Leutnant. „Ich habe lange genug mit Ihnen zu tun gehabt. Sie würden eine solch verschrobene Geschichte nicht einfach aus dem hohlen Bauch erfinden. Auf der anderen Seite – wer mag wissen, in welche Gesellschaft Sie heute nacht geraten sind." Er stand auf. „Versetzen Sie sich in meine Lage. Was würden *Sie* glauben?"

Er machte eine hilflose Geste und verließ den Raum. Fian

Finnegan saß eine Zeitlang still. Dann griff er von neuem – zum wievielten Mal schon? – in die Tasche, in die er die Nuggets hatte rollen lassen. Das Ergebnis war dasselbe wie bei allen vorherigen Versuchen. Das Gold war verschwunden.

Er dachte nach. Was war geschehen? Er erinnerte sich dumpf an die Begegnung mit dem, der ihm das Gold gegeben hatte. Seine Gedanken waren in Unordnung geraten. Der Fremde verfügte über eine hypnotische Kraft . . .

Er stand auf und kehrte die Tasche von innen nach außen. Er untersuchte das Futter, und – ja, bei Gott – da war es! Eine winzige Goldflocke, ein Fleckchen Gold von der Größe eines Stecknadelkopfs!

Er lief zur Tür. Er wollte hinter Velez her und ihm zeigen, was er gefunden hatte. Er wollte beweisen, daß seine Geschichte nicht erfunden war. Aber im letzten Augenblick überlegte er sich's anders. Sie glaubten ihm nicht. Er hatte sich von irgend jemand einnebeln lassen und wußte nicht, wovon er sprach, meinten sie.

Nun gut. Er würde ihnen beweisen, daß Fian Finnegan, Tech-Sergeant der Solaren Flotte, gebürtig aus Claggan in Galway County, Bezirk Irland, sich von nichts und niemand etwas vormachen ließ.

Aber er mußte es auf seine eigene Weise tun.

3

Die nächsten Tage verliefen ereignislos – wenigstens für TechSergeant Fian Finnegan. Julian Tifflor traf fast täglich mit dem Fürsten zusammen und verhandelte mit ihm über das Abkommen, das der Solaren Flotte einen Stützpunkt auf Tolhaz einräumte. Die Verhandlungen zogen sich schleppend dahin, wie Finnegan erfuhr. Es sah so aus, als wolle Boktasiu noch weitere Ladungen an Delikatessen und sonstigen Dingen aus den Terranern herausschinden, bevor er auf deren Wünsche einging. Es überraschte Finnegan daher nicht, daß er von Jandro Velez beauftragt wurde, ein zweites Mal nach Arkon II zu fliegen und weitere Fracht von Pellgon zu übernehmen.

Um so erstaunter war er, als er erfuhr, daß er auf Tolhaz Passagiere aufzunehmen habe. Sie wurden von einem Geleit fürstlicher Diener an Bord gebracht: fünf von den acht jungen Arkonidinnen, die er vor einer Woche von Arkon II hierhertransportiert hatte, darunter Furniki, die ihn freundlich begrüßte, aber einen verwirrten und geistesabwesenden Eindruck machte.

Es war nicht schwer, zu verstehen, was der Vorgang zu bedeuten hatte. Der Fürst hatte drei der acht Mädchen für würdig befunden, für längere Dauer seine Gesellschaft zu teilen. Die übrigen fünf schickte er zurück. Finnegan war so gut wie sicher, daß die Ladung, die er auf Arkon II zu übernehmen hatte, wiederum eine Anzahl „Ersatzteile für das fürstliche Hydrolekt" enthielt.

Während einer Normalflugetappe zwischen zwei Transitionen suchte er Furniki auf.

„Wie hat es dir auf Tolhaz gefallen?" fragte er.

Sie musterte ihn mit eigenartigem Blick. Dann sagte sie: „Ich weiß es nicht."

„Du bist deiner Sache nicht sicher?" versuchte er, ihre Antwort zu deuten.

„Nein. Ich erinnere mich an nichts mehr. Ich weiß noch, wie ich vor ein paar Tagen aus deinem Schiff stieg und zum Palast des Fürsten gebracht wurde. Ich weiß auch, wie ich heute morgen aufstand und mich für die Reise ankleidete. Aber was dazwischen liegt, daran habe ich keine Erinnerung mehr."

Finnegan dachte an sein eigenes Erlebnis. Er wußte noch immer nicht, wer ihm die Hose abgenommen und ihn dafür mit Gold bezahlt hatte – nur um ihm kurz darauf das Gold wieder abzunehmen. Irgend jemand arbeitete auf Tolhaz mit hypno-suggestiven Mitteln, und er verstand sein Fach.

Sein Blick fiel auf einen kleinen, schachtelförmigen Behälter, den Furniki im Schoß hielt. Sie hielt ihn mit beiden Händen umschlossen, als fürchte sie, es wolle ihn ihr jemand wegnehmen.

„Was hast du dort?“ erkundigte sich Finnegan mit gutmütigem Spott. „Die fürstliche Belohnung?“

„Ich hoffe, daß es das ist“, antwortete Furniki. „Einer der Diener gab ihn mir heute morgen und meinte dazu, ich hätte keinen Grund, mich über Boktasius Großzügigkeit zu beschweren.“

„Nun, hast du?“ fragte Finnegan neugierig. „Einen Grund, meine ich?“

Sie machte eine kleine, unsichere Geste. „Ich weiß es noch nicht“, sagte sie. „Die Schachtel läßt sich erst in zwei Tagen öffnen. Der Diener warnte mich. Ich solle die Finger von dem Schloß lassen, sagte er, sonst öffnete es sich womöglich überhaupt nie.“

„Unsinn“, brummte Finnegan verächtlich. „Darf ich es mir ansehen?“

Sie reichte ihm die Schachtel nach kurzem Zögern. Finnegan untersuchte das Schloß und stellte fest, daß es eine elektronisch einstellbare Zeitverriegelung besaß. Zeitschlösser waren recht primitiv und nicht immer wirksame Geräte. Es gab sie auf der Erde seit Jahrhunderten; früher waren sie mit mechanischen Uhrwerken betrieben worden. Aber auf Tolhaz hätte er ein solches Instrument nicht zu finden erwartet.

„Ich kann es öffnen“, sagte er zu Furniki. „Willst du, daß ich es tue?“

Sie war damit einverstanden, nachdem er ihr versichert hatte, daß der Inhalt der Schachtel unversehrt bleiben werde. Er besorgte sich das nötige Werkzeug und setzte den elektronischen Uhrmechanismus mit Hilfe eines Pulsgebers auf null zurück. Furniki stand neben ihm, als er den Deckel der Schachtel aufklappte.

Ein paar Augenblicke lang sprach keiner von ihnen ein Wort. Dann sagte Finnegan, seine Stimme belegt vor Staunen: „Wahrhaftig, du brauchst dich nicht zu beschweren. Das ist mehr als großzügig!“

Aus dem mit Samt belegten Boden der Schachtel funkelten ihm Gold und Edelsteine entgegen. Er zweifelte nicht an ihrer Echtheit. Statt dessen fragte er sich, wie ein Fürst, der so arm war, daß er die silbernen und goldenen Verzierungen seines Throns hatte entfernen und einschmelzen lassen müssen, dazu kam, solche Geschenke zu verteilen.

„Haben auch die anderen Mädchen eine solche Schachtel erhalten?" wollte er wissen.

„Jede einzelne", bestätigte Furniki.

Er dachte eine Zeitlang nach. Dann faßte er die junge Arkonidin sanft bei den Schultern und drehte sie so, daß sie ihm ins Gesicht sehen mußte.

„Ich möchte, daß du mir einen Gefallen tust, Furniki", sagte er. „Komm mit mir zurück nach Tolhaz."

„Es ist nichts mehr zu machen", erklärte Jandro Velez niedergeschlagen. „Der Arzt sagt, die Erinnerung ist nicht unterdrückt, sondern völlig gelöscht. Es gibt kein Mittel, mit dem wir sie wieder zum Vorschein bringen könnten."

„Sie erinnert sich an gar nichts mehr?" fragte Finnegan zerknirscht.

„Ein paar Einzelheiten, die die räumliche Umgebung betreffen", antwortete Velez. „Sie sind unzusammenhängend und ergeben keinen Sinn. Sie spricht von einem Tal mit einem beleuchteten Teich und tropischen Pflanzen. Der Arzt nimmt an, daß es sich um Bilder handelt, die aus einem ganz anderen Kontext stammen und die sie aus irgendeinem Grund mit ihrem Aufenthalt auf Tolhaz in Verbindung bringt."

„Wie geht's ihr?" erkundigte sich Finnegan besorgt. „Ich meine, der Arzt hat ihr nicht . . ."

„Keine Angst", fiel ihm Velez lächelnd ins Wort. „Mädchen wie Furniki sind einiges gewöhnt. Sie hat sich die Prozedur widerspruchslos gefallen lassen. Niemand hat ihr weh getan. Sie leidet allerdings an unstillbarer Sehnsucht nach einem gewissen TechSergeant . . ."

Er ließ den Rest des Satzes mit bedeutungsvollem Grinsen in der Schwebe hängen; aber Finnegan hatte ihm nur noch mit halbem Ohr zugehört. Ein Bild war plötzlich vor seinem inneren Auge entstanden. Er erinnerte sich an jene Nacht, als er feststellte, daß der fürstliche Palast keine Rückwand besaß, sondern mit dem Felsen verschmolz, der hinter ihm aufragte.

Er sprang auf. „Ich habe eine Idee!“ sagte er heftig.

Er erklärte dem Leutnant, was ihm in den Sinn gekommen war. Velez war zunächst mißtrauisch.

„Warum sollte der Fürst ein solches Arrangement getroffen haben?“ fragte er. „In seinem Palast ist er sicher.“

„Vielleicht ist es nicht der Fürst“, hielt ihm Finnegan entgegen. „Im übrigen , was kann es schaden, wenn wir uns an Ort und Stelle überzeugen?“

„Es kann zu diplomatischen Verwicklungen führen“, sagte Velez. „Stellen Sie sich vor, man erwischt uns dabei. Ich müßte auf jeden Fall die Erlaubnis des Marschalls einholen.“

„Tun Sie das“, schlug Finnegan ihm vor.

Nach kurzem Zögern erklärte Velez sich einverstanden. Er ließ Finnegan allein und kehrte erst nach einer halben Stunde zurück.

„Tifflor hat nichts dagegen einzuwenden“, sagte er. „Aber wenn wir uns erwischen lassen, streitet er jede Kenntnis der Angelegenheit ab und wirft uns das Buch mit dem Flottenreglement ins Kreuz.“

„Daran stören wir uns nicht“, erklärte Finnegan begeistert.

„Das sagen Sie so leicht dahin“, knurrte Velez. „Sie sind nicht schon dreimal degradiert worden.“

Sie näherten sich dem Felsen von Osten her. Die Sonne war vor wenigen Minuten untergegangen. Bevor die Nacht nennenswert heller wurde, mußten sie ein brauchbares Versteck für den Gleiter gefunden haben.

Die Felsplatte stieg in westlicher Richtung allmählich an und wurde dann zu einem Plateau, das unmittelbar hinter dem fürstlichen Palast mit dem bekannten, senkrechten Absturz endete. Jahrtausende der Erosion hatten auf der Höhe des Felsens eine Bodenkrume geschaffen, die reichlicher Vegetation als Untergrund diente.

Jandro Velez navigierte nach einer Aufnahme, die von der VERACRUZ während des Landemanövers angefertigt worden war und die Oberfläche des Felsens zeigte. Finnegan glaubte, auf dem Bild ein Geländedetail erkannt zu haben, das es wert war, aus der Nähe betrachtet zu werden. Der Leutnant steuerte das Fahrzeug auf eine kleine Lichtung, die ringsum von dichtem Buschwerk und einzelnen hoch aufragenden Bäumen umgeben war, und setzte es lautlos zu Boden. Sie kletterten durch das offene Luk und bahnten sich einen Weg durch das Dickicht.

Plötzlich blieb Furniki stehen. „Horcht", flüsterte sie.

Von weither drang Stimmengeräusch. Sie versuchten, sich daran zu orientieren, schlugen ein paarmal den falschen Kurs ein, fanden jedoch die Richtung, in der die Geräusche lauter wurden.

„Merkwürdig", kommentierte Velez. „Die Stimmen scheinen aus dem Boden zu kommen."

„Nichts anderes hatten wir erwartet", antwortete Finnegan.

Sie erreichten eine Stelle, an der das Gelände sich zu senken begann. Indem sie am Rand der Senke entlangschritten, ermittelten sie, daß es hier eine trichterförmige Vertiefung von mehr als vierzig Metern Durchmesser gab. Die steil abfallenden Wände des Trichters waren dicht mit Bäumen und Büschen bewachsen. Hier und da schimmerte Licht durch das Laubwerk. Die Stimmen, zumeist weiblich, kamen aus dem Grund des Trichters.

Sie machten sich an den Abstieg. Je weiter sie vordrangen, desto lauter wurde das Stimmengewirr. Man schien dort unten ein Fest zu feiern. Kokettes Kichern, herausforderndes Gekreisch und hin und wieder ein lustvolles Stöhnen wiesen darauf hin, daß es dabei weniger züchtig zuging, als es den landläufigen Moralbegriffen entsprach.

Sie gelangten an den Rand einer Baumgruppe und hatten von dort aus nahezu freien Ausblick auf den Grund des Trichters.

„O mein Gott!" hauchte Velez.

„Da haben Sie Ihren beleuchteten Teich", brummte Finnegan.

„Ja, ja . . . das war es!" stieß Furniki hastig hervor. „Das ist das Tal, an das ich mich erinnere."

Velez winkte ihr zu schweigen. Sie befanden sich höchstens noch acht Meter über der Trichtersohle. Eine künstlich hergerichtete tropische Landschaft breitete sich dort unten aus. Riesige Farne säumten verschlungene Pfade, palmenähnliche Gewächse reckten ihre früchtebeladenen Wipfel in den Nachthimmel, der um so dunkler erschien, als auf dem Grunde des Trichters Hunderte von Lichtern brannten, unter den Farnen versteckt oder zu Ketten entlang der Palmenstämme angeordnet.

Am beeindruckendsten jedoch war der große Teich, eine unregelmäßig geformte Wasserfläche, die von kräftigen Unterwasserstrahlern bis in den letzten Winkel ausgeleuchtet wurde. Im Wasser tummelten sich menschliche Gestalten. Finnegan erkannte neben den drei Mädchen, die von der letzten Fuhre übriggeblieben waren, die fünf Arkonidinnen, die er heute von Arkon II gebracht hatte. Das einzige männliche Wesen im Kreis der lärmenden Schwimm-Party war ein kleines, knochiges Geschöpf, das sich inmitten des Trubels recht merkwürdig ausnahm, als sei es aus Versehen unter die Schar junger Frauen geraten.

„Da soll doch der Teufel . . .“, knurrte Velez perplex.

„Jetzt wissen wir, warum der Fürst weinte“, sagte Finnegan. „Die Schätze, die wir ihm bringen, sind in Wirklichkeit für Gottlieb von Bouillon bestimmt.“

„Schauen Sie sich ihn an, den alten Ziegenbock!“ stieß Belez empört hervor. „Siebzig, achtzig Jahre alt – und wie er sich aufführt!“

„Nur kein Neid, Sir“, versuchte Finnegan ihn zu beruhigen. „Wenn Sie im Greisenalter nur von Kaviar und Austern leben, schaffen Sie das auch noch.“

„Und der arme Fürst“, hauchte Velez, „muß sich bei Nacht und Nebel aus dem Palast schleichen, um bei seinen Untertaninnen Entspannung zu suchen.“

„Wobei ihm mitunter ein Fremder in die Quere kommt und ihm die Hose klaut“, ergänzte Finnegan. „Glauben Sie meine Geschichte jetzt? Der Alte muß von Boktasius Mißgeschick Wind bekommen haben. Er dachte sich, daß wir Verdacht schöpfen würden, wenn der Fürst sich in der Stadt belustigte, nachdem wir ihm eben erst acht knackfrische Kurtisanen kostenlos zur Verfügung gestellt hatten. Er machte mich mit seiner hypnotischen Kunst und einer Handvoll Gold gefügig, und als mein Verstand völlig weggetreten war, nahm er mir das Gold wieder ab."

Sie kauerten hinter niedrigem Gestrüpp und spähten zwischen den Zweigen hindurch, um sich keine Phase des Geschehens im hell erleuchteten Teich entgehen zu lassen. Finnegan fühlte plötzlich den sanften Druck einer Hand auf dem Oberarm, und ein Hauch warmen Atems strich an seinem Ohr vorbei.

„Komm mit mir!" flüsterte Furniki.

„Jetzt nicht", wehrte Finnegan verlegen ab. „Später, später ..."

„Ich habe lange genug auf dich gewartet", drängte die Arkonidin.

„Wir hauen besser ab", sagte Finnegan zu Velez.

„Warum jetzt? Es gibt eine Menge zu beobachten."

„Furniki erträgt das nicht", klagte Finnegan. „Sie sieht sich das Treiben dort unten an und ... und ..."

„Komm mit!" flehte Furniki. „Jetzt gleich ..."

„Zum Donnerwetter!" brauste Finnegan auf.

Er wollte das Mädchen zur Seite schieben. Aber Furniki lehnte sich mit dem ganzen Gewicht gegen ihn. Er ruckte ein Stück weit in die Höhe und verlor das Gleichgewicht. Hilfesuchend streckte er die Arme aus, aber anstelle des Leutnants bekam er nur die Zweige eines Busches zu fassen, die von der Natur nicht dazu geschaffen waren, seinem massigen Körper Halt zu geben. Es knackte und prasselte, und plötzlich gab der Boden unter ihm nach.

„Tod und Teufel!" schrie er und ging mit einer Lawine aus Staub und Dreck zu Tal.

Wasser troff aus schütterem, grauem Haar. Das Tuch, das das Männchen sich in aller Eile umgeschlungen hatte, bedeckte seine Blöße kaum. Aber in den flinken, grünen Augen schimmerte es gefährlich, und der Lauf des Blasters, der Fian Finnegan auf den Bauch zielte, glomm im orangefarbenen Feuer des Abstrahlfelds.

„So, Knappe, hast du deine unverschämte Nase ein wenig zu weit hinausgestreckt“, sagte Gottlieb von Bouillon höhnisch. „Wird dir nicht guttun, mein Junge. Hier auf Tolhaz hab' ich alle Karten in der Hand. Du meinst, du hättest eine Entdeckung gemacht? Wirst sehen, was sie dir einbringt.“

Finnegan verfluchte sein Geschick. Der Sturz hatte ihn aufs Kreuz geworfen und ihm die Luft aus den Lungen gedrückt. Bevor er wieder auf die Beine kam, hatte das Männchen vor ihm gestanden. Die Mädchen waren kreischend ins Gebüsch geflüchtet.

„Steh auf“, befahl Gottlieb von Bouillon.

Finnegan gehorchte. Was blieb ihm auch anderes übrig. Die einzige Waffe, die er trug, war ein leichter Paralysator. Der Alte dirigierte ihn in den Hintergrund des Trichters, wo ein gemauerter, stollenähnlicher Gang ins Innere des Felsens führte. Es gab Abzweigungen und Kreuzungen; ein wahres Labyrinth durchzog das Gesteim. Es dauerte nur ein paar Quergänge und Rampen, bis Finnegan jegliche Orientierung verloren hatte.

Vor einer stählernen Tür ließ Gottlieb von Bouillon ihn anhalten.

„Hier bist du eine Zeitlang sicher, Knappe“, bemerkte er hämisch. „Bis ich alle nötigen Vorbereitungen getroffen habe. Keine Angst, es wird dir nichts geschehen. Wenigstens von meiner Hand nicht. Was aber der Marschall zu deiner Verhaltensweise sagen wird ...“

Die Tür öffnete sich. Finnegan blickte in ein kleines, düster erleuchtetes Gemach. Der Alte gab ihm einen Stoß in den Rücken. Finnegan stolperte vorwärts.

„Ich warne Sie!“ schrie er wütend. „Das kommt Sie teuer ... “

Die Tür schloß sich mit sattem, schmatzendem Laut, ehe er seine Drohung an den Mann bringen konnte.

Er lehnte sich an die kühle Felswand. Was jetzt? Gottlieb von Bouillon wußte, daß es unter der Mannschaft des terranischen Expeditionskorps zumindest *einen* gab, der sein Spiel durchschaut hatte. Als erstes würde er sich überzeugen müssen, daß nicht noch mehr Zeugen vorhanden waren. Es blieb ihm nichts anderes übrig, als die Trichterwand hinaufzuklettern und nach Spuren zu suchen. Finnegan war sicher, daß Velez und das Mädchen sich so rasch wie möglich zurückgezogen hatten. Fürs erste würde der Alte infolgedessen nicht erfahren, daß sein Geheimnis mehrere Mitwisser hatte.

Und dann? Er konnte einen TechSergeant der Solaren Flotte nicht für immer bei sich eingesperrt halten. Man würde Finnegan vermissen und nach ihm suchen kommen. Nein, dem Mann mit dem Ziegenbart blieb nur die Flucht nach vorne übrig. Er hatte Fürst Boktasiu in der Hand – ohne Zweifel vermittels desselben hypnotischen Apparats, mit dem er Finnegan und den drei Arkonidinnen die Erinnerung genommen hatte. Boktasiu also würde Julian Tifflor zu sich bestellen und sich bei ihm über die Verletzung seiner Privatsphäre durch einen Untergebenen des Marschalls beschweren. Der Übeltäter konnte daraufhin getrost ausgeliefert werden, es schenkte ihm ja ohnehin niemand Glauben . Und falls doch jemand ein solches Gelüst ankommen sollte, dann gab es immer noch das diplomatische Druckmittel: entweder der Übeltäter wird bestraft, oder Terra bekommt keinen Stützpunkt auf Tolhaz.

So weit war Fian Finnegan in seinen Überlegungen gekommen, als er ein Kratzen an der Tür hörte. Verwundert horchte er auf. Es war erst zehn Minuten her, daß ihn der Alte hier eingesperrt hatte. Was wollte er jetzt schon wieder?

Die Tür glitt auf. Draußen war es finster. Finnegan hörte unterdrücktes Gekicher. Dann sagte eine vertraute Stimme auf Arkonidisch:

„Das ist er. Finnegan, mein Freund.“

Er trat hinaus in den Korridor. Vier Mädchen, drei von ihnen spärlich bekleidet, drängten sich um ihn.

„Wie kommst du hierher?“ fragte er Furniki.

„Ich sah dich in Gefahr und kam hinter dir her“, antwortete sie schüchtern. „Ich fürchte, Velez ist mir böse.“

„Kein Wunder“, knurrte Finnegan. „Wenn der Alte dich gefaßt hätte, dann wäre unser ganzer Plan durchschaut.“

„Oh, da war keine Gefahr. Der Alte war verschwunden. Er brachte dich ins Innere des Felsens. Ich zeigte mich den Mädchen und erzählte ihnen meine Geschichte. Sie boten mir Hilfe an. Ich versteckte mich, bis der Alte wieder zum Vorschein kam . . .“

„Wo ist er jetzt?“

„Draußen im Trichter. Er hat sich ein paar Palastdiener geholt. Sie suchen die Trichterwände ab. Die anderen fünf Mädchen sind ebenfalls noch draußen. Sie warnen uns, wenn der Alte vorzeitig zurückkommt.“

Finnegans Verstand arbeitete mit fieberhaftem Eifer. Der Umriß eines Plans entstand in seinem Bewußtsein. Er durfte keine Sekunde verlieren.

„Ihr drei“, sagte er zu den dürftig Bekleideten, „geht wieder nach draußen. Verratet niemand, was hier geschehen ist. Wenn ihr mir helft, wird eure Belohnung reichlich sein. Furniki, kennst du den Weg, der von hier in den Palast führt?“

„Ja“, antwortete das Mädchen eifrig. „Ich erinnere mich auf einmal wieder an vieles. Zum Beispiel, daß es hier unten Zellen gibt, von denen der Alte geprahlt hat, sei seien ausbruchsicher.“

„Gut, du führst mich“, entschied er, und als die andern drei Mädchen unsicher zögerten, nickte er ihnen aufmunternd zu. „Geht nur. Es droht euch keine Gefahr, solange ihr den Mund haltet.“

Sie trollten sich davon. Finnegan überließ sich Furnikis Führung und gelangte ohne Mühe in den Palast. Es juckte ihn in den Fingern, Gottlieb von Bouillons Privaträume zu durchsuchen; aber dazu hatte er keine Zeit. Das blieb anderen überlassen.

Zusammen mit Furniki schritt er durch mehrere leere Korridore, bis sie an ein Treppenhaus gelangten, das den Palast in seiner ganzen Höhe durchzog. Finnegan beugte sich über das Geländer und sah auf dem nächstunteren Absatz einen bewaffneten Posten stehen. Er zog sich ein paar Schritte weit zurück und flüsterte Furniki zu:

„Sieh zu, daß du unbemerkt ins Freie gelangst. Hier im Palast soll dich niemand sehen. Ich lenke den Posten unter uns ab. Du schleichst dich vorbei, und . . .“

„Ich weiß, ich weiß“, beschwichtigte sie ihn. „Ich erinnere mich auch an die Treppe. Wohin soll ich gehen, wenn ich den Palast verlassen habe?“

„Zur SPANISH FLY. Melde dich bei Velez und sag ihm, daß ich auf dem Weg bin. Klar?“

Sie machte die Geste der Zustimmung. Finnegan ging auf die Treppe zu und schritt die Stufen hinab. Seine Schritte waren deutlich zu hören. Eine Etage tiefer versperrte ihm der Posten mit schräg gehaltener Lanze den Weg.

„Wohin, Fremder?“ fragte er barsch.

„Ich habe Seinen Fürstlichen Glanz zu sprechen“, erklärte Finnegan.

„Um diese Zeit? Der Fürst schläft.“

„Weck ihn!“ befahl Finnegan grob. „Die Sache ist wichtig.“

Der Posten zögerte eine Sekunde, dann schritt er Finnegan voran in einen Korridor, der vom Treppenhaus fort in die Tiefe des Palasts führte. Finnegan wandte sich um und sah Furniki an der Mündung des Ganges vorbeihuschen. Alles lief wie geplant.

Vor dem Schlafgemach des Fürsten lag ein kleines Gelaß, in dem der Kammerdiener Wache hielt. Verschlafen sprang er auf und wollte lauthals protestieren, als er den Terraner erblickte. Mit einem weiten Schritt stand Finnegan bei ihm und hielt ihm die Hand auf den Mund.

„Keinen Lärm!“ zischte er. „Es geht um das Leben des Fürsten. Ich bin beauftragt, ihn in Sicherheit zu bringen. Es ist der kleine Mann mit dem Spitzbart, von dem Seinem Fürstlichen Glanz Gefahr droht. Verstehst du?“

Der Kammerdiener machte eifrig die Gebärde der Bejahung. Finnegan spielte ein gewagtes Spiel. Er verließ sich darauf, daß der Ziegenbärtige vom Palastpersonal tatsächlich so gefürchtet wurde, wie Jandro Velez angedeutet hatte.

Finnegan ließ den Kammerdiener fahren.

„Ich nehme den Fürsten mit mir und bringe ihn an Bord unseres Flaggschiffs. Dort kann ihm niemand etwas anhaben. Ich rechne damit, daß der Mann mit dem Spitzbart ebenfalls hier erscheinen und nach dem Fürsten fragen wird." Ein spöttisches Lächeln huschte über sein kantiges Gesicht. „Sein Fürstlicher Glanz unternimmt hin und wieder nächtliche Ausflüge nicht wahr?"

Der Kammerdiener druckste ein wenig; aber schließlich gab er zu, daß es sich in der Tat so verhalte.

„Sag dem kleinen Alten, er sei auch heute nacht wieder auf einem Ausflug", trug Finnegan ihm auf. „Auf diese Weise brauchst du keine weiteren Fragen zu beantworten. Ich sage euch beiden: der Alte mit dem Bart ist eine Gefahr für ganz Tolhaz! Wir helfen euch, ihn loszuwerden. Wenn ihr euch nach meinen Anweisungen richtet, wird man euch belohnen. Und jetzt geh, hol den Fürsten. Aber ohne Lärm!"

„Er kommt", meldete der Posten am IR-Bildschirm. „Zu Fuß, mit einem ganzen Gefolge von Palastdienern."

„Die Diener sollen mit ihm eingelassen werden und im Vorraum der Schleuse warten", entschied Julian Tifflor.

Die nötigen Anweisungen wurden erteilt. Inzwischen wandte Tifflor sich an seinen TechSergeant.

„Sieht so aus, als ginge Ihre Rechnung auf, Finnegan", sagte er. „Einen Augenblick lang wollten mir ein paar graue Haare wachsen. Am besten machen Sie sich vorübergehend unsichtbar. Verfolgen Sie auf dem Monitor mit, was hier geschieht. Wenn ich das Zeichen gebe, treten Sie ein – *mit* Ihren Schützlingen."

Finnegan verschwand durch ein stählernes Schott und gelangte in einen Raum, in dem Furniki und der Fürst warteten. Boktasiu machte einen verstörten Eindruck. Er stand deutlich unter Gottlieb von Bouillons hypno-suggestivem Einfluß und hatte nur eine ungewisse Vorstellung von dem, was um ihn herum vorging. Der Arzt hatte ihn einer oberflächlichen Analyse unterzogen und war sicher, daß man ihn ohne Mühe von dem hypnotischen Bann befreien könne, sobald sich ausreichend Zeit dazu bot. Furnikis

Augen dagegen leuchteten vor Begeisterung und Tatendurst und vielleicht noch etwas anderem, wodurch Fian Finnegan sich veranlaßt sah, den Monitor einzuschalten und seine Aufmerksamkeit auf diesen zu konzentrieren.

Drüben war Gottlieb von Bouillon inzwischen eingetreten. Er trug Helm und Kettenpanzer; aber sein sicheres Auftreten stand in krassem Gegensatz zu der lächerlichen Aufmachung.

„Ich komme im Auftrag Seines Fürstlichen Glanzes", begann er ohne Gruß, „um ernsten Protest zu erheben."

Julian Tifflor wies auf einen Sessel.

„Ihr Besuch, Herr Ritter", sagte er gelassen, „ist mir trotz der ungewöhnlichen Stunde willkommen. Wogegen will Sein Fürstlicher Glanz protestieren?"

„Gegen eine unentschuldbare Verletzung seiner Privatsphäre durch ein Mitglied Ihrer Mannschaft."

„Wann geschehen?" erkundigte sich der Marschall sachlich.

„Vor etwa anderthalb Stunden. Ich bin bereit..."

Tifflor winkte ab. „Und wann hat der Fürst Sie beauftragt, diesen Protest vorzutragen?"

„Vor... vor einer Stunde", antwortete der Ziegenbärtige. „Sein Fürstlicher Glanz besteht darauf..."

Tifflor hatte die Hand gehoben. Das Schott öffnete sich. Dem Männlein blieb das Wort im Halse stecken, als Boktasiu durch die Öffnung trat.

„Ihr Protest erscheint mir verdächtig, Herr Ritter", erklärte der Marschall mit scharfer Stimme. „Um so mehr, als Sein Fürstlicher Glanz seit einigen Stunden mein lieber Gast ist."

„Da... da... das..." begehrte der Spitzbärtige auf.

In diesem Augenblick erschien Furniki. Der Alte wurde grün im Gesicht, als er das Mädchen erkannte, das er längst wieder auf Arkon II wähnte. Er sank in den Sessel, den er zuvor nicht hatte annehmen wollen.

„Ich wei... weiß nicht... wie..."

„Vielleicht fällt's Ihnen jetzt ein!" sagte Finnegan mit spöttischem Nachdruck, wobei er ebenfalls durch das offene Schott trat.

Gottlieb von Bouillon sank vornüber und gab eine Reihe lallender Laute von sich. Der Interkom summte. Tifflor drückte die Empfangstaste.

„Leutnant Velez hier, Sir“, meldete sich eine helle Stimme. „Unternehmen erfolgreich abgeschlossen.“

„Sie haben alle Beweisstücke?“ erkundigte sich Tifflor.

„Und ob, Sir“, antwortete Velez triumphierend. „Von den Schätzen, die er dem Fürstentum abgenommen hat, bis zu der hypnotischen Apparatur, mit der er seinen Opfern den Willen und die Erinnerung nahm.“

„Es ist gut, Velez“, nickte der Marschall. „Kommen Sie in mein Quartier. Ich könnte mir vorstellen, daß Ihre Anwesenheit die weiteren Verhandlungen erleichtert.“

„Es war eine Verlockung, der ich nicht widerstehen konnte.“ Gottlieb von Bouillons Stimme war leise und schwach, als fürchte er sich, seine Worte könnten zu weit hinaus in die Welt dringen. Von dem Glanz in seinen hellen Augen war nur noch eine winzige Spur zu sehen. „Ich hatte den Höhepunkt des Lebens überschritten. Das Alter kam auf mich zu. Ich besaß ein paar Mittel und eine Menge Kenntnisse und überlegte, wie ich sie nutzen könne, um mir einen vergnüglichen Lebensabend zu verschaffen.“

Er machte eine kurze Pause. Ein mattes Lächeln huschte über das faltige Gesicht.

„Sie erinnern sich, wie sich früher tatkräftige Männer in zentralamerikanischen Bananenrepubliken einrichteten, den örtlichen Diktator als Strohmann benützten und ein Leben führten wie ... wie ...“

„Wie Gott in Frankreich“, kam ihm Tifflor zu Hilfe. „Ja, ich erinnere mich.“

„Dasselbe schwebte mir vor. Ich erwarb das hypno-suggestive Gerät, nahm ein paar Verbesserungen daran vor und machte mich auf die Suche nach einem geeigneten ... nun, Bananenplaneten, fand ihn hier und ließ mich nieder. Es ging alles wie geplant. Nur hatte ich meine Vitalität bei weitem unterschätzt. Ich war süchtig nach den Genüssen des Lebens, nach gutem Essen, nach schönen Frauen. Hier auf Tolhaz war solches nicht zu haben. Ich mußte es von Arkon einführen. Das kostete Geld. Ich nahm mir, was dem Fürsten zur Verfügung stand; aber der Zeitpunkt ließ sich absehen, da die Mittel des Fürstentums zur Neige gingen. Daher kam mir äußerst gelegen, daß das Solare Imperium nach einem Stützpunkt in der Nähe Arkons zu suchen begann. Ich ließ das Gerücht verbreiten, Boktasiu sei ein unbeherrschter Völler, der gerne bereit sei, seinen Planeten demjenigen zur Verfügung zu stellen, der ihm das meiste an leiblichen Genüssen bot."

„Der Völler waren in Wirklichkeit Sie?"

„Nun, Boktasiu ist in dieser Rolle nicht zu verachten", grinste der Spitzbärtige verschmitzt. „Aber er hat es nicht so sehr mit dem guten Essen, nur mit den Frauen. Ich nahm mir, was die Welt mir bot. Wollen Sie mir das verübeln?"

„Ich persönlich, nein", antwortete Julian Tifflor. „Aber es gibt zwei Justizsysteme, die sich mit Ihnen unterhalten möchten. Das hiesige und das des Solaren Imperiums. Mit welchem hätten Sie lieber zu tun?"

Der Alte wurde blaß.

„Mit ... mit Terra", stammelte er.

Eine Woche brauchte Boktasiu, bis der Arzt der VERACRUZ ihn von den Überresten des hypnotischen Banns befreit hatte. Als er begriff, welchem Zwang er während der vergangenen Jahre ausgesetzt gewesen war, schäumte er vor Wut und verlangte die sofortige Bestrafung des Übeltäters. Es gehört zu Julian Tifflors beeindruckendsten Leistungen auf dem Gebiet der interstellaren Diplomatie, daß er es fertigbrachte, den Fürsten zu beruhigen, ihn von einer Verfolgung Gottfried von Bouillons abzubringen (dem Spitzbart würde es auf der Erde schlimm genug ergehen, versicherte er ihm) und ihn obendrein noch dem Solaren Imperium als treuen und verläßlichen Freund zu gewinnen.

Von den acht Arkonidinnen erklärten sich fünf bereit, auf Tolhaz zu bleiben und den Alltag des Fürsten zu verschönern.

Furniki stand selbstverständlich von vornherein nicht zur Debatte. Die hatte längst einen anderen Favoriten mit Beschlag belegt.

Die Mädchen, die nach Arkon zurückkehrten, wurden reich belohnt; ebenso der Wächter und der Kammerdiener, die sich gemäß Finnegans Anweisungen verhalten hatten. Boktasiu konnte sich solche Großzügigkeit jetzt wieder leisten. Gottlieb von Bouillon hatte erst vierzig Prozent seines Reichtums verpraßt.

Der Vertrag bezüglich des Stützpunktes kam mühelos zustande. Die TIBURON machte sich mit der erfreulichen Neuigkeit sofort auf den Weg nach Eta-82 Herculis, wo Perry Rhodan auf Nachricht wartete. Die SPANISH FLY brachte die Arkonidinnen, die es wünschten, nach Arkon II zurück. Über den Abschied Furnikis von TechSergeant Fian Finnegan soll hier nur gesagt werden, daß er tränenreich und voll heißer Gelöbnisse war. Und GunSergeant bekam, bevor die Kaulquappe sich wieder in Marsch setzte, sein Freibier sowie einen ausführlichen Bericht über die Ereignisse auf Tolhaz.

An einem Treffpunkt außerhalb des Sternhaufens M13 stießen die SPANISH FLY und die VERACRUZ zueinander und nahmen gemeinsam Kurs auf Eta-82.

Die 21 000 Lichtjahre weite Strecke war etwa zur Hälfte bewältigt, als Fian Finnegan zur Wachablösung Mitternacht in der Kommandozentrale der SPANISH FLY eintraf. Es war ruhig im Schiff; nur die schweren Aggregate erzeugten ein immerwährendes, dumpfes Wummern, das die Schiffszelle vibrieren ließ und die Luft zum Zittern brachte.

Jandro Velez, den Finnegan abzulösen hatte, saß vor einem Datensichtgerät und war mit seiner Aufgabe, was immer sie sein mochte, so beschäftigt, daß er den Eintritt des TechSergeant überhörte. Er fuhr auf, als Finnegan sich erkundigte:

„Darf man fragen, Sir, was Ihre Aufmerksamkeit derart gefangenhält?"

Velez machte eine wegwerfende Geste.

„Weiter nichts als ein Erlebnisbericht", sagte er. „Vielleicht läßt er sich irgendwo zur Veröffentlichung verwenden."

Finnegan sah ihm über die Schulter. Weiter als bis zur Überschrift hatte es der Leutnant noch nicht gebracht.

„Die Ligatur prostitutiver Entitäten mit dem prinzipalen Omphalkomplex“, las er ehrfurchtsvoll. „Das klingt wissenschaftlich. Wie würden Sie das in einfachem Terranisch ausdrücken?“

„Wie man dem Fürsten eine Hure auf den Bauch bindet“, antwortete Velez trocken.

K. H. Scheer

Die zweite Phase

Leser der Perry-Rhodan-Bände 1074 und 1083 kennen Clifton Callamon, den Drei-Sterne-Admiral aus der Zeit des Solaren Imperiums. Sie wissen auch, daß CC alle Leute auffordert, ihn zu siezen, weil ihm die allgemeine Duzerei der Hanse-Ära entsetzlich gegen den Strich geht.

Hier haben wir es jedoch mit dem Clifton Callamon des Jahres 2401 zu tun – und mit einer gleichermaßen delikaten wie riskanten Mission, die zu einer Konfrontation mit den Akonen führt. CC zur Seite steht Leutnant Pipper Raizfoll, ein junger Mann, den das Pech auf Schritt und Tritt zu begleiten scheint . . .

1

„Gehen Sie mit Gott, aber gehen Sie!“ bat der Kommandant des Nachschubfrachters mit beschwörend klingender Stimme. „Die SODOM steht auf Landefeld 18. Wie Sie dorthin kommen, ist Ihre Sache. Viel Glück, junger Mann. Ich weiß zwar nicht, weshalb ich Ihretwegen auf einem vorgeschobenen Stützpunkt der USO landen mußte; aber ich schwöre Ihnen, daß ich sofort wieder starte, ehe Sie eventuell zurückkommen.“

Pipper Raizfoll blickte den kleinwüchsigen Mann so unschuldsvoll verwundert an, wie nur er jemand anschauen konnte.

„Aber Sir, sollte ich Ihnen nicht vorher behilflich sein, Ihre Güter zu löschen? Ich verstehe mich prächtig auf Antigravleichter und ... “

„Nein“, stöhnte Oberst Meinzter. „Mein Nachschub ist für einen benachbarten Flottenstützpunkt des Solaren Imperiums bestimmt. Herr, gehen Sie endlich! Oder wollen Sie mir zu allem Übel auch noch meine Be- und Entladevorrichtungen demolieren?“

Eine Viertelstunde später marschierte Pipper Raizfoll, frischgebackener Leutnant der Solaren Flotte, vergnügt pfeifend über den Raumhafen des USO-Planeten Zeklas auf der Eastside der Galaxis.

Ihn kümmerte weder die Eiseskälte noch die dünne Luft, denn Pipper war, wie er behauptete, an Strapazen aller Art gewohnt. Sein Gepäck war dürftig. Es bestand aus einem grünlichen Rucksack, den er jedoch nur über einer Schulter trug. Auf dem Brustteil seiner Uniformkombination baumelte ein transparenter Kunststoffbeutel, in dem sich seine Legitimationen befanden.

So ausgerüstet, war Pipper Raizfoll auf der Erde in den Nachschubfrachter eingestiegen, und so war er auch etwa fünfunddreißigtausend Lichtjahre entfernt ausgestiegen.

In einer Entfernung von etwa drei Kilometern gewahrte er die Umrisse eines großen Kugelraumschiffs. Die Aufschrift SODOM war nicht zu übersehen.

Pipper wich einem vorbeitosenden Robotfahrzeug aus, ignorierte freundlich lächelnd die Zurufe einiger anscheinend aufgeregter Männer und stakste mit seinen dürren, langen Beinen in Richtung SODOM weiter.

Zwei Sekunden später ahnte er, warum die Uniformierten so heftig gestikuliert hatten.

Weit entfernt schoß ein feuerspeiendes Ungetüm in den blaßgrauen Himmel des vorgeschobenen Stützpunktplaneten. Die entstehende Druckwelle erfaßte Pipper Raizfoll und schleuderte ihn dorthin, wo sich die Uniformierten befanden. Sie zerrten den hochgewachsenen, hageren Leutnant mühevoll hinter die für solche Fälle aufgestellten Stahlschutzschilde und hakten eine Sicherheitsleine in seinen Gürtel ein.

Zur gleichen Zeit stand der Kommandant des Frachters EPPA 7 vor den Bildschirmen seiner Zentrale. Sein Gesprächspartner war ein Ertruser.

„Reden Sie etwa von dem Individuum, das soeben die Druckwelle eines startenden Schlachtschiffes für ein Frühlingslüftchen gehalten hat?“ erkundigte sich Major Moro Tantu, Erster Kosmonautischer Offizier des Schnellen Schlachtkreuzers SODOM.

„Genau jenes“, seufzte Meinzter. „Wenn es auf dieser Welt einen offenen Kanalschacht gibt, können Sie sicher sein, daß Pfifferling hineinfällt. Sollte es eine einzige Hornisse geben, ist es klar, daß sie von Pfifferling geschluckt wird. Dieser Mensch ist ein Ungeheuer. Schicken Sie ihn nur nicht auf mein Schiff zurück. Meine Befehle sind ausgeführt. Ich starte in zehn Minuten.“

„Warten Sie, Sir!“ rief der Ertruser. „Wir haben eine geheime Anmeldung erhalten. Darin wird aber nichts von einem gewissen Pfifferling erwähnt.“

„Das glaube ich Ihnen. Wir nannten ihn so wegen seiner ständigen Pfeiferei. Sie haben es mit dem Technokosmonauten und Mathelogiker, Leutnant Pipper Raizfoll zu tun. Unterbreiten Sie das bitte Ihrem Kommandeur, und teilen Sie ihm auch mit, daß dieser Leutnant ums Haar mein Schiff vernichtete, als er uns vorführen wollte, wie man den Rückstoß einer Impulskanone ohne die Abgangfelder absorbieren kann. Ich melde mich ab, Major.“

Moro Tantu schaute auf die Anzeigen seines Vielzweckgeräts. Es war 14:03 Uhr am 12. Februar des Jahres 2401 n. Chr.

„Die Type hat uns gerade noch gefehlt“, orakelte der Ertruser im tiefsten Baß. „Mister Lockroth, übernehmen Sie das Schleusenkommando. Sie finden mich notfalls beim Admiral. Den Kommandanten werde ich unterrichten. Wenn dieser Pfifferling schneller ankommen sollte als gedacht, testen Sie ihn auf Herz und Nieren.“

„Wird gemacht, Sir“, grinste Captain Lockroth, Chef der 2. Raumjägerstaffel an Bord der SODOM. „Wenn er überhaupt kommt, wird er ein Eisklumpen sein. Hier bewegt man sich mit geheizten Schutzanzügen und Atemluft-Vorwärmung. Unser Pfifferling trägt lediglich eine leichte Bordmütze.“

„Tauen Sie ihn notfalls auf. Ich bin beim Chef.“

„Danke sehr, vielen Dank!“ schrie Pipper Raizfoll in die Kabine des Energiekissen-Gleiters hinein, dessen Fahrer ihn aus Mitleid mitgenommen hatte.

„Massieren Sie Ihre Ohren, sonst fallen sie ab!“ rief der Mann zurück und schüttelte Pippers dargereichte Hand. Das aber hätte er nicht tun sollen!

Pippers Rucksackgurte waren irgendwie über den Gleitschalter des Schubtriebwerks gerutscht. Als Pipper nun seinen Tragebehälter aus der Kabine zerrte, schaltete er das Aggregat unfreiwillig auf Vollast.

Der Gleiter raste davon. Pipper wurde zur Seite geschleudert, und nur drei Sekunden später hauchte ein von dem Gefährt getroffener Wartungsroboter sein mechanisches Dasein aus.

Pipper schaute verduzt zu dem ausbrennenden Roboter hinüber.

Den Gleiterfahrer, der den Unfall verschuldet hatte, bedachte er mit einem vorwurfsvollen Kopfschütteln.

„Wahnsinn, in dieser Enge mit einem solchen Zahn zu operieren“, stellte Pipper fest.

Anschließend wollte er sich um den anscheinend benommenen Fahrer kümmern, aber dieses Vorhaben wurde von einer Lautsprecherstimme vereitelt.

„Kommen Sie an Bord, Leutnant, aber Tempo! Der Mann wird schon behandelt. Hier spricht Captain Lockroth. Benutzen Sie das Antigravfeld der vorderen Mannschleuse."

Pipper schaute an den stählernen Flanken des Schlachtkreuzers empor, aber von seinem Standort aus konnte er nicht einmal mehr den Ringwulst mit den Triebwerken erkennen.

Pipper schulterte seinen Kleidersack, salutierte, sagte überflüssigerweise „jawohl, Sir", und schritt weiter in die unergründliche Tiefe hinein, die von der unteren Kugelrundung des Riesenrumpfs gebildet wurde.

Pipper wußte, daß die SODOM einen Durchmesser von fünfhundert Meter besaß, zur Klasse der besonders schnellen und schwerbewaffneten Offensivschlachtkreuzern gehörte und ein Flottenneubau war. Tatsächlich war die SODOM erst Ende Januar 2401 in Dienst gestellt worden. Seit der Zeit fungierte sie als Flaggschiff der 32. Kommandoflotte unter dem Oberbefehl von Raumadmiral Clifton Callamon.

Dieser Name stellte für Pipper Raizfoll eine besondere Größenordnung dar. Callamon, nach seinen Initialen nur „CC" genannt, galt unter den Befehlshabern des Solaren Imperiums als Könner ersten Ranges. Wenn es zu unkalkulierbaren Situationen kam, war CC für den Großadministrator, Perry Rhodan, der Mann, der mit seinem Sonderkommando in den Einsatz zu gehen hatte.

Also, überlegte Pipper nüchtern, hatte die Anwesenheit der SODOM auf der von den Blues beherrschten Eastside der Galaxis etwas zu bedeuten. Um eine Kleinigkeit konnte es sich nicht handeln, das war ihm klar. Das hätte Rhodan von weniger befähigten Kommandeuren erledigen lassen.

Wie aber seine, Pippers, Abkommandierung einzustufen war, konnte er sich nicht zusammenreimen. Bei der Überlegung spitzten sich seine Lippen.

Unbewußt pfeifend schritt er weiter auf die flimmernde Säule des Antigravlifts zu. Fünfundzwanzig Meter weiter oben entdeckte er die offenstehenden Panzerpforten der kleinen Mannschleuse. Einige Männer wurden erkennbar.

Pipper, von Natur aus ein fröhlicher Mensch, grüßte mit dem Tragesack, schleuderte ihn ein wenig von unten nach oben und stolperte mit dem derart zum Pendel gewordenen Gegenstand in das Antigravfeld hinein.

Er vernahm zwar seine eigenen Flüche, aber das half ihm nichts mehr. Sein schwerelos gewordener Körper gehorchte der rotierenden Masse – und so geschah es, daß Leutnant Raizfoll gleich einem um zwei Achsen wirbelnden Artisten in der Schleuse landete. Dort wurde er von kräftigen Armen aufgefangen und auf die Füße gestellt.

Er bemerkte einen fassungslos blickenden Captain und drei grinsende Raumsoldaten. Pipper, an derlei Mißgeschicke von Geburt an gewöhnt, nahm Haltung an und meldete sich.

„Gestatten, Raizfoll. Es – äh – es tut mir leid, Sir. Ich war derart in Gedanken, daß ..."

„Was ist hier reizvoll?" wollte der Captain wissen. „Sie etwa?"

Pipper lächelte entsagungsvoll.

„Das ist mein Name, Sir. Leutnant Pipper Raizfoll."

„So sehen Sie auch aus", meinte der Captain und fuhr sich mit dem Handrücken über die Augen. „Mann, seitdem Sie hier sind, will ich nicht mehr leben. Wie groß sind Sie eigentlich?"

„Einsachtundneunzig, Sir, aber ich weiß schon, daß ich dafür ein bißchen zu dünn geraten bin."

Lockroth starrte fasziniert auf ein fast eigroßes Gebilde, das an Pippers dünnem Hals mit hoher Geschwindigkeit auf und nieder glitt.

„Halten Sie das Ding an, mir wird schwindelig", forderte Lockroth. „Behaupten Sie nur nicht, das wäre Ihr Adamsapfel, oder wie man dazu sagt."

„Er ist es, Sir", beteuerte Pipper. „Das ist auch so ein Naturgeschenk, das mir lediglich Schwierigkeiten bereitet. Warum lachen die Leute?"

„Dreimal dürfen Sie raten", meinte Lockroth lakonisch. „Schön, Mr. Raizfoll, ich habe Sie zu identifizieren. Unsere Kontrolleinheiten sind hochempfindlich. Denken Sie daran, wenn

Ihre individuellen Hirnfrequenzen an die Reihe kommen. Halten Sie Ihren Adamsapfel gut fest, oder der ID-Roboter könnte das Abwehrfeuer eröffnen. So lautet die Programmierung. Ich kann sie nicht ändern. Darf ich bitten?“

Pipper folgte einem voranschreitenden Sergeanten, lächelte Lockroth entschuldigend an und stieß mit einem Roboter der Schleusenwache zusammen.

„Verzeihen Sie, ich – ach so, na ja! Gehen wir!“

2

„Abrufschaltung Clifton Callamon, Kommandeursymbolik“, sprach der hünenhaft gewachsene Mann in den Tonübermittler der geheimen Datenbank an Bord der SODOM.

Seine Individualstrahlung wurde identifiziert. Augenblicke später erschienen die angeforderten Daten auf dem Klarschrift-Schirm der Kabine.

CC studierte sie aufmerksam. Oberst Baeldar Hartingsson, Kommandant der SODOM, beobachtete den Admiral unauffällig. Ihm, Hartingsson, waren die Daten schon bekannt.

„Volle Übereinstimmung mit der bordinternen Auswertung, Sir“, meinte er nach einer Weile. „Ich bin jedoch überrascht, daß ein junger Mann von nur einundzwanzig Jahren bereits das volle Ausbildungsprogramm absolviert hat. Er soll als Technokosmonaut überragend sein. Seine mathelogische Beurteilung entspricht den Spitzenwerten. Trotz fortschrittlicher Hypnoschulung dauert es in der Regel drei bis vier Jahre länger, bis ein überdurchschnittlich begabter Akademieschüler soweit ist. Ich frage mich ernsthaft, ob er seine tölpelhafte Verhaltensweise schauspielert – wer weiß, aus welchen Gründen – oder ob er es nicht besser kann.“

Callamon ließ sich nicht stören. Schließlich blendete er die letzten Zeilen in Übergröße ein.

„Lesen Sie, Hartingsson. Das ist die Auswertung der Flottenpsychologen. Sie bescheinigen ihm, ein glänzender Theoretiker zu sein. Als Praktiker dürfte er zeit seines Lebens ein Mann mit einem starken Murphy-Syndrom sein. Kennen Sie Murphys Wahrscheinlichkeitslehre?"

„Eh – nein, Sir. Ist sie älteren Datums?"

„Sie stammt aus dem zwanzigsten Jahrhundert. Wenn einem Monteur der Schraubendreher entglitt und ausgerechnet dort hinfiel, wo er den größten Schaden anrichten konnte, so sagte man ‚Murphy was here'. Menschen mit dem gleichnamigen Syndrom können tun, was immer sie wollen: sie werden sich den Finger in der Nase abbrechen. Raizfoll ist ein Murphyist."

Hartingsson wurde nervös. Sein grobknochiges Gesicht rötete sich.

„Aber Sir, einen solchen Menschen kann man uns doch nicht an Bord schicken."

„Doch, aber geben Sie ihm nie den Kodeschlüssel für eine Munitionskammer", lachte Callamon. „Sie sollten sich überdies Gedanken machen, *warum* wir mit ihm beehrt worden sind. Die Anweisung kam vom Großadministrator persönlich."

Der Kommandant stand auf und schritt näher zum Bildschirm.

„Ob das mit unserem Geheimauftrag zusammenhängt?"

„Mit Sicherheit! Rhodan kann sich derzeit keine Fehler erlauben, und das weiß er. Die Maahks haben uns entdeckt, die Akonen spielen verrückt und wittern ihre große Chance. Warten wir ab, was Pipper Raizfoll zugunsten des Solaren Imperiums tun kann oder wird. Rufen Sie bitte Moro Tantu an. Er möchte den Neuen zu meiner Kabine begleiten."

Hartingsson drückte die Tasten der internen Rufanlage.

„Kommandant spricht. Eins-KO, bringen Sie Leutnant Raizfoll in die Kommandeurskabine. Haben Sie mich gehört, Eins-KO?"

Moro Tantu, Erster Kosmonautischer Offizier, hatte den Ruf gehört! Noch deutlicher war aber sein Getobe zu vernehmen. Augenblicke später erschien das zorngerötete Gesicht des Ertrusers auf dem Visiphonschirm.

„Major Tantu, Sir!" rief er in seine Tonaufnahme.

„Auf den sagenhaftesten Blödmann der Galaxis wird der Chef einen längeren Moment warten müssen."

„Was ist los?" erkundigte sich Hartingsson ahnungsvoll.

„Raizfoll ist in einen der neuen Vakuum-Müllschlucker gefallen. Es wird nach ihm gewühlt."

Hartingsson schaute hilfesuchend zu Callamon hinüber. Dessen Kopf lag jedoch auf seinen verschränkten Armen. Die mächtigen Schultern zuckten verräterisch. Wenn CC einmal lachte, dann tat er es richtig.

„Das gibt es doch nicht", stöhnte der Kommandant.

Der Erste stieß ein höhnisches Gelächter aus.

„Beim Pfifferling gibt es alles! Die Klappe stand offen; ein Robotcontainer wollte entleeren. Pipper schaute natürlich interessiert in den Schacht hinein, sagte ‚prima Konstruktion' und hielt sich am Außenschalter fest. Da begann der Vakuumsog – und fort war er! Das ist alles, Sir. Noch Anweisungen?"

„Fallen Sie nicht ebenfalls hinein. Ende, Eins-KO."

Hartingsson nahm wieder vor dem geschwungenen Schalttisch Platz und wartete, bis sich der Admiral beruhigt hatte.

„Den sollte man einsperren", forderte Hartingsson erbost. „Er demoliert mir noch mein Schiff. Haben Sie wirklich einen Geheimbefehl von Rhodan, Sir? Ich meine Raizfolls wegen."

„Mein Wort darauf. Er ist speziell auf die SODOM kommandiert worden. Fassen Sie sich, Hartingsson. Machen Sie startklar für zwanzig Uhr Standard. Nachricht an die Flotte im Zeklas-Orbit. Besatzungs-Unterrichtung über Zweck des Einsatzes erfolgt durch mich. Haben Sie Ihre Frischwasservorräte ergänzt?"

„Betankung ist abgeschlossen, Sir. Ich darf mich verabschieden."

Clifton Callamon sah dem davonhastenden Mann sinnend nach. CC's grüne Augen wurden ausdruckslos. Welchen Reim ergab die Anbordnahme eines symptomatischen Pechvogels im Hinblick auf ein delikat durchzuführendes Kommandounternehmen? Was wußte Rhodan über den jungen Mann, das ihm, Callamon, nicht bekannt war? Und warum verschwieg man es ihm?

CC ließ den Identifizierungs- und Beurteilungstext nochmals über den Bildschirm laufen.

„Geboren auf Plophos, Eugaul-System“, murmelte er überlegend vor sich hin. „Dort erzogen worden, Sohn terranischer Auswanderer, anschließend Raumakademie Terrania-City. Von Rhodan vorzeitig zum Leutnant befördert worden, hmm! Die Lösung dürfte auf Plophos liegen. Mory Rhodan-Abro ist gewählter Obmann des Systems.“

Callamon schaltete das Gerät ab. Die Datenbank stellte sofort den Verschlußzustand her. Im mächtigen Rumpf der SODOM liefen Maschinen an. Es wurde Zeit, die Nebensächlichkeit Leutnant Raizfoll zu ignorieren; immer vorausgesetzt, er war eine solche.

3

Vor einer Stunde waren die neunundzwanzig Schlachtkreuzer der 32. Kommandoflotte CC aus dem Linearraum in das Einsteinuniversum zurückgefallen. Es gehörte zu CC's Eigenarten, lediglich mit Raumschiffen dieser Typgattung zu operieren. Das Flottenkommando hatte es toleriert.

Drei weitere Einheiten der Zweiunddreißigsten waren zur Zeit nicht einsatzklar. CC hatte sich davon nicht stören lassen.

Auf den Ortungsbildschirmen der SODOM-Zentrale waren die anderen achtundzwanzig Schiffe in Reliefdarstellung zu sehen. Sie schlossen mit hoher Fahrt auf und bildeten schließlich die sogenannte Kommunikationswolke. In dieser kugelförmigen Formation standen die Schiffe jeweils nur wenige Kilometer voneinander entfernt. Eine Visiphonverbindung auf einfach lichtschneller und daher unabhörbarer Basis war möglich geworden. Die Voraussetzung für ein solches Flugmanöver im Bereich hoher Fahrtstufen war die einwandfreie Beherrschung der gewaltigen Masse, die ein jeder Schlachtkreuzer darstellte.

Darl Tettenty, Kommodore und Kommandant der DOMANO, meldete sich. Er flog mit acht Einheiten die überhöhte Außensicherung und fungierte als stellvertretender Chef der Zweiunddreißigsten.

„Tettenty spricht, Sir. Keine Ortungsergebnisse. Wir sind allein zwischen den Systemen. Ringschaltung steht, Ende."

Wenig später erschien Clifton Callamons Gesicht auf einigen hundert Bildschirmen. Es wurde still an Bord der neunundzwanzig Schiffe. Die Informations-Position war erreicht. Nun war es an der Zeit, je achthundert Spezialisten an Bord von neunundzwanzig Schiffen zu informieren. Ein Mann wie CC hatte es noch niemals für richtig gehalten, geheime Dinge schon vor dem Start preiszugeben.

„CC an alle", ertönte die sonore Stimme aus den Tonträgern. „Es ist wieder einmal soweit. Kurz vor meinem Start auf Zeklas liefen letzte Meldungen ein. Vor zwei Tagen, am 10. Februar 2401, sind auf dem bislang unbekannten Planeten Metha die fünf entkommenen Raumschiffe der Maahks vernichtet worden. Vorher hatten sie engen Kontakt mit Artosos, dem Kommandeur der akonischen Zentrumspatrouille, aufgenommen. Artosos lieferte den Maahks vor deren Untergang drei Mitglieder unseres Mutantenkorps aus. Unter ihnen befand sich Gucky. Ihm gelang die Zerstörung des akonischen Schlachtschiffs. Es explodierte, Artosos ist gefallen. Damit ergibt sich für das Solare Imperium eine neue militärische und politische Situation."

Pipper Raizfoll fühlte, wie seine Lippen spröde wurden. Er befand sich in der Zentrale der SODOM, wohin er von CC seltsamerweise befohlen worden war. Nach dem Abenteuer mit dem Müllschlucker hatte Pipper nicht mehr damit gerechnet.

Callamon sprach weiter.

„Artosos' Tod beseitigt viele unserer bisherigen Zweifel bezüglich der akonischen Maßnahmen. Wir sind nun fast sicher, daß die Maahks einen umfangreicheren Kontakt mit den Akonen hatten als angenommen. Es kann sein, daß Artosos noch vor der Explosion seines Schiffes einen Kurier ins Blaue System geschickt hat. Es ist ferner denkbar, daß dieser Kurier technische Geheimnisse der Wasserstoff-Methanatmer überbrachte. Sie könnten das Resultat eines Gegengeschäfts sein. Hier technische Erkenntnisse, dort geheime Unterstützung der eingesickerten Fremden im Bereich der Milchstraße. Das Flottenkommando denkt dabei an die berüchtigte Konverterkanone der Maahks und überdies an deren grünen Hochenergie-Schutzschirm. In ihrer großen Not könnten die Methans bereit gewesen sein, zum Zweck des Überlebens diese Entwicklungen zu verkaufen. Alles deutet darauf hin."

Mehr als dreiundzwanzigtausend Männer begannen zu überlegen. Die Konverterkanone im Besitz der Akonen? Undenkbar!

Man sah Callamons ironisches Lächeln. Er meldete sich erneut.

„Ich ahne, was Ihnen nun durch den Kopf geht. Wir werden etwas dagegen tun. Schon vor Wochen erhielt der Großadministrator ein Angebot seitens des großen Akonischen Rates. Die Regierung des Blauen Systems bietet uns gewisse technische Leckerbissen im Austausch gegen drei Männer an, die bei einem verbotenen Versuch mit Großtransmittern im Bereich des Solaren Imperiums in unsere Gefangenschaft gerieten. Es handelt sich um drei Mitglieder des Großen Rates, unter ihnen Taje Forstusyl, Chef des akonischen Energiekommandos. Die drei hochstehenden Persönlichkeiten befinden sich an Bord eines Schlachtkreuzers der Zweiundreißigsten. Ich habe von Perry Rhodan Gegebenheits-Vollmacht erhalten. Was das bedeutet, wissen Sie. Wir werden uns mit einer akonischen Abordnung auf höchster Ebene treffen und feststellen, inwieweit die angekündigten technischen Leckerbissen verdaubar sind. Taugen Sie etwas, gebe ich die drei Männer im Austausch frei. Wenn man uns betrügen will, ziehen wir uns zurück."

Pipper Raizfoll war plötzlich zu einem anderen Menschen geworden. Er hatte jede Tölpelhaftigkeit abgelegt. Er registrierte die Erklärungen, verarbeitete sie im Rahmen seines mathelogischen Fachgebiets und achtete auf das Mienenspiel der Männer.

So bemerkte er das Stirnrunzeln des Ertrusers Moro Tantu und das von Unbehaglichkeit zeugende Hüsteln des Kommandanten.

Captain Lockroth öffnete und schloß gedankenlos seine Gürtelschnalle. Es gab viele Symptome eines plötzlich entstandenen Spannungsfelds.

Callmon registrierte es gelassen. Er nahm die Dienstmütze ab und fuhr sich mit der Rechten über die nackenlangen Haare.

„Ich denke natürlich ebenfalls an eine Falle", fuhr er fort. „Wir haben mit den Akonen vereinbart, daß jede Abordnung mit nur einem Schiff, keines größer als ein Schlachtkreuzer, keines mehr als achthundert Mann Besatzung, am Treffpunkt zu erscheinen hat. Diese Verhandlungen habe ich zusammen mit Abwehrchef Mercant geführt. Wundern Sie sich daher nicht, daß die Abmachung exakt der Größenordnung und Besatzungsstärke der SODOM entspricht. Sie können andererseits sicher sein, daß die Akonen ebenfalls ihr modernstes Schiff dieser Typklasse schicken werden."

Pipper Raizfoll begann unbewußt zu pfeifen. Lockroth grinste plötzlich, und der Erste hustete mit beachtlicher Geräuschentwicklung. Pipper jedenfalls hatte endgültig begriffen, warum Clifton Callamon zu den ganz Großen seiner Epoche zählte.

CC beendete seine Ausführungen.

„Die Flotte bleibt unter Kommodore Tettenty zurück. Klar zum Alarmstart, Gefechtsbereitschaft. Alle Einsatzdaten für den Notfall werden Ihnen anschließend in Ihre Hauptpositroniken überspielt. Jeder Kommandant wird wissen, was er zu tun hat. Wir haben nichts vergessen. Es ist jedoch mit einem friedfertigen Verlauf des Austausches zu rechnen, denn kürzlich hat sich ein Vermittler zwischen uns und den Akonen angeboten. Er wurde vom Großen Rat des Blauen Systems vorgeschlagen. Es handelt sich um die wohl vertrauenswürdigste Persönlichkeit der Galaxis. Man nennt ihn ‚Unterrichter der Weisen', sein Name ist Vasova. Die Völker der Galaxis kennen, schätzen und achten ihn als den größten Philosophen unserer Ära. Woher er stammt, weiß niemand genau. Seine äußere Erscheinung ist menschlich, sein Geist übermenschlich. Er beherrscht mit Sicherheit einige wissenschaftliche Fachgebiete. Seine Erfahrung ist grenzenlos, sein Alter ebenfalls unbekannt. Vasova hat uns die Rechtschaffenheit des akonischen Angebots bestätigt. Daher werden wir die Sache wohl ohne Zwistigkeiten abwickeln können. Ich bin jedenfalls nicht an Schwierigkeiten interessiert. Unser nächster Einsatz führt uns wahrscheinlich über die Grenzen der Milchstraße hinaus. Dennoch – sehen Sie sich Ihre Anweisungen genau an. Das wäre alles."

Pipper wunderte sich, daß niemand nach dem Treffpunkt fragte, vor allem aber nicht danach, auf welchem Schiff sich die drei gefangenen Akonen befanden. Auf CC's Kommandoflotte schien es einige interne Gepflogenheiten zu geben.

Nebenan begann die Datenüberspielung. Callamon hatte es nicht riskiert, wenigstens seine Kommandanten schon vor dem Start zu unterrichten. Lediglich Oberst Hartingsson schien eingeweiht zu sein.

Pipper vernahm seinen Namen. Er schreckte aus seiner Versunkenheit auf und erkannte den Admiral.

„Nein, nein, Mr. Raizfoll, Sie brauchen nicht bei jeder Gelegenheit Haltung anzunehmen. Das ist bei uns nicht üblich", wurde er angesprochen. „Was halten Sie von der Sache? Trauen Sie den Akonen?"

Pipper fühlte das Blut in seine Wangen steigen, aber diesmal unterlief ihm kein Mißgeschick. Jetzt durfte er Theoretiker sein.

„Wenn sich Vasova nicht als Vermittler zwischen den Parteien angeboten hätte, würde ich mich nicht zu einem Treffen verlocken lassen. Ich halte es für ausgeschlossen, daß die von der Festung entkommenen Maahks ihre Lebensversicherung verkaufen."

„Sie meinen die Konverterkanone oder den grünen Schirm?"

„Jawohl, Sir. Sie sagten, das Angebot sei schon vor Wochen gemacht worden. Zu dieser Zeit konnten die Akonen noch keinen Kontakt zu den Maahks aufgenommen haben."

„Richtig, das haben wir auch überlegt. Man hätte uns für die Freilassung der Gefangenen ursprünglich andere Geheimnisse anbieten können, zum Beispiel überragende Transmittertechniken. Nun hat sich eine neue Situation ergeben. Die maahkschen Erkenntnisse sind natürlich sehr viel interessanter."

„Ist denn im letzten Angebot des Großen Rates von solchen Dingen die Rede gewesen?"

Callamon musterte den jungen Mann sinnend. Pipper war nur einen Zentimeter kleiner als CC, dafür bei weitem nicht so athletisch gebaut.

„Sie haben es erfaßt, Mr. Raizfoll. Eine äußerst klug formulierte Erklärung deutet darauf hin, daß man uns nunmehr maahksche Erzeugnisse geben will. Das kann mit Artosos' Tod zusammenhängen. Er war als Terragegner verschrien. Denken Sie weiter nach, Ihre Meinung interessiert mich. Oder haben Sie noch etwas anzuführen?"

„Noch eine Menge, Sir", meinte Pipper verstört. „Die akonische Wissenschaft ist durchaus in der Lage, das Wissen der Maahks selbst in die Praxis umzusetzen. Warum verschenkt man Dinge, mit denen man eines Tages das Solare Imperum in die Knie zwingen könnte?"

Callamon runzelte die Stirn. Der Blick seiner grünen Augen störte Raizfoll. Als er aufschaute, war Callamon einen halben Schritt zurückgetreten.

„Die Akonen verschenken nichts. Sie bekommen dafür drei überragende Mitglieder des Großen Rates zurück."

„Das rechtfertigt vor meiner persönlichen Logik nicht die Herausgabe derart überragender Waffen. Durch die Konverterkanonen haben wir im Twin-System schreckliche Verluste erlitten."

„Sie sind überraschend gut informiert. Melden Sie sich nun bitte beim Ersten Offizier. Er wird Ihnen Ihre Manöverstation zeigen. Sie ist identisch mit Ihrer Gefechtsstation – wenn es darauf ankommen sollte."

Callamon grüßte; Pipper nahm Haltung an.

„Mann, wir sind hier nicht auf der Akademie", vernahm er Lockroths Stimme. „Kommen Sie! Ich bin zu Ihrem persönlichen Begleiter ernannt worden. Wir nehmen in zirka einer halben Stunde Fahrt auf. He, stop, der ist geladen."

Lockroth ging in Deckung; der Ertruser fuhr fluchend mitsamt seinem Andrucksessel herum."

Pipper steckte den Thermostrahler in die Gürteltasche zurück.

„Was ist denn? Ich wollte mich vom Zustand der Dienstwaffe überzeugen“, meinte er verwundert.

„Aber nicht einen halben Meter vor meinem Bauch“, empörte sich der Captain lautstark. „Das ist eine tödlich wirkende Hochenergiewaffe, mein Herr! Lassen Sie den Strahler im Halfter stecken!“

„Gern, Sir. Ich wollte mir nur die neue laserverstärkte Zielpunkt-Automatik ansehen. Sie sind hier wirklich modern ausgerüstet. Ich habe die Zielvorrichtung erst vor einem knappen Jahr entwickelt. Sie gehörte zu meiner letzten Diplomarbeit.“

„*Was* haben Sie entwickelt?“ wollte Moro Tantur wissen. Er wirkte fassungslos.

„Die Aussage wird bestätigt. Ruhe an Bord!“ rief der Kommandant herüber. „Captain, bringen Sie den Leutnant zum Eins-KO. Er übernimmt die Einweisung. Mr. Kerenigge, klar bei Test Andrucksynchronisation, klar bei Manöverstation. Verbinden Sie mich mit Kommodore Tettenty.“

Um 7:06 Uhr Standard nahm die 32. Kommandoflotte CC Fahrt auf. Die Kommunikationswolke löste sich auf. Man schrieb den 13. Februar 2401 n. Chr.

4

„Eine kosmonautische Glanzleistung, meine Herren! Das ist die rote Zwergsonne“, vernahmen achthundert Mann Callamons Stimme. „Eintauchfahrtstufe beibehalten, Feinkorrekturen einleiten. Ich möchte unsere Verhandlungspartner vom Ausbildungsstand der SODOM-Besatzung überzeugen. Übernehmen Sie das bitte, Mr. Hartingsson.“

Die Aufforderung besaß nur hypothetischen Wert. Callamon war zwar der Kommandeur, aber nach den gültigen Regeln hatte er die Schiffsführung dem Kommandanten zu überlassen.

Pipper Raizfoll schaute gebannt auf die riesigen Panoramabildschirme. Die rote Zwergsonne war von Terranern noch niemals katalogisiert worden. Die Standortdaten im Raum der östlichen Milchstraße stammten von den Akonen. Wie exakt sie waren, hatte sich soeben erwiesen.

Die akonische Bezeichnung für den ausgebrannten Stern, der in absehbarer Zeit zu einem Weißen Zwerg mit ungeheurer Verdichtung seiner Masse werden mußte, lautete Daktrar.

Falls er jemals ein planetarisches System im Sinne des Wortes besessen hatte, so war es beim lange zurückliegenden Aufblähungsvorgang der Sonne zerstört worden. Die noch vorhandenen Reste einer ehemaligen Planetenfamilie stellten sich in der Form einer unübersehbaren Trümmermasse verschieden großer Himmelskörper dar.

Einer davon, von den Akonen mit Dak-155 bezeichnet, besaß die Masse des irdischen Mondes. Seine äußere Form war asymmetrisch und glich einem stumpfen Keil. Er sollte der größte Körper im Bereich der kosmischen Trümmer und daher gut zu finden sein.

Die SODOM raste mit annähernd lichtschneller Fahrt auf die Randbezirke des Systems zu. Das Eintauchmanöver war an Hand der Korrekturen vor dem letzten Linearsprung fast gefährlich nahe der Trümmerzone erfolgt. Gewagte Anflüge dieser Art gehörten zu Callamons Eigenarten.

„Das gefällt mir keine Sekunde, Sir“, meldete sich Hartingsson. Er saß angeschnallt in seinem Kontursessel. Den zusätzlichen Prallfeldschirm hatte er eingefahren. Die Kommunikation erfolgte über Funksprechverbindung. Sie war notwendig, da man beim Höllenlärm der soeben einsetzenden Korrekturtriebwerke sein eigenes Wort nicht mehr verstehen konnte.

Pipper preßte die Hörmuscheln seines Funkhelms fester gegen die Ohren.

„Mir auch nicht“, vernahm er Callamons Antwort. „In diesem Gewühl könnte man fünfzig Großkampfschiffe verstecken.“

„Könnte! Welchen Sinn sollte es haben? Wer uns angreift, gefährdet die drei Gefangenen.“

Pipper hatte erst vor zwei Stunden von dieser erstaunlichen Tatsache erfahren. Callamon hatte es für richtig befunden, die drei Akonen an Bord zu nehmen, um zusammen mit ihnen Dak-155 anzufliegen. Pipper hielt die Maßnahme für grundverkehrt, nach dem Motto: „Tauschobjekte läßt man in sicherer Verwahrung, bis die dafür angebotene Ware geprüft worden ist."

CC war anderer Auffassung gewesen. Er hatte dazu gemeint:

„Mit der Überprüfung der Ware bin ich einverstanden, Mr. Raizfoll, nicht aber mit einer Sicherheitsverwahrung der Gefangenen an Bord eines anderen, weit entfernt stehenden Schlachtkreuzers. Ich habe mein Wort gegeben, die drei Akonen zum Treffpunkt zu bringen, und das tue ich! Allerdings – gewisse Sicherheitsmaßnahmen obliegen meinem gesunden Argwohn. Dadurch werde ich nicht wortbrüchig."

Pipper hatte lange über die Erklärung nachgedacht. Das Ergebnis seiner mathelogischen Auswertung hatte er als verblüffend empfunden. Dieser als selbstherrlich kritisierte Admiral befolgte Grundsätze, die etwas mit Aufrichtigkeit vor dem eigenen Ich und der Würde des Verhandlungspartners zu tun hatten.

„Bremsmanöver einleiten, Mr. Hartingsson", forderte CC. „Warten Sie bitte Peilimpulse und eine erste Kontaktaufnahme der Verhandlungspartner ab."

Achthundert Mann atmeten erleichtert auf. Es wäre wahnwitzig gewesen, mit fast einfacher LG in das System einzufliegen, obwohl die Ortungsauswertung bewies, daß die kosmischen Körper viel weiter voneinander entfernt standen, als es den Anschein gehabt hatte.

Die auf Gegenschub geschalteten Triebwerke der SODOM begannen zu donnern. Der Geräuschpegel wurde derart unerträglich, daß Pipper glücklich war, einen Absorberhelm zu tragen. Die Fahrtminderung erfolgte mit einem Wert von siebenhundertzwanzig Kilometer pro Sekundenquadrat – also mit Vollschub. Der Anflugwinkel zur Ekliptik-orientierten Trümmermasse betrug einundfünfzig Grad. CC mogelte sich gewissermaßen „von oben" in das System hinein.

Nur sechs Minuten später war die Einfluggeschwindigkeit auf einen Wert von knapp vierzigtausendachthundert Kilometer pro Sekunde gedrosselt worden.

Pipper schaute gebannt auf die Anzeigen seines Kontrollpults. Es bestand eine Direktverbindung zur Maschinen-Leitzentrale. Der Energieverbrauch bei diesem Manöver war mehr als dreihundertmal höher gewesen als bei einem normalen Bremsvorgang.

Das Donnern der Triebwerke mäßigte sich abrupt. Ein letztes Grollen der Korrektureinheiten war zu vernehmen. Schließlich befand sich die SODOM im freien Fall.

Die Ortungs- und Funkzentrale meldete sich.

„Captain Tanaka an Kommandant. Wir empfangen Peilimpulse von einem Himmelskörper, anscheinend Dak-155. Ich überspiele in die Zentrale. Zusatzmeldung – empfange Anruf auf Extern-Kom, hyperschnell, Bildsendung wird soeben eingeleitet. Geringe Senderleistung, aber ausreichend."

Clifton Callamon sah sich in der weiten Zentrale der SODOM um. Anschließend nahm er den Absorberhelm ab, strich sich über die Haare und setzte die Schirmmütze auf.

„Dann wollen wir mal", meinte er gedehnt. „Mr. Raizfoll, ich darf Sie bitten, das Gespräch sorgsam zu verfolgen. Aus irgendeinem Grund müssen Sie schließlich an Bord eingestiegen sein. Vielleicht kommt jetzt Ihr Auftritt."

Pipper empfand den nachdenklich-prüfenden Blick des Ersten Offiziers wie Nadelstiche.

„Ich habe keine Ahnung, wieso ich ich hier bin, Sir", erklärte er. Sein Adamsapfel kapriolte.

„Sie sollen zuhören, sonst nichts. Passen Sie auf!"

Clifton Callamon kannte den fünfundvierzigjährigen Mann nur vom Hörensagen. Die Solare Abwehr hatte sich einige Male mit ihm beschäftigt.

Sein Name war Trav Genetze. Einwandfreie Beweise für eine feindliche Haltung gegenüber der amtierenden akonischen Regierung hatten nicht erbracht werden können, aber sein brennender

Ehrgeiz und sein Streben nach höchsten Ämtern waren von der SolAb als Tatsache eingestuft worden. Pipper bemerkte Callamons Stirnrunzeln.

„Willkommen, Admiral Callamon", klang eine Stimme aus den Tonträgern. „Sie sind pünktlich. Ihre Fernortung wird auf Dak-155 hohe energetische Aktivitäten im Normal- und Hyperbereich festgestellt haben."

„So ist es", bestätigte Callamon zurückhaltend. „Dagegen können wir Ihr Raumschiff nicht ausmachen. Darf ich um eine Erklärung bitten?"

Der uniformierte Akone lachte.

„Deshalb rufe ich Sie rechtzeitig an. Ich habe Anweisung erhalten, zwecks Zerstreuung unerwünschter Verdachtsmomente auf die Benutzung eines Raumschiffs zu verzichten. Wir haben einen Transmittersprung vorgezogen."

„Transmitter?" wiederholte CC gedehnt. „Ein Großgerät, wie mir scheint. Wie vereinbart sich der Aufwand mit der lebensfeindlichen Umgebung im Bereich eines von Blues beherrschten Raumsektors?"

„Hervorragend. Dak-155 wurde bereits vor Jahrzehnten zum Großtransmitter-Stützpunkt ausgebaut. Die Gründe waren interner Natur zwischen Blues und uns. Ich versichere Ihnen ehrenwörtlich, daß es in diesem System kein einziges Kampfschiff meines Volkes gibt."

CC nickte bedächtig. Seine Mimik wirkte ausdruckslos.

„Schön, Mr. Genetze, das ist Ihre Sache. Ich versichere Ihnen dagegen, mit nur einem Kampfschiff eingeflogen zu sein. Darf ich Sie ersuchen, mich mit Ihren Vollmachten bekanntzumachen? Meines Wissens sind Sie stellvertretender Chef des Energiewesens, jedoch kein Mitglied des Großen Rates."

Der Akone neigte verbindlich den Kopf. Sein Tonfall veränderte sich nicht. Pipper fühlte, daß sich dieser Mann immer unter Kontrolle hatte.

„Ich darf Sie korrigieren, Admiral. Artosos ist infolge einiger unliebsamer Mißverständnisse, die wir jedoch nicht als feinseligen

Akt einstufen, durch die Tätigkeit eines Imperiums-Mutanten gefallen. Der Große Rat hat mich zum Befehlshaber der Zentrumspatrouille und dazu noch zum Mitglied des Rates ernannt. Ich bin verantwortlich für die Energiepolitik im Bereich der akonischen Transmitterstrecken. Meine Verhandlungsvollmachten lasse ich Ihnen noch vor Ihrer Landung überspielen. Sind Sie einverstanden?"

Callmon beherrschte sich mustergültig. Er gratulierte zur Ernennung, sagte einige Artigkeiten und tat überdies all jene Dinge, die zum einschlägigen Geschäft gehörten.

Unterdessen schoß die SODOM in das Trümmersystem hinein. Dak-155 leuchtete auf den Ortungsschirmen der Geräte.

Genetzes Vollmachten waren einwandfrei. Bei seinen acht Begleitern handelte es sich um führende Wissenschaftler der Akonen. CC's Vollmachten waren bereits bekannt. Niemand fragte danach. Schließlich verlangte CC Vasova, den Unterrichter der Weisen, zu sprechen.

„... bitte ich um Ihr dahingehendes Verständnis, Sir, Vasova genießt unser vollstes Vertrauen."

Genetze war sofort einverstanden, eine Tatsache, die einen Mann wie Clifton Callamon mehr beunruhigte als beruhigte.

„Etwas stimmt dort nicht, Sir", flüsterte Hartingsson über die kabelgebundene Sicherheits-Internverbindung. Gleichzeitig unterbrach er mit einer Schaltung die Tonaufnahme des Hypersenders.

„Ich meine ..."

Eine Durchsage übertönte seine Worte.

„Tanaka, Ortungszentrale, an Kommandeur. Wir empfangen enorm hohe Energie-Emissionen auf Normal- und Hyperfrequenzen. Auf Dak-155 stehen jede Menge Großreaktoren und Umformer."

„Das hat Genetze bereits kundgetan, Mr. Tanaka. Haben Sie nicht mitgehört? Großtransmitter akonischer Bauart benötigen schon einige Gigawatt. Bekommen Sie eine schiffstypische Massenortung herein? Kompakte Stahlmengen?"

„Nichts dergleichen, Sir. Ein Kreuzer würde uns nicht entgehen.“

„Na also. Wir haben ein ziemlich schmutziges Geschäft zu erledigen. An sich wäre es Sache der Solaren Abwehr gewesen. Ich jedenfalls empfinde den Austausch von Menschen gegen eine Ware als schmutzig. Denken Sie darüber, wie Sie wollen. Das gilt übrigens für alle Besatzungsmitglieder. Wir werden wie geplant vorgehen, bis auf eine kleine Änderung, die sich aus den veränderten Tatsachen ergibt. Ich hatte mit einem Ödplaneten und einem darauf gelandeten Raumschiff gerechnet. Nun fliegen wir auf einen geheimen Transmitterstützpunkt zu. Sicherheitsmaßnahmen müssen erlaubt sein. Oberst Hartingsson, klar Schiff zum Gefecht. Ich werde mir Vasova anhören und auch ansehen. Ich kenne ihn nämlich persönlich, oder ich wäre nicht hier. Ausführung!“

Pipper Raizfoll preßte die Handflächen gegen die Ohrmuscheln. Das Donnern zuschlagender Panzerschotte und das dumpf vernehmbare Arbeitsgeräusch hochfahrender Kraftwerke zeugte davon, daß Callamon keine Überraschungen liebte. Wenigstens wollte er gewappnet sein.

Vasovas hochgewachsene, zerbrechlich wirkende Gestalt erschien auf einem Panoramabildschirm Er trug weite, weiße Gewänder, und er fröstelte so, wie es Leute, die ihn kannten, von ihm gewohnt waren.

Sein schmales, bartloses Gesicht wurde von zwei übergroßen Augen beherrscht, deren Blick bannend wirkte. Genetze bot ihm eine hochbeinige, akonische Liege als Sitzplatz an.

Vasova dankte mit einem angedeuteten Nicken. Dann richtete er seine Augen auf den eigenen Schirm. Als er Callamon erkannte, umspielte ein kleines Lächeln seine Lippen. Sein blütenweißes Haar reflektierte das Licht.

„Ich grüße dich, junger Mann von Terra“, vernahm CC die vertraute Stimme. „Man hat mich gebeten, vor dir als Zeuge zu erscheinen und eine Redlichkeit zu bescheinigen, die ich der Sache nach auch bestätigen kann; und nur der Sache nach! Die Redlichkeit deines Tuns und das von Genetze dagegen stelle ich in Abrede, denn ihr seid nicht rechtschaffen. Wer tauscht Menschen gegen Waren, seien sie auch noch so begehrt? Dennoch, sei gegrüßt!"

Callamon war erblaßt. Vasova hatte CC's wunden Punkt getroffen.

„Jemand muß es tun, weiser Mann", entgegnete er leise.

„Es gab stets jemand, der etwas gegen die kosmische Ordnung zu tun hatte, denn all jene waren intelligente Wesen. Ihr Wirken jedoch zeugte nicht von Intelligenz. Du hast dein Schiff in ein Instrument der Zerstörung verwandeln lassen. Warum?"

„Ich ziehe in diesem Fall meinen Urinstinkt der anerzogenen Intelligenz vor. Genetze hat sich nicht exakt an unsere Abmachungen gehalten."

Vasova lachte leise.

„Du hast dich nicht verändert. Es war wohl auch dein Urinstinkt, der dich auf der grünen Welt Dassarogo zur Waffe greifen ließ, um mit ihr ein Wesen zu töten, das ich als Freund gewonnen hatte. Du jedoch sahst in ihm ein angriffslustiges Tier."

„Es war eine mörderische Springechse ohne Verstand. Dein linker Unterarm war bereits zerfleischt", betonte CC.

Vasova entblößte seinen linken Arm. Die vernarbten Wunden waren deutlich zu sehen. Callamon drückte unbemerkt auf einen Knopf der Schaltkonsole seines Kontursessels. Über dem Sitz des Kommandanten leuchtete eine grüne Lampe auf.

Vasova war echt! Niemand außer ihm konnte über die Episode mit dem urweltlichen Raubtier informiert sein.

Callamon beendete die Unterredung und gab bekannt, er wolle mit einem Beiboot der SODOM persönlich in dem akonischen Stützpunkt erscheinen.

„Einverstanden", ergriff Genetze wieder das Wort. „Haben Sie Ihre Gefangenen an Bord?"

„Seit wann sind Sie unrealistisch? Haben Sie ernsthaft geglaubt, ich würde die drei Personen sofort mitbringen? Irgendwo wartet ein Schiff auf meinen Funkspruch. Wenn Ihre Ware in Ordnung ist, werden die Herren sehr schnell hier sein."

Der Akone neigte wortlos den Kopf. Eine andere Reaktion war von CC selbstverständlich nicht zu erwarten gewesen. Hartingsson schaltete die Sendung ab.

Pipper war verwirrt. Als er Callamons Blick auf sich ruhen spürte, wollte er instinktiv aufspringen. Seine Gurte hinderten ihn so lange daran, bis er mit seinen gestikulierenden Fingern an den Schaltknopf kam.

Die Magnetverschlüssse lösten sich; die Gurte sausten in die Sessellehne zurück – bis auf einen! Pippers Hals verfärbte sich bei der Umschlingung erst weißlich und dann dunkelrot. Zwei lange Beine durchruderten die Luft, und zwei Hände zerrten an der Halsschlinge.

„Holen Sie den Komiker in die Umwelt zurück, Mr. Lockroth“, meinte CC. gelassen. „Das hat noch nie jemand geschafft. Brauchen Sie einen Medoroboter?“

„Pfifferling atmet noch“, erwiderte Lockroth. „Wollen Sie ihn wirklich mit nach unten nehmen, Sir? Der trampelt den Hohen Räten auf den Füßen herum und verschluckt wichtige Unterlagen.“

Pipper war endlich befreit. Keuchend hing er in seinem Sessel.

„Ist Ihnen etwas aufgefallen, Mr. Raizfoll?“ wollte Callamon wissen. „Hallo, hören Sie mich?“

Pipper krächzte unverständliche Laute.

CC stand auf. Über die grinsenden Gesichter der Männer sah er hinweg.

„Mr. Lockroth, ziehen Sie den Leutnant bitte an. Kampfanzug, Alpha-Bewaffnung und Ausrüstung. Passen Sie auf, daß er Ihnen nicht die Füße versengt. Ich erwarte Sie an Bord der Spezial-Kaulquappe. Hartingsson, Bahnmanöver einleiten. Sie bleiben in jedem Fall im Orbit.“

5

„Widernatürlich, total unorthodox!" hatte Pipper Raizfoll gemeint – und er hatte recht!

Nur ein Mann wie Clifton Callamon hatte auf eine solche Idee kommen können.

Das Beiboot vom Typ Kaulquappe besaß einen Kugeldurchmesser von sechzig Metern. Normaler weise wurde diese Baureihe von zwanzig bis fünfundzwanzig Mann geflogen. Callamon hatte jedoch nur drei seiner Besatzung mitgenommen: den Ertruser Moro Tantu, Captain Ceve Lockroth und Leutnant Pipper Raizfoll.

CC, Tantu und Lockroth hatten die Kaulquappe mit dem ungewöhnlichen Eigennamen TUBA geflogen und elegant gelandet. Weshalb das Spezialschiff TUBA hieß, hatte Pipper schnell erfahren. Äußerlich einer schnellen und kampfstarken Kaulquappe gleichend, war es in Wirklichkeit ein fliegender Transmitter von hoher Reichweite mit beachtlichen Kraftwerken. Um dafür Platz zu schaffen und die Gesamtmasse zu reduzieren, war auf die übliche Bewaffnung fast völlig verzichtet worden. Panzerung und Ringwulsttriebwerke lagen ebenfalls weit unter den gewohnten Werten.

Pipper hatte wieder einmal mißtönend gepfiffen, und Callamon hatte auf die Fragen geantwortet:

„Wenn man uns betrügen will, muß man uns vorher bezwingen. In dem Fall glauben Sie doch nicht ernsthaft, wir würden jemals wieder starten können! Also werden wir per Transmitter verschwinden und notfalls etliche Millionen Solar opfern. Das kostet die TUBA nämlich. Haben Sie schon mal ein altes Blasinstrument mit der gleichen Bezeichnung gesehen? Nein? Dann warten Sie ab, bis wir anfangen zu blasen. Nun aber halten Sie Augen und Ohren offen. Ich will wissen, warum Sie auf die SODOM kommandiert worden sind. Perry Rhodan und Solarmarschall Mercant haben immer gute Gründe für unverständlich erscheinende Maßnahmen."

CC war überdies ein weiteres Risiko eingegangen, das von den

Akonen entweder als Dummheit oder als Vertrauensbeweis eingestuft wurde. Kein Flottenkommandant hätte sich hinsichtlich der Aufgabenstellung bereitgefunden, innerhalb akonischer Schutzschirm-Kuppeln zu landen und sein Schiff außerdem in einen riesigen, subplanetarischen Hangar absenken zu lassen. CC hatte es unbewegten Gesichtes gestattet.

„Lockroth“, hatte er gesagt, „sehen Sie ein, daß ich diesen Hangar im Notfall viel besser erreichen kann, als ein im Vakuum stehendes Schiff auf einer weit entfernten Landepiste?“

Lockroth hatte es eingesehen, wenn auch widerwillig. CC setzte auf den Transmitter der TUBA.

Lockroth überprüfte die Schaltungen auf dem U-Pult. Auf den Bildschirmen war außer einer riesigen, nunmehr menschenleeren Halle nichts mehr zu sehen. CC, Tantu und Raizfoll waren von Trav Genetze persönlich abgeholt worden.

Die drei Kraftwerke der TUBA liefen mit Alarmwert. Die Umformer erzeugten vorerst kaum ein Geräusch, aber ihre Bereitschaftsleistung reichte aus, um die Maschinen in wenigen Sekunden auf Maximalleistung hochfahren zu können.

Niemand unter den Akonen ahnte, daß sich nur noch ein Terraner an Bord befand. Die beiden ausgefahrenen Impulskanonen konnten notfalls nicht folgerichtig bedient werden. Die positronische Programmierung würde sich auf die Eingänge und Liftanlagen beschränken. An einen Notstart war nicht zu denken.

„Nun, so sei es denn“, sagte Lockroth zu sich selbst und erhob sich. Neben der kleinen Zentrale befand sich der Transmitterraum auf dem Hauptdeck. Noch lag die Anlage still. Lockroth hoffte, sie nicht benutzen zu müssen.

Mit dem Wunschgedanken behaftet, betrat er die gepanzerte Schaltkabine des Transmitters. Von hier aus konnte er alle Schritte einleiten. Die Feinjustierung zum Empfänger der SODOM stand.

Die drei Männer betraten einen großen, relativ nüchtern eingerichteten Raum. Er glich mehr einer Schaltanlage, als einem mit akonischer Pracht ausgestatteten Verhandlungszimmer.

Trav Genetze, die acht Wissenschaftler seines Volkes und Vasova waren bereits anwesend. Die Szene erschien zweckbedingt und daher richtig. Positronische Rechner hoher Qualität gehörten zum Inventar.

„Sie werden vermutlich nicht sehr gut sitzen, Admiral", meinte Genetze ironisch und musterte die schweren Kampfanzüge. „Möchten Sie nicht ablegen?"

„Besten Dank, Sir, wir sind an Druckstellen gewöhnt", lehnte Callamon ab. „Kommen wir zur Sache, ich bin in Eile. Meine Anweisungen..."

„Ein seltsamer Laut ließ CC herumfahren und den schweren Jericho-Puster in Schußposition bringen. Es war aber nur Pipper Raizfoll, der in dem Augenblick den Halt verlor und mit dem Rückenaggregat auf die als Sitzplatz angebotene Liege fiel. Irgendwie war ihm sein armlanger Thermopulsstrahler zwischen die Beine geraten.

Callamon hörte Tantus kernige Verwünschung, aber das half Pipper nichts mehr. Sein Flugaggregat sprang an, das Antigravfeld baute sich synchron auf, und schon sauste Leutnant Raizfoll der Hallendecke entgegen. Er berührte sie sehr intensiv, schrie vor Schmerz und fand die Steuerung, ehe er in einen akonischen Großcomputer geriet.

Der Ertruser brachte den stöhnenden Terraner in Sicherheit und warf ihn unsaft auf die Liege.

„Vorsicht, das Flugaggregat", warnte Callamon ungerührt. Gleichzeitig sah er Trav Genetze an.

Der akonische Große Rat starrte fassungslos auf Pipper und dann zur Hallendecke empor. Er suchte nach Worten.

„Gestatten, Raizfoll", stöhnte Pipper. „Tut mir leid, Euer Ehren. Ich wollte Sie nicht erschrecken."

Callamon brauchte eine Weile, um die Akonen über Pippers Wesensart aufzuklären. Einer der Wissenschaftler hüstelte gequält. Er schien Phantasie zu besitzen.

Callamon hatte unterdessen festgestellt, daß Pipper fast erstarrt war. Seine Lippen bewegten sich, die Finger krallten sich in das

Bezugsmaterial. CC ahnte, daß der entscheidende Moment gekommen war. Was hatte der Unglücksrabe entdeckt?

Als CC sich besorgt über ihn beugte, vernahm er die Worte:

„Meine Hypnoblockade ist erloschen. Ich bin von Vasova erzogen worden, auf Plophos! Dieser dort ist ein Betrüger, oder ich wäre nicht erwacht. Handeln Sie, Sir!“

Jener, der vorgab, Vasova zu sein, näherte sich. Prüfend musterte er den jungen Mann.

„Hat er sich verletzt?“ wollte er wissen.

„Sicherlich nicht. Plophos-Gebürtige sind meistens gut in Form. Der Schock wird sich legen. Die Medoautomatik des Anzuges hat bereits gehandelt.“

„Medoautomatik!“ wiederholte Vasova und lachte leise auf. „Erstaunlich, wie weit Terraner denken. Du solltest deiner Aufgabe nachgehen.“

Callamon lächelte breit.

„Ich bin schon dabei, weiser Mann. Mr. Raizfoll kennt all Ihre Werke. Ihr Anblick dürfte ihn verwirrt haben.“

Vasova nickte nur und entfernte sich. Von der Sekunde an leitete CC die zweite Phase ein.

„Sie haben mich fast überzeugt, Sir“, sprach er Genetze an. „Wenn Sie mir gestatten, einen unbedeutenden, jedoch charakteristischen Bruchteil Ihrer Daten auf die SODOM zu überspielen, werde ich Anweisung geben, die drei Hohen Räte Ihres Volkes sofort auf mein Flaggschiff zu bringen. An Bord befinden sich hervorragende Mitarbeiter des Wissenschaftlers Professor Arno Kalup. Wenn sie mir die Echtheit Ihrer maahkschen Unterlagen bestätigen, steht dem Austausch nichts mehr im Wege. Darf ich nun erfahren, worum es sich handelt?“

„Ich bin Hastragon“, stellte sich ein älterer Akone vor. „Wir haben entscheidende Unterlagen über die grünen Hochenergieschutzschirme der Maahks erhalten. Die Daten wurden von uns überprüft und rein mathematisch ausgewertet. Dieses Trägerband können Sie mit jedem terranischen Gerät überspielen. Die Daten sind natürlich noch unzureichend.“

„Selbstverständlich. Ich möchte die Überspielung persönlich vornehmen. Mein Beiboot ist entsprechend ausgerüstet."

„Sie können sich unserer Geräte bedienen", warf Genetze ein. „Warum diese Umstände?"

CC lächelte erneut.

„Sir, Sie kommen vom Fach und werden daher verstehen, daß ich einige Vorkehrungen getroffen habe. Nur ich kann sie aufheben."

Genetze überlegte.

„Wir werden Ihre Begleiter unterdessen bewirten", wich er aus.

„Später, Hoher Rat! die Männer haben mit mir das Schiff zu betreten, oder ich kann meine Vorkehrungen nicht annullieren."

Genetze gab zögernd nach. Callamon schaltete seinen Helmsender ein.

„Captain Lockroth, alles in Ordnung. Wir kommen vorübergehend an Bord zurück. Schleusenschirme abschalten."

„Jawohl, Sir, verstanden."

Callamon schulterte seine Waffe. Der Ertruser faßte Pipper mit einer Hand, legte ihn mühelos über die Schulter und marschierte grußlos davon.

Lockroth dagegen hatte den Anruf folgerichtig als Beginn der zweiten Phase gewertet. Sein Hyperimpuls erreichte die Antennen der SODOM in Nullzeit.

Hartingsson stieß eine Verwünschung aus.

„Da haben wir den Verrat! CC gibt Katastrophenbefehl. Tariik, klar bei Transmitter-Abstrahlung. Nichts wie fort mit den drei Akonen auf das Basisschiff. Dann machen Sie Ihr Gerät empfangsbereit für unsere Leute. Ausführung!"

Noch ehe Callamon und seine Begleiter die TUBA erreichen konnten, registrierte die akonische Ortung eine schwere Strukturerschütterung. Der Hyperraum wurde aufgerissen.

Genetze wurde augenblicklich informiert.

„Was war das?" fragte er scharf. „Admiral, machen Sie keine Dummheiten! Das war eine Transmitter-Funktion."

„Natürlich", bestätigte CC gelangweilt. „Sie möchten doch Ihre drei Räte zurückhaben, oder? Sie sind soeben auf der SODOM eingetroffen."

Genetze lehnte sich weit zu seinen Aufnahmegeräten vor. Sein Gesicht erschien überlebensgroß auf dem Bildschirm des Energie-Prallgleiters. Der Fahrer und seine beiden uniformierten Begleiter hielten das Fahrzeug an. Die TUBA war noch etwa fünfzig Meter entfernt.

„Sie haben die Hohen Räte per Transmitter an Bord genommen?" wiederholte Genetze fassungslos. „Per Transmitter?"

„Sie haben es geortet. Ich halte mich an unser Abkommen. Bei Anlieferung diverser Probedaten sind die Gefangenen für die Übergabe bereitzustellen. Ein Schiffstransport hätte zu lange gedauert. Was ist daran verwunderlich?"

Genetze lehnte sich wieder zurück. Sein Lächeln wirkte wie gefroren.

„Verwunderlich ist nur Ihre Maßnahme. Dennoch, sie ist Ihrer würdig. Kann ich mit einem der Räte sprechen?"

„Vereinbarungsgemäß nach Durchsicht der Probedaten, Sir."

„Dann kehren Sie um, Admiral Callamon. Ihr Beiboot kann den Hangar nicht mehr verlassen. Ich werde Sie und Ihre Begleiter nach Abschluß meiner Aktion in Ehren entlassen; entlassen als rechtmäßig gewähltes Oberhaupt des Großen Akonischen Rates. Die bisherige Regierung wird gestürzt. Ihre drei Gefangenen hätten durch ihren politischen und militärischen Einfluß die Regierungsumbildung verhindern können. Ich brauche alles, nur nicht Taje Forstusyl. Als Chef des Energiekommandos würde er mich empfindlich stören."

CC kämpfte um seine Beherrschung. Moro Tantu drehte sich langsam um.

„Ihre innenpolitischen Angelegenheiten interessieren mich nicht", erklärte Callamon schroff. „Sie werden mich sofort..."

„Ich werde sofort Ihre SODOM vernichten", wurde CC unterbrochen. „Wir können es nicht riskieren, die drei gefährlichen Räte laufenzulassen."

Als die beiden akonischen Wächter die Strahlwaffen erhoben,

schlug der Ertruser zu. Die beiden Männer waren besinnungslos, ehe sie auf den Hallenboden schlugen.

Callamon paralysierte den Fahrer mit einem blitzschnellen Schuß aus einem Narkosestrahler. Genetze schrie Anweisungen, von denen aber nur eine in Erfüllung ging. Das Triebwerk des Gleiters begann zu brennen. Kleine Detonationen zeugten davon, daß der Wagen nicht mehr zu gebrauchen war.

Niemand verlor ein überflüssiges Wort. Die Maßnahmen waren abgesprochen. Die Helme der Kampfanzüge klappten nach vorn. Mit dem Anlaufen der Lebenserhaltungssysteme bauten sich die Internschutzschirme auf.

„Roboter erscheinen in der Hauptschleuse", vernahm Callamon Lockroths Stimme. „Habe ich Feuererlaubnis?"

„Zerstören Sie die Schleuse, schnell!"

Die ersten Thermoschüsse aus robotisch gesteuerten Waffen peitschten in die Schutzschirme. Weit über den rennenden Männern begann die obere Impulskanone der TUBA zu röhren. In dem weißen Gluten der einschlagenden Thermo-Schußbahnen explodierten die angreifenden Roboter.

Callamon sprang in das Antigravfeld der unteren Polrundung. Pipper folgte ihm sofort. Als der Ertruser ankam und die Panzerpforten zufuhren, war es schon höchste Zeit geworden. Rotglühende Luftmassen durchheulten die Hangarhalle.

Lockroth fuhr die Schutzschirme der TUBA hoch. Viel nützten sie wegen zu schwacher Aufladung nicht.

Pipper stolperte in den Transmitterraum. Das allgegenwärtige Tosen der auf Vollast laufenden Kraftwerke verriet ihm, daß Lockroth schnell und exakt gehandelt hatte. Callamon öffnete den Druckhelm.

„Die SODOM steht unter schwerem Wirkungsfeuer planetarischer Raumabwehr-Geschütze, Sir!" schrie ihm Lockroth zu. „Jetzt wissen wir, worauf unsere Energieortung ansprach."

„Geben Sie auf, Callamon", ertönte Genetzes Stimme in den Helmlautsprechern. „Der Hangar ist zerstört. Wollen Sie sich selbst in die Luft jagen?"

Callamon antwortete nicht mehr. Die Bogensäulen des Bordtransmitters glühten. Nur zwei Sekunden später wurden die vier Männer von dem Entstofflichungsfeld erfaßt. Sie verspürten den grellen Schmerz der Entmaterialisierung und sofort darauf einen weiteren Schmerz. Genau betrachtet, war es ein einziger, zeitloser Vorgang.

Männer in Kampfanzügen waren den vier Ankömmlingen behilflich. Hochdruckspritzen zischten. Der Rematerialisierungsschmerz mäßigte sich sofort.

„Wir haben auf einige der schwersten Bodengeschütze das Feuer eröffnen müssen“, wurde CC mitgeteilt. „Sie hätten uns sonst erledigt.“

„Aufhören, Feuer einstellen!“ schrie Callamon außer sich. „Hartingsson, Genetze ist als Regierender Rat anzusehen. Vollschub, wir verschwinden. Wir werden hier keinen galaktischen Konflikt provozieren.“

Die SODOM verschwand gleich einer Spukerscheinung aus der Orbitbahn. Das Feuer der Raumabwehr verpuffte wirkungslos. Vier Minuten später ging der Schlachtkreuzer in den Linearraum.

Hartingsson betrat CC's Kabine und setzte sich.

„Wer hätte das ahnen können“, begann er nach einer Weile. „Den Akonen war niemals an der Freilassung der Gefangenen durch uns gelegen. Genetze wollte sie ...“

„Ermorden, sprechen Sie es ruhig aus“, fiel Callamon ein. „Und ich sollte zum Helfershelfer degradiert werden. Alter Freund – einen derart miesen Geschmack hatte ich noch nie im Munde. Wozu der ganze Aufwand?“

„Ich habe eine Nachricht von Kommodore Tettenty, Sir. Der Großadministrator hat angeordnet, die drei Gefangenen sofort ins Blaue System zu bringen. Forstusyl ist eingeweiht worden. Er wird schneller bei seinen Leuten sein, als es Genetze lieb sein kann. Der Hohe Rat dankt Ihnen und läßt Ihnen ausrichten, die von Professor Hastragon übergebenen Probedaten seien tatsächlich echt! Genetze mußte eine Überprüfung einkalkulieren. Also übergab er

Ihnen das, was man den Maahks offenbar abgehandelt hatte. Leutnant Raizfoll macht deswegen Freudensprünge und meint, das würde dem Kalupteam viel nützen. Wir sind dem Geheimnis der grünen Hochenergieschirme auf der Spur."

CC reckte sich in seinem Schaltsessel.

„Hm, wenn das so ist, will ich zufrieden sein. Rufen Sie bitte unseren Pechvogel und lassen Sie uns allein."

Hartingsson ging; Pipper trat näher. Er hatte draußen gewartet.

„Ehe Sie hinfallen, nehmen Sie bitte Platz", wurde er angesprochen. „Wenn Sie Vasova nicht als Betrüger entlarvt hätten, wäre die Sache kritisch geworden. Ich hätte die Akonen an Bord behalten und die SODOM näher an die Oberfläche gebracht. Da die Daten echt sind, wäre mein Verdacht zerstreut worden. Ohne Schutzschirme hätten wir dem konzentrierten Bodenfeuer nicht standhalten können. Wie war das nun mit Ihrem Hypnoblock?"

Pipper räusperte sich und schaute auf seine Hände nieder.

„Ich bemerkte es erst, als ich dem Fremden gegenüberstand. Bei der vorhergehenden Bildsendung hatte ich nichts verspürt. Jetzt weiß ich, daß ich einen direkten Kontakt brauchte."

CC nickte sinnend. Auf den Kontrollbildschirmen der Kabine leuchteten die Sterne der Eastside. Der nächste Linearsprung wurde eingeleitet.

„Vasova hat mich von meinem zehnten bis dreizehnten Lebensjahr erzogen", berichtete Pipper stockend. „Warum er mich in seine Bergklause auf Plophos bat, weiß ich nicht."

„Er wird Ihr Genie erkannt haben."

„Meinen Sie? Dann schickte er mich fort und sagte, ich solle auf Terra die Raumakademie besuchen. Er wollte jedoch nicht, daß ich jemals von ihm sprach. So gab er mir den Hypnoblock. Ich vergaß den Weisen, seine Lehren und die wahrscheinlich erfolgte Aufstockung meiner Hirnkapazität. Ich lernte später enorm schnell."

„Sie sollten ihn vergessen?" wunderte sich Callamon.

„Ja, Sir. Er war immer ein seltsamer Mann. Er deutete auch einmal an, nicht mehr lange unter uns weilen zu können. Wenn ich den echten Vasova getroffen hätte, wäre ich nicht aus dem Block entlassen worden. So jedoch fand ich den Betrüger, dessen Auftauchen Vasova mir einmal weisgesagt hatte. Das löste den Block und gab mir die Erinnerung zurück."

Pipper schwieg. CC vernahm gedankenlos die vielen Anweisungen und Kommandos, die anläßlich des bevorstehenden Manövers gegeben wurden.

„Wußte der Großadministrator davon?"

„Ja, Sir. Deshalb kam ich an Bord der SODOM. Der falsche Philosoph ist von den Akonen planmäßig herangebildet worden. Man ahnte, welchen Einfluß sein Name hat."

CC erhob sich und griff zur Dienstmütze.

„Besten Dank, Mr. Raizfoll. Können Sie mir auch noch verraten, woher der bio-maskierte Schauspieler mein Abenteuer mit der Springechse auf Dassarogo kannte?"

Pipper erlaubte sich ein breites Grinsen.

„Weil Sie dem Schauspieler begegnet sind, nicht aber dem echten Vasova. Er hätte sich nie den Arm zerfleischen lassen, Sir. Zwischen duldsamer Weisheit und Dummheit wußte mein Lehrer wohl zu unterscheiden."

Callamon murmelte eine Verwünschung und öffnete das Schott. Pipper schaute ihn nachdenklich an.

„Vasova kam vom Alles hinter dem großen Nichts. Dorthin ging er zurück. Andere Weise werden ihm folgen. Vielleicht brauchen wir bessere Lehrer?"

Callamon ging wortlos. Noch ahnte er nicht, daß er tausendsechshundertundelf Jahre später an Pipper Raizfolls Worte denken würde.

Marianne Sydow

Traumwelt

Zu Beginn des 23. Jahrhunderts war die Raumfahrt im Solaren Imperium längst weit genug entwickelt, um auch Privatpersonen den Weg zu den Sternen zu öffnen. Unter all den Menschen, die ihr Glück auf fremden Planeten suchten, befanden sich auch einige, die darunter weder Geld und Gut noch Abenteuer und Selbstbestätigung verstanden, auch nicht ihr individuelles Glück im normalen Sinn. Was sie suchten, das war eine Erfüllung religiöser Art. Auf einem fremden Planeten, in völliger Abgeschiedenheit, wollten sie ihren eigenen Weg gehen.

Mitunter war eine solche Welt aber gar nicht so abgeschieden, wie man meinte, und der eine oder andere Planet erhielt sogar sehr häufig Besuch – heimlichen Besuch, denn diejenigen, die dort herumstöberten, führten nichts Gutes im Schilde. Zumindest dann nicht, wenn es sich um Angehörige der Báalol-Sekte handelte. Diese Leute, die man auch Antimutanten nannte, weil sie mit ihren geistigen Kräften die terranischen Mutanten höchst erfolgreich zu behindern wußten, strebten nach Macht und Einfluß, und sie taten das vorzugsweise auf sehr krummen Wegen ...

Der Planet war alt und schon seit langer Zeit unbewohnt. Vor Jahrzehntausenden hatten einheimische Intelligenzen in den schwarzen Basalt- und Granitbergen gehaust und dort puebloähnliche Städte hinterlassen, deren Trümmer noch heute besichtigt werden konnten. Aber katastrophale Klimaveränderungen hatten zum Aussterben dieser Wesen geführt. Seitdem war der Planet nicht viel mehr als eine Wüste.

Die Báalols nannten ihn „Z'hark", die Terraner hatten ihn „Lithos" getauft. Beide Bezeichnungen meinten dasselbe: Eine steinige, unfruchtbare Wüste, in der nichts wuchs. *Fast* nichts. Denn etwas wuchs dort doch. Es handelte sich um zähe, widerstandsfähige Pflanzen, die selbst aus dem spärlich fallenden Tau und der millimeterdünnen, winterlichen Schneedecke noch genug Feuchtigkeit zu saugen verstanden. Von diesen genügsamen Gewächsen ernährten sich ebenso genügsame Tiere, und diesen Pflanzenfressern stellten ein paar Dutzend Arten von Jägern nach. Alles in allem war die Fauna von Lithos genauso kümmerlich wie die Flora. Riesige Bestien brauchte man auf diesem unfreundlichen Planeten nicht zu fürchten, denn der permanente Nahrungsmangel, vor allem aber die furchtbare Trockenheit, verhinderten es, daß hier – im wörtlichen, wie auch im übertragenen Sinn – die Bäume in den Himmel wuchsen.

Dabei war der Boden, in dem die Pflanzen wurzelten, keineswegs unfruchtbar. Ihm fehlte nur die Feuchtigkeit. Er enthielt alles, was Pflanzen brauchen – Kali, Kalk, Phospate, Spurenelemente aller Art, stellenweise sogar ausreichend Stickstoff. Aber eben kein Wasser, mit dem diese Stoffe sich aufschließen ließen. Und für eine industrielle Auswertung waren die Konzentrationen wiederum viel zu gering.

Vielleicht würde man sich irgendwann dieser Welt annehmen, ihr eine sorgfältige Behandlung angedeihen lassen, ihr Klima verändern und dann die Wüsten in Wälder und fruchtbares Ackerland verwandeln. Aber bis dahin mochte noch viel Zeit vergehen, und die Báalols hofften, daß es nie geschah.

Die Tiere und Pflanzen von Lithos hatten nämlich eine für die

Báalols sehr anziehende Eigenschaft. Speziell auf die Pflanzen traf das zu.

Diese Gewächse sogen das wenige Wasser und das Übermaß an Mineralstoffen in sich auf und verwandelten beides mit Hilfe des ebenfalls reichlich zur Verfügung stehenden Sonnenlichts in scharfe Gifte und betäubende Substanzen. Es gab – was die Ansichten der Báalols betraf – kaum ein Problem, zu dessen Lösung auf Lithos nicht irgendein Kraut gewachsen war. Ob man nun Politiker und Geschäftsleute mittels zuverlässiger Drogen nur abhängig machen wollte oder – weil es im Einzelfall rentabler war – auch gleich zu ermorden wünschte: Dieser Planet lieferte alles, was man dazu brauchte. Dabei war noch zu beachten, daß die auf Lithos wachsenden Pflanzen die entsprechenden Substanzen in ungeheurer Konzentration aufwiesen. Sie waren so kostbar, daß sie nicht einmal mit Gold aufzuwiegen waren. Eine einzige Staude L'lhak – ein kaum handhohes, dürres Kraut, das winzige Büsche vom Umfang einer Männerfaust bildete und nach der Schneeschmelze winzige violette Blüten trug – konnte, zur rechten Zeit und am rechten Ort geerntet, den Kaufpreis eines Walzenraumers erbringen.

Das Unangenehme an diesen Gewächsen war, daß man sie nicht in beliebiger Menge ernten konnte. Die Báalols hatten mehrfach versucht, die wichtigsten Lithos-Pflanzen auf anderen Planeten anzusiedeln und sie – unter sorgsam kontrollierten Bedingungen – farmmäßig heranzuziehen. Diese Versuche waren samt und sonders fehlgeschlagen. Der Planet Lithos war somit für den Báalol-Kult unentbehrlich geworden.

Was für die Pflanzen zutraf, galt für die Tiere von Lithos doppelt und dreifach, denn auch sie produzierten eine Vielzahl von Giften, und sie taten das nur, wenn ihnen ihre gewohnte Nahrung in der gewohnten Umgebung zur Verfügung stand.

Die Báalols waren keine Dummköpfe, und wenn es um höhere Ziele ging, dann vermochten sie auch sehr gut ökologisch zu denken. Es gab noch viele andere Drogen und Gifte, nicht so wirksam und stark wie die von Lithos, aber durchaus brauchbar.

Und so schonten sie die Natur dieses steinigen Planeten und nahmen nur so viel mit, wie Fauna aund Flora ohne Schaden verkraften konnten.

Beim L'lhak allerdings fiel es ihnen schwer, zurückhaltend zu bleiben. Dieses Kraut war nicht nur kostbar, sondern auch noch sehr selten. Es gab eigentlich nur eine Stelle auf ganz Lithos, an der man die L'lhak-Stauden in größerer Anzahl vorfand.

Und ausgerechnet an dieser Stelle hatte sich eine Gruppe von Terranern angesiedelt.

Tajar, ein noch sehr junger Báalol-Priester, beobachtete die terranische Siedlung von einem felsigen Hügel aus, wo haushohe Steine ihn ausreichend vor den Blicken der Erdmenschen schützten. Er befand sich nun schon seit vier Tagen dort oben, schlief im Freien und verzichtete auf jeglichen Komfort, sogar auf den einer warmen Mahlzeit, um nur ja nicht die Aufmerksamkeit der Siedler auf sich zu ziehen. Und je länger Tajar seine potentiellen Opfer beobachtete, desto fester wurde in ihm die Überzeugung, daß hier etwas nicht stimmte.

Die Siedlung bestand seit etwa einem Jahr, auf keinen Fall länger, denn man hatte die Ankömmlinge erst bemerkt, als die nächste L'lhak-Ernte fällig war. Ein Lithos-Jahr aber war etwa doppelt so lang wie eines nach terranischem Maß. Die Siedler hätten mithin genügend Zeit gehabt, sich hier einzurichten. Auf ihre Weise hatten sie es auch getan – dennoch wirkte ihre Siedlung reichlich seltsam.

Es gab dort unten zwei große Lagerhallen aus vorfabrizierten Teilen, die jedoch mit bunten Symbolen geschmückt waren, so daß sie eher wie die transportablen Hallen wohlhabender Gaukler aussahen. Außer den Lagergebäuden existierten rund einhundert kleine Wohnbauten, ebenfalls aus Fertigteilen errichtet und gleichfalls bunt angemalt, dazu eine gleich große Anzahl von winzigen Steinhäusern, eher schon offenen Verschlägen. Diese kleinen Steinverschläge waren im Umkreis von rund einem Kilometer verstreut, während die Wohnbauten rechts und links von einer staubigen „Straße“ angeordnet waren. Die Straße begann bei den beiden Lagerhallen, führte durch die ganze Siedlung und endete bei dem erstaunlichsten Bauwerk, das es in diesem Dorf gab.

Dieses letzte Gebäude war ganz aus Stein gebaut, aber es war kein einfacher, kleiner Verschlag, sondern eine Art Tempel, bestehend aus einer Vielzahl von Säulen, die ein nach Art eines umgedrehten Trichters geformtes, stufenweise ansteigendes Dach trugen.

Die Bewohner dieses seltsamen Dorfes führten ein beschauliches Leben. Bereits im Morgengrauen gingen die ersten von ihnen hinaus zu den Steinverschlägen. Die Art, *wie* sie gingen, war recht merkwürdig: Sie tappten behutsam im Zickzack dahin, langsam und bedächtig, als wären sie berauscht – oder als ob sie unter Kreislaufbeschwerden litten. Sie schienen sehr darauf bedacht zu sein, nicht auf die verstreut wachsenden Pflanzen zu treten, was natürlich zu denken gab. Wenn sie einen der Verschläge erreicht hatten, ließen sie sich umständlich nieder – und standen erst wieder auf, wenn die Sonne hinter dem Horizont versank. Manche blieben auch nachts draußen. Es schien, daß sie in der ganzen Zeit, die sie in den steinernen Verschlägen verbrachten, weder aßen noch tranken. Regungslos dösten sie vor sich hin.

Während ungefähr achtzig Prozent der Dorfbevölkerung auf diese Weise den Tag verträumten, hielten die anderen sich in der Nähe der Wohnbauten auf. Sie bemalten deren Wände, zeichneten Symbole in den Sand oder arbeiteten an der Vollendung des seltsamen Tempels. Einige schienen in den Lagerhallen zu arbeiten. Von dort kamen offensichtlich alle Nahrungsmittel wie auch das Trinkwasser. Von geregelten Mahlzeiten schienen die Siedler wenig zu halten, denn sie holten sich ihre Rationen, wann immer ihnen danach zumute war. Auch die, die im Dorf blieben, bewegten sich vorsichtig und langsam, und sie machten einen Bogen um jede Pflanze und jedes Tier.

Diese Rücksichtnahme – oder Furchtsamkeit, denn darüber war sich Tajar noch nicht ganz klar – führte so weit, daß selbst mitten auf der „Dorfstraße“ die kostbaren L'lhak-Stauden unbehelligt wuchsen und sich die hochgiftigen, ungeheuer aggressiven Steinläufer, skorpionartige, kaum handgroße Tiere, auf den Türschwellen der Wohnbauten sonnten.

Tajar hatte erwartet, rund um die Siedlung eine zerstörte Natur vorzufinden. Er hatte die Terraner studiert und dementsprechend bestimmte Vorstellungen von ihnen entwickelt. Das erste, was diese Leute auf einem fremden Planeten taten – wenn sie sich dauerhaft dort ansiedeln wollten –, war normalerweise, daß sie sich gegen alle unliebsamen Überraschungen seitens der ansässigen Flora und Fauna absicherten. Alle giftigen Tiere und Pflanzen wurden vernichtet und zurückgedrängt. Dann legte man Felder an, die mit schnellwüchsigen Kulturpflanzen besetzt wurden, um möglichst schnell eine Autarkie der Siedlung herbeizuführen. Sobald dieses Ziel in Sichtweite geriet, begann die weitere Expansion der Siedlung – und die Umformung der direkten Wohnanlagen nach terranischen Schönheitsidealen. Nach allem, was Tajar gelernt hatte, gehörten zu diesem Schönheitsideal ein glattgeschorener, unkrautfreier, sattgrüner Rasen, bunte Blumenrabatten, schnellwachsende, möglichst immergrüne und nicht laubabwerfende Bäume und Sträucher sowie jede Menge Wasserspiele – Springbrunnen sowie künstliche Teiche und Bäche bis hin zum pumpengetriebenen Wasserfall. Dazu gehörten dann selbstverständlich auch schöne, glatte Wege.

Die Siedler von Lithos besaßen weder Felder noch Rasenflächen, nicht einmal einen lausigen Kies- oder Schotterweg. Anstatt die giftigen Tiere mittels Elektrozäunen draußen zu halten, hausten sie mitten unter ihnen – und es schien, als machte es ihnen gar nichts aus. Das galt sowohl für die Siedler als auch für die Tiere. Die Steinläufer hoben nicht einmal die Köpfe, wenn so ein Terraner behutsam über sie hinwegstieg. Die Eingänge zu den Wohnbauten waren ungesichert, und Tajar beobachtete mehrmals, daß nicht nur die Steinläufer, sondern auch andere Tiere ungehindert ein und ausgingen und die Häuser sogar verteidigten, als betrachteten sie sie als ihr ureigenstes Revier. Aggressiv waren diese Wesen allerdings nur anderen Tieren gegenüber – die Terraner schienen sie gar nicht wahrzunehmen. Die Menschen kamen und gingen, leise, behutsam und sanft, und die Tiere akzeptierten ihre Gegenwart.

Tajar selbst dagegen bekam einigen Kummer mit den tierischen Bewohnern von Lithos, denn auch in seinem felsigen Versteck hausten einige davon, und sie waren mit seiner Gegenwart ganz und gar nicht einverstanden. Sobald er sich regte, huschten vier, fünf krabbelnde, schlängelnde und schleichende Wesen aus ihren Verstecken und bedrohten ihn unter lautem Zischen, Rasseln, Schnattern – oder auch völlig lautlos, und das waren die gefährlichsten unter ihnen. Zwei Steinläufer konnte er zertreten, einen angreifenden Sandschlängler mit einem Stein zermalmen und einer Felsratte den Schädel mit dem Griff seiner Waffe zertrümmern, ehe dieser handspannenlange Vertreter der auf Lithos überaus seltenen Säugetiere es schaffte, seine spitzen, giftigen Zähne in den Unterarm des Báalol zu schlagen.

Am fünften Tag jedoch hatte er Pech. Da sah er zum erstenmal, daß ein Terraner sich zu einer L'lhak-Pflanze herabbeugte. Er glaubte, jetzt endlich die Bestätigung für seinen Verdacht zu erhalten – daß nämlich diese Terraner auch nur hinter den Drogen von Lithos her waren – und starrte so gebannt durch sein Fernglas, daß er seine sonst übliche Vorsicht vergaß. Als der Terraner sich bückte, versperrte ein Felsbrocken dem Báalol die Sicht. Er richtete sich ein wenig auf und schob sich einige Zentimeter zu weit nach vorne. Plötzlich fühlte er eine hauchleichte Berührung an seinem linken Handgelenk. Erschrocken sah er hinab – und im selben Augenblick stach der Steinläufer zu.

Normalerweise überlebte ein menschliches Wesen den Stich eines Steinläufers nur um wenige Sekunden, und es hieß, daß ein Opfer dieser Tiere nicht einmal mehr genug Zeit hatte, um einen Schmerz zu spüren. In den dem Biß folgenden Minuten wünschte sich Tajar, daß man ihn nicht – soweit das überhaupt möglich war – gegen die diversen Gifte der lithos'schen Fauna immunisiert hätte, denn dann wäre es schnell vorüber gewesen. So aber bekam er die Wirkung dieses Teufelszeugs voll zu spüren, und das war so schrecklich, daß er seine Herkunft, seinen Auftrag und alles andere vergaß und, wie von Furien gehetzt, den Hügel hinuntertaumelte und -stolperte, einzig und allein von dem Gedanken getrieben, so schnell wie möglich Hilfe zu finden. Und wenn die terranischen Siedler den fremden Eindringling, der rücksichtslos auf seiner Flucht selbst die kostbaren L'lhak-Stauden in den Staub trat, kurzerhand niedergeschossen hätten, so wäre Tajar auch das recht gewesen. *Alles* war ihm recht – wenn es ihn nur von diesen entsetzlichen Qualen erlöste.

Aber die Siedler dachten nicht im Traum daran, das Problem auf so rabiate Weise zu lösen. Statt dessen fingen sie Tajar, der unkontrolliert um sich schlug, ein, steckten ihn ins Bett und sorgten für ihn, so gut es ihnen möglich war.

Zwei terranische Wochen lang lag Tajar im Delirium, und niemand wußte, ob er auch nur die nächste Stunde überleben würde. Dann aber trat allmählich eine leichte Besserung ein, und schließlich klärten sich die Sinne des Patienten, und er nahm zum erstenmal etwas von seiner Umgebung wahr. Diese erste Wahrnehmung beschränkte sich allerdings darauf, daß er die Berührung fester Hände spürte, die ihn stützten, und den Duft eines warmen Getränkes roch. Er schluckte mühsam, aber es schmeckte.

Am nächsten Tag begann er, Licht und Schatten zu unterscheiden, und er war imstande, sich aufzustützen, als man ihm ein Brühe einflößte. Und am dritten Tag sah er schon wieder die ersten Farben – er hatte nie gedacht, daß ihm das einmal als so wunderbar erscheinen würde.

Nach vier Wochen war er zum erstenmal imstande, sein Bett zu verlassen und bis zu offenen Haustür zu gehen. Damit waren seine Kräfte allerdings auch schon ziemlich erschöpft, so daß er sich hinsetzen mußte. Er blinzelte gegen das helle Sonnenlicht, das ihm in den Augen schmerzte, und als er den Blick senkte, sah er – einen Steinläufer. Das Tier saß direkt vor seinem rechten Fuß und schien ihn höhnisch anzustarren.

Tajar war wie gelähmt vor Angst. Er wagte es nicht einmal, um Hilfe zu rufen, denn er wußte, daß Steinläufer auch auf Geräusche reagierten. Der kalte Schweiß brach ihm aus allen Poren, und er betete zu sämtlichen Göttern seines Volkes, daß sie ihm jemanden schickten, der ihm diese Miniaturbestie vom Halse schaffte. Die Götter schienen jedoch anderenorts mit weitaus wichtigeren Dingen beschäftigt zu sein, denn es dauerte lange, bis endlich Schritte im Haus erklangen und eine weißgekleidete Gestalt in Tajars Blickwinkel erschien.

„Ein Steinläufer!" wisperte Tajar angestrengt, wobei er sich bemühte, die Lippen so wenig wie möglich zu bewegen.

Das Tier rührte sich nicht, aber der kräftige, braunrote Giftstachel hing drohend über Tajars nackten Zehen.

„Er wird dich nicht stechen", sagte eine sonore Stimme, und Tajar sah, wie der Steinläufer sich in Positur rückte. Im stillen schloß er bereits mit seinem Leben ab, denn ein zweites Mal würde er diese Tortur nicht überstehen.

„Tu etwas!" bat Tajar entsetzt.

Der Fremde – im Sitzen konnte der Báalol nur das weiße, kittelartige Gewand erkennen, und er wagte es nicht, den Kopf zu heben – trat näher heran und beugte sich zu Tajars Fuß und dem daneben postierten Tier herab. Der Anti schloß die Augen.

„Komm, kleiner Bruder", sagte der Terraner sehr sanft. „Du wirst dich an einer anderen Stelle sonnen, denn dieser Mann fürchtet sich vor dir."

Tajar machte vorsichtig die Augen auf, und ihm stockte der Atem, als er den Steinläufer auf der Hand des Terraners sah. Aber das Tier traf keine Anstalten, den Fremden zu stechen. Als der Terraner sich bückte und die Hand – ein Stückchen weiter rechts neben der Treppe – auf den Boden senkte, kletterte der Steinläufer anstandslos hinunter, wackelte noch kurz und drohend mit dem stachelbewehrten Schwanz und begab sich dann hochmütig zu einem sonnenbeschienenen Sandflecken.

„Seid ihr Mutanten, daß ihr mit den Tieren sprechen könnt?" fragte Tajar verdattert.

Der Terraner drehte sich zu ihm und lächelte. Tajar entsann sich jetzt verschwommen, daß er dieses Gesicht ein paarmal über sich wahrgenommen hatte, als er mit dem Tode kämpfte.

Es war eines von jenen Gesichtern, die man schwer einordnen konnte, was das Alter betraf. Die Haut war tief gebräunt und faltig, aber die fast schwarzen Augen wirkten jugendlich, wie auch der Mund. Der Terraner hatte schmale, aber dichte, eisgraue Augenbrauen, und auch das Haupthaar war grau.

„Wir sind keine Mutanten", sagte der Terraner gelassen. „Aber du bist einer, und es sollte dir leichtfallen, mit den Tieren zu sprechen. Warum benutzt du deine Fähigkeiten so wenig?"

Tajar war es zumute, als würde ihm der Boden unter den Füßen weggezogen.

Ein Mutant? Natürlich war er das – aber woher wußte dieser Terraner davon? Hatte Tajar im Fieber geredet und sein Geheimnis ausgeplaudert? Aber warum lebte er dann noch? Diese Leute mußten nunmehr wissen, warum er hier war – daß es seine Aufgabe war, die terranischen Siedler zu vertreiben, in den Dienst der Báalols zu pressen oder samt und sonders zu töten.

„Wer bist du?" fragte Tajar stotternd.

„Ken Obaya", stellte der Terraner sich mit einer leichten Verbeugung vor, und Tajar fragte sich, ob Obaya ihn damit verspotten wollten. „Ich bin das offzielle Oberhaupt dieser Siedlung – aber in Wirklichkeit habe ich nicht mehr und nicht weniger zu sagen als jeder andere auch. Wir halten hier nichts von solchen Äußerlichkeiten."

„Und was hast du mit mir vor?"

Obaya sah ihn erstaunt an.

„Nichts", sagte er und er zuckte dabei mit den Schultern. „Ich hoffe, daß du bald wieder ganz gesund bist und zu deinem Volk zurückkehren kannst."

Tajar brauchte einige Zeit, um diese Antwort zu verdauen. Irgendwie war ihm dieser Mann unheimlich, und er witterte eine Falle hinter dessen freundlicher Gelassenheit. Aber dann entschied er sich dafür, zu glauben, daß Obaya eben doch nicht alles wußte – es war bequemer, sich an diesen Glauben zu klammern, und wenn er sich irrte, dann würde Tajar das immer noch früh genug erfahren.

„Ist dies dein Haus?“ erkundigte er sich.

„Ich wohne darin“, nickte Obaya, und Tajar fand, daß das eine ausweichende Antwort war. Aber er wußte, was sich gehörte und stand mühsam auf, um sich seinerseits vor Obaya zu verbeugen.

„Ich danke dir für deine großzügige Gastfreundschaft“, sagte er höflich.

Der Terraner lächelte nur und winkte ab.

„Du warst in großer Gefahr“, sagte er ruhig. „Es war selbstverständlich, daß wir versucht haben, dir zu helfen. Aber du bist noch zu schwach, um lange herumzustehen. Laß uns ins Haus zurückkehren.“

Tajar fühlte sich in der Tat sehr schwach, und der eben ausgestandene Schrecken machte ihm zu schaffen. Seine Knie wackelten bedenklich, und so nahm er dankbar Obayas Hilfe in Anspruch und sank schließlich erschöpft in einen Sessel, der sich fremd anfühlte, sich dann aber doch als sehr bequem erwies. Augenblicke später stürzte eine junge Terranerin aufgeregt herein. Tajar kannte sie bereits – sie hieß Issala und gehörte zu denen, die ihn aufopferungsvoll gepflegt hatten.

Issalas Aufregung brachte Tajars Ängste zurück. Das Mädchen benahm sich ganz so, als sei ihr ein wichtiger Gefangener entlaufen. Aber als die Terranerin ihn dann sah, schlug sie die Hände über dem Kopf zusammen und äußerte sich empört und besorgt zugleich über den Leichtsinn, in so geschwächtem Zustand herumlaufen zu wollen.

„Laß es gut sein, Issala“, warf Obaya schließlich lächelnd ein. „Du solltest dich lieber darüber freuen, daß es deinem Schützling besser geht.“

„Aber das tue ich ja!“ rief Issala leidenschaftlich, und Tajar fühlte sich seltsam berührt. Die Freude dieser Terranerin war echt, und der Báalol wunderte sich darüber.

Auch wenn die Terraner nicht herausbekommen hatten, in welcher Mission er sich auf Lithos aufhielt, so mußten sie doch wissen, welchem Volk er angehörte – Obayas Äußerung bewies das ganz deutlich. Einem Báalol aber begegnete man mit Vorsicht und Mißtrauen. Tajar war so sehr daran gewöhnt, daß ihm die ehrliche Freundlichkeit dieser Leute um so verdächtiger erschien. Er fühlte sich jedoch momentan außerstande, mittels geschickter Fragen Klarheit in diese Angelegenheit zu bringen, und so zog er es vor, den Mund zu halten.

Issala beruhigte sich schließlich und brachte heißen Tee und Gebäck. Beides schmeckte für Tajars Gaumen etwas fremdartig, aber mittlerweile hatte er sich daran gewöhnt, zu essen, was ihm geboten wurde, denn er mußte wieder zu Kräften kommen. Also knabberte er an den Keksen und hing dabei seinen Gedanken nach. Die Terraner waren auffallend höflich. Sie ließen ihren Gast in Ruhe und stellten ihm keine bohrenden Fragen. Sie störten ihn nicht einmal, indem sie sich untereinander unterhielten. Auf diese Weise verging eine schweigsame halbe Stunde, bis Tajar von einer plötzlichen, vehementen Müdigkeit erfaßt wurde.

„Ich habe ja gleich gewußt, daß es zuviel für ihn wird!" hörte er Issala noch sagen, dann sackte er in klaftertiefen Schlaf.

Als er wieder erwachte, fühlte er sich klarer und frischer als seit Wochen. Er stellte fest, daß er wieder in seinem Bett lag. Vorsichtig blinzelte er und sah Issala, die an einem kleinen Tisch saß und eifrig etwas in ein kleines Heft schrieb.

Tajar machte die Augen wieder zu und stellte sich schlafend, während er – zum erstenmal seit dem unglückseligen Zwischenfall mit dem Steinläufer – Bilanz zog und sich Gedanken über sein weiteres Vorgehen machte.

Er mußte herausbekommen, was die Terraner hier auf Lithos wollten. Bis jetzt sprach alles dafür, daß sie ebenfalls hinter dem L'lhak herwaren, und ihre Freundlichkeit konnte Verstellung sein. *Wenn* es so war, dann würde Tajar die ganze Bande ausschalten müssen. Die Mittel dazu besaß er – zumindest hatte er sie besessen. Alles, was er dazu brauchte, befand sich in seinem kleinen Raumschiff, das er in den Bergen versteckt hatte. Er mußte herausbekommen, ob die Terraner das Schiff gefunden und seine Waffen unschädlich gemacht hatten.

Natürlich bestand auch die Möglichkeit, daß die Terraner keine

Ahnung davon hatten, in welch wichtigem Gebiet sie sich angesiedelt hatten. Dann mußte er dafür sorgen, daß ihnen der Planet Lithos, speziell aber die Ebene der L'lhak-Stauden, so unsympathisch wurde, daß sie Hals über Kopf die Flucht ergriffen – oder sie mit Hilfe der vielfältigen natürlichen Mittel von Lithos so manipulieren, daß sie in Zukunft nichts anderes als willige Gärtner im Auftrag des Báalol-Kultes abgaben.

Tajar fand, daß es am besten wäre, wenn die Terraner keine Ahnung hatten und er sie zur Flucht veranlassen konnte. Lithos war kein idealer Planet für eine Kolonisierung. Tajar fand es unverantwortlich, daß die terranischen Behörden es überhaupt erlaubt hatten, daß diese Leute sich hier niederließen.

Oder war das eine List?

Der Báalol schob diesen Gedanken zur Seite. Er mochte nicht allzu genau darüber nachdenken.

Nein, es war besser, die Siedler für ahnungslos zu halten. Wenn sie Lithos aufgaben, würde sich niemand auf Terra darüber wundern. Lithos würde in den entsprechenden Ruf gelangen, und damit war der Báalol-Kult alle Sorgen los. Es war alles ganz einfach, dachte er ...

... und hörte im gleichen Augenblick in seinem Geist den dröhnenden Gong, der ihn zur Wachsamkeit mahnte. Er zuckte zusammen und stellte erschrocken fest, daß er sich von Sympathien leiten ließ. Er – ein Báalol!

Tajar war tief beschämt. Er war zwar noch sehr jung, aber er hatte bereits die Priesterweihen erhalten. Es mußte an seinem noch immer geschwächten Zustand liegen, daß er einen solchen Fehler begangen hatte. Er nahm sich vor, in Zukunft vorsichtiger zu sein. Und er war entschlossen, auch gleich damit anzufangen.

Dort drüben saß Issala, und sie mochte Tajar. Ob sie ahnte, wer und was er war, spielte jetzt keine Rolle. Tatsache war, daß sie Tajar ehrliche Sympathie entgegenbrachte. Sie war jung, und sie war eine Frau, und er war ebenfalls jung und ein Mann. Unter diesen Umständen sollte es nicht schwierig sein, der Wahrheit auf die Spur zu kommen.

Tajar begann damit, indem er deutlich zu verstehen gab, daß er wach sei. Issala war erwartungsgemäß sofort bei ihm.

„Wie geht es dir?“ fragte sie besorgt.

„Bedeutend besser“, antwortete er lächelnd. „Du hast ein Wunder an mir vollbracht, Issala. Ohne deine Hilfe hätte ich das nie überstanden.“

Issala errötete heftig und zog energisch die Decke zurecht. Tajar fand sie ausgesprochen hübsch. Sie hatte dunkelbraune Augen und schwarzes, langes Haar. Wäre sie ein Mädchen seines Volkes gewesen, so hätte er sich augenblicklich in sie verliebt. Er zog es jedoch vor, sich ins Gedächtnis zu rufen, daß sie eine Terranerin war, und die Terraner waren die Erzfeinde des Báalol-Kultes.

„Ich bin hungrig“, verkündete Tajar, und Issala eilte sofort davon. Zufrieden schwang er die Beine aus dem Bett und zog sich an. Seine Kombination, neutral, wie es sich für eine solche Mission gehörte, hatte kaum gelitten. Er war stets stolz auf seinen athletischen Körperbau gewesen, und darum hatte er dafür gesorgt, daß seine Kombination seine Vorzüge herausstrich. Vergeblich sah er sich nach einem Spiegel um, aber er tröstete sich damit, daß er schließlich wußte, wie gut er aussah.

Issala kehrte mit dem Frühstück zurück. Sie lächelte, als sie Tajar am Tisch sitzen sah, und er war zufrieden. Noch zufriedener war er, als sie sich ohne Zögern bereit erklärte, ihm die Siedlung zu zeigen. Sie war zwar etwas besorgt und fürchtete, daß er sich überanstrengen könnte, aber das konnte er ihr ausreden.

Leider bestand Issala darauf, ihm zuerst den Tempel zu zeigen und dann erst die Hallen. Offensichtlich hielt sie den seltsamen Steinbau für ganz besonders wichtig.

Tajar konnte ihr in diesem Punkt nicht beipflichten, zumal das Innere des Tempels nicht halb so interessant war, wie es das Äußere versprach. Es gab drinnen eine kleine Statue, die einen ungeheuer fettleibigen Terraner zeigte, der mit halb geschlossenen Augen dahockte, ein paar Sitzkissen auf dem kahlen Boden und ein großes Gemälde an der Wand. Das Gemälde zeigte ein stilisiertes Rad, das aus den unterschiedlichsten Pflanzen bestand und an dem alle nur denkbaren Tiere und Intelligenzwesen herumturnten.

Der Báalol spürte, daß Issala auf Fragen wartete, und er wollte sie nicht enttäuschen.

„Was stellt das dar?“ erkundigte er sich pflichtschuldig.

„Das ist das Rad des Lebens“, erklärte Issala. „Der ewige Kreislauf der Seelen – das Symbol unseres Glaubens und unserer Weltanschauung. Siehst du, das Rad ist oben geöffnet. Dort befindet sich die große Seele, das Nirwana, aus dem wir alle kommen und in das wir alle zurückkehren. Aber bis es soweit ist, sind wir alle an das Rad gebunden und müssen die vielen, vielen Stationen durchlaufen, die unsere Seelen reifen lassen.“

„Wie das?“ fragte Tajar verblüfft.

„Durch Wiedergeburt“, erwiderte Issala, als handelte es sich um das Selbstverständlichste von der Welt. „Wir werden immer neu geboren – in den Pflanzen, den Tieren. Zuerst in primitiven, einfachen Formen, dann in immer größerer Vollkommenheit, zuletzt als Menschen oder andere intelligente Lebensformen, die sich für das Gute oder für das Böse entscheiden müssen. Wer das Böse wählt, dessen Seele darf das Nirwana nicht erreichen, und er gleitet wieder hinab in das Reich der Tiere und der Pflanzen, bis seine Seele so weit geläutert ist, daß sie erneut in den Körper eines Menschen schlüpfen darf.“

Tajar hatte derartige Theorien schon früher gehört. Viele Völker glaubten an die Wiedergeburt. Aber er war verblüfft wegen der Tatsache, daß gerade diese Terraner hier auf Lithos sich mit solchen Gedanken abgaben. Er hatte allerdings wenig Lust, sich mit Issala auf eine religiöse Diskussion einzulassen. Dieses Thema war ihm zu gefährlich. Er selbst war Realist, wie die meisten Anhänger des Báalol-Kultes. Das einzige, was zählte, war die Gegenwart und die Macht, die man in ihr ausübte. Er glaubte nicht an Wiedergeburt und die Unsterblichkeit der Seele, und an die Götter seiner Kindheit erinnerte er sich nur dann, wenn es ihm außergewöhnlich schlecht ging oder sein Leben in Gefahr war. Er fand jedoch, daß Menschen, die an Götter oder sonstige Ideale glaubten, in diesem Glauben eine Achillesferse besaßen, die man nur kennen mußte, um sie nutzen zu können.

„Ihr wollt das Nirwana erreichen?“ fragte er aus diesem Gedanken heraus.

„Ja“, sagte Issala ernst. „Es wird nicht einfach sein – aber hier wird es uns leichter fallen als auf der Erde. Niemand wollte sich auf Lithos ansiedeln. Es gibt hier keine Bodenschätze, und man kann nicht einmal Ackerbau treiben oder jagen. Die einheimischen Pflanzen und Tiere sind für uns giftig, und wir haben keinen Grund, ihnen nachzustellen. Darum können wir uns unbesorgt mit ihnen anfreunden und sie als das nehmen, was sie sind.“

„Seelen auf dem Weg über das Rad“, vermutete Tajar mit einem Blick auf das Gemälde. Er fand den Gedanken, daß ein giftsprühender Steinläufer nichts anderes, als eine Seele auf der Suche nach ihrem Ursprung sein sollte, außerordentlich erheiternd. Aber wenn Issala daran glauben wollte, so würde er sie nicht daran hindern.

Oder glaubte sie selbst gar nicht daran? Spielte man ihm ein geschickt aufgebautes Theater vor, um ihn von den eigentlichen Zielen der Siedler abzulenken?

„Sie sind unsere Brüder und Schwestern“, hörte er Issala sagen. „Das trifft auch auf die Lebensformen von Terra und jedem anderen Planeten zu. Aber auf Terra und anderen zivilisierten Welten gibt es zu viele Menschen oder andere Intelligenzen. Sie alle müssen sich ernähren, sie haben den berechtigten Wunsch, sich vor Krankheit und Tod zu schützen, und darum müssen sie unausgesetzt morden. Fast alle haben außerdem den Drang, ihre Umgebung nach ihrem Willen zu formen, und das bedeutet weiteres Morden. Wir hatten uns auf Terra zu einer Gemeinschaft zusammengeschlossen. Wir kauften ein abgelegenes Tal in einem unwegsamen Gebirge, um dort nach unseren Vorstellungen zu leben. Die Tiere in unserer Umgebung faßten bald Vertrauen zu uns, sie lebten zwischen uns, ohne uns zu behelligen oder von uns gestört zu werden. Wir überließen die Felder der Natur, und sie wurden zu blühenden Wiesen. Wir versuchten, viele andere Menschen von unseren Zielen zu überzeugen, und sie kamen in Scharen zu uns. Sie zertraten die blühenden Wiesen und fütterten die Tiere oder töteten sie auf andere Weise. Wir waren umgeben von kranken, dickbäuchigen Kreaturen, und die Touristen standen herum und fotographierten und filmten. Die Werbung nahm sich unserer Idee an. ‚Urlaub mit der Natur' hieß einer ihrer Slogans. An allen möglichen Orten entstanden Siedlungen, die angeblich nach unseren Prinzipien aufgebaut wurden. Für wenig Geld konnte man dort für Tage, Wochen oder auch nur für ein paar Stunden eine Illusion genießen. Ich habe zwei dieser Einrichtungen besucht – es war entsetzlich. Auf künstlichen Wiesen standen Blockhütten, die von außen einfach und natürlich wirkten. Aber schon die Türen und Fenster waren mit Ultraschallanlagen versehen, die die Tiere abschreckten oder sogar töteten. Außerhalb der Häuser trotteten überfütterte Rehe umher, und das Futter, das man aus Automaten für sie ziehen konnte, enthielt stets auch Beruhigungsmittel, damit ja keines von ihnen aggressiv werden konnte. Unter den Bäumen lagen Löwen und Tiger, scheinbar ganz zahm und friedlich. Sie zeigten kaum noch natürliche Reaktionen. Und ich könnte noch viel mehr darüber erzählen."

Issala sah nachdenklich auf das Bild mit dem Rad, und Tajar hütete sich, in diesem Augenblick eine unpassende Frage zu stellen.

„Wir haben versucht, gegen diese Auswüchse anzugehen", fuhr sie leise fort. „Und die Naturschutzbehörden schalteten sich ein. Nachdem die Öffentlichkeit erfuhr, was wirklich in diesen ‚Paradies-Parks' vor sich ging, setzte ein Sturm der Entrüstung ein. Er richtete sich zunächst gegen jene, die die Parks einrichteten und daran verdienten, dann aber auch teilweise gegen uns. Wir hatten eine Idee verwirklichen wollen, die man offensichtlich auf Terra nicht verwirklichen kann. Wir hatten einen Weg gezeigt, den viele gehen wollten und der sich für die meisten als unbegehbar erwies, und das konnte man uns nicht verzeihen. Wir wurden auf Schritt und Tritt beobachtet, und man versuchte mit allen Mitteln, uns der Lüge und der Heuchelei zu überführen – was natürlich auch gelang. Auch wir müssen essen und trinken, und jeder von uns hat Schwächen, die man ausnutzen kann. Wir besaßen ein paar Algenkulturen und Hefetanks, die uns alle erforderlichen Nährstoffe lieferten. Du kennst sicher diese Techniken."

Tajar kannte sie nur zu gut, und jetzt konnte er es sich auch erklären, warum all die Nahrungsmittel, die ihm hier geboten wurden, nicht unbedingt seinem Geschmack entsprachen. Aber er schwieg noch immer und lauschte auf Issalas Stimme.

„Obaya ist der sanfteste und gutmütigste Mensch, den ich je kennengelernt habe", sagte sie. „Er war schon damals unser Oberhaupt, und auf ihn richtete sich das Interesse unserer Gegner. Er hat nur eine Schwäche – er braucht ab und zu rohes Fleisch. Es hat etwas mit seinem Magen zu tun. Er gerät mitunter in einen Zustand, in dem er nichts essen kann, und das geht tagelang so. Wenn er versucht, etwas zu sich zu nehmen, muß er sich erbrechen, oder er bekommt furchtbare Schmerzen, Krämpfe und Schwächeanfälle, die bis zur Ohnmacht führen. Das einzige Mittel dagegen scheint eine Portion rohes Fleisch zu sein. Eine kleine Menge genügt, und es geht ihm wieder besser. Es muß auch kein echtes Fleisch sein, synthetisches genügt vollkommen. Wir hatten damals zwei junge Männer bei uns aufgenommen, es waren fast noch Kinder, und sie mochten Obaya sehr – zumindest schien es so. Sie ließen sich von ihm unterrichten. Eines Tages ging es ihm sehr schlecht, und er bat die beiden, ihm etwas gehacktes Synthofleisch zu bringen. Sie taten das auch. Aber es war kein Synthofleisch, und die beiden waren keine Schüler. Einer von ihnen führte eine kleine Kamera mit sich. Noch am gleichen Abend wurde von verschiedenen Nachrichtenstationen ein Bericht dieser beiden ausgestrahlt. Natürlich hatte man das Ganze geschickt geschnitten. Obaya verlangte in diesem Bericht kein Synthofleisch. Es wurde so hingestellt, als hätten die beiden Jungen auf seinen Befehl hin ein Eichhörnchen, also ein sehr possierliches, bei den meisten Terranern überaus beliebtes Tier, getötet und zu Hackfleisch verarbeitet. Von da an hatten wir es noch schwerer, und darum beschlossen wir, die Erde zu verlassen."

„Aber wovon ernährt ihr euch hier?“ fragte Tajar. „Laßt ihr euch alles liefern?“

„Nein“, sagte Issala lächelnd. „Komm, dann zeige ich es dir.“

Und sie führte ihn zu den beiden Lagerhallen am entgegengesetzten Ende des Dorfes.

Bis zu diesem Augenblick war Tajar noch immer bereit gewesen, das Ganze für eine geschickt angelegte Falle zu halten. Die Terraner hatten dem Báalol-Kult schon so manche Schlappe zugefügt, und er traute ihnen alles zu. Er hatte sich mehr oder weniger an der Idee festgebissen, daß diese Leute nur hier waren, um sein Volk an der L'lakh-Ernte zu hindern und das Kraut selbst zu verwerten. Diesen Gedanken mußte er endgültig fallenlassen, als er das Innere der Hallen sah.

In Halle Nummer eins befanden sich die Zuchttanks, in denen die Algen wuchsen. Die zweite Halle enthielt alles, was man zur Verwertung dieser Pflanzen brauchte. Es gab nirgends jene speziellen Lageranlagen, in denen man die L'lhak-Stauden trocknen und aufbewahren mußte, wenn sie nicht einen großen Teil ihrer Wirkung verlieren sollten.

Tajar jedoch gehörte zu denen, die nicht so schnell aufgaben – gerade darum hatte man ihn nach Lithos geschickt. Seine Aufgabe war es, dafür zu sorgen, daß nur die Báalols diesem Planeten Aufmerksamkeit schenkten. Noch immer widerstrebte es ihm, die Siedler unter massiven Druck zu setzen. Wenn er sein Ziel auf elegantere Weise erreichen konnte – warum sollte er es nicht versuchen?

Er betrachtete aufmerksam die Tanks und die komplexe Anlage, in der aus Algen und Hefen all jene Grundstoffe gewonnen wurden, die ein Mensch zu seiner Ernährung brauchte, einschließlich jener Farb- und Aromasubstanzen, die die Produkte genießbar machten. Aus den Algen- und Hefekulturen wurde sogar auch die Energie gewonnen, die die Pumpen, Rührwerke und Gebläse antrieb. Es war eine Anlage, die viel gekostet haben mußte. Nichts ging hier verloren. Die bei der Trocknung der Rohmasse entstehende Kälte wurde ebenso konsequent genutzt wie das entweichende Wasser. Wärme und Energie kamen aus den Tanks, in denen die sich heftig entwickelnden Algen und Hefepilze einen Temperaturanstieg bewirkten, sowie aus den Ölen und Fetten, die nur zu einem geringen Teil in die Nahrung eingespeist wurden, ja, sogar aus den mechanischen Teilen, denen die Reibungshitze entzogen wurde.

Es war die vollkommenste Anlage dieser Art, die Tajar jemals gesehen hatte, ein geschlossenes System, das – wenn man keine gravierenden Fehler beging – für die Ewigkeit konzipiert war. Einzige Voraussetzung für ein ständiges Funktionieren war die Sonneneinstrahlung, und auf einem Planeten wie Lithos, wo es Sonnenschein im Überfluß gab, brauchte man nicht zu befürchten, daß diese Energiequelle irgendwann in der näheren Zukunft versagte.

Und trotzdem hatte dieses System einige schwache Stellen. Tajar beschloß, zunächst die potentiellen psychologischen Lecks zu testen, denn instinktiv scheute er davor zurück, den Siedlern von Lithos materiellen und physischen Schaden zuzufügen.

Während er an Issalas Seite in sein vorübergehendes Quartier zurückkehrte, wirkte er schweigsam und in sich gekehrt. Das war nicht einmal gespielt, denn er zerbrach sich wirklich außerordentlich intensiv den Kopf über sehr problematische Dinge. Jetzt war er froh darüber, daß Issala ihn zuerst in den Tempel geführt hatte, denn damit hatte er auch genug Daten über den psychologischen Hintergrund erfahren. Er hatte jedoch nicht die Absicht, Issala gegenüber seine Karten aufzudecken. Nein, er wollte ganz oben anfangen – bei Obaya.

Aber Obaya war nicht im Hause, und als er Issala fragte, erklärte sie ihm, daß Obaya meditierte. Konkret hieß das, daß der Terraner in einem dieser kleinen Steinverschläge hockte, dort vor sich hin döste und dabei über den Sinn der Welt nachdachte. Nach Tajars Meinung konnte nicht viel dabei herauskommen. Das änderte jedoch nichts an der Tatsache, daß Obaya für ihn jetzt nicht greifbar war. Laut Issala wäre es sehr ungehörig gewesen, Obaya bei seinen Meditationsübungen zu stören. Tajar wäre theoretisch durchaus bereit gewesen, diesen Hinweis zu mißachten, aber in der Praxis machte ihm sein Körper einen Strich durch die Rechnung. Er war noch längst nicht wieder voll einsatzfähig – aber das erkannte er erst, als er am nächsten Morgen in seinem Bett erwachte und beschämt feststellen mußte, daß Issala ihn dorthin getragen haben mußte. Es wäre ihm wesentlich lieber gewesen, wenn er *sie* getragen hätte ...

Obaya kehrte auch am Morgen nicht zurück, und Tajar schlug die Zeit tot, indem er Issala nach weiteren Einzelheiten ausfragte. Sein Interesse galt dabei in erster Linie der seltsamen Religion, der sich diese Leute verschrieben hatten. Er erfuhr, daß Issala und die anderen sich als Neo-Buddhisten betrachteten – oder auch als die einzig wahren Buddhisten, die es je gegeben hatte. Solche Behauptungen waren Tajar nicht neu. Die Milchstraße war voll von Leuten, die sich einbildeten, den Schlüssel zur Glückseligkeit gefunden zu haben. Ob sie nun religiöse oder politische Ziele verfolgten, das spielte keine Rolle. Sie bildeten Minderheiten, die glaubten, die Allgemeinheit zu repräsentieren, und sie alle waren felsenfest davon überzeugt, im Namen dieser Allgemeinheit zu sprechen und zu handeln – obwohl die vielzitierte Allgemeinheit diese Minderheiten gar nicht oder nur mit Unwillen zur Kenntnis nahm.

Tajar hörte Issala mit mühsam gezügelter Ungeduld zu und gab sich dabei Mühe, interessiert und lernbegierig zu wirken, um sie zu weiteren Äußerungen zu veranlassen. Issala lieferte ihm auch prompt eine Bereicherung der ihm sattsam bekannten Argumente. Ihr zufolge hatte schon Buddha selbst das Leben als Einheit erkannt. Wenn er Rücksichtnahme den Menschen wie den Tieren gegenüber predigte und dabei die Pflanzen weitgehend – zumindest, was die Ernährung seiner Jünger betraf – ausschloß, dann nur deshalb, weil er keine Alternativen kannte. Laut Issala waren die wahren Buddhisten erst seit kürzester Zeit in der Lage, sich tatsächlich nach Buddhas Gesetzen zu richten – und zwar sowohl nach denen, die er ausgesprochen wie auch nach denen, die er wohlweislich für sich behalten hatte.

Der Báalol sagte nichts dazu, sondern wartete geduldig. Obaya kehrte schließlich gegen Abend zurück, aber ein Gespräch ergab sich nicht, denn der Terraner war zu erschöpft. Aber am nächsten Nachmittag konnte Tajar ihn endlich erwischen.

Er war vorsichtig genug, um nicht gleich mit der Tür ins Haus zu fallen, sondern er brachte zunächst ein Gespräch über den Glauben der Siedlung in Gang. Erst als Obaya selbst das Gespräch auf die Pflanzen brachte, spielte Tajar seinen Trumpf aus.

„Und was ist mit den Algen?“ fragte er. „Leben die nicht auch?“

„Natürlich leben sie“, sagte Obaya ernst. „Aber sie stehen dem Ursprung sehr nahe, und Seelen, die in ihnen enthalten sind, können nur auf-, nicht aber absteigen. Je schneller sie aus dieser ersten Phase befreit werden, desto eher werden sie in eine andere, höhere Lebensform gelangen.“

Aus. So einfach war das. Tajar, der sich eingebildet hatte, einen Angelpunkt entdeckt zu haben, von dem aus er diese ganze absurde Religion aus ihren Fugen heben konnte, sah sich geprellt. Er verließ Obaya deprimiert und zog sich in sein Zimmer zurück, um über weitere Angriffspunkte nachzudenken.

Nachdem er lange Zeit gegrübelt hatte, verließ er am nächsten Morgen in aller Frühe, noch ehe Issala mit dem Frühstück kam, das Haus. Der Weg durch die felsigen Hügel war beschwerlich, und als er am Nachmittag sein Raumschiff erreichte, fühlte er sich wie ausgelaugt. Er taumelte durch die kleine Schleuse und ließ sich auf sein Lager fallen.

Lange Zeit lag er nur da. Er genoß die Ruhe und die Sicherheit, und zum erstenmal seit Wochen brauchte er nicht ständig damit zu rechnen, plötzlich irgendeinem giftigen Tier gegenüberzustehen. Ehe er es sich versah, war er eingeschlafen. Er träumte von Issala und erwachte verwirrt und ratlos.

Er mußte der Sache ein Ende bereiten, das war klar. Und er wußte auch, wie er es zu tun hatte. Aber ihm wurde beim bloßen Gedanken daran speiübel.

Er kontrollierte das Schiff und stellte fest, daß niemand während seiner Abwesenheit an Bord gekommen war. Seine Waffen waren unangetastet. Ein Knopfdruck genügte, und die Siedlung in der Ebene der L'lhak-Stauden würde aufgehört haben, zu existieren.

Aber halt – was war mit den Stauden?

Als sie den Plan ausgearbeitet hatten, waren sie davon ausgegangen, daß die Terraner ebenfalls hinter den Pflanzen her waren, und ehe sie sie bekamen, wollten die Báalols lieber ganz darauf verzichten. Also lud man entsprechende Mittel in das Schiffchen. Aber jetzt bestand nicht die geringste Notwendigkeit, die kostbaren L'lhak-Stauden samt den Terranern in die dünne Luft von Lithos hinaufzujagen.

Insgeheim wußte Tajar, daß er nach Auswegen für die Siedler suchte. Im Grunde genommen wünschte er sich heiß und innig, sie in Ruhe lassen zu dürfen. Aber diese Gedanken verbarg er sorgfältig, sogar vor sich selbst. Ein Báalol-Priester hatte nicht mit dem Feind zu sympathisieren – auch wenn es noch so verteufelt hübsche Feinde geben mochte.

Tajar ruhte sich sorgfältig aus, ehe er mit der Ausarbeitung eines genauen Planes begann. Es gab verschiedene Punkte, an denen er ansetzen konnte. Zum Beispiel hätte er diese famose Anlage, aus der die Siedler Wasser und Proviant bezogen, sabotieren können. Tajar kannte sich auf dem Gebiet der Sabotage hervorragend aus, und er war überzeugt davon, daß er eine Methode ausknobeln würde, bei der ihm niemand auf die Schliche kam.

Aber Issala hatte ihm gesagt, daß die Siedler auch ohne frischen Proviant noch mehrere Wochen aushalten konnten, da sie genügend Notrationen besaßen. Und alle paar Monate einmal ging irgendein Raumschiff in den Orbit um Lithos und schickte ein Beiboot herunter, um sich nach dem Befinden jener seltsamen Käuze zu erkundigen, die es ablehnten, eine Hyperfunkstation zu unterhalten. Das Risiko, daß so ein Beiboot gerade dann landen konnte, wenn die Siedler kurz vor dem Verschmachten standen, war dem Báalol zu groß – und seine Angst davor, daß *kein* Schiff kommen könnte, sogar noch schlimmer. Er mochte sich Issala nicht als verhungert vorstellen.

Ein anderer Weg bestand darin, eine von den hier auf Lithos so überreich vorhandenen Drogen in die Algenverwertungsmaschinerie zu schleusen. Man konnte es durchaus so einrichten, daß dieses Mittel völlig geruchs- und geschmacksfrei war, so daß die Siedler erst dann etwas bemerkten, wenn es bereits zu spät war und die Droge in ihrem Blut kreiste. Tajar liebäugelte ziemlich intensiv mit dieser Methode. Die Siedler würden dabei nicht in Lebensgefahr geraten, sondern lediglich beeinflußbar werden – und das war es, was Tajar brauchte. Aber dann stieß er auf einen höchst bedauerlichen Umstand.

Er erinnerte sich nämlich daran, daß die Siedler nicht alle zugleich und zu einer bestimmten Tageszeit aßen, sondern daß sie sich ihr Essen dann holten, wenn sie Hunger verspürten – und manche fasteten tagelang. Den Fastenden aber mußte das veränderte Verhalten ihrer Freunde auffallen, und dann würde die Angelegenheit ruchbar.

Tajar zerbrach sich geraume Zeit den Kopf darüber, was er sonst noch anstellen konnte, und es fiel ihm zunächst nichts ein. Es gab zwar auf Lithos enorm viele wirklich lebensgefährliche Tiere, und unter normalen Umständen hätte es leicht sein müssen, einige besonders aggressive Exemplare bei den Terranern einzuschmuggeln. Wären erst einmal einige Siedler an den giftigen Bissen, Stichen und Hautabsonderungen gestorben, so wären die anderen wohl alsbald bereit gewesen, die Stellung zu räumen.

Aber die Tiere verhielten sich den Terranern gegenüber geradezu penetrant friedlich. Tajar hatte oft Gelegenheit gehabt, das zu beobachten. Anfangs hegte er noch den reichlich abstrusen Verdacht, daß die Terraner nur gezähmte Tiere in ihrem Dorf duldeten – dabei wußte jeder Báalol, daß die Tiere von Lithos gar nicht gezähmt werden konnten. Später war ihm klargeworden, daß es sich wahrhaftig um ein Phänomen handelte, um etwas, was sich beim besten Willen nicht rational begründen ließ. Denn nicht nur die Tiere im Dorf verhielten sich so seltsam, sondern die Terraner wandelten unbesorgt durch weglose Wildnis, sanft und behutsam, wie es ihre Art war, und nichts und niemand griff sie an. Andererseits waren dieselben Tiere, die sich von den Terranern so mühelos dirigieren ließen, dem Báalol gegenüber so, wie er sie kannte: Aggressiv und giftsprühend, wo immer er ihnen in die Quere kam, und das selbst dann, wenn er sich ihnen wirklich vorsichtig näherte.

Tajar hielt es unter diesen Umständen für völlig sinnlos, irgendeine dieser kleinen Bestien in das Dorf zu bringen. Das Tier würde dem rätselhaften Charme der Terraner binnen kurzer Zeit unterliegen. Und selbst wenn das nicht geschah, würde die Angelegenheit Verdacht erregen, denn einen Erfolg konnte Tajar nur dann erwarten, wenn er völlig fremde Tiere aus anderen Landstrichen des Planeten in die Ebene der L'lhak-Pflanzen brachte. Das aber mußte auffallen und Verdacht erregen. Man würde sich den Kopf darüber zerbrechen, wie das betreffende Tier in das Dorf gelangt war, und unweigerlich mußte dabei der Verdacht auf Tajar fallen – denn nur er besaß ein Transportmittel, das ihn schneller als seine eigenen Beine umhertragen konnte.

Als er bei seinen Grübeleien an dieser Stelle angelangt war, setzte sich Tajar plötzlich ganz steil aufrecht hin.

Wozu brauchte er fremdartige Tiere? Wozu Sabotageakte und all den anderen Kram?

Das, was er tatsächlich benötigte, war bereits im Dorf, direkt unter den Siedlern, und wenn er es geschickt anstellte, dann würde er sie mit ihren eigenen Waffen schlagen, und es würde nicht der leiseste Verdacht auf ihn fallen. Es würde nicht einmal jemanden geben, der ihn anklagte.

Im Gegenteil – sie alle würden ihm dankbar sein. Bis sie merkten, daß er Übles im Sinn hatte, würde es längst zu spät sein. Denn vom L'lhak kam niemand wieder los.

Dieses Teufelszeug hatte die vertrackte Eigenschaft, Wunschvorstellungen aller Art scheinbar in die Realität zu verwandeln. Die Wünsche derer, an die die Báalols die Droge normalerweise verhökerten, waren recht simpel: Sie drehten sich um Macht, Reichtum und Sex. Es gab das klassische Beispiel eines zunächst sehr reichen Akonen, der davon träumte, die ganze Milchstraße zu erobern. Nachdem dieser Akone sich ein volles Jahr hindurch nahezu pausenlos dem Rausch hingegeben hatte, war er arm wie eine Kirchenmaus, aber auf dem Sterbebett diktierte er den erstaunt lauschenden Insassen eines sehr bescheidenen Sanatoriums sein Testament. Dieses Testament war ein Meisterwerk mit unzähligen Klauseln. Der Akone vermachte darin „sein Reich“ an eine Vielzahl von Günstlingen, die samt und sonders nicht existierten. Am Ende rief er seinen besonderen Liebling zu sich, um sein gesamtes Erbe in dessen erlauchte Hände zu legen. Auch dieser Kronprinz existierte natürlich nicht, aber es gab ein gutes Dutzend Zeugen, die sahen, wie der Akone einem Unsichtbaren segnend die Hand auf den Kopf legte und dann friedlich verschied: Ein Mann, der ein großartiges Leben gelebt und seine Angelegenheiten hervorragend geregelt hatte – wenn auch nur in seiner Phantasie.

Es hatte auch einen jungen Springer gegeben, den eine unglückliche Liebe zum L'lhak getrieben hatte. Im Rauschzustand hatte er seinen Nebenbuhler „ausgeschaltet“. Während in der Realität die junge Braut den ansehnlicheren Bruder erhörte und mit ihm eine Familie zu gründen begann, lebte sie in der Welt des L'lhak-Rausches an der Seite des anderen, nicht weniger glücklichen. Das Leben des jungen Mannes währte noch eineinhalb Jahre, aber er wurde in seiner Traumwelt fast vierhundert Jahre alt und blickte am Ende auf eine riesige, mächtige Sippe, als deren Patriarch er in diesem hohen Alter verstarb.

Wenn L'lhak solche Illusionen schaffen konnte – warum sollte es nicht auch den Siedlern von Lithos zum Ziel verhelfen? Sie waren voller Sehnsucht, und Tajar wußte das. Sie alle lebten in der Hoffnung, noch in dieser Inkarnation das Nirwana zu erreichen, ohne weitere Wiedergeburt in die große Seele einzugehen und dort zu bleiben. Nur das war ihr Ziel.

Jedes denkende Wesen hatte seine Träume. Viele dieser Träume waren von Gewalttätigkeiten durchsetzt – auch und gerade bei denen, die im wachen Zustand die Gewalt ablehnten. Im Traum hatte das Unterbewußte das Sagen, und Generationen von Medizinmännern, Ärzten und Psychologen wären arbeitslos geworden, wenn das Unterbewußtsein bereit gewesen wäre, mit den Moralvorstellungen des gleichen, aber wachen Wesens konform zu gehen. Normale Drogen öffneten den Weg ins Unterbewußte, und je nachdem, welche Saite dort gerade angeschlagen wurde, geriet der Rausch zu dem, was man sich wünschte, oder aber zum genauen Gegenteil.

Diese Schranke gab es beim L'lhak nicht, und das machte diese Stauden so maßlos gefährlich. Der Süchtige blieb Herr seiner Welt. Er geriet niemals in die grotesken, grauenerregenden Niederungen, die sein Unterbewußtsein für ihn bereit hielt. Er lebte nur noch in jener Welt, die er sich vorstellen *wollte*, wie absurd oder ideal sie auch immer sein mochte. In sehr vorsichtiger Dosierung konnte L'lhak sogar Einfluß auf das körperliche Befinden nehmen – wenn auch nur nach außen hin und für begrenzte Zeit. Eine winzige Spur dieses Giftes im Liquitiv, diesem „Likör des ewigen Lebens", hatte Süchtige dazu verführt, sich jung und aktiv zu fühlen und es auch zu *sein*, bis das Gift ihren Lebensnerv zerfraß und sie binnen kürzester Zeit zu Greisen wurden.

Warum sollte L'lhak nicht auch die Träume der Siedler von Lithos zur scheinbaren Wirklichkeit machen?

Es gab zwei Gründe, die dagegen sprachen. Der erste ergab sich aus dem enorm hohen Wert der Stauden – aber den konnte man in diesem Fall vernachlässigen. Sparsamkeit am falschen Platz war schon allzu oft der direkte Weg in die Armut gewesen. Der Báalol-Kult würde Tajar als einen Sieger begrüßen und entsprechend ehren, wenn es ihm gelang, den Planeten Lithos um den Preis einiger L'lhak-Stauden zu jener unbewohnten Einöde zu machen, als den man ihn sich wünschte.

Der andere Grund hatte mit den Interessen des Báalol-Kultes wenig zu tun, stand ihnen sogar konträr gegenüber, war aber für Tajar von großer Bedeutung: Was sollte mit Issala geschehen?

Wenn sie in den Bann der Droge geriet, war sie für Tajar verloren. Selbst wenn sie sich – was unwahrscheinlich war – dafür entschied, sich in der Traumwelt dem Báalol zuzuwenden, würde Tajar herzlich wenig davon haben. Hinderte er aber Issala daran, an dem Traum der anderen Siedler teilzunehmen, so würde er sie erst recht verlieren, denn sie hing sehr stark an diesem Glauben.

Dieser Gedanke zwang Tajar dazu, sich mit seinen eigenen Gefühlen auseinanderzusetzen. Während sein körperlicher Zustand sich besserte und er heimlich in die Ebene der L'lhak-Stauden hinabstieg, um einige der Pflanzen zu schneiden und entsprechend vorzubereiten, kreisten seine Gedanken um Issala, ihr gleichzeitig ausweichend, bis körperliche und seelische Erschöpfung zugleich den Báalol zwangen, das Undenkbare zu akzeptieren.

Er liebte Issala, und diese Liebe war anders als alles, was er früher empfunden hatte. Bei den anderen Mädchen hatte es nichts ausgemacht, wenn sie unter dem Einfluß von Drogen standen oder er sie mit den ihm angeborenen Fähigkeiten in Bann hielt, bis er ihrer überdrüssig wurde. Er wollte, daß Issala ihm gehörte – aber aus ihrem eigenen, freien Willen heraus. Er wünschte es sich so sehr, daß ihm die Tränen in die Augen traten. Sie trübten seinen Blick, und er griff beim Schneiden einer L'lhak-Staude daneben und berührte einen Steinläufer, der gut getarnt, beinahe unsichtbar, zwischen den Kieseln saß.

Augenblicklich vergaß er seinen Schmerz. Angewidert zog er die Hand zurück und betrachtete das Tier voller Mißtrauen, bereit, sofort den Rückzug anzutreten. Dann wurde ihm bewußt, daß der Steinläufer längst hätte zustechen können und daß ihm das vielleicht gar nicht viel ausgemacht hätte. Er hatte die gerade ausgestandenen Qualen nicht vergessen, aber er wußte, daß er einen zweiten Stich nicht überleben würde. Wenn er tot war, dann konnte niemand ihn mehr zwingen, Issala zu vernichten, um das Ziel des Báalol-Kultes zu erreichen.

Er war zu sehr Angehöriger seines Volkes, um diesen Gedanken weiterzuverfolgen. Tajar zog sich vorsichtig zurück. Der Steinläufer wackelte drohend mit dem Schwanz, das war alles. Als Tajar sich wieder in seinem Raumschiff befand, glaubte er, immer noch die leise Berührung dieser kleinen, harten Füße zu spüren. Er wusch seine Hand, bis er sich fast die Haut herunterschrubbte, aber es nützte nichts. Immer wieder empfand er es – den Augenblick, in dem er den Steinläufer umfaßt hatte, diesen erst im Nachhinein so überraschenden Augenblick, in dem das Tier sich an seine Finger festzuklammern versuchte und allem Anschein nach vergessen hatte, daß es einen sehr giftigen Stachel besaß. Er wurde dieses Gefühl nicht los, und auf irgendeine unvernünftige Weise breitete sich in seinem Bewußtsein der Gedanke aus, daß diese Berührung gar nicht mal unangenehm war. Steinläufer sahen von oben stachelig und hart aus, aber er hatte die weiche, samtige Unterseite eines solches Tieres gespürt. Er fragte sich, ob er bei der Ernte der L'lhak-Stauden die nötige Vorsicht hatte vermissen lassen, und ob er sich bereits im Delirium befinde – aber noch immer hatte er das Gefühl, daß die Beine des Steinläufers sich zärtlich benommen hatten. Mehr noch – die sanfte Umklammerung dieses Tieres erinnerte ihn an jene Augenblicke, in denen Issala seine Hand gehalten hatte, während der Schmerz ihn durchtobte.

Er fühlte sich noch immer seinem Volk und seiner Aufgabe verpflichtet. Darum zwang er seinen Körper und sein Bewußtsein in einen engen Pferch, indem er Schlaftabletten nahm. Er benutzte Mittel, die ihm eigentlich die nötige Ruhe hätten spenden sollen. Sie taten es jedoch nicht. Er wachte sehr früh auf, und die Träume der Nacht beherrschten noch immer seinen Geist. Er duschte heiß und kalt, aber auch danach spürte er noch immer die Steinläufer-Krallen an seinen Fingern, nur waren es jetzt keine Krallen mehr, sondern eine zärtliche Hand.

Tajar stieß diesen Eindruck von sich. Er besann sich auf die Traditionen seines Kultes und unterwarf sich einigen geistigen Übungen, die seinen Verstand klärten und den Gedanken an Issala in den hintersten Winkel seines Geistes zurückdrängten. Danach fühlte er sich bedeutend wohler. Er nahm die vorbereiteten Stauden und machte sich auf den Weg ins Dorf.

Er war fest entschlossen, die Siedler auf den Geschmack zu bringen und dann diesen Planeten schleunigst zu verlassen. Er durfte sich nicht durch reine Gefühlsduselei davon abhalten lassen, seine Pflicht zu tun, also weg mit den unnützen Gefühlen. Er sah einen Steinläufer vor sich auf einem Felsbrocken sitzen, und er hob den durch festes Schuhwerk geschützten Fuß, um das giftige kleine Ding zu zertreten. Aber im letzten Augenblick hielt er inne. Er konnte dieses Tier nicht töten. Irgend etwas hinderte ihn daran, ein Gefühl, der Schatten eines mitleidigen Gedankens irgendwo in seinem Schädel.

Er stieg über den Steinläufer hinweg und ging nachdenklich weiter. Irgend etwas stimmte nicht an der ganzen Angelegenheit, das wurde ihm allmählich klar. Aber er kam nicht hinter das Geheimnis.

Verschwommen kam ihm der Gedanke, daß jemand ihn mental beeinflußte. Er mußte über diesen Verdacht lächeln. Er war ein Báalol, und wenn irgendein noch so geschickter Telepath Zugang zu seinem Geist suchte, dann merkte er das sofort und wehrte jeden Eingriff selbst ohne willentliche Anstrengung ab. Es gab unter den Terranern im Dorf keinen Telepathen, dessen war er sicher. Er hatte schließlich einige Zeit bei diesen Leuten verbracht.

Trotzdem wagte er ein Experiment. Als er wieder einen Steinläufer sah, versuchte er abermals, das Tier zu töten – und wieder gelang es ihm nicht. Diesmal war allerdings nicht irgendeine unerklärliche Hemmung bei Tajar daran schuld, sondern der Steinläufer selbst übernahm die Initiative, indem er blitzschnell in einer Spalte verschwand.

Tajar fühlte sich ziemlich unbehaglich, als er schließlich auf der Dorfstraße stand. Es war Abend, und einige von denen, die draußen in der Einöde meditiert hatten, kehrten heim. Sie nickten ihm im Vorübergehen zwar freundlich zu, aber niemand sprach ihn an. Als schließlich Obaya auftauchte, fragte auch der nicht danach, wo Tajar sich in den letzten Tagen aufgehalten hatte. Und Issala lächelte ihn freundlich und ohne jeden Vorwurf an.

„Ich habe über eure Religion nachgedacht", sagte Tajar nach dem Abendessen. „Und ich glaube, daß ich einen schwachen Punkt darin gefunden habe."

Obaya zog leicht die Augenbrauen hoch, schwieg aber, und auch

Issala sagte kein Wort. Tajar griff in die Tasche, die er mitgebracht hatte, und holte eine der kleinen L'lakh-Stauden heraus. Normalerweise schnitt man bei der Ernte nur etwa ein Drittel eines Strauches ab, damit der Rest weiterwachsen konnte. Mit Rücksicht auf die besonderen Ansichten der Siedler hatte Tajar den Schnitt sehr viel tiefer angesetzt und dann die Pflanzen in eine Schale getan, die unten mit einer sehr stark verdünnten Nährflüssigkeit, oben aber mit Sand und Kieseln gefüllt war. Es wäre einfacher gewesen, wenn er es hätte wagen dürfen, einige Stauden samt den Wurzeln auszugraben. Aber die L'lhak-Stauden speicherten in ihren Wurzeln ein tödliches Gift, das nach einer Verletzung der Pflanze in die oberirdischen Teile hinaufgeschwemmt wurde. Das war auch der Grund, warum man die Stauden nur in gewissen Zeitabständen abernten durfte, denn nach einer Weile wanderte das Gift wieder hinab in die unterirdischen Speicherknollen. Trotzdem war die Illusion perfekt – die beiden Terraner mußten glauben, eine unversehrte Pflanze vor sich zu haben, die friedlich in einer Art Blumentopf wuchs.

„Ihr geht davon aus", fuhr Tajar fort, „daß auch die Pflanzen Seelen besitzen. Ihr könnt das aber nicht beweisen. Diese Pflanze ist giftig. Sie ist so giftig, daß schon eine Berührung verhängnisvolle Wirkungen haben kann. Ihr seht, daß ich Handschuhe trage, um mich vor einem direkten Kontakt zu schützen."

Obaya und Issala lächelten schwach, schwiegen aber immer noch.

„Ihr habt einen Weg gefunden, um mit den Tieren von Lithos in Frieden leben zu können", sagte Tajar. „Alles spricht dafür, daß ihr euch in gewissem Maß mit den Tieren verständigen könnt, so daß sie euch nicht angreifen. Ich bin bereit, zu glauben, daß diese Tatsache ein Beweis für das Vorhandensein von Seelen in den Tieren ist."

Während er das sagte, wunderte er sich über sich selbst, denn er war tatsächlich bereit, diesen Unsinn zu glauben – oder, genauer gesagt: er glaubte es schon jetzt. Nach seiner Rückkehr würde er sich einigen strengen Ritualen unterwerfen müssen, um diesen ganzen Unfug wieder aus seinem Kopf zu vertreiben, und diese Aussicht machte ihn ärgerlich.

„Beweist mir, daß ihr euch auch mit dieser Pflanze verständigen könnt!“ forderte er darum in weitaus gröberem Ton, als er es ursprünglich vorgesehen hatte.

„Welchen Grund hätten wir, dir das zu beweisen?“ fragte Obaya gleichmütig. „Wir glauben daran – wenn du es nicht tust, dann ist das deine Sache.“

Tajar hätte ihn am liebsten beim Kragen gepackt und mit der Nase in die L'lhak-Staude hineingestoßen, aber er bezwang seine Ungeduld und tischte Obaya jene Lüge auf, die er sich sorgfältig zurechtgelegt hatte.

„Ich bin in meinem eigenen Glauben schwankend geworden“, sagte er. „Mein Glaube läßt den Gedanken, daß Pflanzen und Tiere Seelen haben können, nicht zu. Dann kam ich nach Lithos, und der Steinläufer stach mich. Ich sah, wie ihr mit diesen Tieren umgeht, und wie freundlich sie sich euch gegenüber verhalten. Ich bin in die Hügel gegangen, um über diese Sache nachzudenken, und ich habe versucht, mich in eure Welt hineinzufühlen. Es ist mir gelungen, einen Steinläufer zu berühren, ohne abermals gestochen zu werden. Das hat mich noch nachdenklicher gemacht. Mein eigener Glaube erscheint mir jetzt als ein grausames Gefängnis, aus dem ich ausbrechen möchte. Aber ich kann es nicht, weil ich auch euch nicht voll und ganz vertraue. Ich brauche einen letzten Beweis, um diesen .Schritt tun zu können.“

„Kehre zu deinem eigenen Glauben zurück“, sagte Obaya sanft. „Wir haben keine missionarischen Absichten. Denn wer nicht von selbst zu uns findet, der ist auch nicht bereit, unseren Weg zu gehen.“

Tajar war wie vor den Kopf geschlagen. Was waren das für Leute? Er bot ihnen an, zu ihrem Glauben überzulaufen – kein denkendes Wesen, das von religiösen Vorstellungen so durchdrungen war wie diese Terraner, widerstand der Versuchung, eine irrende Seele zu gewinnen!

Obaya beugte sich vor, nahm behutsam die Schale mit der

Pflanze zwischen die Hände, sah traurig auf das Gewächs und reichte sie zu Issala hinüber.

„Gib dieses arme Ding dem Boden zurück, dem es entsprungen ist“, bat er leise. „Du hättest dir nicht so viel Mühe zu geben brauchen, Tajar. Wir wissen, daß man diese Pflanzen nicht einfach ausgraben und in Töpfe pflanzen kann. Es ist grausam, diese Zweige in der Illusion des Lebens zu halten, während sie bereits am Sterben sind.“

Und dann griff der Terraner plötzlich zu, mit bloßen, ungeschützten Händen, zog die kunstvoll in die Erde gesetzten Zweige heraus und hielt sie dem Báalol hin.

„Wir haben längst unseren Frieden auch mit diesen Pflanzen gemacht“, erklärte er dabei, und seine Stimme klang plötzlich streng und abweisend. Dann erhob er sich, warf die Zweige auf die Schale zurück und ging hinaus. Tajar starrte ihm nach, und zum erstenmal wurde ihm klar, daß dieser Mann keine Schuhe trug. Barfüßig ging er beinahe täglich hinaus in die Ebene der L'lhak-Stauden, und er mußte die Pflanzen schon viele Male gestreift haben. Trotzdem lebte er noch immer in der Welt der Realität, nicht in der des Traumes.

Aber nicht nur Obaya, sondern auch Issala und alle anderen gingen barfuß. Darum wanderten sie so langsam und vorsichtig dahin. Tajar begriff plötzlich eine ganze Menge mehr. Indem die Siedler barfuß gingen, verzichteten sie auf den einfachsten Schutz den giftigen Bewohnern von Lithos gegenüber. Dadurch waren sie gezwungen, sehr vorsichtig zu sein. Wenn sie einem Tier begegneten, dann konnten sie es nicht einfach zertreten. Sie waren gezwungen, auszuweichen, nachzugeben, diese wilde, unwirtliche Welt kompromißlos anzuerkennen.

Aber genügte das, um die friedlichen Reaktionen der Tiere und Pflanzen zu erklären?

Nein, sicherlich nicht. Es mußte nach mehr dahinterstecken – aber was?

„Dein Fehler besteht darin, daß du nicht bereit bist, die Dinge so zu akzeptieren, wie sie sind“, sagte Issala leise.

Er zuckte zusammen, denn er hatte völlig vergessen, daß er nicht alleine war. „Du willst ständig hinter die Dinge sehen, auch dann, wenn da gar nichts ist. Tajar – wir wissen, warum du hergekommen bist. Es macht mich traurig, daß wir gezwungen sind, dir im Weg zu stehen, aber wenn ich daran denke, was ihr mit den Geschöpfen von Lithos anstellt, dann werde ich noch trauriger.

Du hast geglaubt, uns in einen Drogenrausch treiben zu können, aus dem wir niemals wieder erwachen würden. Das wird dir nicht gelingen. Ihr Antis habt Lithos immer nur sehr oberflächlich betrachtet. Ihr habt niemals darüber nachgedacht, warum all diese Geschöpfe das viele Gift produzieren. Wir glauben, daß sie es tun, weil sie in eine Sackgasse der Entwicklung geraten sind. Alle intelligenten Wesen, die einst hier gelebt haben, sind ausgestorben. Jener Teil der großen Seele, der sich im Leben von Lithos manifestiert hat, ist isoliert und verbittert. Ihr seid hierhergekommen, um reich und mächtig zu werden. Ihr habt euch niemals näher mit diesem Planeten und seinen Bedürfnissen beschäftigt, und ihr habt euch auch niemals ernsthaft gefragt, warum alles Leben hier so aggressiv ist. Ihr selbst seid ihm auch niemals anders als aggressiv begegnet. Dabei ist Lithos durchaus kein gewöhnlicher Planet.

Ich kann es dir nicht näher erklären, aber unser Gefühl sagt uns, daß diese Welt wichtig ist. Und es ist wichtig, daß wir hier sind, denn wir bringen Lithos jenes Maß an Frieden, nach dem der Planet sich sehnt."

Tajar lauschte ihrer Stimme, und er fühlte die zärtliche Berührung ihrer Hand auf seinem Unterarm.

„Ich habe dich schon einmal auf diese Weise berührt", fuhr Issala sanft fort. „Wir sind keine Telepathen, aber wir beherrschen die Kunst der Meditation. Das Tier wird dir nichts tun, denn wir sind Freunde – er und du und ich."

Tajar erwachte aus seinen Gedanken und sah auf seinen Arm. Dort ruhte nicht Issalas Hand, sondern ein Steinläufer saß darauf. Das Tier nahm eine friedliche, behagliche Stellung ein. Tajar überwand den Schock diesmal schneller. Er hob die Hand und sah den Steinläufer an, und das Tier blieb noch immer ruhig und gelassen.

Tajar mußte plötzlich lachen. Für Issala kam dieses Lachen möglicherweise unerwartet, aber Tajar sah vor sich die vielen Generationen von Báalols, die zitternd und zagend, jedoch von unermeßlicher Gier getrieben, über Lithos hergefallen waren. Sie alle hatten sich durch Atemschutzfilter und Handschuhe und viele andere Schutzmaßnahmen vor den giftigen Lebewesen von Lithos geschützt. Sie hatten – nach Issalas Auffassung – geraubt und gemordet, und sie hatten bitter dafür bezahlt, denn immer wieder siegte die Natur von Lithos über die diversen Schutzvorkehrungen.

Und er saß hier ganz gemütlich in einem Sessel, mit einem Steinläufer auf seinem Arm, der gar nicht daran dachte, ihn zu stechen. Ein wildes Gefühl der Freude überfiel ihn. Er hob die Hand, bis er den Steinläufer direkt vor den Augen hatte. Er wußte, daß dies ein freies, wildes, ungezähmtes Tier war, das noch dazu nur allzu wehrhaft war. Der Steinläufer spürte die Bewegung und hob drohend den Giftstachel empor.

„Hab keine Angst", sagte Tajar leise. „Ich will dir nichts tun – ich möchte dich nur etwas näher betrachten."

Der Steinläufer hielt still.

Tajar kehrte nicht zu den Leuten seiner Sekte zurück. Als seine ehemaligen Glaubensbrüder erschienen, um die nächste „Ernte" einzubringen, trat er ihnen entgegen, mit einem Steinläufer in der einen und einem Bündel L'lhak-Zweigen in der anderen Hand.

„Irgend etwas ist hier geschehen", sagte er. „Seht selbst – die Geschöpfe dieser Welt haben ihre Giftigkeit verloren. Der Planet ist wertlos geworden."

Die Báalols kannten die Steinläufer und all die anderen zur Genüge aus eigener Anschauung. Sie unternahmen noch zwei, drei Vorstöße, dann gaben sie es auf. Denn wo sie es auch versuchten – die diversen Gifte und Drogen von Lithos wirkten nur noch auf Antis, niemals aber auch auf Angehörige anderer Völker. Lithos geriet in Vergessenheit, sowohl bei den Antis, als auch bei den

Terranern, die irgendwann keine Gelegenheit mehr hatten, sich um diese seltsamen, eigenwilligen Kolonisten zu kümmern – und das war gut so.

Denn aus Tajar und Issala wurde ein glückliches Paar – und wie hätte man das in der damaligen, wirren Zeit Antis oder Terranern verständlich machen sollen? Sie verstanden es ja selbst nicht ganz – aber sie akzeptierten es. Und das war schließlich das einzige, was für sie und ihr Glück ausschlaggebend war.

Peter Terrid

Der Schatz von Gynarch

Jenes ungewöhnliche Jahr gegen Ende des dritten Jahrtausends sollte in die Geschichte der intergalaktischen Publizistik als das Jahr der Katastrophen eingehen. Redakteure saßen mit verhärmten Gesichtern in den Redaktionsräumen und drehten die Daumen. Reporter knabberten unlustig an Keksen oder an ihren eigenen Fingernägeln. Versicherungsstatistiker schnarchten leise vor sich hin.

Es war wie verhext! Nichts passierte. Es gab keine Weltraumkatastrophen, keine Entführungen. Nirgendwo wurde geputscht, und die galaktische Prominenz legte ein so musterhaftes Benehmen an den Tag, daß die gesamte Klatsch- und Skandalpresse kurz vor dem Ruin stand.

Friede, Harmonie und Freundschaft herrschten allerorten. Auch außenpolitisch war nicht das geringste los. Die Menschheit traf, wo auch immer sie sich sehen ließ, auf Freunde.

Es waren allerdings auch ein paar spezielle Freunde darunter – auch solche wie Tipa Riordan, die Piratin . . .

1

„Kommen wir zum nächsten Punkt, meine Damen und Herren. Stichwort Gynarch und die Yacelith-Kristalle."

Reginald Bull sah den Sprecher aufmerksam an. Homer G. Adams hatte in der Kabinettsrunde das Wort ergriffen. Der Wirtschaftsmanager des Solaren Imperiums galt zwar unstrittig als der größte lebende Finanzexperte, aber das hatte sich in seinem Auftreten nicht niedergeschlagen. Bei aller persönlichen Kompetenz war er freundlich und höflich, fast bescheiden geblieben.

„Ich gestehe, ich habe meine Hausaufgaben nicht gemacht", gab Reginald Bull zu. „Ich bin gestern von einer Fieberattacke heimgesucht worden."

„Ich weiß", sagte Adams trocken. „Ich sah sie gehen. Sie trug ein enganliegendes weinrotes Kleid."

Bull grinste verlegen.

„Was also verbirgt sich hinter diesen Stichworten?"

„Gynarch ist eine Welt im Montara-Sektor der Milchstraße, ziemlich abgelegen und nicht sehr groß. Für uns ist diese Welt bedeutsam wegen der Yacelith-Kristalle, die dort gefunden werden. Nirgendwo sonst in der Galaxis gibt es diese Kristalle in dieser Größe und Reinheit. Sie werden besonders für meßtechnische Zwecke in riesigen Mengen gebraucht. Wir stehen kurz vor dem Abschluß eines langfristigen Abbau-Abkommens mit der dortigen Regierung."

„Laufzeit?"

„Einhundertfünfzig Jahre", berichtete Adams. „Danach werden wir in der Lage sein, ähnliche Kristalle künstlich zu züchten, sagen jedenfalls unsere wissenschaftlichen Fachleute."

„Und wo ist der Haken?"

Adams nickte betrübt.

„Es gibt zwei Schwierigkeiten. Zum einen gibt es noch jemanden, der an diesem Vertrag interessiert ist. Wir wissen aber nicht, wer dieser Jemand ist."

„Das müßte sich doch herausfinden lassen", warf Bull ein.

Adams zuckte mit den Schultern.
„Es wird nicht nötig sein. Ich habe einen erstklassigen Fachmann damit beauftragt, die Verhandlungen zu führen. Da wir praktisch die größte Finanzmacht in der Galaxis darstellen, werden wir den Vertrag bekommen."
„Mit wir meinen Sie die GCC?"
„Die General Cosmic Company, richtig. Der zweite Punkt ist der, daß auf dem Planeten zwischen Politik und Wirtschaft nicht säuberlich getrennt wird – es ist also unbedingt nötig, daß wir zu den Verhandlungen auch einen kompetenten und ranghohen Angehörigen der Solaren Administration entsenden."
Reginald Bull grinste nun sehr breit.
„Sehe ich das richtig, daß dieser Honig nun an meinem Bart hängt?"
„In der Tat haben wir an Sie gedacht. Im Augenblick ist politisch nicht viel los, und der Planet soll sehr reizvoll sein."
„Ich erledige das", versprach Bully. „Ein paar Tage Ruhe von Guckys Streichen können mir sicherlich nicht schaden."
Mit einem raschen Blick in die Runde stellte Bully fest, daß die anderen Mitglieder des Kabinetts dieser Lösung zustimmten. Die Sitzung konnte damit geschlossen werden.
Adams hielt Bully am Ärmel fest, als der Solarmarschall sich aus dem Raum entfernen wollte.
„Ich möchte sie noch bekannt machen", sagte der Halbmutant. „Unser Sonderbeauftragter für Gynarch – Ronald Villiers."
Reginald Bull blickte in das freundliche Lächeln eines Mannes, der erstaunlich jung war für die Aufgabe, die man ihm gestellt hatte. Mit leisem Vergnügen stellte Bully fest, daß man ihm einen sehr passenden Begleiter ausgesucht hatte – Villiers war wie er recht kräftig gebaut, trug die Haare kurzgeschnitten und hatte offenbar die gleichen Figurprobleme wie der Staatsmarschall.
„Auf gute Zusammenarbeit", sagte Bully und schüttelte dem Wirtschaftler die Hand. „Ich nehme an, daß wir miteinander auskommen werden."
„Das wird auch bitter nötig sein", sagte Villiers gelassen. „Die

Bewohner des Planeten sind überaus empfindlich und haben ein sehr feines Gespür für Zusammenhänge. Eine Mißstimmung zwischen uns beiden kann das ganze Projekt scheitern lassen."

„An mir soll es nicht liegen", beteuerte Reginald Bull. „Wann sollen wir starten?"

„Möglichst bald", erwiderte Adams. Er drückte Villiers ein Aktenbündel in die Hände. „Darin sind die Dokumente, die wir erarbeitet haben. Hüten Sie sie!"

Bull sah, daß Villiers schluckte. Er stellte aber keine Frage. Wenn er etwas wissen sollte, würde man ihn schon rechtzeitig unterrichten.

„Ich schlage vor, daß wir kein großes Schiff nehmen – ein 100-Meter-Kreuzer dürfte genügen, oder?"

„Einverstanden", sagte Adams. „Wann sind die Herren reisefertig?"

„Zwei Stunden", antwortete Bull. Villiers nickte.

„Ans Werk", sagte Adams. „Ich wünsche viel Vergnügen."

Reginald Bull blieb stehen und wandte den Kopf.

„Den Unterton kenne ich", sagte er und wies mit dem Zeigefinger auf den Wirtschaftsminister. „Heraus mit der Sprache – wo ist der Pferdefuß?"

Adams grinste breit.

„Sie werden es schon merken, Staatsmarschall!"

„Gynarch kommt in Sicht, Sir!"

Reginald Bull nickte.

„Der Landeplatz ist bekannt? Dann gehen Sie dort nieder. Wir werden bald fertig sein."

Bull hielt sich in seiner Kabine auf. Bei ihm saß Villiers. Die beiden hatten während des Fluges einen recht guten Kontakt entwickelt. Ron Villiers hatte sich als ein Mann erwiesen, der zwar auf etlichen Gebieten sehr beschlagen war, aber in praktischen Fragen des Lebens ein ausgemachter Theoretiker. Selten nur schien er aus seinem Büro hervorgekommen zu sein. Bully hatte seine Zweifel, ob das eine geeignete Voraussetzung war für

Verhandlungen mit exotischen Lebewesen. Aber der Staatsmarschall vertraute auf den sicheren Blick von Homer G. Adams, der bislang seine Mitarbeiter immer richtig eingeschätzt hatte.

„Machen wir uns auf den Weg“, sagte Bully. „Ich bin gespannt, auf was für Wesen wir stoßen werden.“

„Hat der Minister Ihnen nichts dazu gesagt?“

„Außer einer geheimnisvollen Ankündigung hat er sich in Schweigen gehüllt.“

„Hm“, machte Villiers. „Das verstehe ich nicht. Sie kennen also die Verhältnisse auf Gynarch gar nicht?“

„Ich weiß gerade, daß es den Planeten gibt“, sagte Bully offen.

„Die Gynaden leben dort“, berichtete Villiers. „Es sind schlanke, hochgewachsene Geschöpfe, die – lachen Sie nicht – auf Bäumen wachsen.“

„Mit dem Import von Klapperstörchen ist dort also kein Geschäft zu machen“, witzelte Bully. „Weiter.“

„Die Gynaden bestehen hauptsächlich aus einem Stamm, der über ein Dutzend kleiner beweglicher Wurzelfüße verfügt. Damit können sich die Gynaden bewegen. Handlungen nehmen sie mit sogenannten Greifästen vor, die sehr geschickt sein sollen.“

„Hört sich an wie intelligente Bäume“, kommentierte Bully.

„Das trifft es ziemlich genau. Die Stämme sind mal dicker, mal schlanker – auch die Gynaden kennen Gewichtsprobleme.“

„Wir werden uns dort wie zu Hause fühlen“, sagte Bully sarkastisch.

„Der Kopf ist kürbisgroß, fast kugelrund, auf der Vorderseite gibt es ein Gesicht mit Augen, Nase und Mund, und diese Vorderfläche wird kreisförmig umgeben von einem Kranz von großen gelben Blättern. Ich habe Fotos gesehen – es sieht sehr hübsch aus.“

Der Landeaufprall des Kreuzers wurde natürlich von den Schockabsorbern aufgefangen; nur ein sehr erfahrener Raumfahrer wie Reginald Bull war in der Lage, das leichte Schütteln, das vom Bodenkontakt übrigblieb, richtig zu deuten.

„Wir sind gelandet“, sagte Bully. „Gehen wir.“

Sie verließen die Kabine. Hinter Reginald Bull schlurfte sofort ein Reinigungsrobot in die Räume, um sie wieder in einen nahezu keimfreien Zustand zu versetzen.

„Die Gynaden leben sehr verstreut auf dem Planeten", berichtete Villiers weiter, während die beiden durch den zentralen Antigravschacht schwebten. „Es gibt nur eine Stadt hier, Myngsth, die hauptsächlich als Handelsknotenpunkt dient. Die Bewohner sind in der Mehrzahl Besucher des Planeten, keine Eingeborenen."

Die beiden erreichten die Rampe, die zum Boden hinabführte. Durch das offene Luk konnten sie einen Blick auf den Planeten und die Stadt werfen.

Die Luft war klar und gut atembar. Es lagen allerlei Gerüche darin, die Bully nicht einordnen konnte, aber der Geruch war angenehm. Eine blaßgelbe Sonne beschien den Planeten, und im Freien war es angenehm warm.

„Hier gefällt es mir", stellte Bully fest.

„Ein hübscher Planet", stimmte Villiers zu.

Ein Gleiter wartete am Ende der Rampe, um die beiden Unterhändler aufzunehmen. Während der Fahrt warf Bully einen Blick auf den Raumhafen. In der Mehrzahl handelte es sich bei den Fahrzeugen um kleinere Schiffe, wahrscheinlich Prospektorenraumschiffe und die Jachten von Privatleuten. Ein Dutzend mittelgroßer Walzenraumschiffe zeigte, daß sich auch die Springer für diese Welt interessierten. Unterwegs kam der Gleiter an einem 60-Meter-Schiff vorbei, einem Kugelraumer mit dem Namen NASTY.

„Hm", machte Bully, als er den Namen las. „Der Name kommt mir irgendwie bekannt vor, ich weiß nur nicht, woher."

„Eine angenehme Erinnerung?"

Bully zog die Nase kraus.

„Ich weiß es nicht", sagte er. „Ich werde auf der Hut sein."

Der Gleiter verließ den Raumhafen, fuhr eine vielfach gewundene Straße entlang, die sich durch ein Hügelland schlängelte, und kam endlich in Myngsth an. Die Stadt gefiel Bully, auch wenn die Architektur ein wenig kraus ausgefallen war.

Schließlich hielt der Gleiter an.

„Wir sind am Ziel", sagte Villiers. „Dies ist das Zentrum von Gynarch, dem Sitz der Regierung."

Ein kunstvoll geschmiedetes Gitter trennte den geräumigen Vorplatz von der Straße. Parallel zur Straße stand das Regierungsgebäude, ein dreigeschossiger Bau mit einem schmucken Giebelfach und zahlreichen Verzierungen. Das Tor öffnete sich, und die beiden Terraner schritten über den Platz auf die Treppe dem Haupteingang zu.

Auf dem obersten Treppenabsatz standen ein halbes Dutzend Geschöpfe, die so aussahen, wie Villiers sie geschildert hatte. Die Farben der Gynaden spielten zwischen einem intensiven Dunkelgrün und einem hellen Blau.

Auf einen Gynaden in diesem hellen Blauton marschierte Villiers zu. Er grüßte sehr höflich.

„Dies, Staatsmarschall Bull, ist Embu 38-II, die Regierende Mutter der Bäume."

Reginald Bull zuckte zusammen.

„Mutter der Bäume?"

„Auf diesem Planeten gibt es ein strenges Matriarchat. Wußten Sie das nicht, Staatsmarschall?"

„Warte, Adams", knurrte Bull, dann verbeugte er sich höflich. „Ich freue mich außerordentlich ..."

2

Mit leisem Mißmut nippte Reginald Bull an dem Getränk. Es handelte sich um einen bitter schmeckenden Pflanzentee, der eine sehr heilsame Wirkung haben sollte. Der Geschmack war danach.

An dem langen Tisch saßen sechs Gynaden und die beiden Terraner. Ron Villiers führte die Verhandlungen, die gespickt waren mit technischen Einzelheiten, für die Bully sich nicht interessierte. Immerhin mußte er zugeben, daß Villiers seine Sache gut machte. Der Anflug von Weltfremdheit und Schüchternheit, den Bully an dem Wirtschaftler entdeckt hatte, half ihm offenbar, mit den Gynaden zurecht zu kommen.

„Wir wollen also einen Vertrag über einen Zeitraum von einhundertfünfzig Jahren abschließen?“ erkundigte sich die Baum-Mutter.

Fasziniert beobachtete Bully die Bewegungen der Greifäste. Einmal mehr zeigte sich hier, zu welchen Lösungen die Natur fähig war – die dünnen Zweige konnten es an Geschicklichkeit mit menschlichen Fingern durchaus aufnehmen, wenn sie nicht sogar geschickter und beweglicher waren. Die Baum-Mutter sprach ein etwas rauhes Interkosmo, das aber sehr verständlich war.

„Wir denken an eine solche Laufzeit“, sagte Villiers.

„Eine gewaltige Summe, wenn man alles zusammennimmt“, sagte Embu 38-II. In diese Bezeichnung war der Eigenname, das Knospjahr und der Stamm-Baum eingearbeitet. Die Gynaden konnten damit allerhand anfangen, Bully nicht. Embus Vertreterin hörte auf den Namen Elmb 21-VIII; ihre Haut schimmerte dunkelgrün.

„Die Regierung der Terraner stimmt diesem Vertrag zu?“

Reginald Bull nickte.

„Wir stehen zu diesem Vertrag“, sagte er fest. „Ich bin berechtigt, ihn im Namen der Solaren Administration zu unterzeichnen.“

„Vorzüglich“, sagte die Baum-Mutter. Ihr kreisrundes Gesicht wandte sich Reginald Bull zu. Sobald man sich an das Äußere der Gynaden gewöhnt hatte, waren sie sehr hübsch anzusehen.

„Sie wissen, daß es noch jemanden gibt, der an diesem Vertrag interessiert ist?“

„Wir haben davon gehört, gerüchteweise“, sagte Reginald Bull. „Welche Administration versucht denn, mit uns zu konkurrieren?“

„Keine Regierung, ein Privatunternehmen“, sagte die Baum-Mutter.

Bully und Villiers sahen sich an.

„Ein Privatunternehmen?“ fragte Villiers verblüfft. „Ein Vertrag über einhundertfünfzig Jahre?“

„In der Tat“, sagte die Baum-Mutter.

Wer mochte hinter diesem Konkurrenten stecken? Einzig eine Regierung war in der Lage, eine gewisse Kontinuität zu garantieren, und selbst da waren Verträge mit dieser Laufzeit extrem selten.

„Diesen Konkurrenten möchte ich sehen“, sagte Bully spontan.

„Das läßt sich machen“, antwortete die Baum-Mutter. Mit einem leisen Knacken der Äste schickte sie einen Diener aus dem Raum. Er kehrte nach kurzer Zeit zurück, öffnete die Tür, und auf der Schwelle . . .

„Heiliges Zipperlein!“ ächzte Reginald Bull.

„Heheheh, alter Fettwanst“, kicherte es voller Häme von der Schwelle. „Damit hast du nicht gerechnet, wie?“

„Tipa Riordan!“ stöhnte Reginald Bull.

Es war in der Tat die Anführerin jener Splittergruppe der Freifahrer, die sich selbst die Piraten nannte.

Seit ihrem ersten Auftreten auf der galaktischen Bühne war sie der heimliche Alptraum ihrer Konkurrenten, und dem entsprach auch das Äußere der Piratenchefin.

Klein, dürr und knochig, mit dunkler, faltenreicher Haut. Die Haare weiß und zu einem straffen Knoten zurückgebunden. Zusammen mit der scharfrückigen Geiernase gab das ein Gesicht, wie Reginald es nur aus Märchenbüchern kannte. Manchmal hatte er den Verdacht gehabt, Tipa hätte mit voller Absicht dafür gesorgt, daß bei ihren Gesprächspartnern der Eindruck entstand, es mit einer bösen Hexe zu tun zu haben – ihr Verhalten jedenfalls war diesem Äußeren bemerkenswert angepaßt.

Ihre Sprache war undeutlich, zischend und nicht selten mekkernd. Eine Zahnprothese zu tragen, lehnte sie ab, und daß sie am Stock ging, war gleichfalls ein Täuschungsmanöver. Es täuschte eine Gebrechlichkeit vor, die gar nicht vorhanden war.

Denn Tipa Riordan trug seit ihrem einhundertfünfundzwanzigsten Lebensjahr einen Zellaktivator; sie war geistig und auch körperlich so beweglich wie eine junge Frau. Wehe dem, der sich von ihrem Aussehen einwickeln oder gar übertölpeln ließ.

Bully warf einen Blick auf Villiers. Dem standen allen Ernstes die Haare zu Berge.

„Heheheheh!" machte Tipa Riordan und deutete mit ihrem knochigen Zeigefinger auf Villiers. „Wen hast du denn da mitgebracht?"

Villiers färbte sich kreideweiß. Er wandte den Kopf nicht, aber seine Augen schielten Bully um Hilfe an.

„Laß den Spuk, Hutzelhexe", sagte Bully scharf. „Setze dich und erzähle, was du vorhast."

„Sir, so können Sie nicht mit einer Frau reden", sagte Villiers. Seine Gesichtsfarbe wechselte zwischen Rot und Weiß.

„Mit einer Frau würde ich auch niemals so reden", sagte Bully, der die Piratin besser kannte, als ihm lieb war. „Dies ist keine Frau, junger Freund, dies ist Frankensteins belebter Schwiegermutterextrakt. Irgend jemand hat alle bösen Weiber der Galaxis gesammelt und zu diesem Geschöpf des Grauens zusammengesotten."

„Endlich jemand, der meine Werte zu würdigen weiß", sagte Tipa kichernd und setzte sich ächzend und jammernd auf einen Stuhl.

„Sehe ich das richtig, daß die beiden Parteien miteinander nicht im Frieden leben?"

Tipa beugte sich über den Tisch und zwinkerte der Baum-Mutter zu.

„Es gibt bei uns Menschen eine uralte Weisheit", sagte sie und grinste dazu mit zahnlosem Mund. „Was sich neckt, das liebt sich – du magst daraus ersehen, werte Frau, wie sehr er mir zugetan ist. Er verzehrt sich vor Sehnsucht nach mir."

Reginald Bull verzog das Gesicht, aber er schwieg.

„Madam", begann Villiers stockend.

Tipa schloß die Augen und lehnte sich zurück. Ihr Lächeln sollte entrückt wirken, ließ Reginald Bull aber eher frösteln.

„Madam hat er gesagt", hauchte Tipa. „Was für ein wohlerzogener Junge."

Reginald Bull legte Villiers eine Hand auf die Schulter.

„Im Klartext heißt das, daß sie dich für einen ausgemachten

Trottel hält", sagte er. Villiers zuckte zusammen. Vermutlich hatte Adams mit dieser Entwicklung der Dinge nicht gerechnet. Villiers schien von der Aufgabe, mit Tipa Riordan zu konkurrieren, völlig überfordert zu sein.

„Ich bin bereit, den Vertrag mit den Gynaden zu unterzeichnen", sagte Tipa Riordan, nachdem sie die Augen wieder geöffnet hatte.

Für einen winzigen Augenblick zeigte sie ihr wahres Gesicht – das einer energischen, selbstbewußten Frau, die deshalb so gefährlich bei Verhandlungen war, weil sie sich selbst und ihre Gegner besser durchschaute und nüchterner sah, als es den meisten Menschen möglich war. Das Spukgehabe war Maske und Masche, und niemand ließ sich weniger davon beeindrucken als sie selbst.

„Für die gesamte Laufzeit?"

„Ich trage einen Zellaktivator", sagte Tipa ruhig. „Ich kann also auch einen langfristigen Vertrag persönlich erfüllen."

„Das ist ein sehr wichtiges Argument", sagte die Baum-Mutter. „Wie sieht es bei Ihnen aus?"

„In unserem Fall bürgt die Administration, beziehungsweise deren Rechtsnachfolger. Und Staatswesen pflegen nicht so oft vertragsbrüchig zu werden wie gewisse Privatformen."

„Unter diesen Umständen fällt mir die Entscheidung überaus schwer", sagte die Baum-Mutter. „Wir werden uns erst noch beraten müssen. Gegenüber des Regierungssitzes gibt es eine Schänke, in der viele Raumfahrer verkehren. Dürfen wir euch ersuchen, dort auf unsere Entscheidung zu warten?"

Reginald Bull deutete eine Verbeugung an.

„Wir werden warten", versprach er. „Kommen Sie, Ron. Der Anblick dieses Weibes läßt meinen Blutdruck in kosmische Höhen schnellen."

Villiers näherte seinen Mund dem Ohr des Staatsmarschalls.

„Sie sollten in Gegenwart der Baum-Mutter nicht derart verächtlich über eine Frau sprechen – die Gynaden sind da überaus empfindlich."

„Ich werde mich zurückhalten", versprach Bully.

Die Delegation überquerte den freien Platz vor dem Regierungsgebäude und fand sehr schnell die Schänke, von der die Baum-Mutter gesprochen hatte. Die Räumlichkeiten waren nicht sehr groß, hauptsächlich aus dunklem Holz gefertigt, und in dem verräucherten Raum drängten sich die Gäste, Raumfahrer aus allen Winkeln der Galaxis. Ein dürrer Ara mit unerträglich arroganten Zügen diskutierte lautstark mit einem Springer, dessen Gebiß ähnliche Lücken aufwies wie seine Kleidung und vermutlich auch seine Kontobücher. Ein Unither versuchte, mit seinem Rüssel einen Zusatzdrink zu stibitzen, bekam aber von der resoluten Wirtin einen kräftigen Klaps auf seinen Rüssel.

„He, du, was willst du hier?"

Der grobe Anruf galt Reginald Bull, der einen bezeichnenden Blick auf Ron Villiers warf und leise den Kopf schüttelte.

„Ich bin Staatsmarschall ..."

„So etwas kennen wir hier nicht. Hier gibt es nur Trinker. Willst du einen großen Krug oder einen kleinen?"

„Klein", sagte Bully. „Und zwei. Gibt es hier einen ruhigen Winkel, in dem wir ..."

„Geht durch in den hinteren Raum", sagte die Wirtin. Sie schob zwei Gefäße über den Tresen. Die Schaumkrone ließ Bier vermuten, das fahle Grün des Getränks ließ auf Sirup-Wasser oder Gift schließen.

„Was ist das?"

„Baum-Bier", sagte die Wirtin. „Schmeckt hervorragend und hat kaum Nebenwirkungen. Trollt euch, ihr beiden, ihr hemmt den Umsatz."

Bully schob sich durch das Gedränge. Die Gesprächsfetzen, die er mitbekam, hatten den Inhalt, den er aus vielen Raumfahrerkneipen her kannte – Technik, Geschäft, Sport und Frauen. Das letzte Thema kam nicht recht zur Geltung; mit strafenden Blicken rief die Wirtin ihre Kundschaft immer wieder zur Ordnung, und einem stämmigen Weib von Oxtorne wagte niemand zu trotzen.

„Was mögen die da drinnen aushecken?" fragte Bully, sobald er sich im hinteren Raum an einen wackligen Tisch gesetzt hatte. Im

Hintergrund stand eines jener positronischen Kriegsspielzeuge, die es in zehntausend Varianten allenthalben zu finden gab. In diesem Fall durfte sich der Spieler mit einem Nordland-Recken identifizieren, der mit Pfeil, Bogen und Lanze hordenweise heranstürmende Untiere zur Strecke brachte. Offenbar war die einschlägige Industrie von der Nostalgie-Welle erfaßt worden.

„Wir haben mit diesen Schwierigkeiten gerechnet", sagte Villiers und nahm einen Schluck von dem Baum-Bier. „Hm, reichlich bitter, aber sonst trinkbar."

Jetzt erst wagte auch Bully einen Probeschluck. Er hatte schon bessere Getränke gekostet.

Villiers wollte gerade den Mund zu einer Antwort öffnen, als eine Gruppe seltsamer Gestalten in den Raum drängte – unverkennbar Besatzungsmitglieder von Tipas Schiff NASTY. Wild kostümiert, mit grimmigen und teilweise bemalten Gesichtern schoben sie sich in den Raum.

„Nicht provozieren lassen", zischte Bully. „Eine Keilerei ist das Letzte, was wir uns jetzt leisten dürfen."

„Ich werde mich zu beherrschen wissen", versprach Villiers. Er hatte seinen Krug geleert und hob ihn in die Höhe, damit die Bedienung ihn sehen konnte.

Eine junge Frau mit hellen Haaren kam näher – sie war ein wenig zu sorgfältig angezogen und frisiert.

„Noch einen Krug?" fragte sie und sah Villiers an. Der schien unter diesen Blicken gleichzeitig wachsen und schrumpfen zu wollen. Sein Gesicht verfärbte sich ein wenig ins Rötliche; Bully sah es mit innerem Grinsen.

„Äh", machte Villiers hilflos. Die Frau lächelte und nahm ihm den Krug ab. Villiers sah ihr nach, während sie den Krug neu füllen ließ.

„Ich kann Sie verstehen", sagte Bully. „Aber nicht jetzt – wir sind sozusagen dienstlich hier."

„Wie? Äh, was haben Sie gesagt?"

Es war offenbar die junge Frau, die ihn im Handumdrehen zu einem trottelhaften Stammler werden ließ. Bully hielt nur mit

Mühe ein Kichern zurück. Der junge Mann schien restlos verwirrt.

„He, Puppe!“ rief einer von Tipas Piraten. „Bring mir auch einen Krug, aber einen großen, für Männer.“

Villiers schluckte. Die junge Frau brachte den Krug. Ihr Gesicht blieb unverändert freundlich, auch als der Pirat nach ihr zu grabschen versuchte und sie ihm mit aller Kraft den Krug auf dem Schädel zertrümmerte. Piratenschädel waren dank des seltsamen Begrüßungsrituals – sie pflegten sich bei Tipas Anblick ehrfurchtsvoll die Fäuste unters Kinn zu schlagen – allerlei gewohnt, daher blieb der Pirat stehen und sah das grünliche Naß an seiner Kleidung herabrinnen. Entweder war er sehr stur oder schon halb betäubt, jedenfalls versuchte er noch einmal nach der Kellnerin zu greifen. Immer noch lächelnd verabreichte die Frau ihm einen Fausthieb, der ihn der Länge nach auf dem Boden landen ließ.

„Großartig!“ sagte Villiers mit leuchtenden Augen. „Finden Sie nicht auch, Sir?“

„Groß ja“, sagte Bully. „Aber artig? Ich weiß nicht recht.“

Es wäre mit ziemlicher Sicherheit zu einer Keilerei gekommen, wäre nicht in diesem Augenblick eine Botin der Baum-Mutter im Eingang erschienen.

„Die Baum-Mutter läßt Sie rufen“, teilte die Botin mit. „Die Verhandlungen können fortgeführt werden.“

3

Auch Tipa Riordan hatte einen Begleiter mitgebracht, einen hageren Mann mit dunklen Haaren und einem dunklen Schnurrbart, der bis zum Kinn herabfiel.

„Hao-Hoa Lyn, mein Rechtsbeistand“, stellte Tipa ihn vor.

„Ich kenne ihn“, murmelte Villiers. „Aufgepaßt, der Bursche sieht harmlos aus, ist aber ein ausgemachtes Schlitzohr.“

Mit dieser Warnung konnte Bully nichts anfangen, denn in diesem Augenblick betrat die Delegation der Gynaden wieder den

Raum. Ihre Körperbeschaffenheit ließ es nicht zu, sich zu setzen, und die Höflichkeit erforderte, daß auch der Rest der Verhandelnden aufrecht stand.

„Wir sind zu einem Entschluß gekommen", sagte Embu 38-II. „Das Geschäft, das wir planen, hat nicht nur eine sehr lange Laufzeit, es wird auch außerordentliche Geldbeträge in Bewegung bringen. Wir möchten daher mit dem finanzstärksten Partner abschließen."

Bully grinste zufrieden. Die GCC war die größte Wirtschaftsmacht der bekannten Galaxis. Tipa Riordan war sicherlich keine arme Frau, aber mit diesen Größenordnungen konnte sie nicht mithalten.

Bullys Lächeln gefror, als er den selbstzufriedenen Ausdruck in Tipas verkniffenem Gesicht sah.

„Was für eine Teufelei wird hier ausgebrütet?" fragte er Villiers flüsternd.

Die Baum-Mutter gab Bully die Antwort.

„Wir haben auf diesem Planeten einen sehr unmittelbaren Begriff von Eigentum und Besitz", verkündete sie. „Es ist beispielsweise so, daß mir als der amtierenden Baum-Mutter der gesamte Planet mit allem, was er zu bieten hat, rechtskräftig gehört. Er ist mein Eigentum, ich kann frei darüber verfügen. Ich möchte daher nur mit einem gleichberechtigten Partner abschließen."

Hao-Hoa Lyn schob sich nach vorn.

„Ich habe hier die Dokumente, die Auskunft geben über das Privatvermögen meiner Mandantin. Ich bitte diese Unterlagen zu prüfen."

Zu Bullys nicht geringem Verdruß hielt Embu 38-II die Dokumente so, daß Bully die Ziffern nicht sehen konnte. Er hätte gerne gewußt, was die Piratenchefin im Lauf der Jahrzehnte an Kapital zusammengescharrt hatte – auf ihre eigene, unverwechselbare Weise. Obwohl sich die meisten Geschäfte der Piraten in einem mehr als zwielichtigen Umfeld abspielten, war es der Justiz nie gelungen, Tipa rechtswirksam anzuklagen und zu verurteilen.

„Das sind sehr beeindruckende Zahlen“, sagte die Baum-Mutter und gab dem Anwalt die Dokumente zurück. „Und nun zu Ihnen.“

Bully machte ein säuerliches Gesicht. Der Fall war offenkundig verloren.

Ronald Villiers hingegen ließ sich dadurch keineswegs beeindrucken.

Lächelnd holte er ein Bündel Dokumente aus seinem Aktenkoffer und reichte sie an die Baum-Mutter weiter.

„Dies sind offizielle Verfügungen der GCC, die eindeutig ausweisen, daß die General Cosmic Company mit einer Zweidrittelmehrheit mein Eigentum ist.“

Reginald Bull schnappte nach Luft.

War Homer G. Adams verrückt geworden? Hatte er allen Ernstes die gigantische GCC zum Eigentum dieses jungen Mannes gemacht, von dessen Existenz Bully – und vermutlich die gesamte Solare Administration – vor ein paar Tagen noch nichts gewußt hatte? Unvorstellbar!

„Fälschungen“, behauptete Tipa Riordan. „Ich bezweifle die Echtheit dieser Dokumente.“

„Ich gebe zu, daß die Unterlagen etwas seltsam sind“, sagte die Baum-Mutter nach einigem Zögern.

„Sie fühlen sich sehr kühl an, nicht wahr?“ sagte Ron Villiers gelassen. „Das liegt daran, daß Dokumente von solchem Gewicht bei der GCC aus demselben Material gefertigt werden, aus dem auch die Banknoten unserer Regierung hergestellt werden. Es ist Luurs-Metall darin enthalten. Damit sind sie absolut fälschungssicher.“

Bullys Verblüffung wuchs. Er wußte, daß die Banknoten der Solaren Administration auf einem Kunststoff geheimgehaltener Zusammensetzung gedruckt wurden. Eingewoben in jede Note war ein haarfeines Netz aus dem seltenen Luurs-Metall, das nur auf dem Planeten Luurs gefunden worden war. Der Planet war so bewacht, daß außer der Administration keine andere Gruppe an dieses Metall herankam. Es hatte allen Versuchen, es nachzuahmen, bislang widerstanden. Unkopierbar war vor allem die Tatsache, daß es unter allen Umständen eine Temperatur von 3,43 Grad Celsius behielt.

„Sie können die Unterlagen prüfen, Miß Riordan", sagte Villiers höflich.

Tipa bedachte den Sprecher mit einem Blick, der Bullys Nackenhaare aufstellte, dann riß sie förmlich der Baum-Mutter die Dokumente aus der Hand. Sie brauchte nur einmal kurz hinzufassen, um zu wissen, daß die Unterlagen echt waren – die Temperaturkonstanz der Luurs-Folien war nicht kopierbar.

Haßerfüllt zischte Tipa:

„Das wird ein Nachspiel haben, mein Freund. Sie werden das bitter bereuen!"

Zusammen mit dem fassungslosen Rechtsbeistand stürmte sie aus dem Raum.

Die Baum-Mutter wandte sich an Villiers.

„Damit sind die Verhandlungen wohl entschieden", sagte sie freundlich. „Die Einzelheiten sind weitgehend geklärt, es bleibt nur noch die formelle Unterzeichnung. Ich schlage vor, daß wir uns morgen wieder hier versammeln, um durch Handabdrücke und Wurzelmuster den Vertragsdokumenten absolute und unanfechtbare Rechtswirksamkeit zu verleihen."

„Wir sind einverstanden", sagte Villiers freundlich. Bully wischte sich den Schweiß von der Stirn.

„Haben Sie das alles gewußt?" fragte er leise, als die Delegation der Gynaden den Raum verließ.

„Ich nicht, aber Mister Adams hatte eine Ahnung."

„Und die Dokumente sind echt?"

„Völlig. Im Augenblick bin ich der Eigentümer der GCC, daran ist nicht zu rütteln."

Reginald Bull schüttelte verzweifelt den Kopf.

„Und was wird nun?"

Villiers lächelte.

„Wir werden mit den fertigen Verträgen zurückfliegen, und dann werde ich meine Anteile an der GCC gegen eine geringe Entschädigung an die früheren Eigentümer zurückverkaufen."

„Und wie hoch wird diese geringe Entschädigung sein? Wenn mich nicht alles täuscht, sind Sie im Augenblick mehrfacher Billionär."

„Es ist sogar ein wenig mehr", sagte Villiers und versenkte die Dokumente in seinem Aktenkoffer. „Sie können beruhigt sein – ich bekomme für diesen Auftrag nur ein paar tausend Solar als Provision."

„Und was ist, wenn Sie nicht wollen?"

Villiers lachte.

„Dann bliebe die GCC mein Eigentum", sagte er heiter. „Da Homer G. Adams meiner Ehrlichkeit traut – könnten Sie es nicht auch tun?"

„Bei Billionen von Solar fällt mir das schwer", antwortete Bully in der ihm eigenen Aufrichtigkeit.

„Das kann ich mir vorstellen", sagte Villiers. „Ich nehme es Ihnen auch nicht übel. Ich gebe zu, mit diesem Gedanken gespielt zu haben."

„Aha!" sagte Bully. „Und?"

„Es gibt zwei gute Gründe gegen einen solchen Vertrauensbruch", sagte Villiers, während die beiden den Regierungspalast verließen. „Der eine ist wirtschaftlicher Art. Meine Fähigkeiten reichen – selbst wenn ich zehnmal besser wäre als ich mich in einem Augenblick kompletten Größenwahns halten könnte – niemals aus, ein solches Kapital zu verwalten. Ich könnte höchstens eine fürchterliche Wirtschaftskatastrophe auslösen, bei der Millionen von Galaxis-Bewohnern zugrunde gerichtet würden."

„Und der andere?"

Villiers lächelte.

„Das ist der entscheidende – ich hätte ein schlechtes Gewissen, und mir liegt sehr viel an einem ruhigen Nachtschlaf."

Auch Reginald Bull konnte sich ein breites Grinsen nicht verkneifen. Er schlug Villiers freundschaftlich auf die Schultern.

„Ich hoffe, wir werden noch öfters so zusammenarbeiten", sagte er. „Was haben Sie jetzt vor?"

Er hatte bemerkt, daß Villiers zu der Schänke hinüberschielte.

„Es wäre reizend, wenn Sie diese Unterlagen an Bord unseres Schiffes im Safe verstauen würden", sagte er und lief rot an. „Ich möchte ... Sie werden es schon bemerkt haben ... also ich ..."

„Geben Sie her, Sie liebeskranker Stammler", sagte Bully lachend. „Aber feiern Sie nicht zu lange – ich kenne Tipa. Die hat noch irgendeine Teufelei in petto."

Geldkaskaden regneten auf Reginald Bull herab. Der Strom der klimpernden Münzen wurde immer breiter und dichter, die Geldflut spülte um Bullys Beine und stieg immer noch höher und höher ...

Reginald Bull fuhr hoch. Ein Geräusch hatte ihn aus dem immer bedrohlicher erscheinenden Traum herausgerissen. Bully zwinkerte, rieb sich die Augen. Ein Blick auf die Uhr zeigte, daß er ohnehin bald würde aufstehen müssen.

Bully stieg aus dem Bett und tappte auf bloßen Füßen zur Tür. Der Lärm kam von nebenan, dort war Ronald Villiers einquartiert worden. Es war tatsächlich Villiers, der mit erheblicher Geräuschentfaltung sein Quartier aufsuchte. Er summte und pfiff und schien über die Maßen gut gelaunt.

„Guten Morgen", wünschte Reginald Bull und blieb auf der Schwelle stehen.

Villiers sah auf und grinste breit.

„Einen wunderschönen guten Morgen wünsche ich Ihnen, Sir", strahlte er.

„Ich bedanke mich dafür, daß Sie aus der Nacht so bald einen Morgen für mich gemacht haben", sagte Bully sarkastisch. Villiers ließ sich dadurch nicht beeindrucken.

„Wundervoll, nicht wahr?" sagte er. „Ein Tag wie geschaffen zum Heiraten."

„So ein Tag ist mir noch nie untergekommen", bemerkte Bully. „Aber sagten Sie *heiraten?*"

„In der Tat, Staatsmarschall", antwortete Villiers feierlich. Er war noch ein wenig angeheitert – oder stark verliebt, der Unterschied ließ sich ohne Blutprobe schwer ausmachen – und grinste ziemlich blöde, fand Bully. „Carol und ich sind uns einig, wir heiraten noch heute. Das wird sich doch wohl machen lassen, oder?“

„Wenn Sie auf die berühmten Zeremonien auf hoher See anspielen, muß ich Sie enttäuschen. Ich kann und werde sie beide nicht trauen – Sie werden schon mit dem Zeremoniell dieses Planeten vorlieb nehmen müssen.“

Langsam dämmerte Reginald Bull, daß Villiers die Sache tatsächlich ernst meinte.

„Und wer ist Ihre Braut? Woher haben Sie so schnell eine Braut genommen?“

„Carol“, sagte Villiers grinsend. Er sah, wie Bully fand, ausgesprochen albern aus. „Carol Frederik, die Frau aus der Raumfahrerschänke.“

„Sie wollen eine Kellnerin heiraten?“

„Zum ersten habe ich nicht so viele Vorurteile wie andere“, sagte Villiers ernüchtert. „Zum anderen ist sie eigentlich Leiterin des *Seminars für exotische Angelegenheiten* im Regierungspalast, und sie hat nur deshalb in der Schänke gearbeitet, weil es bei der Regierung der Gynaden im Augenblick nichts für sie zu tun gab. Genügt das?“

„Das Vorurteil nehme ich zurück“, sagte Bully. „Aber sonst . . . ist das nicht ein bißchen voreilig?“

„Frauen wie sie wachsen nicht auf Bäumen“, erklärte Villiers. „Da muß man schnell zugreifen. Ich möchte mich jetzt gerne frisch machen und umziehen – wir werden bald im Regierungspalast erwartet.“

Reginald Bull sah an sich herab. Auch er hatte eine Dusche nötig, und in einem geblümten Schlafanzug wollte er Embu 38-II lieber nicht unter die Augen treten.

4

Kraftvoll preßte Ronald Villiers seine rechte Hand auf das Dokument. Daneben war ein kompliziertes Wurzelmuster zu sehen – die Originalunterschrift der Baum-Mutter.

Der Vertragsabschluß war in die große Eingangshalle des Regierungspalasts verlegt worden. Die halbe Besatzung des Terraner-Schiffes war versammelt, und im Hintergrund war eine vor Gift und Galle schier platzende Tipa Riordan zu sehen, neben ihr der seltsam zuversichtlich dreinblickende Hao-Hoa Lyn. Der Anblick der beiden beunruhigte Bully sehr, aber er ließ sich nichts anmerken.

„Damit ist dieser Teil der Verhandlungen wohl abgeschlossen", sagte Villiers. Er schüttelte der Baum-Mutter die Hand. Es war ein seltsamer Anblick, aber typisch für die Verhältnisse in der Galaxis – die exotischsten Völker waren in Beziehung getreten, machten Geschäfte, schlossen Verträge und bewiesen jedem, der hinsehen konnte, wie viele eigenständige Lebensformen miteinander gut auskommen konnten, wenn die Beteiligten es nur wollten.

„So ist es", sagte die Baum-Mutter.

Villiers lief ein wenig rot an.

„Da wäre noch etwas", stotterte er. Wenn es um Herzensangelegenheiten ging, war es mit seiner geistigen Brillanz vorbei. „Ich ... also wir ..."

„Ich habe bereits davon gehört", sagte die Baum-Mutter. „Sie haben gestern einer Bewohnerin unseres Planeten ein förmliches Eheversprechen gegeben und wollen die Sache nun rechtlich vollkommen machen."

„... vollkommen machen, jawohl", sagte Villiers.

„Wieso einer Bewohnerin dieses Planeten?" fragte Bully dazwischen.

„Miß Frederik ist eingebürgert", antwortete die Baum-Mutter.

Bullys Nase kräuselte sich. Da stimmte doch etwas nicht? Er wollte nicht länger Reginald Bull heißen, wenn sich nicht eine üble Büberei zusammenbraute.

Villiers führte seine Braut vor den Tisch der Baum-Mutter. Sie war einen halben Kopf größer als ihr Bräutigam und lächelte zufrieden. Bully fand Carol Frederik zwar äußerst attraktiv, aber er sah klar, daß sie über Durchsetzungsvermögen verfügte, einen eigenen Willen hatte und vor allem einen ebenso hübschen wie gepanzerten Schädel. Das Zusammenleben mit ihr lief vermutlich auf ein ewiges Sich-zusammen-Raufen hinaus, und ob Villiers da der geeignete Partner war, schien Bully mehr als zweifelhaft. Indessen war es nicht seine Ehe, die hier geschlossen werden sollte, und der Gesichtsausdruck des Bräutigams verriet, daß er keinerlei Gegenargumentation gelten lassen würde.

„Bringen wir die Formalitäten hinter uns", sagte die Baum-Mutter. „Sie heißen Ronald Villiers?"

Ein Bogen Dokumentenpapier wurde nach und nach ausgefüllt – die Bürokratie als herrschende Regierungsform der Galaxis hatte auch diesen Planeten im Griff.

„Bestätigen Sie diesen Ehevertrag mit Ihrem Handabdruck", forderte die Baum-Mutter den Bräutigam auf.

Villiers kam ihrer Aufforderung nach. Sein Lächeln wirkte entrückt.

„Nun zur Frau des Hauses", sagte die Baum-Mutter. „Sie heißen Carol Frederik?"

In Bully schrillten Alarmsirenen, und der Ton wollte nicht verstummen. Der Solarmarschall ahnte, daß etwas Fürchterliches geschehen würde, aber er wußte nicht, was.

Er trat langsam zu Villiers.

„Haben Sie noch lebende Eltern?"

„Ich bin ein Waisenkind", sagte Carol Frederik.

Wie rührend, dachte Reginald Bull, der es ab und zu nicht lassen konnte, in Gedanken herumzuspötteln.

„Aber ich habe eine Adoptivmutter", fuhr Carol fort.

In Reginald Bull wurde es still. Er spürte, daß er am ganzen Körper gleichsam zu Eis gefror.

Wie durch meterdicke Watte hörte er die nächsten, schrecklichen Worte:

„Tipa Riordan hat mich an Kindes Statt angenommen."

„Wie lieb von ihr", sagte Villiers, der offenbar gar nicht begreifen wollte, auf welchen Leim er gelockt werden sollte.

Von Tipa war ein meckerndes Gelächter zu hören, und wie Bully es erwartet hatte, schob sich ihr Rechtsanwalt nach vorn und präsentierte die Dokumente.

Bully warf einen Blick in Tipas Gesicht, und der Ausdruck unverhohlenen Triumphes darin ließ den Staatsmarschall schaudern.

Er brauchte ein paar Augenblicke, bis er wieder völlig klar bei Sinnen war. Carol Frederik war gerade dabei, den Ehevertrag mit ihrem Handabdruck zu besiegeln – und dieser Vertrag galt nach dem galaktischen Rechtshilfe- und Vertragsabkommen auch auf der Erde, auf den Arkon-Planeten und überall sonst . . . mit allen Klauseln.

„Halt!" rief Reginald Bull. Er packte Carols Handgelenk, einen Augenblick bevor die Handfläche das Dokument berühren konnte.

Mit scheinheiligem Lächeln wandte sich Reginald Bull an die Baum-Mutter.

„Ich glaube, der Bräutigam ist sich noch nicht ganz über die Folgen dieses Vertrages im klaren", sagte Bully und bedachte Villiers mit einem warnenden Blick.

„Wie sehen die familiären Eigentumsverhältnisse nach Abschluß dieses Ehevertrags aus?" fragte er hastig.

Es war Lyn, der die Antwort gab. In Bullys Ohren klang sie wie die Fanfare zum Weltuntergang.

„Selbstverständlich geht das gesamte Privateigentum des Bräutigams nach dem Recht dieses Planeten in die ausschließliche Verfügungsgewalt der Ehefrau über. Gynarch ist eine matriarchalisch geführte Welt. Wußten Sie denn das noch nicht, Solarmarschall?"

„Wissen Sie überhaupt, was das bedeutet?" zischte Bully in Villiers Ohr.

Der zuckte nur mit der Schulter.

„Ich habe nicht viel", sagte er beiläufig. „Was soll die Aufregung?"

„Narr"... zischte Bully. „Ihnen gehört immer noch fast die gesamte GCC!"

Es war ein seltenes Ereignis, die Gesichter der Beteiligten in diesem Augenblick zu beobachten.

Villiers wurde kreideweiß im Gesicht, Lyn und Tipa Riordan grinsten voller Schadenfreude, und die Miene der Baum-Mutter verriet erste Anzeichen von Verärgerung. Noch lagen die Vertragsdokumente vor ihr auf dem Tisch – ein Handgriff genügte, beide Originale zu vernichten und das Geschäft damit platzen zu lassen.

„Daran habe ich nicht gedacht", sagte Villiers bleich und erschüttert.

Bully sah die Braut an. Ihrem Gesichtsausdruck nach zu schließen, war sie an dem raffinierten Komplott von Tipa Riordan wenig beteiligt. Sie hatte nur Augen für Villiers, der einer Ohnmacht nahe schien.

„Ich möchte mich kurz mit meinem Freund beraten", sagte Bully zur Baum-Mutter. „Wir sind gleich wieder zur Stelle."

Er zerrte Villiers in einen Winkel der Halle.

„Und nun sagen Sie mir, was Sie zu tun gedenken?" fragte Bully wütend.

„Heiraten", sagte Villiers. „Sonst gedenke ich im Augenblick nichts zu tun."

„Dann gehört Ihrer Frau die GCC, und damit, wie Sie selbst nun begriffen haben dürften, Tipa Riordan. Wie finden Sie das?"

„Es wäre erschreckend", sagte Villiers. Hilfesuchend sah er nach Carol Frederik.

„Mehr haben Sie nicht anzubieten? Überlegen Sie, was diese gräßliche Hexe veranstalten würde, wenn sie die stärkste Wirtschaftsorganisation der Galaxis in die Hand bekommt – nahezu kostenlos?"

„Sie haben recht", sagte Villiers betroffen. „Ich werde gleich morgen die Mehrheitsbeteiligung an die GCC zurückgeben."

„Morgen? Sobald diese raffinierte Hexe ihre Hand auf das Ehedokument senkt...“

„Sie sprechen von meiner Frau“, sagte Villiers. „Es kann sein, daß ich bei der nächsten Bemerkung dieser Art gewalttätig werde!“

Reginald Bull knirschte mit den Zähnen.

„Sie müssen die GCC hier und jetzt zurückgeben – sofort!“

„Das geht nicht.“

„Dann treten Sie von der Ehe zurück“, forderte Bully.

„Ich denke gar nicht daran“, sagte Villiers. Sein Gesicht hatte sich gerötet. „Ich will diese Frau und keine andere, und ich will sie jetzt.“

„Und die Galaxis?“

„Sie haben keine Ahnung, wie gleichgültig mir Ihre Galaxis in diesem Augenblick ist. Das einzige, was mich daran interessiert, ist die Tatsache, daß diese Galaxis diese Frau hervorgebracht hat, und daß ich diese Frau in wenigen Augenblicken heiraten werde. Wann hat sich Ihre Galaxis in den letzten Jahren um mein Glück geschert?“

Er sprach's und ging davon und ließ einen vor Wut fast berstenden Bully zurück.

Der Staatsmarschall konnte zudem sehen, daß Tipa einen großen Teil der Besatzung der NASTY hatte aufmarschieren lassen. Die Sache wurde immer verfahrener.

Zähneknirschend kehrte Reginald Bull zum Tisch zurück, an dem das Verhängnis seinen Lauf nehmen mußte. Alles verspielt, alles verloren – jahrhundertelange Arbeit, Mühe und Sorge, weggeworfen an eine Piratin wegen eines verliebten Narren. Der Gedanke war nicht auszuhalten.

„Wenn ich die Bestimmung richtig verstanden habe“, sagte Villiers freundlich, nachdem er seine zukünftige Frau mit einem liebevollen Blick bedacht hatte, „wird künftig Carol nach dem Recht dieses Planeten das Familienoberhaupt sein.“

„Das ist richtig. Sie hat dann das alleinige Verfügungsrecht über das gesamte Familieneinkommen und -vermögen.“

„Bedeutet das, daß ich beispielsweise auch für ihre Adoptivmutter zu sorgen hätte – im Fall des Falles?"

„Ich freue mich, daß Sie so umfassend und fürsorglich denken", sagte die Baum-Mutter.

Ihre etwas frostig wirkende Miene hatte sich plötzlich wieder aufgehellt.

„In der Tat bestimmt unser Recht, daß bei der Eheschließung der ältesten Tochter – ob leiblich oder angenommen – die Tochter zum unumschränkten Sippenoberhaupt wird."

Carol Frederik sah verwundert drein.

Über das Gesicht von Ronald Villiers legte sich der Glanz der Verklärung.

„Und was ist dafür noch Voraussetzung?"

„Die Mutter muß ein bestimmtes Lebensalter überschritten haben – in der Regel das neunte Lebensjahrzehnt."

„Miß Tipa Riordan zählt schon ein paar Jahrhunderte", sagte Villiers. „Auf sie träfe die Bestimmung zu?"

„Allerdings."

Während Carol Frederik wie versteinert dastand, wandte sich Villiers mit einem heimtückischen Grinsen an eine langsam erbleichende Tipa Riordan.

Langsam sagte Villiers:

„Es wird mir ein Vergnügen sein, werte Miß Riordan, Ihre reizende Adoptivtochter zu heiraten. Denn in diesem Fall wird meiner Frau nicht nur mein Privateigentum, sondern auch Ihr gesamter Besitz unumschränkt gehören. Sie können ihren Zellaktivator bereits an Carol weitergeben ... Liebling, wenn du jetzt so nett wärst, deine Hand ..."

„Du siehst wirklich lustig aus", sagte Perry Rhodan und betrachtete amüsiert Bullys linkes Auge, das schwarzblau schimmerte.

Bully machte ein säuerliches Gesicht.

„Das waren die übelsten Prügel, die ich je in meinem Leben bezogen habe", sagte er grimmig. „Da hatte doch dieser Frechling Villiers die Unverschämtheit, sich unter dem ersten Fausthieb seiner Braut wegzuducken, und ich stand genau hinter ihm. Hat dieses Weib einen Schlag."

Perry Rhodan füllte das leere Glas seines Freundes auf.

„Und wie ging es weiter?" wollte er wissen.

„Es war schrecklich", berichtete Bully. Er nahm einen Schluck von dem Gemüsesaft und verzog angewidert das Gesicht. „Fast so schlimm wie diese Brühe."

„Hoffentlich ebenso heilsam", sagte Perry Rhodan. Er lehnte sich im Sessel zurück.

„Tipas Piraten gingen auf uns los, und dann gab es halt eine Keilerei. Sie wird uns ein neues Regierungsgebäude auf Gynarch kosten – anders war die Baum-Mutter nicht zu beruhigen. Wir können von Glück sagen, daß sich Tipas Leute noch übler aufgeführt haben als wir, sonst wäre der Vertrag noch im Nachhinein geplatzt. Immerhin, wir haben jetzt den Zuschlag, und das allein zählt."

„Saubere Arbeit", sagte Rhodan. „Sich gegen Tipas Ränke durchzusetzen, bedarf es einiger Intelligenz. Was ist nun mit diesem jungen Mann?"

Bully kicherte.

„Wie er es angestellt hat, weiß ich nicht. Jedenfalls ist er der einzige, der bei der Rauferei keinerlei Schaden genommen hat. Nachdem wir Tipas Leute vertrieben hatten und mitsamt dem Gynarch-Vertrag an Bord waren, hat er sich zunächst einmal in seine Kabine verzogen und seine Sorgen in Alkohol schwimmen lassen."

„Das wird ihm wenig helfen", sagte Rhodan mitfühlend.

Bullys Grinsen wurde noch breiter.

„Am zweiten Tag ist er in meine Kabine gekommen", berichtete er. „In der Hand hatte er den Ehevertrag, und sein Gesicht war wieder so entrückt wie im Saal des Regierungsgebäudes."

„Der Grund?"

„Auf dem Dokument prangten zwei Handabdrücke – seiner und der einer Frauenhand. Bei der Rauferei muß sich Carol Frederik versehentlich auf ihre Heiratsurkunde gestützt haben."

Perry Rhodan lachte laut.

„Dann sind die beiden also rechtskräftig verheiratet?"

„Sie sind es. Villiers hat mich gebeten, die kostbare Urkunde im sichersten Safe der Galaxis zu verwahren. Er selbst hat sich einen Space-Jet ausgebeten und ist nun auf der Jagd nach seiner Frau. Er hat mir geschworen, daß er sie finden wird."

„Dann ist das Abenteuer ja noch sehr glimpflich über die Bühne gegangen", stellte Perry Rhodan fest.

„Für uns ja", sagte Bully grinsend. „Aber für Villiers . . ."

Der Interkom summte.

Rhodan stellte die Verbindung her, und auf dem Schirm erschien das Gesicht von Homer G. Adams. Der Wirtschaftsminister lächelte verhalten.

„Ich habe eine Botschaft für Mister Bull", sagte er nach der Begrüßung.

„Von wem?"

„Von unserem Mitarbeiter Ronald Villiers", sagte Adams. „Er erklärt darin seinen offiziellen Verzicht auf alle Eigentumsrechte an der GCC."

„Augenblick", sagte Bully. „Daran habe ich gar nicht mehr gedacht – nach dem Ehevertrag gehören diese Anteile seiner Frau."

„Das Dokument, das mir zugestellt wurde, trägt die Unterschrift Carol und Ronald Frederik."

Reginald Bull kicherte vergnügt.

„Er hat es also tatsächlich geschafft", stellte er fest. „Aber warum grinsen Sie so breit, Adams?"

Der Wirtschaftsminister lachte.

„Beide Unterschriften wurden jeweils mit der linken Hand geleistet und mußten notariell beglaubigt sein – offenbar haben die Flitterwochen einen sehr stürmischen Verlauf genommen."

Perry Rhodan fiel in das Gelächter der beiden ein. Ein Signal auf dem Bildschirm verriet, daß noch ein Anrufer durchzukommen wünschte. Rhodan schaltete den Sprecher ebenfalls auf den Schirm. Adams, Bull und Perry Rhodan konnten einen Beamten der Abwehr sehen, der ein kummervolles Gesicht aufgesetzt hatte.

„Mister Bull, Sie haben uns ein Vertragsdokument übergeben", berichtete der Beamte. „Wir haben diese etwas seltsame Urkunde geprüft. Sie ist zweifelsfrei rechtskräftig, auch wenn nur dieses eine Original vorhanden ist."

„Villiers wird sich freuen", sagte Bully. „Der weibliche Abdruck war nämlich kaum zu erkennen."

„Deswegen haben wir vorsorglich noch einmal beide Abdrücke überprüft. Der eine stammt zweifelsfrei von Mister Ronald Villiers, aber der andere ist mit großer Sicherheit nicht der von Miß Carol Frederik."

„Woher wollen Sie das wissen? Wie kommt die Abwehr überhaupt zur Kenntnis des Handlinienmusters von Carol Frederik?"

„Deren Handlinienmuster ist bei uns nicht gespeichert. Es läßt sich auch nicht feststellen, ob es jemals gespeichert worden ist – Datenschutz. Aber der Abdruck, den wir auf dem Dokument gefunden haben, der ist gespeichert."

„Armer Villiers", sagte Bully. „Dann wird irgend jemand während des Kampfes die Urkunde angefaßt haben."

„Der Abdruck stammt zweifelsfrei von einer Frau – einer menschlichen Frau."

„Aber außer Carol Frederik war doch nur eine andere Frau ..."

„Sie sagen es, Mister Bull. Der Abdruck stammt von Tipa Riordan!"

Gelächter brandete durch den Raum. Selbst der zurückhaltende Homer G. Adams bog sich vor Lachen.

„Mann", prustete Bully, sobald er wieder Luft bekam. „Vernichten Sie diese Urkunde schnellstens, bevor irgend jemand davon Wind bekommt und es Villiers erzählen kann. Und Sie, Homer, werden hoffentlich so nett sein, Tipa Riordans unfreiwilligem Gatten ein Fernschreiben zukommen zu lassen, daß er seine Carol ein zweites Mal zu heiraten hat – vorausgesetzt, er will noch immer." „Ich bin sicher, er wird", sagte Homer G. Adams und verschwand aus der Leitung.

Perry Rhodan hob sein Glas.

„Auf die Menschen, für die wir arbeiten – diese sturen, dickschädeligen, halsstarrigen Männer und Frauen, die in der Lage sind, eine Galaxis wegzuschenken, wenn sie verliebt sind."

Reginald Bull tat ihm Bescheid und betastete dabei sein blaues Auge.

„Hoffen wir, daß beim nächsten Mal eine andere Galaxis an der Reihe ist!"

Ernst Vlcek

Das Lügenparadies

Der Aufbau der Kosmischen Hanse, die für den interstellaren Handel sorgt und die darüber hinaus zum völkerverbindenden Faktor werden soll, geht nicht immer reibungslos vonstatten – das ist bei dem galaktischen Ausmaß des Ganzen und bei den Anforderungen, die an einzelne Individuen, seien es Menschen oder Fremdwesen, gestellt werden, ganz natürlich.

Was aber soll ein Neuankömmling tun, der ein nagelneues, im Aufbau befindliches Handelskontor zu erreichen hofft und statt dessen ein Musterbeispiel allgemeiner Verwahrlosung vorfindet, mit verrückten Maschinen – und Menschen, die sich noch verrückter benehmen ...?

Der Raumhafen erweckte den Eindruck, als sei er seit vielen Jahren nicht mehr in Betrieb. Doch Cülynk wußte, daß die erste Ausbaustufe des Handelskontors Kopperton erst vor wenigen Monaten vollendet worden war. Gleich darauf mußten die Arbeiten abgebrochen worden sein, und niemand schien sich um die Instandhaltung der bestehenden Anlagen gekümmert zu haben. Nur so war die allgemeine Verwahrlosung zu erklären. Aber es war keine ausreichende Erklärung dafür, wie ein neu errichteter Raumhafen mit einer Kapazität von fünfzig Schiffen pro Tag innerhalb so kurzer Zeit derart verwildern konnte.

Cülynk ließ das Kontrollfragment seines Diskusraumers hinter sich und näherte sich den Raumschiffen, die er beim Landeanflug geortet hatte. Er sah ihre Silhouetten vor der untergehenden Sonne, die allmählich hinter den Verwaltungsgebäuden verschwand. Die fünf Schiffe standen in gerader Linie hintereinander. Es handelte sich um drei Koggen und zwei Leichte Holks.

Hinter den Fenstern der Verwaltungsgebäude gingen gerade die Lichter an, aber Cülynk war sicher, daß die Kontrollstationen unbesetzt waren. Er hatte während des Anflugs vergeblich versucht, mit dem Bodenpersonal in Funkverbindung zu treten, und nicht einmal das Computersystem hatte auf sein Ersuchen, ihm einen Leitstrahl zu schicken, geantwortet.

Er hatte sich nicht darüber aufgeregt. Er war Emotionaut und konnte seinen Diskusraumer jederzeit und überall allein landen. Es gab eigentlich überhaupt nichts, was Cülynk erschüttern konnte. Er nahm es, wie es kam. Andererseits konnte man aber auch nicht sagen, daß ihn alles kalt ließ. Wenn man wollte, konnte man ihn als Stoiker bezeichnen, aber er war alles andere als ein Phlegmatiker. Seine Interessen waren vielschichtig, ihn interessierte quasi alles, seine Leidenschaft war jedoch die Familienplanung. Und er wurde es nicht müde, seinen zweihundertundsiebzehn Kindern und allen, die es hören wollten oder nicht, immer wieder zu predigen: „Familienplanung ist alles!“ Damit meinte er, der Überbevölkerung in der Eastside der Galaxis beikommen zu können.

Auf seinem Weg zu den Landeplätzen der fünf Raumschiffe kam Cülynk an einigen Stellen vorbei, an denen die Piste aufgebrochen, ja förmlich gesprengt worden war. In die Krater war Humus geschüttet worden, man hatte Blumen, Sträucher und Bäume gepflanzt. So war aus dem Landefeld des Handelskontors Kopperton ein blühender Betonpark geworden, eine recht eigenwillige Synthese menschlichen Zivilisationsguts mit der planetaren Natur.

Aber menschliches Leben zeigte sich nicht, auch Tiere ließen sich keine blicken.

Als Cülynk die Raumschiffe der Kosmischen Hanse erreichte, entdeckte er, daß die Piste rund um sie ebenfalls gesprengt worden war. Aus den mit Humus aufgefüllten Gräben wuchsen mächtige Schlinggewächse, die mit ihrem Netzwerk von weit verästelten Ranken die Schiffe umarmten.

Cülynk konnte mit freiem Auge beobachten, wie die Triebe sich nach den letzten Strahlen der untergehenden Sonne reckten und sich dann, in dem vergeblichen Bemühen, der Sonne nachzueilen, in die aufsteigenden Schatten der Verwaltungsgebäude senkten.

„Heda!“ erklang da eine herrische Stimme in Cülynks Rücken, und er erkannte als Sprecher einen halbmannshohen, langgestreckten Automaten, der auf einem Antigravfeld aus dem Rankengewirr hinter ihm geglitten kam, wo er sich offenbar versteckt gehalten hatte. Cülynk betrachtete ihn gelassen.

„Du gehörst nicht zum Kontorpersonal“, fuhr der Roboter fort, während er dicht hinter ihm anhielt. „Wer bist du? Wie kommst du hierher? Warum hast du dich beim Passieren der Kontrollen nicht identifiziert? Du weißt, daß das Betreten des Handelskontors für Unbefugte verboten ist! Es ist strafbar, sich ohne Passierschein in diesem Sektor aufzuhalten. Wie lautet deine Rechtfertigung? Welche mildernden Umstände kannst du geltend machen?“

„Ich bin mit meinem Raumschiff gelandet“, antwortete Cülynk ruhig, er ließ sich von einem einfachen Dienstroboter nicht beeindrucken. „Da ich auf meine Funksignale keine Antwort bekommen habe, wertete ich das Schweigen als Landeerlaubnis.“

„Lüge!“ behauptete der Roboter. „Du bist ein Spion. Du hast

zuvor das Computernetz sabotiert, um danach ungehindert eindringen zu können. Wo ist deine Mannschaft? Ihr seid alle verhaftet. Es geht nicht länger an, daß jedermann im Kontor aus- und eingehen kann, wie es ihm beliebt. Ich werde..."

Weiter kam der Automat nicht. Von hinten war lautlos eine große Maschine herangeglitten – Cülynk hatte fast den Eindruck, daß sie sich an den kleineren Automaten heranschlich, um ihn zu überrumpeln.

Und genau das passierte. Die große Maschine, offenbar eine selbstgesteuerte, fahrbare Recycling-Anlage, baute um den Dienstroboter ein Kraftfeld auf und desaktivierte ihn damit. Gleichzeitig öffnete sich an ihrer Vorderseite eine Klappe, in der der kleine Automat mittels Traktorstrahlen verschwand.

Für Cülynk entstand der Eindruck, als würde ein überaus exotisches Monstrum seine Beute verschlingen. Der folgende „Verdauungsprozeß" ging nicht ganz lautlos vor sich, dauerte dafür aber nicht übermäßig lange. Bald darauf spuckte die Recycling-Anlage vier verschieden große Container aus.

Die beiden ersten und größeren waren mit „Reinmetall" und „Legierungen" beschriftet. Der erste der kleineren Container trug die Aufschrift „Positronik", der zweite „T-Bausteine". Das „T", so kombinierte Cülynk, stand offenbar für „Technik".

Auf diese Weise war der vorlaute Dienstroboter demontiert und in seine Bestandteile zerlegt worden. Ein Fachmann mit etwas Improvisationsgabe hätte ihn jederzeit wieder zusammensetzen können. Cülynk war beeindruckt von diesem ökonomischen Wiederverwertungssystem.

Die Recycling-Anlage hatte sich ausgeschaltet, und Cülynk hatte das Gefühl, von ihren Sensoren auf seine Zerlegbarkeit taxiert zu werden. Er war nahe daran, sich als nicht demontierbares Lebewesen zu erkennen zu geben, als die große Maschine zu ihm sprach.

„Willkommen im Hanse-Kontor Kopperton, das jedermann offensteht. Ich sage dies im Namen von Baron. Du kannst vergessen, was dir dieser großsprecherische Blechtrottel angedroht hat.

Er gehörte zu den rebellischen Traditionalisten, die glücklicherweise immer weniger werden. Baron heißt dich willkommen."

„Ist das der Name des Kontorchefs?" erkundigte sich Cülynk.

„Wie kommst du darauf?" fragte die Automatenstimme der Recycling-Anlage verwundert. „Baron spricht aus mir, oder, wenn du willst, ich bin ein Teil von Baron. Das ist die inoffizielle Bezeichnung für den Kontor-Computer, das gesamte Computernetz, das diesen Stützpunkt der Kosmischen Hanse auf Kopperton kontrolliert – abgesehen von ein paar entarteten Robot-Einheiten. *Ich bin Baron,* und spreche über diese mobile Recycling-Anlage zu dir."

„Ich bin ein wenig verwirrt", gestand Cülynk. „Ich dachte, daß dieses Kontor inzwischen wieder aufgelassen worden sei, weil niemand auf meine Funksprüche antwortete. Wurden sie nicht gehört?"

„Sagen wir so, sie wurden überhört", antwortete der Kontor-Computer aus der Recycling-Anlage. „Ich war gerade mit Wichtigerem beschäftigt und bin darum nicht auf deine Bitte um Landeerlaubnis eingegangen. Was soll's, du bist mir willkommen."

„Hoffentlich auch der Kontor-Mannschaft", warf Cülynk ein. Als er darauf keine Antwort bekam, fragte er vorsichtig: „Warum läßt sich niemand vom Personal blicken? Wo stecken sie denn alle?"

„Fort", antwortete die Automatenstimme einsilbig und fügte rasch hinzu: „Aber das ist eine andere Geschichte. Was ist, willst du die Nacht etwa im Freien verbringen? Nichts dagegen einzuwenden, denn du kannst tun und lassen, was du willst. Aber wenn du mein Gast sein willst, kannst du alle Annehmlichkeiten genießen, die das Kontor Kopperton zu bieten hat. Da du das einzige Lebewesen weit und breit bist, kann sich Baron dir voll und ganz widmen. Was ist, nimmst du die Einladung an?"

„Gerne", sagte Cülynk.

„Das freut mich", sagte der Kontor-Computer. „Ich werde dir einen komfortablen Wagen schicken, der dich zum Empfang bringt, wo ich deine Personaldaten aufnehme. Diese Formalität hat mit Bürokratismus nichts zu tun. Ich muß deine Daten nur speichern, damit ich weiß, mit wem ich es zu tun habe und um auf deine persönlichen Wünsche eingehen zu können. Alles klar?"

„Alles klar", bestätigte Cülynk. „Ich warte auf den Wagen."

Aber er wartete eine endlos erscheinende Zeitspanne vergeblich auf irgendein Gefährt. Die Nacht war längst schon über den Raumhafen hereingebrochen, als Cülynk des Wartens müde wurde und sich in Richtung der nächstliegenden Gebäude zu Fuß auf den Weg machte. Die Nacht war erfüllt vom Summen unzähliger Insekten, die über den Pflanzeninseln auf der Betonpiste schwirrten, und den Geräuschen der Vögel und anderer Kleintiere, die in den Bäumen nisteten oder auf nächtliche Pirsch gingen.

Das Gebäude, auf das Cülynk zuhielt, hatte völlig im Dunkeln gelegen. Als er sich der Glasfront jedoch bis auf ein paar Schritte genähert hatte, gingen plötzlich überall die Lichter an, und Leuchtschriftanzeigen und Piktogramme stürmten von überall auf ihn ein und überfluteten ihn mit ihrem Licht. Eine Schiebetür glitt auf, und die Stimme des Kontor-Computers begrüßte ihn.

„Ah, da bist du ja endlich. Für deinen Empfang ist alles vorbereitet. Ich gebe für dich ein Fest."

„Ich dachte, du wolltest mir einen Wagen schicken", sagte Cülynk.

„Wollte ich das?" sagte die Computerstimme. „Wenn schon, Hauptsache, du bist da. Das Kontor liegt dir zu Füßen. Ich erfülle dir jeden Wunsch. Möchtest du eine dreitägige Führung durch alle Anlagen? Eine V.I.P.-Fete wie für Perry Rhodan? Oder möchtest du die Laderäume deines Schiffes mit einem Sortiment aller lagernden Waren füllen? Ich kann das sofort veranlassen."

„Möchtest du nicht zuerst meine Daten aufnehmen?" fragte Cülynk. „Ich hätte danach auch einige Fragen an dich. Mich interessiert, was aus der Kontor-Mannschaft geworden ist."

„Tatsächlich?" Die Computerstimme klang verwundert. „Na, wenn's weiter nichts ist. Aber das können wir bei einem gemütlichen Beisammensein erörtern. Ich schicke dir jemanden, eine Art leiblichen Stellvertreter von mir, mit dem du dich ungezwungener unterhalten kannst."

„Kann ich mich darauf verlassen?" fragte Cülynk.

„Versprochen ist versprochen und wird nicht gebrochen", versicherte der Computer. „Baron hält immer Wort!"

Diesmal brauchte Cülynk nicht lange in der Empfangshalle zu warten, bis der Computer sein Versprechen einlöste.

„Hallo!" Die Stimme war der des Computers aus den Lautsprechern ähnlich, lag jedoch um eine Spur höher. Sie gehörte einem weiblichen Wesen, einer Terranerin, die recht großgewachsen war und üppige Formen hatte. „Herzlich willkommen in Kopperton-Kontor, Fremder. Ich werde Alice genannt. Und wie heißt du?"

„Cülynk", brachte Cülynk mühsam hervor. „Aber . . . ich dachte . . . der Computer sagte, daß niemand mehr vom Personal im Kontor sei."

Alice bog den Kopf zurück und lachte schallend.

„Was bist du doch naiv, Cülynk", sagte sie dann amüsiert. „Ich bin doch kein Mensch, nur eine robotische Hosteß – ein Roboter mit Biomolplast-Verkleidung. Aus mir spricht Baron. Alice dient doch nur dazu, daß du Hemmungen abbauen kannst und das Gefühl eines persönlichen Kontakts bekommst."

„Es scheint dennoch ein Mißverständnis vorzuliegen", meinte Cülynk. „Eine Menschenfrau ist nicht gerade eine adäquate Gesprächspartnerin für mich. Nicht daß ich Rassenvorurteile hätte, aber . . . gegenüber einem Roboter in der Verkleidung einer Blues-Frau würde ich mich ungehemmter fühlen."

„Ein Blue bist du also", sagte Alice. „Hätte ich mir eigentlich denken können, denn jemanden von deiner Art hatten wir nicht unter dem Kontor-Personal. Und – tut mir leid – leider sind wir auch nicht auf die Bedürfnisse von Blues eingestellt. Du mußt schon mit mir als Gesprächspartner vorlieb nehmen."

„Das macht eigentlich weiter nichts", sagte Cülynk, den das ständige Augenklimpern der Robot-Hosteß nervös machte. „Ich wollte nur klarstellen, welchem Volk ich angehöre. Baron scheint es nicht erkannt zu haben."

„Egal, Baron hat dich richtig eingeschätzt", sagtc Alice. „Seit unser Computer allen unnötigen Ballast abgeworfen hat, kann er die Psyche von Lebewesen noch besser verstehen als früher. Er denkt – und fühlt – fast wie sie."

„Welchen Ballast hat Baron abgeworfen?" erkundigte sich Cülynk, während er sich von der Roboter-Hosteß an der Hand durch das Gebäude führen ließ. Nebenbei stellte er fest, daß sie mit den sieben Fingern seiner Hand nicht ganz zurecht kam.

„Ach, damit meine ich den Großteil seiner Grundprogrammierung", sagte Alice leichthin. Sie kamen in einen breiten Korridor, in dem mit der Beleuchtung auch die verschiedensten Hinweispfeile aufflammten. Das Blinken tat Cülynks Augen weh. Die Roboter-Hosteß fuhr fort:

„Barons Aufgabe war es ursprünglich, das Kontor in Schuß zu halten – er war das Kontor. Du weißt schon, Lagerhaltung, Warenumschichtung und -verschub, Raumschiffe ent- und beladen und der ganze Kram. Das ist jetzt alles nicht mehr notwendig. Diese Aufgaben sind nun irrelevant geworden, und Baron hat sich den Umständen angepaßt. Er hat eine neue Bestimmung gefunden. Sie heißt Eudämonie. Er ist bemüht, allen Wesen, die ihn aufsuchen, Glückseligkeit zu vermitteln. Das ist sein ganzes Bestreben. Er wird auch für dich das richtige Rezept finden. Wir sind da."

Sie gelangten in ein riesiges Rund mit einem Wasserfall und einer künstlichen Landschaft. Dazwischen standen Vitrinen mit Schaustücken darin. Entlang der Wände gab es viele verschieden gestaltete Portale, die in buntem Lichterglanz erstrahlten. Cülynk gelang es kaum, seine Katzenaugen an das grellbunte Lichterspiel anzupassen. Er bekam Kopfschmerzen.

„Das ist das Vergnügungs- und Geschäftsviertel des Kontors", erklärte Alice. „Leider ist alles ein wenig provinziell. Es bestand ursprünglich der Plan, diesen Teil zu vergrößern und dem Wachstum des Kontors anzupassen. Aber das ist nun hinfällig. In den Vitrinen befinden sich Relikte, die dir eigentlich bekannt vorkommen müßten. Vor einigen Jahrzehnten noch hat auf Kopperton ein unerbittlicher Krieg getobt, in dem sich Artgenossen von dir, Blues verschiedener Abstammung, bekämpften."

„Ich weiß, der Planet hieß damals Calym-Zecol. Ich habe selbst hier gekämpft."

„Wie interessant. Wie wurde der Kampf entschieden? Hat deine Seite gewonnen?"

„Es gab keine Entscheidung, keine Sieger und keine Verlierer."

„Wie das?"

„Ich kenne die Hintergründe nicht. Ich weiß nur, daß die Soldaten beider Fronten immer mehr die Lust am Kämpfen verloren, bis der Krieg praktisch nur noch von den Strategen auf dem Papier geführt wurde. Als die Oberkommandierenden erkannten, daß alles nur noch eine Farce war, zogen sie die Truppen ab. Damals wurde Calym-Zecol zur Sperrzone erklärt und wurde nicht einmal zur Besiedlung freigegeben, obwohl auf den bewohnten Planeten der Lebensraum immer knapper geworden ist. Aber ein Sprichwort von uns sagt, daß auf einer Welt, auf der es sich nicht kämpfen läßt, sich auch das Leben nicht lohnt. Darum wurde Calym-Zecol der Kosmischen Hanse zur Verfügung gestellt, als sie den Wunsch äußerte, in der Eastside ein Kontor zu errichten."

„Hier hinein", sagte Alice und führte ihn durch eines der Portale in ein Lokal, über dessen ganze Länge und Höhe Tische und Sitzgelegenheiten im Raum verteilt waren. Die Stufen und Verbindungsstege waren aus einem durchsichtigen Material. Nur die Transportröhren, in denen die Bestellungen zu den vollautomatischen Tischen befördert wurden, waren sichtbar. Das war nicht nach Cülynks Geschmack, aber er hatte sich längst damit abgefunden, daß die menschliche Zivilisation nur wenig von dem zu bieten hatte, das einen Blue ansprach.

Um so bedauerlicher wäre es, wenn die Kosmische Hanse dieses Kontor aufgäbe und damit vermutlich auch den Plan fallenließe, auf die Bedürfnisse der Blues abgestimmte Gebrauchsgüter in die Eastside zu exportieren.

Durch sein hinteres Augenpaar sah Cülynk, daß die Lichter außerhalb dieses Lokals wieder erloschen. Aus verborgenen Lautsprechern erklang terranische Musik, und Cülynk versuchte sich ihr zu entziehen. Er haßte Musik!

„Blues sind längst nicht mehr so kriegerisch wie früher“, sagte Alice in Fortführung ihres Gesprächs, nachdem sie sich an einem Tisch gegenübersaßen. Sie deutete auf die Tischtastatur. „Du kannst bestellen, was du willst. Baron hat den Nulltarif eingeführt.“

„Danke, aber ich fürchte, für mich gibt es nichts“, sagte Cülynk.

„Und ich brauche nichts“, meinte Alice und zeigte ihr strahlendstes Lächeln.

Cülynk wandte beschämt seinen Blick ab und sagte:

„Wir Blues mußten umdenken, wollten wir den Anschluß an die übrige Galaxis nicht verlieren. Wir möchten keine Ausgestoßenen sein, darum versuchen wir, dem Problem der Überbevölkerung auf andere Weise beizukommen. Ich, zum Beispiel, habe mich sterilisieren lassen, und ich bin bemüht, meinen zweihundertundsiebzehn Kindern bei der Erziehung die Vorteile einer gesunden Familienplanung klarzumachen.“

„Zweihundertundsiebzehn Kinder!“ sagte Alice beeindruckt. „Das ist eine stolze Zahl. Du hättest dich schon früher sterilisieren lassen sollen.“

„Nur elf sind meine leiblichen Kinder, die anderen habe ich adoptiert“, erklärte Cülynk. „Für ihre Erziehung habe ich sechs Frauen als Lebenspartnerinnen angeworben. Wir leben in meinem Raumschiff und bilden eine recht gut funktionierende Großfamilie. Wir bereisen die Welten der Eastside und werben für Familienplanung und die Großfamilie, die einzig zukunftsweisende Form des Zusammenlebens für uns Blues.“

„Und wo hast du deine Familie gelassen?“ erkundigte sich Alice.

„Sie ist durchgebrannt“, sagte Cülynk. „Während ich mich in die obere Diskushälfte zurückzog, um mir eine kleine Ruhepause zu gönnen, hat man die untere Hälfte mit den Unterkünften, die ebenfalls flugfähig ist, ausgekuppelt. Als ich aufwachte, war die Diskushälfte mit meiner Familie schon längst aus dem Ortungsbereich des Kommandoteils. Ich bin sicher, daß mir meine Kinder nur einen Streich spielen wollten. Aber nun habe ich schon diesen gesamten Raumsektor vergeblich nach ihnen abgesucht. Ich dachte, daß sie sich vielleicht auf Calym-Zecol versteckt hätten. Darum bin ich gelandet."

„Hier sind sie bestimmt nicht", behauptete Alice. „Baron hätte sie bestimmt geortet."

„So wie mich", sagte Cülynk sarkastisch, bezweifelte aber, daß Alice den Sarkasmus heraushören würde, denn dazu hätte ihr Gehör bis in den Ultraschallbereich reichen müssen. Andererseits war sie kein Mensch, sondern nur ein Roboter mit menschlichem Aussehen. „Wenn es gestattet ist, werde ich mir erlauben, dennoch nach meiner Familie zu suchen."

„Auf Kopperton gibt es keine Verbote", sagte Alice. „Du kannst tun und lassen, was dir beliebt. Du kannst Barons Gastfreundschaft genießen, solange du willst, oder auch den Planeten erforschen. Nur wirst du nirgendwo auf ein anderes Intelligenzwesen treffen. Du bist das einzige auf ganz Kopperton."

„Und was ist mit der Kontor-Mannschaft?" fragte Cülynk. „Ich schätze, daß das Kontor einen Personalstand von fünfhundert hatte. Wohin sind sie alle verschwunden? Haben sie den Planeten verlassen?"

„Wenn du das Siedlungsgebiet verläßt, wirst du auf ihre Gräber stoßen", sagte Alice heiter.

„Tot?" fragte Cülynk. „Sie sollen alle tot sein? Wie sind sie gestorben?"

„Eine Seuche hat sie dahingerafft", sagte die Robot-Hosteß. „Was Baron auch versucht hat, er konnte sie nicht retten. Er mußte die Quarantäne über Kopperton verhängen, um ein Ausbreiten der Seuche auf andere Welten zu verhindern. Als Baron schließlich das Gegenmittel fand, war es für die Hanse-Angestellten leider zu spät. Sie waren bereits alle tot. Du dagegen hast nichts zu befürchten. Baron wird dir das Gegenmittel geben."

„Und was ist mit den Insassen der fünf Raumschiffe?" fragte Cülynk.

„Sie haben die Quarantäne durchbrochen und sind trotz aller

Warnungen gelandet, bevor Baron das Serum entwickelt hatte", erzählte Alice im Plauderton, als berühre sie der Tod von Menschen in keiner Weise. „Auch sie sind nach kurzem Siechtum gestorben. Wenn man allerdings einen positiven Aspekt hervorheben möchte, könnte man sagen, daß ihr Opfer nicht umsonst gewesen ist. Sie haben Baron zu neuen Erkenntnissen verholfen, die schließlich zur Entwicklung des Serums führten."

„Wie schrecklich", sagte Cülynk mit in den Ultraschallbereich abgleitender Stimme. „Bin ich vielleicht auch schon verseucht?"

„Das ist zu befürchten", sagte Alice lächelnd. „Darum mußt du dich schnellstens impfen lassen. Es wäre auch ratsam, das Kontor für eine Weile nicht zu verlassen, damit Baron dich unter Beobachtung halten kann. Dabei wird es dir an nichts fehlen, denn Baron wird selbstverständlich alles tun, um deine speziellen Bedürfnisse befriedigen zu können. Willst du dich dem Kontor-Computer anvertrauen?"

Cülynk wußte nicht recht, wie er sich verhalten sollte. Nach allem, was er über das Handelskontor Kopperton und den Planeten Calym-Zecol wußte, oder zu wissen glaubte, hatte er sich ein ganz anderes Bild über die Lage gemacht.

Allem Anschein nach war der Kontor-Computer gestört. Sein Fehlverhalten hätte sogar darin gipfeln können, daß er die gesamte Mannschaft ausgerottet hatte. Der Zwischenfall mit dem Dienstroboter, der nicht an das Computernetz angeschlossen gewesen und darum für die alte Ordnung eingetreten war, paßte in dieses Schema. Vielleicht hatte sich der Computer selbst zum „Baron" ausgerufen und demontierte alles, was sich ihm widersetzte.

Aber das erschien Cülynk als zu weit hergeholt, zu abwegig. Hier war etwas ganz anderes im Gang als eine Roboter-Revolte.

Cülynk sagte schließlich:

„Gut. Wenn es keine andere Möglichkeit gibt, werde ich mich der Behandlung unterziehen."

Cülynk hatte kaum ausgesprochen, da erklang vom Eingang des Lokals schallendes Gelächter. Mit seinen rückwärtigen Augen erblickte er dort eine menschliche Gestalt in zerlumpter Kleidung und mit dichtem Haarwuchs im Gesicht. Es handelte sich eindeutig um einen Menschen männlichen Geschlechts, denn terranische Frauen hatten keine Bärte.

„Was hat der Blue gesagt?“ rief der Mann mit glucksender Stimme. „Ist er dir auf den Leim gegangen, Baron? Ist er auf deinen Trick hereingefallen?“

Cülynk drehte sich in Richtung des Mannes um und sagte wütend, aber gleichzeitig darum bemüht, nicht in den für Menschen unhörbaren Ultraschall zu verfallen:

„Ich finde Menschenlachen widerwärtig. Und besonders, wenn es als Menschen verkleidete Roboter nachäffen.“

„Sachte, sachte, Blue“, sagte der Mann und schnitt dabei eine Grimasse, als hätte ihn Cülynks Stimme geschmerzt. „Du hast einen Menschen aus Fleisch und Blut vor dir. Ich heiße Fellmer Staber und war früher Chef dieses Kontors.“

„Dann sind nicht alle Menschen von der Seuche dahingerafft worden?“ fragte Cülynk.

„Niemand ist das Opfer einer Seuche geworden“, behauptete Fellmer Staber. „Wir erfreuen uns alle bester Gesundheit. Wir sind nur aus dem Kontor ausgezogen. Und nun versucht der Computer alles mögliche, irgendein Lebewesen an sich zu binden, um es betreuen zu können. Nicht umsonst nennen wir ihn den Lügenbaron.“

„Spaßverderber!“ sagte Alice und ging davon.

„Willkommen im Paradies“, sagte der ehemalige Chef des Kontors und breitete die Arme aus. Cülynk aber dachte nicht daran, sich ihnen auszuliefern. Er wich einen Schritt zurück, er kannte diese seltsame menschliche Geste der freundschaftlichen Begrüßung und lehnte sie ab. Der Mann ließ die Arme sinken und fuhr fort: „Einen Blue haben wir in unserer Runde noch nicht. Kommst du mit mir, oder willst du in der Obhut des Computers bleiben?“

Cülynk fiel auf, daß der Mann die Möglichkeit seiner Abreise von dieser Welt völlig negierte, als gebe es sie gar nicht. Er schloß sich ihm an.

„Hast du schon über den Sinn des Lebens nachgedacht, Cülynk?"

Fellmer – der frühere Kontorchef bat Cülynk, ihn beim Vornamen zu nennen – stellte diese Frage, als sie einem der Nebenausgänge zustrebten. Vor ihnen gingen die Lichter an, hinter ihnen erloschen sie wieder. Der Kontor-Computer, der sie auf Schritt und Tritt beobachtete und belauschte, gab über Lautsprecher gelegentlich seine beißenden Kommentare ab. Bevor Cülynk sich noch zu Fellmers Frage äußern konnte, antwortete Baron an seiner Statt.

„Der Sinn des Lebens kann es gewiß nicht sein, in totalen Nihilismus zu verfallen", sagte er.

Fellmer überhörte das und fuhr fort:

„Liegt es wirklich in der Natur der Intelligenzwesen, immer höher hinauszustreben, immer neue Ziele anzusteuern, zu expandieren, mit dem Erreichten stets unzufrieden zu sein? Haben wir einen Motor eingebaut, der uns vorwärtstreibt, der uns das Verlangen nach mehr Macht gibt, nach mehr Gütern, nach noch mehr Sinnesgenuß? Ich glaube es nicht, ich weiß, daß dem nicht so ist. Dieses beständige An-sich-Raffen ist keine natürliche Veranlagung, es ist eine Unart, die aus gesellschaftlichen Zwängen geboren wurde. Als ich das erkannte, bin ich ausgestiegen. Und mit mir alle anderen von Kopperton. Wir führen jetzt ein freies Leben ohne jegliche Zwänge."

Sie erreichten den Ausgang und traten ins Freie. Der Computer versuchte noch einmal, sie zum Bleiben zu bewegen. Als sie seinen Aufruf ignorierten, schaltete er alle Lichter aus, so daß das gesamte Kontor in völligem Dunkel lag.

„Wie lange ist es her, daß ihr ausgestiegen seid?" erkundigte sich Cülynk.

„Es war am Tag der offiziellen Eröffnung", antwortete Fellmer. „Aber der Entschluß dazu kam nicht über Nacht, es war ein langsamer Prozeß. Nachdem ich meinen Fuß auf diese paradiesische Welt gesetzt hatte, wurde mir bald klar, daß ich eigentlich immer ärmer wurde, je mehr Werte ich zu besitzen glaubte. Und als ich mich entschloß, auf diese scheinbaren Werte zu verzichten, da erkannte ich, daß ich plötzlich alles im Übermaß besaß. Ich war früher streßgeplagt, ein Nervenbündel vom Karrieretyp und immer unzufrieden, weil ich stets mehr als das Erreichte wollte. Jetzt bin ich glücklich und zufrieden. Und die anderen empfinden ebenfalls eine solche Glückseligkeit im Müßiggang."

„Diese Philosophie scheint ansteckend gewesen zu sein", meinte Cülynk. „Baron hat demnach gar nicht gelogen, als er von einer Seuche sprach, die euch alle befiel."

„Nur daß sie uns nicht dahinraffte, sie hat uns erneuert", sagte Fellmer. „Aber du hast schon recht, Eudämonie ist ansteckend. Du wirst es schon noch an dir merken. Das zeigt, wie verdammt wahr es ist, daß das Ziel allen intelligenten Handelns in der Glückseligkeit liegt. Durch Raffsucht kannst du sie nicht erreichen."

„Und die Kosmische Hanse sieht tatenlos zu, wie ihr dieses Kontor verrotten laßt?" fragte Cülynk.

„Nein, natürlich nicht", antwortete Fellmer, „schließlich handelt es sich hier um Milliardenwerte. Man hat einiges versucht, das Kontor zu retten. Die beiden Leichten Holks, die du auf der Piste gesehen hast, brachten die Ablösung für meine Mannschaft. Fünfhundert Männer und Frauen aus einem halben Dutzend Völkern. Eine Zeitlang gaben sie sich alle Mühe, das Kontor wieder in Schuß zu bringen. Aber dann erkannten sie die Sinnlosigkeit ihrer Bestrebungen und stiegen ebenfalls aus. Das Eudämonie-Virus hatte auch sie gepackt."

„Und was ist mit den drei kleineren Raumschiffen?" erkundigte sich Cülynk.

„Mit ihnen kamen Hanse-Spezialisten", antwortete Fellmer. „Natürlich tarnten sie sich, sie gaben sich als Buchhalter, Warenprüfer und Marktforscher aus. Erst nachdem sie den ganzen Kram hingeworfen und unsere Lebensphilosophie angenommen hatten, gaben sie sich uns zu erkennen. Bis dahin wußte ich gar nicht, daß es Hanse-Spezialisten gibt. Ich bin sicher, daß das Hanse-Hauptquartier auf Terra auch weiterhin nichts unversucht lassen wird, um das Kontor zu retten. Aber man wird sich etwas Neues einfallen lassen müssen, will man nicht nacheinander alle Fachkräfte verlieren."

„Früher oder später wird man versuchen, das Übel an der Wurzel anzupacken", sagte Cülynk.

„Welche Wurzel, was für ein Übel?" tat Fellmer erstaunt. „Beides tragen die anderen in sich, und wenn sie das erst einmal erkannt haben und den wahren Sinn des Lebens begreifen, dann sind sie für die Leistungsgesellschaft schon verloren. Glücklich sein ist alles. Wer das einmal erkennt, hat den Schlüssel zur Glückseligkeit schon in der Hand. So einfach ist das."

„Aber gibt es denn eine allgemeingültige Formel zur Erreichung dieser Glückseligkeit?" gab Cülynk zu bedenken. „Ich für meinen Teil könnte mir nicht vorstellen, alles hinzuwerfen und zu einem Müßiggänger zu werden."

„Abwarten."

Der Mond ging auf und stand bald voll am Himmel. Er leuchtete ihnen den Weg durch die Wildnis, durch die ein Netz von Trampelpfaden führte.

Fellmer erzählte, daß er immer wieder zum Kontor zurückkam, um sich mit Lebensmittelvorräten zu versorgen, sich einfach nur mit dem Computer zu unterhalten oder sich vom „Lügenbaron" knifflige Rätsel aufgeben zu lassen. Manchmal blieb er für einige Tage und genoß die Anmehmlichkeiten der Zivilisation. Das war kein Widerspruch zu seiner Lebensphilosophie, denn er verteufelte die technischen Errungenschaften nicht, er betete sie nur nicht an und war nicht mehr von ihnen abhängig.

Cülynk erzählte, daß er auf der Suche nach seiner Familie sei und Kopperton sofort wieder verlassen würde, wenn er sie fand, oder wenn es sich herausstellte, daß sie sich nicht auf dieser Welt versteckte.

„Abwarten", sagte Fellmer dazu nur.

Sie hatten das Kontor schon weit hinter sich gelassen, als Fellmer vor einem Baumriesen anhielt, dessen Stamm so dick war, daß fünf Blues ihn nicht mit den Händen umfassen konnten. Der ehemalige Kontorchef deutete zur Krone hinauf und sagte:

„Dort oben habe ich mich häuslich eingerichtet, hier lebe ich. Du kannst diese Nacht in meinem Baumhaus verbringen und dir morgen eine andere Bleibe suchen, ganz wie du willst."

„Bist du allein?" fragte Cülynk erstaunt. „Wo sind die anderen?"

„Wir leben jeder für sich", sagte Fellmer, während er um den Baum herumging, auf dessen anderer Seite eine einfache Holzleiter zur Krone hinaufführte. „Wir besuchen einander, wenn uns danach ist, oder gehen uns gegenseitig aus dem Weg, je nach Stimmung und Laune. Es ist alles ganz zwanglos."

Fellmer kletterte die Leiter hinauf, und Cülynk folgte ihm. Er bereute es bereits, nicht im Kontor geblieben zu sein, wo er von Baron verwöhnt worden wäre. Er überlegte sich sogar, ob er nicht zurückkehren und wenigstens in seinem Raumschiff nächtigen sollte. Aber für einen solchen Marsch war er schon zu müde.

Das Baumhaus war nicht unkomfortabel. Es bestand aus Kunststoffwänden, die aus den Lagerbeständen des Kontors stammten, und es gab sogar Wasser, das Fellmer aus einer Zisterne bezog. Es gab nur einen einzigen Raum, und in jeder der vier Ecken stand je ein aufklappbares Lager. Der Gedanke, mit einem Menschen im selben Zimmer schlafen zu müssen, gefiel Cülynk gar nicht. Und er sagte es auch:

„Ich lege eigentlich größten Wert auf eine geschützte Intimsphäre."

„Ich auch, aber ich kann mich den Umständen anpassen", erwiderte Fellmer. Durch eine Fensteröffnung fiel Mondlicht auf sein Gesicht, so daß Cülynk sehen konnte, wie er ihn prüfend betrachtete, als er sich erkundigte: „Schnarchen Blues eigentlich?"

„Ich schon", gab Cülynk zu. „Aber mein Schnarchen ist für menschliche Ohren nicht zu hören."

„Dann gute Nacht."

Fellmer begann sich ungeniert auszuziehen.

Cülynk wandte sich diskret ab, aber dann fesselte etwas am Körper des Terraners den Blick seiner hinteren Augen. Fellmer hatte um die Leibesmitte ein handtellergroßes Mal, das aus lauter hellen, hervortretenden Äderchen bestand, die netzartig von einem gemeinsamen Mittelpunkt fortstrebten und ein sternförmiges Muster bildeten.

„Was starrst du mich so an?“ fragte Fellmer unwirsch, als er merkte, daß Cülynk ihn beobachtete.

„Woher hast du diese Narben?“ fragte Cülynk. „Oder handelt es sich um ein Organ, das jeder Mensch besitzt?“

Fellmer klopfte sich lachend auf die Leibesmitte und drehte Cülynk den Rücken zu, so daß er sehen konnte, daß dort ein gleichartiges Mal war, das mit den Äderchen des anderen verbunden war.

„Das ist das Sonnengeflecht, auch Solarplexus genannt“, erklärte Fellmer dazu. „Es ist kein Organ, sondern ein Nervengeflecht, das vor allem zur Steuerung vieler wichtiger Körperfunktionen dient. Es ist der wichtigste und sichtbare Teil des vegetativen Nervensystems beim Menschen. Besitzen Blues nichts Derartiges?“

„Nicht in dieser Form“, sagte Cülynk.

„Na, was nicht ist, kann ja noch werden“, meinte Fellmer und legte sich auf eines der Lager. Seinen regelmäßigen Atemzügen nach zu schließen, war er im Nu eingeschlafen.

Cülynk dagegen wollte keinen Schlaf finden. Er hatte immer geglaubt, die menschliche Anatomie einigermaßen zu kennen, aber ein sichtbares Nervengeflecht war ihm bislang unbekannt.

Cülynk dachte viel nach in dieser Nacht. Bilder entstanden in seinem Geist, Bilder aus ferner Vergangenheit und jüngerer Zeit. Sie gehörten zusammen, obwohl sie scheinbar nichts miteinander zu tun hatten. Cülynk fügte sie aneinander und vermischte sie, ohne auf ihre Chronologie zu achten, nur um sich die Zusammenhänge deutlicher zu machen und die Hintergründe aufzudecken.

Aber viel kam dabei nicht heraus, es war nur eine Art Nachlese.

Calym-Zecol zur Zeit des großen Krieges, vier Jahrzehnte bevor man den Planeten an die Kosmische Hanse verkaufen würde, die ihn Kopperton taufen sollte.

Cülynk ist ein Taroj-Blue und gehört damit einer Minderheit an, die sich gegen die Expansionsbestrebungen und die Vorherrschaft der Gataser sträubt. Die Taroj bewohnen zusammen mit zehn weiteren Blues-Völkern einen Planeten, den die Gataser einst ihren Vorfahren zur Verfügung gestellt haben. Es ist eine Welt mit karger Krume, sie droht durch die Bevölkerungsexplosion aus den Nähten zu platzen.

Trotz des Auswandererverbots durch die Gataser wird die Besiedlung von Calym-Zecol vorbereitet. Starke Kriegsverbände besetzen den Planeten. Die Gataser schicken ihrerseits eine starke Kriegsflotte nach Calym-Zecol, um die Besiedlung zu verhindern.

Ein erbitterter Krieg entbrennt um den Planeten, der hauptsächlich auf dem Boden dieser Welt ausgetragen wird. Beide Parteien haben sich darauf geeinigt, es zu keiner Materialschlacht kommen zu lassen. Der Krieg Blue gegen Blue kommt billiger und ist gleichzeitig ein Beitrag zur Senkung des Bevölkerungsüberschusses.

Cülynk ist von Anfang an mit dabei. Er ist noch jung und nimmt anfangs die militärischen Parolen von Heldentum und Heldentod fürs Vaterland ernst. Aber seine Einstellung ändert sich allmählich, ebenso wie die der anderen Soldaten auf beiden Seiten. Sie werden des Kämpfens müde. Irgendwie schleichen sich Gedanken von der Sinnlosigkeit des Krieges in ihre Gehirne. Ihr Abscheu vor dem Töten wächst. Wenn ein Blue auf einen befeindeten Artgenossen trifft, dann ist ihm, als müsse er den Fangschuß an seinem eigenen Spiegelbild anbringen.

Cülynk hat ein solches Erlebnis gehabt. Plötzlich stand er einem „Feind“ gegenüber. Und auf einmal stiegen ihm ganz krause Gedanken in den Kopf, und er hätte sich lieber selbst getötet als den anderen. Dem „Feind“ erging es nicht anders. Sie warfen beide die Waffen weg, setzten sich hin und philosophierten über den Sinn des Lebens.

Als die Oberbefehlshaber merkten, daß die Unsitte des Fraternisierens zwischen Feinden weltweit um sich griff, einigten sie sich auf einen Waffenstillstand und zogen die Truppen ab.

Nach den Erlebnissen auf Calym-Zecol hat Cülynk nie mehr wieder mit der Waffe gekämpft. Er hat sich dem Problem der Überbevölkerung gewidmet, und er engagierte sich dafür, daß sein Volk – alle Blues – eine Vollmitgliedschaft in der GAVÖK – der Galaktischen-Völkerwürde-Koalition – bekam. Er wurde offiziell Gesandter seiner Welt auf Terra und pflegte rege Kontakte mit den Verantwortlichen der LFT.

Diese Kontakte waren für seine spätere Tätigkeit von großem Nutzen, nachdem er seinen Posten zur Verfügung gestellt hatte, weil er glaubte, als Privatmann mehr für sein Volk tun zu können.

Es war Cülynk, der im Jahre 65 NGZ den Vertrag mit der Kosmischen Hanse über den Verkauf von Calym-Zecol abschloß und die Bedingungen für die Handelsbeziehungen aushandelte. So war es auch nicht weiter verwunderlich, daß man sich an ihn um Rat wandte, als das Projekt Kopperton zu platzen drohte.

Die Besprechung fand im kosmischen Basar LÜBECK statt, der nur 14 Lichtjahre von der Blueswelt Gatas entfernt stationiert war. Sein Gesprächspartner war Holsten Gibon, einer der 33 Hanse-Sprecher, mit dem er schon bei der Unterzeichnung des Handelsvertrags zu tun gehabt hatte.

Holsten Gibon erzählte ihm:

„Wir hatten auf Kopperton nie Probleme. Erst nach Abschluß der ersten Baustufe und zur Eröffnung des Kontors drehte das Personal durch. Alle fünfhundert Bediensteten legten die Arbeit nieder und ließen das Kontor im Stich. Gleichzeitig spielte auch der Computer total verrückt. Wir schickten eine Ersatzmannschaft, rechneten mit offenem Widerstand und Sabotage und sogar, daß die Situation zu einem kriegsähnlichen Zustand eskalieren könnte. Aber nichts dergleichen geschah. Die Ersatzmannschaft tat es den anderen gleich und stieg ebenfalls aus. Derweil verlotterte das Kontor immer mehr. Wir schickten einen Hanse-Spezialisten. Nach seinem ersten Bericht über die herrschenden Zustände im Kontor, übrigens eine erschütternde Dokumentation, hörten wir nichts mehr von ihm. Wir schickten noch zwei weitere Spezialisten, die denselben Weg gingen. Auch sie wurden zu Nichtstuern und Müßiggängern. Wir können es uns nicht mehr leisten, noch mehr Leute zu verlieren, das ist uns Kopperton nicht wert. Du bist meine letzte Hoffnung, Cülynk."

„Und das Kopperton-Kontor ist die Hoffnung meines Volkes", erwiderte Cülynk. „Während die Blues-Welten im Bereich von LÜBECK wirtschaftlich erblühen, verarmen die Welten an der Peripherie der Eastside immer mehr. Wir brauchen diesen Hanse-Stützpunkt. Was könnte ich also tun?"

Der Hanse-Sprecher erklärte es ihm. Er wußte, daß Cülynk vor Jahrzehnten schon einmal auf dieser Welt war und kannte die Geschehnisse von damals. Holsten Gibon brachte die aufkommende Lustlosigkeit der Blues-Soldaten am Kämpfen, das zu einem unerwarteten Frieden geführt hatte, mit dem Verhalten der Kontor-Bediensteten in Zusammenhang.

„Der Planet muß irgend etwas haben, das sich auf die Psyche schlägt und eine Umkehrung der Werte verursacht. Damals wurden aus Soldaten Friedensstifter, heute werden aus dynamischen Wirtschaftsexperten Nichtstuer. Erkennst du die Parallele?"

„Der Aufenthalt auf Calym-Zecol hat mein Leben verändert, das schon", gab Cülynk zu. „Aber ich hatte nie das Bedürfnis, auf diesem Planeten zu bleiben, oder dorthin zurückzukehren. Wenn ich es tue, dann nur notgedrungen. Aber warum glaubst du, daß ich mehr erreichen könnte als deine Spezialisten?"

„Weil du ein Blue bist. Man sagt euch nach, daß ihr gefühlskalt seid. Aber von solcher Pauschalierung will ich absehen und es so formulieren, daß ihr einfach von anderer, uns nicht ganz verständlicher Mentalität seid. Wie auch immer, Blues reagieren in den meisten Fällen anders als wir Menschen. In deinem Fall kommt noch hinzu, daß du schon mal auf Kopperton warst und eine gewisse Resistenz gegen die dort wirkende Kraft entwickelt hast. Und wenn schon nicht das, so haben die Geschehnisse der Vergangenheit gezeigt, daß Blues nicht so heftig darauf reagieren. Kurzum, ich glaube, daß ein Blue wie du von dem Gammler-Syndrom verschont bleiben würde und die Ursache herausfinden könnte. Du bist cool genug, Cülynk."

Cülynk mußte sich den Begriff „cool“ vom Translator erklären lassen, und seine Bedeutung gefiel ihm gar nicht. Damit zeigte Holsten Gibon, daß das Vorurteil, Blues seien tieferer Empfindungen nicht fähig, auch in ihm noch tief verwurzelt war, wie sehr er in seinem Lippenbekenntnis auch das Gegenteil beteuerte.

Cülynk war darum nicht gekränkt, denn gerechterweise mußte er sagen, daß man in seinem Volk auch noch immer genügend Vorurteile gegen Menschen und andere Milchstraßenbewohner hatte. Aber das besserte sich.

Cülynk übernahm den Auftrag. Er flog den Mond von Calym-Zecol an. Dort klickte er die untere Hälfte seines Diskusraumers aus, ließ seine gesamte Familie zurück und steuerte mit dem Kommandoteil den Planeten an.

Und hier war er nun. Ein gefühlsarmer Blue, der sich nach der Nähe seiner Frauen und Kinder sehnte. Ein „cooler“ Blue, der sich in einem Irrenhaus von Hanse-Kontor wiederfand, das von einem verrückten Computer geleitet wurde.

Cülynk hätte Verständnis für den „Aussteiger“ Fellmer Staber gehabt, wenn da nicht einiges gewesen wäre, was ihn stutzig machte. Etwa dieses „Sonnengeflecht“.

Als Cülynk am nächsten Morgen erwachte, besaß er ebenfalls eines. Der frühere Kontorchef gratulierte ihm dazu.

Cülynk sah sich im Lügenparadies um, wie er die Idylle der Aussteiger nannte. Schon von Anfang an war ihm klar, daß sie sich alle etwas vormachten, angefangen vom Kontor-Computer bis hin zum kleinsten Angestellten. Sie lebten in einer infantilen Traumwelt, die für sie gestaltet worden war.

Das Sonnengeflecht machte Cülynk nicht zu schaffen, weder physisch noch psychisch und auch nicht psychosomatisch. Es verursachte ihm keine Schmerzen und auch sonst kein körperliches Unbehagen, und es beeinflußte ihn geistig nicht. Er lauschte auf eine solche Botschaft, empfing jedoch keine.

Lag das daran, daß Blues wirklich gefühllos waren?

Cülynk empfand das Sonnengeflecht nicht einmal als parasitär.

Er konnte es mühelos von seinem Körper abnehmen, und es blieben keine Wunden zurück.

Er warf das Sonnengeflecht fort und sah, wie es ein Eigenleben entwickelte und mit schlängelnden Bewegungen im Unterholz verschwand. Am nächsten Morgen hatte er ein neues.

„Was könntest du mir geben?“ fragte er es in seiner Muttersprache und in Interkosma. „Und warum gibst du es mir nicht?“

Er bekam keine Antwort, nicht einmal ein Zeichen. Darum trennte er sich wieder davon und versuchte, sich die Antwort von den Betroffenen zu holen.

Nachdem er Fellmer verlassen hatte und ziellos in der Gegend herumgewandert war, machte er die Bekanntschaft einer terranischen Frau. Sie erinnerte ihn an die Robot-Hosteß. Und er fragte sie:

„Bist du eine Schwester von Alice?“

„Ich heiße Cherda“, sagte die Frau lächelnd. Daß sich Menschen bemüßigt fühlten, bei jeder Gelegenheit diese Freundlichkeit oder Heiterkeit heuchelnden Grimassen zu schneiden! War das der Wertmaßstab für tieferes Gefühlsempfinden? Noch während die Frau sich vorstellte, öffnete sie ihr Gewand und zeigte ihm ihr Sonnengeflecht. Danach fragte sie: „Genügt dir das als Beweis, daß ich kein Roboter bin?“

„Wer bist du dann?“

„Ein glücklicher Mensch.“

„Und was veranlaßt dich zu dieser Annahme?“

Sie gingen nebeneinander über einen ausgetretenen Pfad, und Cülynk zog den dünnen Hals etwas ein, um nicht soviel größer zu sein als Cherda.

„Ich kam als Hanse-Spezialist hierher“, erzählte Cherda. „Ich war sehr ehrgeizig. Ich fühlte mich überaus bedeutend, weil ich geheimes Wissen über kosmische Zusammenhänge besaß. Da gibt es Superintelligenzen, mächtige Wesenheiten, die einander auf höhergelegenen Existenzebenen befehden: Der ewige Kampf zwischen Gut und Böse, der Kampf um das Gleichgewicht im Universum. Ich durfte als eine von wenigen Sterblichen einen Blick hinter den Schleier der kosmischen Geheimnisse werfen. Das schmeichelte mir. ES und Seth-Apophis waren keine unbekannten Größen mehr für mich. Ich war keine Terranerin mehr, keine Bürgerin der Milchstraße, ich gehörte in die Galerie der Universalmenschen. War mir vollauf bewußt, Teil eines großen kosmischen Planes zu sein, konnte ihn willentlich mitgestalten. Ha!"

„Und jetzt?" fragte Cülynk.

„Und jetzt", äffte Cherda nach, „jetzt habe ich mich auf meine wirkliche Größe reduziert, und ich fühle mich größer als alle Superintelligenzen zusammengenommen. Ich habe mein eigenes Universum. Ich kam nach Kopperton, um im Hanse-Kontor aufzuräumen und die alte Ordnung wiederherzustellen. Es war mein fester Vorsatz, diese vergammelten Chaoten auf Vordermann zu bringen. Aber sie haben mir demonstriert, was wahres Leben ist. Niemand ist Teil eines kosmischen Planes. Keiner ist nur ein kleines Rädchen im kosmischen Getriebe. Jeder ist sein eigener Kosmos!"

Sie erreichten den Strand eines Meeres oder eines großen Sees, jedenfalls war das jenseitige Ufer nicht zu sehen.

„Paß auf", sagte Cherda und ließ sich auf dem trocknenden Sandstrand nieder. „Es ist Ebbe. Bis zur Flut werde ich das Werk vollendet haben."

Und sie begann damit, aus dem feinen Sand verschiedenartige Gebilde zu formen. Unter ihren flinken, sensiblen Händen entstanden Türme und Pyramiden, die durch Mauern verbunden waren, Straßen und Wege entstanden, unterwanderten die Türme und Pyramiden, durchbrachen die Mauern, wanden sich spiralartig oder in Serpentinen Sandhügel hinauf, Brückenbögen überspannten Täler und verbanden Berge miteinander – immer weiter in die Tiefe führende Täler, immer höher aufragende Berge, wahre Gebirge aus Sand!

Cülynk wurde es nicht müde, Cherda bei der Erschaffung einer Welt aus Sand zuzuschauen. Er hatte genügend Phantasie, diese Welt mit entsprechenden Lebewesen zu bevölkern – und er wußte, daß er da mit Cherda auf einer Welle lag.

Endlich hielt die Baumeisterin inne und gesellte sich mit einem erleichterten „geschafft“ zu ihm. Sie saßen schweigend nebeneinander und warteten auf die Flut. Cherdas Augen leuchteten voller Stolz über ihr Werk. Als die ersten Wellen nach der Peripherie ihrer Welt griffen, wurde sie traurig, und sie weinte, als die Flut ihr Universum einebnete.

Bei Ebbe war der Strand wieder glatt.

„Morgen baue ich eine neue Welt“, sagte Cherda. Sie sah Cülynk an. „Jeder trägt den Schöpferfunken in sich – auch du.“

Cülynk verließ sie und ging den Strand entlang, bis er auf einen betagten Ara traf, dem er die Lüge von der Suche nach seiner Familie erzählte.

„Patriarch“, sagte der Ara vorwurfsvoll. „Warum läßt du deine Frauen, deine Kinder und dich selbst nicht das eigene Leben leben. Jeder lebe sein Leben! Gibt es eine gültigere Wahrheit?“

„Es muß auch eine allgemein gültige Wahrheit geben“, erwiderte Cülynk.

„Phrasen!“ sagte der Ara und ignorierte einfach die Tatsache, daß er in dieselbe Kerbe schlug.

Er hieß Felic und war früher der Stationsarzt von Kopperton-Kontor. Er äußerte sich recht abfällig über seinen Beruf und geriet darüber regelrecht in Zorn, daß man sein Volk unter dem Sammelbegriff „Galaktische Mediziner“ abstempelte.

„Wieso hat ein Ara eine Koryphäe auf medizinischem Gebiet zu sein?“ sagte er ärgerlich. „Wieso erwartet man von mir, daß ich andere Wesen heile? Warum darf ich mir nicht die Freiheit nehmen und einfach etwas Schönes tun, das ganz allein mich anspricht und meinen Bedürfnissen genügt?“

Und er demonstrierte Cülynk, was er meinte.

Der Strand war hier steinig, eine Geröllebene aus unzähligen von der Kraft des Wassers geschliffenen Kieselsteinen. Felic sammelte einige von ihnen, er tat das konzentriert und wählte nur solche aus, die flach und rund waren. Dann, als er etwa zwei Dutzend beisammen hatte, von denen ihm einige Laute des Entzückens entlockten, watete er bis zu den Knien ins Wasser. Er warf den ersten Stein dicht über die spiegelglatte Wasserfläche, so daß er einen flachen Bogen beschrieb und beim Aufprall auf dem Wasser wieder hochgeschnellt wurde, was sich einige Male wiederholte. So verfuhr der Ara mit allen seinen Steinen. Er zeigte sich darin sehr geschickt und brachte es auf bis zu fünfundzwanzig Wasserberührungen.

„Das habe ich schon immer gewollt", sagte er zu Cülynk, nachdem er die erste Runde hinter sich gebracht hatte und sich an das Sammeln weiterer flacher Kiesel machte.

„Wenn es dich glücklich macht", sagte Cülynk und ging.

„Es ist mein Lebensinhalt!" versicherte Felic ernsthaft. „Und was tust du?"

„Ich suche Freunde", antwortete Cülynk. „Aber ich finde nur Andersgesinnte unter Einzelgängern mit einer uniformen Gesinnung."

Er war sicher, daß der Ara gar nicht in der Lage war, irgendeinen Sinn hinter seinen Worten zu entdecken.

In den nächsten Tagen lernte Cülynk noch viele Aussteiger kennen. Es waren in der Mehrzahl Terraner, darunter aber auch Arkoniden, Akonen, Springer, Ferronen, Ertruser und Überschwere. Sie machten auf ihn alle keinen gestörten Eindruck, wirkten im Grunde genommen normal, waren jedoch durchwegs exzentrisch. Und jeder glaubte, die Glückseligkeit für sich gepachtet, auf seine Art und Weise Vollkommenheit erreicht zu haben und sein eigenes Universum zu sein, für das seine persönliche Vorstellung vom Sinn des Lebens ultimate Gültigkeit hatte.

Und jeder von ihnen trug sichtbar ein Sonnengeflecht zur Schau. Auch Cülynk blieb davon nicht verschont.

Es war an jedem Morgen dasselbe. Beim Erwachen galt sein erster Blick seiner Leibesmitte, wo er prompt ein Sonnengeflecht vorfand. Der Griff danach, um es zu entfernen und fortzuwerfen, wurde zur allmorgendlichen Routine.

Er nahm dies nicht weiter tragisch, wiewohl er wußte, daß dieses Plasma irgendwie mit der psychischen Veränderung der anderen zu tun hatte. Aber er selbst fühlte sich durch den Befall des Sonnengeflechts nicht beeinflußt. Die Sache war ihm nur lästig.

Natürlich machte er sich seine Gedanken, denn schließlich war es seine Aufgabe herauszufinden, wie man dem Übel beikommen konnte. Darum stellte er sich auch als Versuchsperson zur Verfügung. Aber er kam zu keinen Ergebnissen, weil er erstens immun zu sein schien und zweitens keine Spur zum Ursprung jener Macht fand, die die anderen in ihren Bann geschlagen hatte.

Cülynk wagte es auch nicht, seine Nachforschungen verstärkt voranzutreiben, um nicht als Außenseiter erkannt und des Lügenparadieses verwiesen zu werden. Er tat alles, um nicht als zu normal zu gelten und ließ sich aus diesem Grund so manche Verrücktheit einfallen. Von den Bewohnern des Lügenparadieses wurde er bald als ihresgleichen anerkannt, aber er bezweifelte, daß die alles lenkende Macht darauf hereinfiel.

Beweis für seine Andersartigkeit war die Tatsache, daß das Sonnengeflecht keine Symbiose mit ihm eingehen konnte, sein Körper stieß das Plasma immer wieder ab. Cülynk fragte sich, wie lange das noch so gehen würde und die Macht ihn duldete.

Und er fragte sich, warum er anders als die anderen reagierte.

Waren Blues wirklich emotionsloser als die anderen Bewohner der Galaxis? Waren sie grundsätzlich destruktiver, aggressiver und ausschließlich negativer Emotionen fähig? War er, Cülynk, einfach nicht in der Lage, dem Leben einen positiven Sinn abzugewinnen? Sich an Kleinigkeiten zu erfreuen? Hatten Blues keine Kindheitsträume, die sie verwirklichen wollten?

Auf sich bezogen, konnte Cülynk all diese Fragen nur verneinen. Aber er war auch kein Durchschnitts-Blue, unterschied sich in einem Punkt von den meisten seiner Artgenossen. Er war schon einmal auf Calym-Zecol gewesen, und das hatte sein Leben verändert. Es war fast so, als hätte irgend etwas, das für diese Welt typisch war, auf ihn abgefärbt. Er erinnerte sich der Worte des Hanse-Sprechers Holsten Gibon, der eine Parallele zwischen den Blues-Soldaten, die die Waffen niederlegten, und den Aussteigern von heute sah.

Der Planet muß irgend etwas haben, das sich auf die Psyche schlägt und eine Umkehrung der Werte verursacht, lautete Gibons Formel. Aber wenn aus Kriegern damals Pazifisten wurden, warum wurden dann friedliche Hanse-Angestellte nicht zu Kämpfern?

Cülynk war der Antwort schon sehr nahe, das spürte er, sie geisterte durch seinen Kopf, er mußte die Fragmente nur noch zusammenfügen. Und er hätte es geschafft, wäre er nicht abgelenkt worden.

„Warum zerbrichst du dir unnötig den Kopf über etwas, das ohnehin auf der Hand liegt", sagte da jemand zu ihm in seiner Muttersprache.

Cülynk traute seinen Augen nicht, als ein Blue auf ihn zutrat. Damit nicht genug, mußte er feststellen, daß es sich um ein genaues Ebenbild von ihm handelte. Während er sich noch von seiner Überraschung zu erholen und seine Gedanken zu sammeln versuchte, beantwortete sein Doppelgänger alle seine diesbezüglichen Fragen:

„Was für einen Zweck, glaubst du, hatte es, dich Tag für Tag aufs neue mit einem Sonnengeflecht zu beglücken. Doch nicht zur Bekehrung – bekehrt bist du schon längst. Es war nötig, das Muster deines Körpers Stück für Stück abzunehmen, um die Teile dann zu einem vollständigen Abbild zusammenfügen zu können. Ich bin dein Antipode, du brauchst mich für einen offenen Dialog. Gehen wir ins Kontor, dort können wir uns ungestört unterhalten."

Das Hauptkontor war von imposanter Größe. Cülynk hätte einen kleineren Raum mit intimerer Atmosphäre vorgezogen, aber sein Antipode wollte die zentrale Schaltstelle des Kontor-Computers aufsuchen.

„Was für eine Macht ist das, die du vertrittst?" fragte Cülynk seinen Doppelgänger. „Ist es deine Aufgabe, die Kosmische Hanse zu sabotieren?"

„Ich bin keine Macht, die herrschen will, sondern eine reflektierende Kraft", sagte sein Antipode. „Das ist alles, was ich will und was ich kann: das geheime Streben und Wollen anderer widerzuspiegeln, verstärkt zurückzuprojizieren. Ich lenke nicht, ich beeinflusse nicht. Ich bin ein Spiegel, in dem sich alle so sehen, wie sie sein wollen."

„Etwas Ähnliches habe ich mir gedacht", sagte Cülynk. „Du verkehrst nicht einfach alles ins Gegenteil, sondern du spürst dem Unterbewußten nach und gibst es vielfach verstärkt an den Urheber zurück. So weckst du verschüttete Träume und machst sie so groß und übermächtig, daß für nichts anderes mehr Platz ist. Für den streßgeplagten Kontorchef, der irgendwann einmal daran gedacht haben mag, mal ein wenig auszuspannen, wird das Nichtstun durch dich zum Lebensinhalt. Eine Frau, die als Kind vielleicht nichts Schöneres gekannt hat, als Sandburgen zu bauen, sieht sich durch dich in dieser Tätigkeit als kosmische Baumeisterin. Ein großartiger Mediziner, der sich irgendwann einmal dabei entspannt hat, Steine ins Wasser zu werfen, will auf einmal nichts anderes mehr tun als das ..."

„... und ein Soldat, der es im tiefsten Herzen verabscheute, seine eigenen Artgenossen zu töten, wurde durch mich zum Pazifisten", schloß der Doppelgänger an. „Damals erkannte ich, was meine Bestimmung sein könnte. Bis zu dem Augenblick, als Hundertausende von Intelligenzwesen auf diese Welt kamen, war ich ein Nichts, so schwach, daß ich mir meiner eigenen Existenz gar nicht bewußt war. Erst eure starken Bewußtseinsströmungen, die unaufhörlich von allen Seiten auf mich eindrangen, gaben mir den entscheidenden Funken, den ich brauchte, um zu wachsen und stärker zu werden. Ich nahm eure Gefühle und Gedanken auf wie ein Schwamm und filterte aus dem Vorhandenen das Wahre heraus. Es war für mich unüberhörbar, daß es keinen anderen Weg zum Erreichen des Zieles gäbe. Aber in euch trugt ihr das Wissen um einen Ausweg, die Antwort lag tief in euch drinnen. Ich kehrte sie in euch hervor und machte den versteckten Wunsch zu einer friedlichen Lösung zu eurem Willen."

„Du kamst damals ohne Sonnengeflecht aus", sagte Cülynk.

„Das liegt daran, daß ich damals reiner Geist war", antwortete der Doppelgänger. „Erst dank eurer Hilfe lernte ich, die Materie zu beherrschen, und es gelingt mir immer besser. Es ist einfacher, den Unglücklichen zu helfen, wenn ich mit ihnen eine körperliche Symbiose eingehen kann. Wie anders als auf diesem Weg hätte ich die Möglichkeiten des Kontor-Computers für meine Hilfsdienste nutzen können. Ein Computer hat keinen Geist, er hat keine Gefühle und keine Wünsche. Aber er besitzt biologische Zusätze, um die Situation eines denkenden Wesens simulieren zu können."

„Und diese Plasmazusätze hast du durch Sonnengeflechte ersetzt", fügte Cülynk hinzu.

„Stimmt", schaltete sich der Kontor-Computer ein. „Ich bin dadurch zur perfekten Synthese von Technik, Leben und Geist geworden. Wo gibt es im ganzen Universum einen zweiten Computer, der lügen kann, sich dessen auch bewußt ist – und der deswegen nicht gleich einen Kurzschluß erleidet. Das verdanke ich den sogenannten Sonnengeflechten – behalten wir diesen gebräuchlichen Ausdruck bei."

„Ja, die Sonnengeflechte verhelfen dir zu großer Macht", sagte Cülynk. „Du beherrscht damit nicht nur das gesamte Kontor und die Lebewesen, die hier tätig waren. Du könntest den gesamten Planeten in Besitz nehmen. Und hast du das erst einmal getan, kannst du nach weiteren Welten greifen . . ."

„Ich will nicht herrschen, ich diene", unterbrach ihn der Computer. „Ich will nur das Beste. Ich kehre das Gute in den Lebewesen hervor, weil es in ihnen am stärksten vorhanden ist. Ich bin ein Gefühlsspiegel, der nur Licht reflektiert. Du, Cülynk, warst lange genug hier, um dir ein objektives Urteil bilden zu können. Wo haben Intelligenzwesen mehr Freiheiten als hier? Wo können sie ihr Ich besser entfalten als im Brennpunkt meiner Reflexionen? Nenne mir den Namen eines solchen Ortes."

Cülynk breitete die Arme aus und machte eine alles umfassende Bewegung.

„Überall im Universum sind sie freier als hier", sagte er dann.

„Das ist nicht wahr, das glaubst du selbst nicht", sagte der Computer. „Warum lügst du? Was hast du vor? Wenn deine

Behauptung nicht nur reine Provokation ist, dann erkläre sie. Kannst du das?"

„Nichts leichter als das", antwortete Cülynk. „Deine Absichten sind unbestritten die besten. Aber in deinem Bestreben, jeden deiner Schützlinge individuell zu betreuen, bist du zu weit gegangen und hast die dunkle Seite des Spiegels hervorgekehrt. Du gingst davon aus, daß die Gedanken und Gefühle, die Intelligenzwesen tief in ihrem Innern tragen, ihnen auch die wichtigsten sind. Aber das ist falsch. Wir haben alle geheime Wünsche, Sehnsüchte, von denen wir nur träumen. Sie sind uns wertvoll, solange sie uns unerfüllbar erscheinen, aber zu Realität geworden, verlieren sie ihren Reiz. Und wir entwickeln auf einmal ganz andere Sehnsüchte. Ein Greis mag die Kindheit herbeisehnen, aber er möchte kein Kind mehr sein. Wer kennt das Fernweh nicht, aber wie sehnt man sich in der Fremde nach vertrauten Örtlichkeiten zurück."

„Das trifft den Kern der Sache nicht", sagte der Computer. „Du hast dich umgeschaut und hast nur glückliche Wesen gesehen. Früher waren sie unzufrieden, jetzt sind sie ausgeglichen. Ihre Suche nach einem Lebensinhalt hat ein Ende, weil ich ihnen aufgezeigt habe, was für einen Sinn jeder in seinem Leben sucht. Für jeden von ihnen hat etwas anderes Gültigkeit. Kein Individium ist wie das andere. Jedes ist ein eigenes Universum."

„Das ist deine Lüge!" hielt Cülynk dagegen. „Kein Lebewesen ist ein Universum für sich, sondern alle zusammen bilden eine große, zusammengehörige Einheit. Du hast für sie ein Lügenparadies erschaffen, in dem du sie wie Gefangene ihrer eigenen Wünsche hältst. Du hast von jedem irgendeine Sehnsucht aufgegriffen und so stark reflektiert, daß er sie für sein Absolutum hält. Aber wenn du ihnen die Chance gibst, daß sie wieder über sich selbst entscheiden könnten, dann werden sie aus deinem Lügenparadies fliehen."

„Cülynk, du bist verblendet", sagte der Computer. „Es ist bedauerlich, daß du nicht meine Möglichkeiten hast und die Sendungen der Glücklichen nicht empfangen kannst. Sie würden um keinen Preis tauschen wollen."

„Sie würden es augenblicklich tun, wenn sie könnten", erwiderte Cülynk. „Ich weiß, daß sie es tun würden. Du befindest dich auf festgefahrenen Gleisen und denkst, daß es für diese Wesen nichts anderes gibt als diese Wunscherfüllung. Aber horche einmal tiefer in sie hinein, wie du es früher getan hast, und forsche danach, welche geheimen Sehnsüchte sie jetzt in sich tragen."

„Sie sind glücklich und zufrieden und wollen keine Änderung des herrschenden Zustands", sagte der Computer fast trotzig.

„Wenn du dessen so sicher bist, dann entlasse sie aus deiner Abhängigkeit", verlangte Cülynk. „Versuche nicht, sie in irgendeiner Weise zu beeinflussen, und warte ab, was sie tun werden. Dank deines Einflusses sind sie von allen früheren Zwängen befreit. Sie können ganz von vorne beginnen, wie Neugeborene, ihnen stehen alle Wege offen. Gib ihnen die Chance zur Selbstbestimmung."

„Du redest blanken Unsinn", behauptete der Computer. „Aber du hast mich nachdenklich gemacht, Cülynk. Schließlich bist auch du eines meiner Patenkinder, darum will ich auf dich hören. Ich melde mich wieder, um dir zu sagen, daß du im Irrtum warst."

„Leb wohl!" sagte Cülynk. Er wußte, daß sich diese Macht nie wieder melden würde.

Cülynk sah sich nach seinem Doppelgänger um, konnte ihn aber nirgends entdecken. Er verließ das Hauptkontor und machte sich auf den Weg zum Raumhafen. Er wollte nicht mehr das Ergebnis seiner Bemühungen abwarten, er wußte auch so, daß er Erfolg haben würde.

Doch war es ihm nicht möglich, so etwas wie Triumph zu verspüren. In ihm machte sich statt dessen eine seltsame Melancholie breit. Es stimmte ihn irgendwie traurig:

Der Ara-Mediziner Felic würde nie mehr am Ufer eines Gewässers stehen und Steinplättchen werfen. Fellmer Staber konnte nie wieder in einem Baumhaus wohnen. Cherda würde es nie wieder vergönnt sein, wie ein kleines Mädchen Sandburgen zu bauen. Sie alle würden sich vermutlich schämen, für kurze Zeit die Hemmschwelle überwunden und sich solch kindlichem Treiben hingegeben zu haben.

Schade eigentlich, aber die Blues-Völker dieses Teils der Eastside brauchten das Kopperton-Kontor dringender als die paar Individuen das Lügenparadies.

Cülynk fragte sich, welche Sehnsüchte die Kontor-Angestellten von nun an in sich tragen würden, nachdem sie an ihre angestammten Plätze zurückgekehrt waren. Würden sie wieder einmal davon träumen, Sandburgen zu bauen oder Steine ins Wasser zu werfen?

Seine eigene Sehnsucht kannte er. Er wollte schleunigst zu seinen zweihundertundsiebzehn Kindern und seinen Frauen zurück. Er würde seine Propagandareise durch die Eastside fortsetzen und seine Familie um weitere Adoptivkinder und diese oder jene Frau aufstocken. Er würde Familienplanung predigen, alles tun, um die Überbevölkerung einzudämmen, und seinen Beitrag dazu leisten, daß sein Volk den Anschluß an die übrige Galaxis nicht verpaßte.

Das war der Sinn seines Lebens.

William Voltz

Die Überlistung des paranormalen Stehgeigers

Bevor im Spätsommer des Jahres 2400 das „Unternehmen Andromeda“ über die Planeten Opposite und Kahalo endgültig startet, will Perry Rhodan dafür sorgen, daß zu Hause im Solsystem alles ruhig und gesichert bleibt. Der erste Haluter, Icho Tolot, ist bereits aufgetaucht und zu einem Freund der Menschen geworden. Das Zentralplasma der Hundertsonnenwelt hält sich an seine Bündnisabkommen mit der Menschheit. In mehreren Blitzaktionen will Perry Rhodan erreichen, daß keine Kräfte mehr verzettelt werden. Spezialisten, Mutanten und Extraterrestrier mit ungewöhnlichen Fähigkeiten – sie alle sollen nun dem großen Ziel dienen.

Daß sich unter diesen Voraussetzungen eine Gruppe von Matten-Willys und ein paranormal begabter Künstler selbständig machen, kann nicht die Zustimmung der Verantwortlichen des Solaren Imperiums finden.

Kein Wunder, daß sie Gegenmaßnahmen ergreifen . . .

1

Von den neun Experimentalraumschiffen, die die Solare Flotte besaß, plumpste eines, die LEIDSEPLAAN, wie ein fauler Apfel vom Himmel Nurpos und setzte zunächst mit einem Landebein (das sofort einknickte) und dann mit allen anderen elf Beinen auf. Das Dröhnen der Oktabimnebenspurhypertriebwerke verstummte allmählich, und die durcheinandergewirbelten und erhitzten Luftmassen kamen zur Ruhe. Dafür ertönte das Kreischen der Gangway so laut, als säge jemand die Gipfel der im Osten gelegenen Berge mit einer überdimensionalen Kreissäge ab.

Major Don Redhorse und ein Mann (mit fragwürdiger militärischer Identität) namens Brazos Surfat beobachteten diese klägliche Landung in unterschiedlicher, jedoch für jeden von ihnen typischen Haltung: Der Cheyenne stand lässig im Sonnenlicht, wie ein Sprinter, bevor er sich in die Startlöcher kauert, während Surfat mit dem ganzen Gewicht seines etwa zwei Zentner schweren Körpers gegen ein morsches Holzgestell der Landefeldumrandung lehnte, als wollte er jeden Augenblick einschlafen.

Das heißt, auf Nurpo gab es eigentlich kein richtiges Landefeld, sondern nur diese ausgedehnte Ebene, deren Löcher man mit Schlacke ausgefüllt und deren Grenzen man mit weißem Kreidestaub markiert hatte; fast wie einen Fußballplatz für Giganten.

Redhorse trug eine lindgrüne Kombination der Solaren Flotte, während Surfat in einer Art Zweiteiler steckte – in einem aus Hose und Jacke bestehenden zerknautschten Sack, um genau zu sein.

„Wir hätten es allein machen sollen", jammerte Surfat. „In meinem ganzen verdammten Leben habe ich niemals etwas von einem Mutanten namens Eyskal Fairbanks gehört."

„Ja", sagte Redhorse geduldig. „Aber Perry Rhodan ist derzeit knapp an Personal, und wir sollten froh sein, daß er uns für diese schwierige Mission überhaupt einen Spezialisten schickt. Du weißt ja, wie schwer es ist, mit den Matten-Willys umzugehen, wenn sie sich irgend etwas in den Kopf gesetzt haben."

„Ganz abgesehen davon", nörgelte Surfat weiter, „gibt es auf ganz Nurpo keinen einzigen Bierausschank, und die Vorräte in unserer Space-Jet hat ein heimtückischer Mensch schon vor dem Start geplündert."

Die Hauptschleuse der LEIDSEPLAAN öffnete sich mit einem dumpfen Seufzer, und acht Besatzungsmitglieder erschienen, um bestimmte Sicherheitsvorkehrungen zu treffen, die zur allgemeinen Dienstvorschrift gehörten. Sie traten mit gezückten Waffen auf die Gangwayplattform und schauten wild um sich, um gleich darauf, in Ermangelung eines auszumachenden Gegners in wüste gegenseitige Beschimpfungen auszubrechen, die darin gipfelten, daß einer von ihnen behauptete, die LEIDSEPLAAN habe einhundert Meter über der Planetenoberfläche höher beschleunigt als beim Eintritt in die Atmosphäre.

Der Streit wurde durch eine scharfe Kommandostimme unterbrochen. Die Raumfahrer nahmen Haltung an und schulterten ihre Waffen, während in der Luke ein Mensch erschien, der eine so prunkvolle Uniform trug, daß ein Mann wie Brazos Surfat durch ihren Anblick bis an sein Lebensende hätte beschämt sein müssen.

Aber Surfats Sensibilität für derartige Nuancierungen war ganz offensichtlich durch langjährigen Dienst in der Solaren Flotte völlig abgestumpft, denn er blinzelte nur träge und fragte: „Wie kommt es, daß es ihm nicht die linke Schulter nach unten zieht?"

Diese Frage bezog sich auf eine fast einen halben Quadratmeter große Fläche aus Orden, die der Raumfahrer auf der linken Brustseite trug. Die Spangen, Schnüren und Knöpfe schimmerten und glänzten im Licht der Sonne, als seien sie alle gerade poliert worden.

Surfats Frage bewies nicht nur seine abschätzige Einstellung in bezug auf dekorierte Heldenbrüste, sie zeigte auch, daß er kein Gefühl für Balance hatte, da er sonst die Waffe an der rechten Hüfte des Mannes einkalkuliert hätte, die durch Umfang und Größe das Gewicht der militärischen Auszeichnungen mehr als wettmachte.

Redhorse schätzte, daß diese Waffe, die bei jedem Schritt ihres Besitzers gegen dessen Schenkel klatschte, ein Strahlenblaster war, denn Explosivgeschosse konnten damit nicht abgefeuert werden, ohne daß der Rückschlag den Schützen jedesmal von den Beinen gerissen hätte.

„Welchen Rang könnte er haben?" überlegte Surfat angestrengt.

Redhorse musterte ihn verächtlich.

„Das ist der Kommandant der LEIDSEPLAAN, Caaler Faader, ein Vier-Sterne-Admiral. Es wäre gut, wenn du dich ein bißchen herrichten würdest."

Surfat schaute an sich herab, Melancholie im Blick und von der Überlegung gequält, wo er denn mit der Herrichterei beginnen könnte. Schließlich fuhr er mit einer Hand in eine Hosentasche, fischte einen winkelförmigen Stoffstreifen heraus und befestigte ihn mit einer Nadel am linken Oberarm.

„*Korporal* Brazos Surfat", sagte er. „Falls du es vergessen haben solltest, Häuptling."

„Mein Gott, du bist inzwischen so oft degradiert worden, Brazos, daß kein Mensch weiß, was du eigentlich bist."

Surfat blickte die Gangway hinauf.

„Wie spricht man so jemanden an?" erkundigte er sich. „Herr Admiral? Sir? Admiral, Sir?"

„Es ist am besten, wenn du schweigst", riet ihm Redhorse und ging dem Ankömmling entgegen.

Er salutierte knapp, in einem so exakt einstudierten Mittelmaß von Disziplin und Stolz, daß eigentlich jeder Mensch es hätte registrieren müssen.

Doch der Kommandant sagte nur (und dies mit einer Stimme, die an ein vieltausendköpfiges Publikum gerichtet zu sein schien): „Wo ist die Abordnung, die uns gemäß den Gepflogenheiten der Solaren Flotte hier eigentlich hätte erwarten sollen, Soldat?"

Redhorse warf einen Blick in die Runde (der Brazos Surfat einschloß) und sagte mit der ihm von der Natur gegebenen indianischen Schlichtheit: „Wir sind die Abordnung!"

Caaler Faader hob eine Augenbraue und runzelte die Stirn; eindeutig eine mimische Glanzleistung und keine Zurschaustellung von Gefühlen, wie sie eines Mannes seines Formats unwürdig waren.

„*Der* da auch?" fragte er voller Abscheu und streifte Surfat mit dem Zipfel eines Blickes.

„Ja, Sir", stimmte Redhorse zu.

Surfat versuchte sich in einer Ehrenbezeigung, aber man merkte, daß er darin aus der Übung war, denn er geriet ins Straucheln, wobei er das morsche Geländer mit sich riß und unter sich begrub.

„Das ist Korporal Brazos Surfat, Admiral", beeilte sich Redhorse zu sagen. „Ich bin Major Don Redhorse."

„Man sagte mir, daß mich hier eine Schar zuverlässiger und ausgesuchter Spezialisten erwarten, die jederzeit bereit sind, bis zum letzten Blutstropfen für Terra zu kämpfen", verkündete Caaler Faader.

Surfat rappelte sich hoch, pickte einige Holzsplitter von der unansehnlichen Jacke und sagte großspurig: „*Wir sind* diese Schar tapferer . . . autsch!"

Er hätte vermutlich in dieser Weise weitergesprochen, aber Redhorse trat ihm schnell gegen das Schienbein. Caaler Faader, der auf der unteren Stufe der Gangway herumstolzierte wie vor einem Palast, bemerkte es nicht. Schließlich betrat er die Planetenoberfläche und schien dabei enttäuscht zu sein, daß dieser Vorgang kein Erdbeben auslöste.

„Nachdem uns die stümperhaften Narren der LEIDSEPLAAN um ein Haar in den Tod geflogen hätten, weil sie nicht verstehen, mit einem Oktabimnebenspurhypertriebwerk umzugehen, bin ich nun glücklich hier", sagte er und ließ eine Hand auf den Kolben seiner gewaltigen Waffe fallen. „Ich möchte, daß Sie mich gründlich über den Stand der Kampfhandlungen aufklären, bevor ich Sie mit Eyskal Fairbanks ins Gefecht ziehen lasse. Nötigenfalls werde ich mit meinem Quadromolekülsuperzernager eingreifen."

Surfat rückte ganz eng an Redhorse heran.

„Verstehst du, was er sagt?" flüsterte er dem Cheyenne ins Ohr.

Redhorse drückte ihm einen Ellenbogen in den Bauch und brachte ihn erneut zum Schweigen.

„Es ist bisher nicht zu Kampfhandlungen gekommen, Admiral."
Caaler Faader schien darüber nachzudenken, ob das überhaupt möglich war, dann gab er sich einen Ruck.

„Nun gut", sagte er verdrossen. „Ich hoffe nur, daß diese Information nicht die Folge übertriebener Rücksichtnahme ist. Lassen Sie uns nun den Spezialisten aus dem Schiff rufen."

Er begann sich an einem Gerät zu schaffen zu machen, das er am rechten Handgelenk trug und das halb so groß war wie eine Zigarrenschachtel.

„Ein Mikrotalkwalkspezialtuner swoonscher Bauweise", wandte er sich erklärend an Redhorse. „Eigens für mich im Unterwasserverfahren aus Trübonyt zusammengeschweißt."

Redhorse und Surfat beobachteten (letzterer gelangweilt), wie Caaler Faader seinen Arm schüttelte und an dem Gerät rüttelte, bis es ein heiseres Quäken von sich gab.

„Warum ruft er nicht einfach zur Schleuse hinauf, daß Fairbanks herauskommen soll?" wunderte sich Surfat.

„Weil ...", hub Redhorse an – aber er kam nicht dazu, den Satz zu vollenden.

In der Schleuse war Eyskal Fairbanks erschienen – und Eyskal Fairbanks war ein hübsches Mädchen.

Caaler Faader überschüttete Redhorse, Surfat und das Mädchen mit einer Flut von Ratschlägen und Befehlen, die darauf hinausliefen, daß alle Menschen außer Caaler Faader Nichtskönner mit schwach ausgeprägtem Charakter und alle Außerirdischen kampflüsterne Monster waren, denen man besser mit der Waffe in der Hand gegenübertrat.

Abschließend sagte er (wobei ihm Surfat mit aufgerissenen Augen fassungslos zuhörte): „Nachdem ich auch diese Mission in gewohnter Weise erfolgreich abgeschlossen habe, wende ich mich anderen Aufgaben zu."

Er stolzierte die Gangway hinauf und verschwand zwischen den vorübergehend erstarrenden Raumfahrern in der Schleuse. Kaum, daß er unsichtbar geworden war, begannen die Raumfahrer darüber zu streiten, ob sie zuerst die Gangway einziehen und danach das Oktabimnebenspurhypertriebwerk einschalten sollten oder umgekehrt.

Irgend jemand erzielte offenbar einen Kompromiß, denn nach einer Weile geschah beides *gleichzeitig*: Die Gangway verschwand knirschend in der Schiffshülle, und die LEIDSEPLAAN hob vom Boden ab, während sie ihren Glutodem zum Boden schickte und dabei fast den Bauch des zu nahe gekommenen Surfat röstete.

In einem verwegenen Zickzackkurs raste das Schiff über den strahlenden Nachmittagshimmel und jagte eine Salve donnernder Explosionen gegen die Hänge der Berge im Osten.

„Was für ein Abschied“, sagte Surfat ehrfurchtsvoll.

„Es sind die Poyktischen Umnabelstreichler“, sagte das Mädchen trocken. „Seit der Admiral sie hat frisieren lassen, geben sie alle paar Minuten ihren Geist auf.“

Redhorse schaute sie hingerissen an. Sie war groß, schlank, blond und mit appetitlichen Kurven ausgerüstet. Ihr Gesicht war ein braunes Oval, mit großen intelligenten Augen darin.

Surfat, von jeher mit einer gehörigen Portion Nüchternheit ausgerüstet, wenn es darauf ankam, schaute eher mißtrauisch drein.

„Frag sie, was sie überhaupt kann!“ forderte er Redhorse auf.

„Ja“, sagte Redhorse, noch immer halb entrückt. „Was können Sie überhaupt, Eyskal?“

Sie errötete zart.

„O“, sagte sie scheu. „Es ist noch nicht erprobt. Wissen Sie, ich bin eine Latente. Man erwartet, daß sich alles hier auf Nurpo herausstellen wird.“

Surfat wurde blaß.

„Da haben wir's!“ stieß er hervor. „Ein verrückter Stehgeiger, fünfzig durchgedrehte Matten-Willys, ein Haluter kurz vor der Drangwäsche – und nun dieser Erotikbolzen mit seiner unausgegorenen Parapsychologie! Weißt du, wohin uns das führt, Häuptling? Geradewegs ins Verderben.“

2

Das Verderben, von dem Surfat sprach, entwickelte sich ein paar Meilen weiter westlich in einem baufälligen Holzgebäude, das ein Prospektor namens Ernston Waltdarl vor elf Jahren am Ufer des einzigen Sees auf Nurpo errichtet hatte, um den Rest seines Lebens mit Angeln zu verbringen. Im See gab es jedoch keine Fische, und so hatte Waltdarl Nurpo den Rücken gekehrt und dieses seltsame Haus zurückgelassen, das einer historischen Badeanstalt nicht unähnlich war.

An diesem Nachmittag lag der See still, kein Lüftchen kräuselte seine ockerfarbene Oberfläche. Aus dem Innern von Waltdarls ehemaligem Domizil klangen Geräusche durch die offenstehenden Fenster ins Freie, die auch ein weniger sensibler Mensch als widerwärtig enpfunden hätte.

Es jaulte, krächzte und quietschte in dem abbruchreifen Gebäude, als buhlten einige Dutzend Kater um die Gunst einer Katze.

Wer einen Blick durch eines der offenen Fenster geworfen hätte, wäre Zeuge einer unglaublichen Szene geworden.

Inmitten des Hauptraums, dessen Fußboden aus durchlöcherten, durchgefaulten Brettern bestand und dessen Wände mit Teer überstrichen waren, stand eine Art Podest. Es war offenbar in großer Hast und ohne viel Sachverständnis zusammengenagelt worden, denn es schwankte und zitterte unter der gewiß nicht schweren Last eines jungen dürren Mannes, der darauf stand und die ins Freie dringenden Geräusche einem geigenähnlichen Kasten entlockte.

Der Mann war verzückt.

Er spielte mit einer Hingebung, die man eigentlich bei Heiligen erwartet hätte, mit geschlossenen Augen und verklärtem Gesichtsausdruck. Daß er ungepflegt wirkte und unordentlich gekleidet war, stand zweifelsfrei in engem Zusammenhang mit seiner Musik; ein solcher Mann konnte nur an seiner Kunst interessiert sein.

Jeder andere Mensch wäre von der scheinbar sinnlosen Aneinanderreihung unangenehmer Töne abgestoßen worden, aber ihr

Produzent schien wie von einem geheimen Zauber besessen zu sein.

Und was das Schlimmste war – er besaß ein hingerissenes, eifrig mitgehendes Publikum!

Um das Podest drängten sich fünfzig Matten-Willys, die aus allen möglichen Pseudoaugen und anderen schnell gebildeten Sehvorrichtungen ehrfürchtig zu dem Musiker hinaufglotzten. Einige von ihnen waren so ergriffen, daß sie leise winselten, andere wälzten sich in Fladenform verzückt über den Boden und ein paar, die es besonders schlimm erwischt hatte, versuchten tatsächlich, das Instrument des Mannes aus ihrer organischen Substanz nachzubilden und ihm nachzueifern.

Natürlich war es ein fragwürdiges Publikum, denn trotz aller gegenteiliger Beteuerungen verstanden die Matten-Willys nichts von musischen Dingen – im Gegenteil: Sie schienen immer wieder jeder Art von Kitsch aufzusitzen, und der Zeitpunkt, da sie das von einem Gassenjungen auf ein Blatt Papier gekritzelte Bild zu einem Kultgegenstand erhoben hatten, lag noch nicht allzu lange zurück.

Dem Künstler war der Bildungsstand seiner Zuhörer ganz offensichtlich gleichgültig; er hätte ebensogut vor fünfzig Kakerlaken gespielt, wenn sie sich zufällig vor seinen Füßen versammelt hätten.

Die Wesen, die sich innerhalb von Waltdarls Haus aufhielten, wurden durch eine weitere exotische Erscheinung komplettiert, die unweit des Podests am Boden kauerte und dumpf vor sich hin zu brüten schien.

Das war Hace Franc, der Haluter.

Wer ihn da kauern sah, hätte sich nicht träumen lassen, daß Hace Franc in einer besonderen Mission auf Nurpo weilte. Er sollte die Matten-Willys und den Musiker auseinanderbringen, die Matten-Willys dazu bewegen, nach Terra zu fliegen, und herausfinden, ob die Musik, die der Schlanke auf seiner Kinzanga machte, paranormal war.

Doch weil die Terraner im Umgang mit Halutern noch unerfahren waren, hatte niemand beachtet, daß Hace Franc unmittelbar vor seiner achtzehnten Drangwäsche stand; und jeder, der etwas über Haluter weiß, kennt die Bedeutung der achtzehnten Drangwäsche. Sie ist die wildeste und am längsten anhaltende.

Noch kämpfte Hace Franc gegen die inneren Stimmen an, die ihm rieten, das Podest und des schlanken Mannes Kinzanga in tausend Stücke zu reißen.

Ab und zu, wenn er die Kraft dazu aufbrachte, versuchte er auch, seiner Aufgabe gerecht zu werden, indem er sich vor das Podest schleppte und ein dumpfes: „Hört auf! Hört auf!" hervorbrachte.

Tückischerweise verschlimmerte die Musik seinen Zustand, so daß es nur noch eine Frage der Zeit war, bis es zu einem Ausbruch kommen mußte.

Das Unheil schien nicht mehr aufzuhalten zu sein, als einer der Matten-Willys zufällig einen Blick in Hace Francs Richtung warf und zu der Überzeugung gelangte, kein Geschöpf, das über ein Gehör verfügte, sollte Morty Koteks Musik versäumen.

Der Matten-Willy, sein Name war Rabenaas, begab sich zu Hace Franc und ließ sich auf die Größe einer Melone schrumpfen.

„Warum kommst du nicht 'rüber zu uns und hörst zu?" fragte Rabenaas. Ohne Frage hätte dieser Vorschlag auch einen gesunden und normalen Haluter aus der Fassung gebracht, aber Hace Franc hatte einen inneren Kampf zu bestehen, und Koteks Musik erschien ihm wie die Ouvertüre eines Höllenkonzerts.

Hace Franc richtete seine blutunterlaufenen Augen auf Rabenaas und stöhnte wie ein waidwund geschossenes Tier.

„Wir planen eine Tournee durch die erschlossene Galaxis", fuhr der Matten-Willy unbekümmert fort. „‚Morty Kotek und seine verzauberte Kinzanga' soll der Werbeslogan sein."

Die Vorstellung, jemand könnte Kotek von hier wegschaffen, damit man ihn auch auf anderen Welten hörte, war für Hace Franc zuviel. Er richtete sich auf seine Beine und streckte alle vier Arme in Rabenaas' Richtung aus.

Doch da geschah etwas, was der gesamten Entwicklung eine entscheidende Wendung gab.

Eine schreckliche Explosion ertönte.

Jäh brach die Musik ab, und fünfzig Matten-Willys flossen wie in heller Panik zu einem grauen Protoplasmastrom zusammen.

Kotek schaute mit blitzenden Augen um sich, als könnte er den Störenfried erkennen und zur Ordnung rufen.

„Was war das?“ fragte er schließlich.

Hace Franc war urplötzlich aus der ihm von der Natur auferlegten Veränderung gerissen worden.

„Ich weiß es nicht“, grollte er. „Vielleicht eine Bombe. Auf jeden Fall müssen Sie sich von den Matten-Willys verabschieden, Kotek.“

Kotek klemmte sich die Kinzanga unter den Arm und stieg vom Podest herunter.

„Wozu?“ wollte er wissen. „Ich kann mir kein dankbareres Publikum vorstellen. Sie sind eigens mit mir nach Nurpo gekommen, um mich in Ruhe spielen zu hören.“

Hace Franc sagte: „Vermutlich besitzen Sie paranormale Eigenschaften, die sich in Ihrer Musik niederschlagen, Kotek. Die Verantwortlichen des Solaren Imperiums glauben, daß Sie mit Ihrer Musik andere Wesen mental beeinflussen können.“

Wer Hace Franc so reden hörte, begriff schnell, daß *er* diese Meinung nicht teilte.

„Wir müssen uns beeilen“, erklärte er. „Ich bin in einer ... äh ... mißlichen Lage.“

Kotek deutete mit seinem Bogen auf die am Boden wimmelnden Matten-Willys.

„Aber wie soll ich mich von ihnen verabschieden, solange sie in diesem Zustand sind?“

„Verdammt noch mal!“ schrie Franc verzweifelt. „Mein Schiff steht am anderen Ufer des Sees. Kommen Sie endlich.“

Kotek war nicht nur ein ungewöhnlicher Künstler, er war auch ein ausgesprochener Sturkopf.

„Wir warten“, sagte er. „Mindestens solange, bis sie einzeln vor mir stehen und ich ihnen die Hand zum Abschied drücken kann.“

Hace Franc wußte genau, wie lange es dauern würde, bis die

Matten-Willys sich von ihrem Schreck erholt und wabbelige Pseudopodien gebildet haben würden, in die Kotek einschlagen konnte.

Aber er ergab sich in sein Schicksal, weil er sich ein bißchen besser fühlte.

„Nun gut“.. meinte er. „Warten wir also.“

Als die Matten-Willys endlich zu ihrer Individualität zurückfanden, ertönten vor Waltdarls altem Haus plötzlich Schritte und Stimmen. Die Tür wurde aufgerissen, und in ihrem Rahmen standen zwei Männer und eine junge Frau, die einen verletzten Raumfahrer in einer ramponierten, aber nichtsdestoweniger beeindruckenden Uniform stützten.

„Das ist der Kommandant der LEIDSEPLAAN“, sagte einer der Männer. „Sein Schiff ist abgestürzt, und in seinem Hintern stecken die Trümmer eines Poyktischen Umnabelstreichlers. Wir müssen ihn verarzten.“

3

Auf dem Podest, wo zuvor Morty Kotek musiziert hatte, lag nun Caaler Faader, bäuchlings und die Hosen heruntergezogen. Wie Kotek wurde er von Matten-Willys umringt, aber nicht etwa, weil er eine Darbietung gebracht hätte, die diese Aufmerksamkeit verdiente, sondern weil sich die Protoplasmawesen nach Kräften bemühten, ihm ein paar Splitter aus dem Körper zu ziehen.

„Ich verlange eine Narkose!“ schrie der Admiral. „Der nächste, der mich anrührt, bekommt eine Ladung aus meinem Quadromolekülsuperzernager ins Gehirn gepustet.“

Diese Drohung war natürlich nicht ganz ernst zu nehmen, denn erstens wäre Caaler Faader in diesem Zustand kaum in der Lage gewesen, seine überschwere Waffe zu ziehen, und zweitens war es beim grotesken Aussehen der Matten-Willys unmöglich, den Sitz ihres Gehirns zu bestimmen.

Etwas abseits besprachen Don Redhorse, Brazos Surfat und die beiden jungen Menschen die Lage. Noch weiter abseits war Hace Franc wieder in depressive Stimmung verfallen und starrte stumpfsinnig auf die geteerten Wände.

„Zum Glück hat Perry Rhodan rechtzeitig entdeckt, was mit dem Haluter los ist“, sagte der Cheyenne gerade zu Kotek. „Deshalb hat er uns geschickt, damit wir Sie und die Willys auseinanderbringen, Kotek.“

„Mit anderen Worten – es hat sich ausgegeigt“, ergänzte Brazos Surfat mit der ganzen Autorität, die ihm gegeben war.

Kotek hörte keinem der beiden zu, er hatte nur Augen für das Mädchen.

Er himmelte sie an.

„Wer ist sie?“ wollte er wissen. „Welche Rolle spielt sie?“

„Das wissen wir nicht“, gestand Redhorse. „Sie ist angeblich eine latente Mutantin. Zunächst hatten wir erwartet, daß man uns einen Spezialisten schicken würde, Gucky vielleicht. Aber dann kam sie, und wir sollen herausfinden, was sie eigentlich kann.“

„Bei *dieser* Gelegenheit“, fügte Surfat hinzu.

Kotek himmelte Fairbanks an und stieß eine grauenhafte Drohung aus.

„Ich werde für dich spielen“, sagte er.

Für wenige Sekunden verlor Redhorse seine indianische Gelassenheit.

„Wir hörten Sie spielen, als wir uns der Hütte näherten“, erklärte er.

Ohne Eyskal Fairbanks aus den Augen zu verlieren, fragte Kotek:

„Wie war es?“

Redhorse und Surfat wechselten Blicke, aber keiner der beiden fand den Mut, etwas zu sagen.

„Es war wunderschön“, verkündete da das Mädchen. „Ich habe noch nie eine so tiefgründige, einfühlsame Musik gehört.“

Ein Matten-Willy näherte sich der Gruppe und enthob Redhorse und Surfat einer Antwort.

„Ich bin Triankel-Quat", sagte der Willy. „Caaler Faader will sich nicht weiter behandeln lassen. Er verlangt eine Narkose, außerdem will er von einem Könner operiert werden."

Im Hintergrund regte sich etwas Gewaltiges. Es war Hace Franc, der sich aufrichtete und einen Laut aus der Brust entließ, wie ihn noch nie jemand zuvor, der sich in dieser Hütte aufhielt, gehört hatte. Die geteerten Wände begannen zu zittern, und von der Decke fiel der Verputz.

„Ich halt's nicht mehr aus!" brüllte der Haluter. „Ich *muß* jetzt loslegen."

Surfat begann zu schlottern.

„Sie sollten sich überlegen, *was* Sie können!" empfahl er dem Mädchen. „Das waren die Schalmeien von Jericho."

„Bist du sicher, daß es Schalmeien waren?" fragte Redhorse verblüfft.

Hace Frank begann seine erste Runde. Er raste quer durch den Raum und riß das Podest nieder, auf dem Admiral Caaler Faader lag. Der Boden begann zu dröhnen, einige Bretter brachen einfach durch.

„Wer ist dieses undisziplinierte Scheusal?" forderte der Admiral zu wissen und kroch hastig aus den Trümmern des Podests. „Wenn ich jetzt keine Narkose bekomme, bringe ich Sie alle vor ein Kriegsgericht."

Die Tür von Waltdarls Haus öffnete sich abermals, und herein kamen einige ölverschmierte Raumfahrer der LEIDSEPLAAN. Sie schleppten die Einzelteile irgendwelcher Aggregate herein.

Einer von ihnen salutierte.

„Wir haben das Oktabimnebenspurhypertriebwerk befehlsgemäß auseinandergenommen und repariert...", sagte er. „Aber jetzt bekommen wir es nicht mehr zusammen, Sir."

Hace Franc kam über sie wie ein Quirl. Als er vorbei war, standen die Männer mit leeren Händen da. Zu ihren Füßen lagen die Überreste einer Maschine.

Die ganze Zeit über himmelte Kotek Fairbanks an.

Hace Franc riß den Fußboden auf und begann eine Furche durch den Raum zu ziehen. Bretter barsten und splitterten, die Späne regneten auf Hace Franc und die entsetzten Matten-Willys herab.

„Ho, ho, ho!" machte der Haluter. „Was für ein Spaß, ich krieg' mich nicht mehr ein."

„Wir müssen hier 'raus, bevor er uns alle umbringt", sagte Surfat.

Redhorse hielt ihn am Arm fest.

„Wir dürfen dieses Gebäude jetzt nicht verlassen", erklärte er. „Der Haluter würde uns folgen, und wer weiß, was dann unseren Schiffen bevorsteht."

„Sagten Sie nicht, daß hier keine Kampfhandlungen stattfinden?" schrie Caaler Faader empört dazwischen. Er lag jetzt auf sieben Matten-Willys, die mit ihren Körpern eine Art Trage gebildet hatten, und schaukelte wie in einer Sänfte hin und her.

Hace Franc pflügte immer tiefer in den Boden, bis er schließlich nur noch mit dem Kopf herausschaute. Er ruderte mit den Armen und schlug mit den Händen. Schließlich stieg er aus dem auf diese Weise erweiterten Loch heraus.

Sekundenlang hoffte Redhorse, Hace Franc hätte sich etwas abgekühlt, denn der Haluter stand mit hängenden Schultern da und schien nach Atem zu ringen. Doch bevor seine Hoffnung zu Erleichterung werden konnte, sank Hace Franc auf seine Laufarme und jagte wie ein Geschoß auf eine der Wände zu. Er brach ins Freie und hinterließ in der Wand ein Loch mit seinen Körperkonturen. Sie hörten ihn draußen auf den Boden trampeln.

„Unsere Schiffe!" ächzte Surfat.

Er wankte hinter dem Haluter her, wobei sich erwies, daß der Durchbruch in der Wand selbst für einen Menschen seiner Leibesfülle ausreichte.

„Komm zurück, Hace!" rief er.

„Aus dem Weg, Surfatos!" donnerte der Haluter, und ein paar Schritte neben dem ersten Loch entstand ein zweites.

Hace Franc befand sich wieder im Innern des Hauses.

„Du mußt irgend etwas tun", flehte Redhorse Eyskal Fairbanks an. „Welche Fähigkeiten du auch immer besitzt, setze sie ein."

Kotek sah Redhorse böse an und sohloß das Mädchen beschützend in seine Arme. Inzwischen hatte Franc zwei Raumfahrer von der LEIDSEPLAAN gepackt und schüttelte sie wie Stoffpuppen hin und her.

Dieser Anblick verlieh Admiral Caaler Faader neue Kräfte. Er zerrte mit zwei Händen an seinem Quadromolekülsuperzernager und brachte ihn endlich aus dem Futteral. Bevor ihn jemand daran hindern konnte, zielte er auf Hace Franc und drückte ab. Seine Augen weiteten sich, als vor der Mündung der gewaltigen Waffe eine schimmernde Blase entstand, die bald darauf den Umfang eines Fußballs annahm und mit einem schwachen Puffen zerplatzte.

Der Admiral heulte auf.

„Irgend jemand hat sich an meiner Waffe zu schaffen gemacht, oder es liegt an der mangelnden Luftfeuchtigkeit", beklagte er sich.

Seine Aufmerksamkeit wurde abgelenkt, denn der Mikrotalkwalkspezialtuner an seinem rechten Unterarm knarrte wie eine alte Tür. Auf einem Bildschirm in Streichholzschachtelgröße wurde ein blasser, ängstlich dreinblickender Mann sichtbar, der vom Wrack der LEIDSEPLAAN aus anzurufen schien.

„Entschuldigen Sie die Störung, Admiral", sagte er schüchtern. „Aber wir wollen wissen, wann die Männer mit dem Oktabimnebenspurhypertriebwerksaggregat zurückkommen."

„Ich habe hier alles unter Kontrolle...", erwiderte der Admiral. „Sobald wir fertig sind, kommen wir zurück, Soldat."

Obwohl es nur ein sehr kleiner Bildschirm war, der das Gesicht des Raumfahrers zeigte, war auch für Redhorse deutlich zu erkennen, daß der Mann die Antwort als unbefriedigend empfand.

„Ich wollte nur wissen", sagte er mit allem ihm noch verbliebenen Mut, „wann das Aggregat fertig ist, Admiral."

„Es ist längst fertig", erklärte Caaler Faader kategorisch.

„Was? Sir, aber sie sagten doch..."

Caaler Faaler schaltete ab.

„Alles Nichtskönner!" ereiferte er sich. „Ich wußte, daß es

soweit kommen würde. Das haben wir nun von diesen Liberalisierungsplänen – kein Mensch bringt überhaupt noch irgend etwas zustande."

Hace Franc hatte inzwischen die beiden Raumfahrer so rüde auf den Boden zurückgestellt, daß sie benommen hin und her torkelten. Ihre Kameraden waren nun auch durch Redhorses Ermahnungen nicht mehr zu halten und flohen aus Waltdarls Unterkunft hinaus.

„Jupheida! Nun geht es draußen weiter!" schrie Hace Franc, völlig außer sich vor Begeisterung.

Surfat streckte den Kopf durch ein Wandloch herein und sah gerade noch, wie der Haluter dicht neben ihm abermals durch die Wand brach. Das ganze Gebäude begann zu knirschen und zu ächzen. Die drei noch erhaltenen Wände verspannten sich, das Dach bekam Schräglage. Die Matten-Willys jammerten wie ein Knabenchor während des Stimmbruchs und brachten Admiral Caaler Faader in aller Eile nach draußen.

„Don!" flehte Surfat. „Du mußt auch herauskommen."

„Ja, ja...", wehrte der Cheyenne ab. „Ich muß mich um Kotek und das Mädchen kümmern."

Er hörte Hace Franc wie einen Raddampfer durch den See planschen.

„Kommen Sie endlich", sagte er zu Eyskal und Morty. „Er wird jetzt auf die Schiffe losgehen."

„Ja, nun geht's ans Eingemachte", bestätigte Surfat säuerlich.

Er half Redhorse, Kotek und Fairbanks ins Freie zu ziehen. Hinter ihnen sank Waltdarls im guten Glauben an die Allgegenwärtigkeit von Fischen auf allen Welten der Milchstraße erbautes Haus in sich zusammen und produzierte eine häßliche Staubwolke.

Hace Franc war mitten im See, er prustete und planschte wie ein Walroß.

„Wenn er herauskommt, geht er auf die Schiffe los", befürchtete Redhorse. „Wie sieht es bei dir aus, Eyskal? Weißt du immer noch nicht, was du für uns alle tun kannst?"

Morty Kotek trat zwischen das Mädchen und den Major.

„*Ich* kann etwas tun", sagte er wild.

Er zog die Kinzanga unter dem Arm hervor und legte sie mit dem runden Ende ans Kinn. Mit der anderen Hand ergriff er den Bogen und setzte ihn an.

„Morty will spielen!" kreischte Rabenaas, der diese Vorbereitungen beobachtet hatte.

Für seine Artgenossen war dies ein Signal, Admiral Caaler Faader einfach in den Uferschlamm des Sees fallen zu lassen und herbeizueilen. Obwohl Morty noch keinen einzigen Ton produziert hatte, gerieten die Matten-Willys völlig aus dem Häuschen.

„Ich lege ihn trocken!" dröhnte aus dem See Hace France Stimme. „Ich saufe ihn einfach leer."

Und dann begann jenes unglaubliche Konzert, das Morty Kotek berühmt machte, fünfzig Matten-Willys auf einen paradiesischen Trip brachte und alle Ohrenzeugen menschlicher Herkunft (von Kotek selbst und dem Mädchen einmal abgesehen) in Abscheu versetzte.

4

Die Männer und Frauen, die ein paar Meilen weiter entfernt damit beschäftigt waren, die abgestürzte LEIDSEPLAAN zu reparieren, registrierten es als erste. Ein merkwürdiges Singen kam durch die Luft, ein durchdringendes, schwingendes Geräusch, das irgendwo ein Echo zu finden schien.

Die LEIDSEPLAAN, wie ein müder Riesenkäfer auf ihren eingeknickten Landebeinen hängend, begann zu zerfallen.

Keiner der Menschen, die sich noch an Bord des Schiffes befanden, nahm dabei Schaden, denn der zerstörerische Prozeß setzte nur allmählich ein und ließ allen genügend Zeit, ins Freie zu gelangen. Das Schiff verging, als wäre es ursprünglich aus nassem Mehl zusammengebaut worden, das nun in der Sonne zerbröselte. Der leichte Wind ergriff die Partikel und wehte sie davon, kaum daß sie sich vom Rest des Schiffes gelöst hatten. Minutenlang bildete die LEIDSEPLAAN auf diese Weise einen großen Staubschleier.

Alles, was die Menschen an ihren Körpern trugen und aus Metall war, wurde ebenfalls ein Opfer des unheimlichen Vorgangs, so daß man bald Dutzende von Raumfahrern beiderlei Geschlechts durch die Schlackenwüste hüpfen sah, die sich bemühten, ihre nunmehr gürtellosen Hosen festzuhalten und die Uniformjacken zusammenzuziehen.

In dieser Haltung setzten sie sich schließlich in Marsch, um dorthin zu gelangen, wo sie Admiral Caaler Faader wähnten. Nicht, daß sie ihm eine Lösung ihrer Probleme zugetraut hätten, aber er verfügte über die Befehlsgewalt und mußte deshalb eine Entscheidung treffen.

Dabei wäre er in diesem Augenblick kaum in der Lage gewesen, denn er lag am Ufer des Sees und starrte entsetzt auf seine linke Brust, wo sich gerade alle Ordensspangen in Staub verwandelten. Damit nicht genug, erlitten sein Quadromolekülsuperzernager und sein Mikrowalktalkspezialtuner das gleiche schreckliche Schicksal.

„Verrat!" keuchte er. „Soldaten, kommt hierher und helft mir."

Doch die Männer von der LEIDSEPLAAN waren zu sehr mit sich selbst beschäftigt, um diesen Befehl überhaupt zu registrieren.

Hace Franc watete aus dem See, aber selbst sein Gebrüll vermochte Morty Koteks seltsame Musik nicht zu übertönen.

Daß er brüllte, war nicht verwunderlich und hatte auch nichts mehr mit der Drangwäsche zu tun. Genau wie alle anderen sah er sein Schiff am anderen Ufer des Sees zerfallen. Es sank in sich zusammen wie graues Pulver, und außer einem kärglichen Häufchen blieb nichts davon zurück.

Redhorse starrte Kotek an, der von in Trance lauschenden Matten-Willys wie von einer lebenden Absperrung umgeben war. Die Kinzanga in den Händen des jungen Mannes schien ein Eigenleben zu besitzen, der Bogen strich so schnell über die Saiten, daß ihm mit den Blicken kaum zu folgen war.

Hace Franc, tropfend wie ein Schwamm und durch die Ereignisse mit einem Schlag von den Zwängen seiner Drangwäsche befreit, blickte ungläubig über den aufgewühlten See.

„Mein Schiff!" stöhnte er. „Was geschieht mit meinem Schiff?"

„Paranormale Musik!" klärte Surfat ihn auf. „Es ist dieser verrückte Stehgeiger mit seiner Kinzanga. Wahrscheinlich funktioniert es ähnlich wie Ultraschall, genau wie bei den Schalmeien von Jericho."

„Geh und schau nach unserer Space-Jet!" befahl ihm Redhorse. „Ich will sicher sein, daß sie dieses Konzert übersteht. Bei der Gelegenheit kannst du dich gleich nach dem Schiff der Matten-Willys umsehen. Es dürfte ebenfalls in Gefahr sein."

Niemals zuvor hatte Brazos Surfat einen Befehl so schnell und so bereitwillig ausgeführt. Das besaß einen guten Grund: Er konnte sich aus der gefährlichsten Zone entfernen.

„Es ist besser, wenn Sie sich auch in Sicherheit bringen", riet Redhorse Eyksal Fairbanks.

„Ist er nicht himmlisch?" fragte sie den Major. „Er ist die größte Entdeckung seit Otto Bobenga."

Redhorse wußte nicht, wer Otto Bobenga war und was er getan hatte, um diesen Vergleich heraufzubeschwören – und er wollte es auch nicht in Erfahrung bringen.

Er ließ den Kopf sinken – und da sah er es!

Über den Schlackeboden verliefen feine Risse und Spalten, die zuvor noch nicht dagewesen waren. Er machte einen Satz auf das Mädchen zu und packte sie an den Armen.

„Er wird mit seinem teuflischen Gefiedel noch den ganzen Planeten zersägen!" rief er außer sich und schüttelte das Mädchen. „Warum tun Sie nicht endlich etwas?"

Sie sah ihn verständnislos an. Redhorse deutete auf einige größere Schlackenbrocken zu seinen Füßen, die allmählich zerfielen. In seinen Ohren schmerzte es. Er hatte nur noch den Wunsch, außer Hörweite zu gelangen.

Hace Franc kam noch näher, blickte aus allen Augen auf den Boden und fragte entsetzt: „Habe ich das angerichtet?"

„Natürlich nicht“, tröstete ihn Redhorse. „Kotek ist dafür ebenso verantwortlich wie für die Zerstörung Ihres Schiffes, Franc.“

„Kotekos?“ Franc schien es nicht glauben zu wollen. „Mein liebes Kleines mit den künstlerischen Ambitionen?“

In der Ferne ertönten Schreie. Es waren die Raumfahrer von der LEIDSEPLAAN, die die Gruppe am See entdeckt hatten und nun durch Winken und Rufen auf sich aufmerksam machten.

Caaler Faader bekam vor Rührung feuchte Augen.

„Da kommen meine tapferen Soldaten“, sagte er. „Nun werden wir ihnen alles heimzahlen.“

Er stieß weiter schlimme Drohungen aus, bei denen nicht ganz klar wurde, gegen wen sie sich richteten. Als er jedoch sah, in welchem Zustand sich die Kleidung der Näherkommenden befand, änderte sich seine Stimmung. Von tapferen Soldaten war jetzt nicht mehr die Rede.

„Bringt mich sofort zur LEIDSEPLAAN“, verlangte er. „Ich werde von der Zentrale aus den Einsatz leiten.“

Redhorse hörte nicht weiter zu, denn es war überdeutlich, daß die verstörten Raumfahrer nicht wußten, was sie nun tun sollten.

Der Cheyenne näherte sich den Matten-Willys.

„Laßt mich durch“, befahl er ihnen. „Ich muß diesen Teufelsgeiger zur Ruhe bringen.“

Eines der Plasmawesen, das aussah wie ein Oktopus, schlang einen weichen Arm um ihn und tätschelte ihn besänftigend.

„Wir dürfen Marty jetzt nicht stören“, sagte er.

Redhorse bedachte ihn mit einem saftigen indianischen Fluch. Er versuchte es auf der anderen Seite, aber da gab es auch kein Durchkommen. Kotek war vor Anstrengung der Schweiß ausgebrochen; er schien sich die Seele aus dem Leib musizieren zu wollen. Inzwischen hatte der See zu brodeln begonnen und Waltdarls zusammengebrochenes Haus sich in Sägemehl aufgelöst. Redhorse stieg auf die Körper der dicht bei dicht stehenden Matten-Willys und versuchte, über sie hinweg an Kotek heranzukommen.

Die Wesen von der Hundertsonnenwelt schienen ihn förmlich zu verschlingen. Das hatte immerhin den Vorteil, daß er die Musik Koteks nur noch als fernes Winseln hörte, und fast hätte er sich entschlossen, in dieser Lage zu bleiben.

Da hörte er jedoch Surfats jammernde Stimme.

„Unsere Jet, Häuptling! Unsere Jet!“

Redhorse begann weiterzuarbeiten. Er konnte sich nun ungefähr vorstellen, welche Gefühle eine in ein Honigglas gestürzte Fliege bewegen mochten.

Endlich brachte er den Kopf wieder ins Freie.

„Wir werden nicht zulassen, daß du ihn störst“, sagte eine Matten-Willy-Stimme.

Obwohl die Aussicht bestand, daß Kotek nach einer gewissen Zeit vor Schwäche umkippen würde, wollte Redhorse es nicht darauf ankommen lassen, denn in der näheren Umgebung erkannte er weitere Anzeichen von Zerstörung. Admiral Caaler Faader war in eine Erdspalte gerutscht, aus der ihn Besatzungsmitglieder der LEIDSEPLAAN gerade befreiten. Weiter entfernt stand Surfat und machte Redhorse Zeichen. Der fette Mann schien signalisieren zu wollen, daß das Schiff, mit dem die Matten-Willys und Kotek nach Nurpo gekommen waren, bisher von der Zerstörung verschont geblieben war.

„Eyskal“, wandte der Cheyenne sich flehend an das Mädchen. „Sie sehen, daß ich hier feststecke. Wenn Sie jetzt nichts tun, sind wir alle verloren.“

„Einverstanden“, sagte sie zu seiner Überraschung. „Obwohl ich eigentlich der Meinung bin, daß Mortys wunderschönes Konzert nicht gestört werden darf.“

Sie stieg auf eine kleine Anhöhe in der Nähe, legte den Kopf anmutig in den Nacken und begann mit glockenheller Stimme zu singen. Ihre Stimme schwang sich über die Köpfe Hace Francs, der Raumfahrer und der Matten-Willys hinweg. Sie war so wohlklingend, daß sie sogar Koteks Lärm übertönte.

Das Wunder geschah.

Kotek hörte die Stimme des Mädchens und unterbrach sein

Kinzanga-Spiel. Die Matten-Willys lösten sich voneinander und bekamen lange Hälse mit Augen an den Enden. Sie richteten sie allesamt auf Eyskal Fairbanks.

Koteks Arme sanken nach unten. Wie von einer geheimen Macht angezogen, setzte er sich in Bewegung. Die Matten-Willys folgten ihm wie die Schleppe eines Hochzeitskleids, und Redhorse kam endlich frei.

Kotek spitzte die Lippen, als wollte er jemand küssen, sein Gesicht lief hochrot an. Eyskal und er begannen sich in einer Art und Weise in die Augen zu sehen, daß die Matten-Willys vor innerem Schmerz und ungestillter Sehnsucht wie aus einem Mund aufstöhnten und ihre Körper hin und her wiegten.

„Aus dem Weg!“ schrie Redhorse sie an. Er kämpfte sich an ihnen vorbei und holte Kotek ein. Mit einem Ruck entriß er ihm die Kinzanga.

„So, Sie Hohlkopf!“ herrschte er den jungen Mann an. „Von nun an werden Sie nur noch spielen, wenn man es Ihnen sagt.“

„Wenn *ich* es sage!“ schrie Caaler Faader dazwischen. „Die Kompetenzanmaßungen haben ihre Grenze erreicht, Major.“

Eyskal Fairbanks hörte auf zu singen, und sie und Kotek schlossen sich in die Arme.

„Ich hab's schon immer gesagt“, verkündete der inzwischen herbeigeeilte Brazos Surfat. „Der einzig *wirklich vernünftige* Mutant ist Gucky.“

5

Das Schiff der Matten-Willys war einer der kleinsten Fragmentraumer der Posbis, die Redhorse je gesehen hatte. Die Biopositronik, die ihn steuerte, geriet kurz nach Ankunft der Schiffbrüchigen zunächst völlig aus dem Häuschen, weil Admiral Caaler Faader die Befehlsgewalt forderte und sämtliche technischen Einrichtungen als mangelhaft bezeichnete. Mit sanftem Zureden gelang es Redhorse, ihn zu veranlassen, sich in die Obhut zweier Medo-Roboter zu begeben, die seine Wunden am verlängerten Rückgrat schließen sollten.

Hace Franc hatte eines der Beiboote erhalten, denn er wollte auf dem schnellsten Weg nach Halut zurück, um dort von seiner achtzehnten Drangwäsche zu berichten.

Redhorse war es gelungen, von Morty Kotek die Zusicherung zu erhalten, daß er erst wieder auf der Kinzanga spielen würde, wenn man ihn auf der Erde gründlich auf seine paranormalen Fähigkeiten untersucht hatte. Schon kurz nach dem Start erwies sich dieses Versprechen als illusorisch, denn Rabenaas versuchte auf dem Instrument zu spielen und zerbrach es dabei.

In der Zentrale saßen Don Redhorse und Brazos Surfat. Sie rätselten herum, welche Fähigkeiten Eyskal Fairbanks nun wirklich besaß. Ihre Stimme besaß eine positive mentale Kraft, das hatte sich auf Nurpo herausgestellt.

Kotek hörte ihnen zu, während Eyskal hinausgegangen war, um ein Bad zu nehmen.

Während sie noch diskutierten, erklangen draußen auf dem Gang dumpfe Geräusche, Gekreische und wildes Gelächter.

„Wir ignorieren es einfach!“ schlug Surfat vor.

Ein Schott schwang auf, und herein kam Admiral Caaler Faader. Einige medizinische Instrumente hingen an seinem halbnackten Körper, und er zog einen Schweif aufgelöster Verbände hinter sich her. Dabei lachte er ununterbrochen und so heftig, daß ihm die Tränen über das Gesicht liefen.

„Er ist übergeschnappt“, sagte Surfat.

Ein Medo-Robot schnurrte herein und versuchte, Caaler Faader auf seinem Weg in die Zentrale aufzuhalten und ihn zurückzudrängen. Dann erschienen zwei Matten-Willys, die einen sehr bekümmerten Eindruck machten.

„Er bestand auf einer Narkose“, sagte einer von ihnen entschuldigend. „Und wir hatten nur Lachgas an Bord.“

Mit einem tänzerischen Schlenker, der den legendären Fred Astaire beschämt hätte, fuhr Caaler Faader herum.

„Darüber lache ich überhaupt nicht“, verkündete er. „Ich lache, weil sie weg ist.“

Kichernd und sich immer mehr in seine Verbände verstrickend, humpelte er aus der Zentrale, verfolgt von seinem metallischen Pfleger und den beiden fürsorglichen Plasmawesen.

Redhorse und Surfat tauschten einen Blick, dann schauten sie gemeinsam in Koteks langes Gesicht.

„Sie ist weg!“ sagte der paranormale Stehgeiger. „Mein Gott, sie ist weg!“

Die drei Männer sprangen auf und stürmten aus der Zentrale. Dort, wo die Matten-Willys ein Bad eingerichtet hatten, hielt sich niemand auf, aber im Bordobservatorium stießen Redhorse und seine beiden Begleiter auf einen einsamen Matten-Willy.

Es war Rabenaas. Er sah traurig aus.

„Wo ist sie?“ schrie Kotek unbeherrscht.

Rabenaas sank in sich zusammen und lag wie eine riesige Pizza am Boden. Irgendwo in seinem Körper blubberte es. Er brachte ein winziges Händchen mit einem Zettel darin zum Vorschein.

„Eine Botschaft“, sagte er.

Redhorse ergriff das Papier und las laut vor, was darauf geschrieben stand:

„Liebe Freunde, zusammen mit zehn meiner glühendsten Verehrer aus den Reihen der Matten-Willys bin ich an Bord eines Beiboots zu einer großen Tournee quer durch die Milchstraße aufgebrochen. Meine reizenden Freunde meinen, man würde mir auf allen Planeten zu Füßen liegen – bei *der* Stimme!“

„Ich werde nie wieder spielen können“, sagte Kotek betrübt.

„Mutanten sind immer schwierig“, meinte Redhorse lakonisch. Nur Surfat schwieg. Er pflückte sich den Winkel vom linken Oberarm, als ahnte er genau, was auf sie nach der Rückkehr zur Erde zukam.